Melanie Dobson

Das Haus auf Crescent Hill

MELANIE DOBSON

DAS HAUS AUF Crescent Hill

SCM Hänssler

SCM

Stiftung Christliche Medien

Übersetzung: SunSide Übersetzung
Umschlaggestaltung: OHA Werbeagentur GmbH, Grabs, Schweiz;
www.oha-werbeagentur.ch
Titelbild: shutterstock.com; istockphoto.com
Satz: Satz & Medien Wieser, Stolberg
Druck und Bindung: CPI – Ebner & Spiegel, Ulm
Gedruckt in Deutschland
ISBN 978-3-7751-5393-5
Bestell-Nr. 395.393

Für
Esther Cottrell Wacker
Meine geliebte Großmutter
August 1918–Januar 2007

und

Tante Ruth Cottrell
Ich danke dir für deine Liebe und Großzügigkeit
und dafür, dass du mich immer ermutigt hast,
meine Träume zu verwirklichen.

The North Star beckons in the dark
Luring forth to freedom stay.
Hunters race on bloody heel
To capture massa's runaway.

Ghost train moves in black of night.
Hold your breath, child. Be still.
Cross the river. Don't stop running
Till you reach the Crescent Hill.
Circa 1853

Der Polarstern winkt im Dunkeln,
Lockt dorthin, wo die Freiheit wohnt.
Jäger jagen auf blutigen Sohlen
Um den Ausreißer des Masters zu fangen.

Der Geisterzug fährt in Finsternis.
Halt den Atem an, Kind. Sei ganz still.
Geh über den Fluss. Lauf immer weiter
Bis du nach Crescent Hill kommst.

1

Die Glastür war geschlossen, was Sarah Bristow jedoch nicht davon abhielt, heftig am Griff zu rütteln. Der imposante Schreibtisch auf der anderen Seite des Glases war nicht besetzt und die Empfangsdame, die sie gewöhnlich begrüßte, war verschwunden. Das *Fount-Magazine*-Logo hinter dem Schreibtisch schien sie zu verhöhnen – als riefe es ihr zu, dass das Geld, das sie so dringend brauchte, ebenfalls weg war.

Sie rüttelte noch ein letztes Mal am Griff, doch es kam niemand zur Tür.

Entmutigt wandte sie sich um und trat an die Fensterreihe gegenüber dem Aufzug. Sechzehn Stockwerke unter ihr hetzten die Menschen in dicht gedrängten Trauben zu ihren nächsten Terminen, zu denen sie dringend erwartet wurden.

Vor nicht allzu langer Zeit hatte auch sie selbst zu diesen eilenden Menschen gehört, war die Park Avenue auf und ab gehastet zu Meetings in Werbeagenturen und Zeitungs- oder Zeitschriftenverlagen, unter anderem in den jetzt geschlossenen Büros, vor denen sie gerade stand.

Wenn der Bildredakteur von *Fount* ein wirklich aufrüttelndes Foto für seine Zeitschrift brauchte, rief er sie an und dann scheute sie vor keinem Hindernis zurück, um ihm genau das Bild zu liefern, das er für die nächste Ausgabe haben wollte. Menschenrechte. Naturkatastrophen. Streiks. Die vergangenen fünf Jahre hatte sie zum großen Teil damit verbracht, Grant Haussens Aufträge zu erfüllen, doch seit sie vor zwei Monaten aus Indonesien zurückgekehrt war, hatte er sich nicht mehr bei ihr gemeldet.

Sie hatte ihm die Fotos von den Folgen des Erdbebens per E-Mail geschickt, zusammen mit einer Aufstellung über ihre Ausgaben und der Honorarrechnung. Er hatte die Fotos für die nächste Ausgabe verwendet, doch die Rechnung war offenbar untergegangen. Sie hatte keinen Scheck erhalten und auf ihre Anrufe reagierte er auch nicht.

Vor ein paar Jahren hätte sie sich noch nicht solche Sorgen um ihre Finanzen machen müssen. Damals konnte sie sich als freie Fotojournalistin kaum retten vor Aufträgen. Doch im letzten Jahr hatten ihre Kunden die Budgets stark gekürzt oder einfach Fotos eingekauft, die Amateure geschossen hatten. Diese waren zwar bei Weitem nicht so beeindruckend wie eine professionelle Arbeit, doch es war natürlich wichtiger, dafür zu sorgen, dass die Lichter nicht ausgingen – also dass die Miete bezahlt wurde –, als immer und unter allen Umständen das beste Foto zu veröffentlichen.

Ihren Kunden mochte es auf diese Weise leichter fallen, ihre Miete zu bezahlen, doch sie war nun schon zwei Monate im Rückstand. Ihre Ersparnisse waren praktisch aufgebraucht. Das Geld für die Indonesienfotos hatte dazu dienen sollen, erst einmal ihren Vermieter zu beschwichtigen. Sie hatte zwar nichts von Grant Haussen gehört, hoffte aber immer noch, dass ihr wenigstens die Reisekosten erstattet würden, damit sie die immensen Flug- und Hotelkosten begleichen konnte, mit denen sie ihre Kreditkarte belastet hatte.

Doch diese Hoffnung hatte sich zerschlagen, als sie die Schlagzeile in den Morgenzeitungen gelesen hatte: »*Fount Magazine* meldet Konkurs an.«

Ein anderer hätte den Artikel wahrscheinlich gar nicht weiter beachtet, doch sie war völlig fassungslos über die Nachricht gewesen. Vor drei Stunden hatte sie ihre Atelierwohnung verlassen und sich auf den Weg zum Reinhold Building im Stadtzentrum gemacht. Bestimmt waren noch ein paar Angestellte im Büro und packten ihre Sachen zusammen oder es fanden irgendwelche Konkursverhandlungen statt … Vielleicht bekam sie wenigstens ein paar Tausend Dollar, um doch noch einen Teil ihrer Rechnungen bezahlen zu können, während sie neue Aufträge akquirierte. – Doch anscheinend war keiner dageblieben, um sich den Folgen des Bankrotts zu stellen.

Hinter ihr ertönte das Klingelzeichen des Aufzugs. Sie drehte sich um und beobachtete, wie ein dünner Mann im Overall Putzzeug – Eimer und Wischmopp – in den Flur stellte. Der Mann war mindestens fünf Zentimeter kleiner als sie mit ihren Einssiebzig.

Sie zwang sich zu einem Lächeln, das er jedoch nicht erwiderte. Sie deutete auf die Bürotür. »Ich muss unbedingt jemanden von der Zeitschrift sprechen.«

Er grunzte, tauchte seinen Mopp in das graue Wischwasser und drückte ihn aus. Sie stopfte die Hände in die Taschen ihres langen Blazers und machte einen Schritt auf ihn zu. »Die schulden mir Geld.«

»Ihnen und der halben verdammten Stadt.«

»Ja, aber …«

»Die sind gestern Nacht so schnell von hier verschwunden, dass ihre Schuhsohlen geraucht haben.« Er klatschte den Mopp auf den Fliesenboden und spritzte sich dabei die Schuhe nass. »Jede Wette, dass sie sich hier nicht mehr blicken lassen.«

Sarah ließ sich gegen das Fenster fallen. Selbst wenn sie Grant erwischen konnte, war es höchst unwahrscheinlich, dass er ihr persönlich einen Scheck über die Summe ausstellen würde, die ihr die Zeitschrift schuldete. Wahrscheinlich war er bereits auf der Suche nach einem neuen Job oder er lag auf dem Sofa, sah sich Wiederholungen von *Seinfeld* an und genoss es, nicht zur Arbeit gehen zu müssen. Schließlich bekam er Arbeitslosengeld, während er im Internet nach einer neuen Stelle suchte. Freiberufler hingegen erhielten leider kein Arbeitslosengeld.

Der Putzmann fuhr mit weit ausholenden Bewegungen über den Fliesenboden, als streiche er eine Wand; er war offensichtlich stolz auf seine Arbeit.

Sie konnte das gut verstehen. Es hatte eine Zeit gegeben, in der sie selbst stolz auf ihre Arbeit gewesen war. Es gab nichts Aufregenderes, als in ein Land zu fliegen, das von einer Tragödie heimgesucht wurde, und sich in ein Ereignis zu stürzen, von dem die meisten Menschen nur in der Zeitung lasen. Sie jedoch war vor Ort, sah den Schrecken, spürte die Erschütterung, gestattete sich jedoch niemals persönliche Anteilnahme. Es war ihr Job, über das Entsetzen zu berichten, damit andere helfen und sich mit den Betroffenen an den Wiederaufbau machen konnten.

Durch ihre häufigen Reisen hatte sie in den letzten Jahren kaum Besitztümer angesammelt. Für ihre Arbeit brauchte sie lediglich die Kameraausrüstung und einen Laptop. Sie hatte die Wohnung möbliert gemietet und nach den fast fünf Jahren, die sie nun dort wohnte, hatte sie das Gefühl, dass das Apartment und alles, was darin war, zu ihr gehörte. Immerhin hatte sie in ihrem ganzen Leben noch nie so lange Zeit an einem Ort gelebt.

Doch heute Abend würde ihr Vermieter das Schloss auswechseln. Jemand anders hatte ihr Zuhause gemietet.

Der Mann fuhr mit seinem Mopp dicht neben ihr über den Fußboden. Sie konnte ihm keine Vorwürfe wegen seiner Gleichgültigkeit machen. Die Stadt war voller Menschen, die Arbeit suchten – und er bemühte sich vermutlich nur, seine zu behalten.

Sie würde ebenfalls Fußböden wischen, wenn es nötig war. Oder Toiletten schrubben. Damit konnte sie zwar nicht ihre Miete bezahlen, aber vielleicht brauchte sie sich dann wenigstens nicht an ihre Mutter zu wenden und sie um Geld zu bitten.

Sie tat einen großen Schritt über die feuchte Spur, die der Mopp hinterlassen hatte, und betrat den Aufzug.

Ihr Vermieter hatte gesagt, sie hätte bis siebzehn Uhr Zeit, um ihre Sachen zusammenzupacken und das Gebäude zu verlassen. Der Kreditrahmen, der ihr auf ihrer Mastercard noch zur Verfügung stand, reichte für höchstens eine Woche in einem Hotel in Manhattan. Und die wenigen Freunde, die sie gefunden hatte, wenn sie gerade nicht auf Reisen war, hatten genauso zu kämpfen wie sie. Einer von ihnen würde sie zwar auf seinem Sofa schlafen lassen, wenn sie ihn darum bat, doch er erwartete bestimmt dafür, dass sie sich an der Miete beteiligte.

Die Tür des Aufzugs schloss sich und sie drückte den Knopf für die Eingangshalle.

Wohin sollte sie jetzt gehen?

Der Sitzungssaal des Rathauses roch nach abgestandenem Kaffee und Tabak. Der einst marineblaue Teppich war zu einem blassen Grau verblichen und das Podium vorn war übersät von den Abdrücken schmutziger Schuhe.

Hinter einem Tisch saßen fünf Männer und zwei Frauen – der vierzehntägig zusammenkommende Ausschuss des Stadtrats von Etherton.

Louise Danner, die Bürgermeisterin, führte vom mittleren Stuhl aus den Vorsitz. Ihre Kreolen klingelten leise, wenn sie ihr Markenzeichen, den Bic-Kugelschreiber, berührten, den sie hinter ihr linkes Ohr geklemmt hatte. Kupfer getönte Ponyfransen fielen über ihre leicht verwischten, nachgezeichneten Augenbrauen.

Drei Stufen unterhalb von Louises Tisch trommelte Alex Yates mit den Fingern auf einen Stapel Papiere und versuchte, sich auf Evan Harper zu konzentrieren, der dem Stadtrat soeben seine Eingabe vortrug, die Scheune, die auf seinem Grundstück stand, einreißen und stattdessen ein Gästehaus bauen zu dürfen.

In den acht Monaten, die er nun in Etherton lebte, war Alex klar geworden, dass Louise Danner eine ebenso feststehende Größe in Etherton war wie das Rathaus. Schon wenige Tage, nachdem er seine Stelle angetreten hatte, hatte sie ihm in allen Einzelheiten berichtet, wie sie es geschafft hatte, Bürgermeisterin der elftausend Einwohner ihrer Stadt zu werden.

Sie war in einem kleinen Haus in einer Nebenstraße der Main Street zur Welt gekommen und 1967 als Jahrgangsbeste von der Highschool in Etherton abgegangen. Nach dem erfolgreich abgeschlossenen Studium in Marietta war sie nach Hause zurückgekehrt und hatte verschiedene Jobs gehabt, bis sie schließlich eine Stelle in der Klinikverwaltung antrat. In den nächsten dreißig Jahren gehörte Louise sämtlichen städtischen Ausschüssen an – von der Denkmalpflege bis zum Gartenclub –, und als sie vor nunmehr acht Jahren zur Bürgermeisterin gewählt worden war, hatte sie endlich Anker geworfen.

Sie hatte eine Riesensumme in den letzten Wahlkampf gesteckt; böse Zungen behaupteten, sie hätte ihre Position gekauft. Bei der momentanen Finanzlage der Stadt würde sie zu kämpfen haben, wenn sie ihr Amt auch in der nächsten Wahl behalten wollte.

Alex zog sein Handy heraus und sah nach, wie spät es war. Fast Mittag. Und Evan Harper redete immer noch. Alex sah die baufällige Scheune jeden Morgen auf der kurzen Fahrt in sein Büro. Gasthaus oder nicht, er war mit Evan einig, dass dieser Schuppen von seinem Elend erlöst werden musste. Der nächste kräftige Windstoß würde seinem Dasein ohnehin ein Ende setzen, falls der Stadtrat dem Abriss nicht zustimmte.

Alex unterdrückte ein Gähnen, als Evan alle Leute, die in dem neuen Gästehaus wohnen könnten, namentlich aufzählte, einschließlich der alten Eltern seiner Frau und der Collegefreunde seiner Tochter. Offenbar hatte dem Mann noch niemand gesagt, dass es seiner Sache nicht förderlich war, wenn er den Stadtrat mit endlosen Reden hinhielt. Wenn die Bürgermeisterin Evans Litanei nicht bald ein Ende setzte, würde er wahrscheinlich das örtliche Telefonbuch hervorholen und daraus vorlesen, bis die Stadträte Mittagspause machten. Doch wenn sie den Raum erst einmal verlassen hatten, würden sie ihn frühestens in zwei Wochen wieder betreten.

So lange konnte Alex nicht warten. Er brauchte heute eine Antwort.

Den ganzen letzten Monat hatte er dem Besitzer des am Stadtrand gelegenen vier Hektar großen Grundstücks – es handelte sich um einen Teil der alten Truman-Farm – in den Ohren gelegen. Wenn der Stadtrat einverstanden war, wollte der Besitzer das Land und das Farmhaus spottbillig verkaufen. Und wenn die Stadt es erwarb, würde es sich mit Sicherheit als äußerst nützlich für Alex' Pläne zur Stärkung der lokalen Konjunktur erweisen.

Alex fing den Blick der Bürgermeisterin auf und tippte auf sein Handgelenk.

»Danke.« Louise unterbrach Evan, bevor dieser die Aufzählung sämtlicher Materialien, die er bereits für den Bau des Gästehauses angeschafft hatte, beendet hatte. »Ich glaube, wir haben genügend Informationen, um eine Entscheidung zu treffen.«

Evan nahm ein weiteres Papier von dem Stapel, der vor ihm lag. »Aber ich habe die Petition der Anwohner noch nicht vorgelesen.«

»Wir wissen es zu schätzen, wie viel Zeit und Mühe Sie investiert haben, Evan.« Louise stützte ihr Kinn auf die Fingerknöchel. »Bitte setzen Sie sich; wir sagen Ihnen Bescheid, wenn wir noch Fragen haben.«

Evan setzte sich auf den hölzernen Klappstuhl ganz am Ende der Sitzreihe und Alex lehnte sich zurück, während der Stadtrat begann, die brennende Frage des Für und Wider für die Erhaltung der Scheune zu behandeln.

Die meisten Stadträte waren erfolgreiche Geschäftsleute oder Anwälte, die jeweils eine entschiedene Haltung für beziehungsweise gegen die Stadtentwicklung vertraten. Heute musste Alex sie davon überzeugen, dass die Befürwortung seines Antrags der Traditionsverbundenheit ihrer kleinen Stadt nicht etwa zum Nachteil gereichte, sondern im Gegenteil durch die Erschließung neuer Einnahmequellen einen Grundstein für ihre Zukunft legte.

Alex blickte auf sein Handy. Wenn die Stadträte sage und schreibe vierzig Minuten brauchten, um über das Schicksal der baufälligen Scheune zu entscheiden, wie lange würde es dann wohl dauern, bis sie im Hinblick auf seinen Antrag zu einem Entschluss kamen?

Als er sich letztes Jahr aus dem alltäglichen Wahnsinn bei einer großen Werbefirma verabschiedet hatte, hatte er geglaubt, den Papierkrieg und die hierarchischen Strukturen, die ihn ständig in seiner Arbeit behinderten, endlich hinter sich zu haben, doch er hatte einsehen müssen, dass die Einwohner von Etherton und ihr Stadtrat sich in eine Streitfrage förmlich verbeißen konnten und ohne Ermüdungserscheinungen debattierten, bis sie irgendwann zu einer Entscheidung gezwungen waren. Eine Debatte konnte Wochen, ja Monate dauern.

Edward Paxton war der Wortführer der Traditionalisten. Er wollte nicht, dass *seine* Stadt sich veränderte – und er wollte nicht, dass Alex sich in die Belange der Stadt einmischte. Es ging das Gerücht, dass er seinen Enkel Jake gern auf den Posten des Verantwortlichen für die Wirtschaftsentwicklung hieven wollte, den Louise im letzten Frühjahr geschaffen hatte, um neue Einnahmequellen zu akquirieren. Sein Problem war jedoch, dass keiner außer ihm Jake Paxton in diesem Amt haben wollte. Jetzt führte Edward einen persönlichen Rachefeldzug gegen Alex, weil er der Ansicht war, dass dieser seinem Enkel den Job weggenommen hatte.

Wenigstens war die Bürgermeisterin auf seiner Seite. Sie hatte hoch gepokert, als sie ihn eingestellt hatte, doch er hatte ihr und dem Stadtrat bewiesen, dass er hielt, was er versprochen hatte. Und vor allem erfüllte er ihre Erwartungen.

Nach fast einer Stunde Diskussion verlangte Louise eine Entscheidung. Evan klopfte sich begeistert auf die Schenkel, als die Abstimmung mit vier zu drei Stimmen für seine Eingabe ausfiel. Im Hinausgehen grüßte er noch zu den Stadträten hinüber. Wahrscheinlich war er schon auf dem Weg, einen Bagger zu bestellen. Alex dachte, dass die Scheune wohl bereits ein Trümmerhaufen sein würde, wenn er heute Abend auf dem Heimweg daran vorbeifuhr.

Er seufzte. *Wenn es nur immer so einfach wäre, den Stadtrat von etwas zu überzeugen …*

Etherton brauchte dringend Steuereinnahmen aus neuen Geschäftszweigen, um seine Straßen instand setzen, mehr Polizisten einstellen und eine Highschool bauen zu können. Die Stadträte erwarteten von Alex nichts Geringeres, als dass es ihm gelang, den Kleinstadtcharme Ethertons mit den finanziellen Verheißungen des Big Business zu verbinden.

Diese beiden Anforderungen unter einen Hut zu bringen, war nicht gerade einfach. Kurz nach seinem Umzug nach Etherton hatte er sich dafür eingesetzt, auf Ackerland am Stadtrand einen WalMart-Supermarkt zu bauen. Es gab Städte, die unter keinen Umständen einen solchen Megastore in ihrem Ort wollten, doch da von lokaler Konjunktur in Etherton eigentlich nicht mehr die Rede sein konnte, hatte Alex gedacht, dass die meisten Einwohner den Supermarkt befürworten würden. Immerhin waren es fünfundvierzig Minuten Autofahrt zum nächsten WalMart nach Mansfield, und sein Vorhaben würde ihnen billige Kleidung, Lebensmittel, eine günstige Autowerkstatt und – das Allerwichtigste – neue Jobs vor Ort bringen.

Er hatte sich geirrt.

Als der Stadtrat im letzten Dezember über seine Eingabe abstimmte, platzte die Stadthalle von Etherton aus allen Nähten – so viele Bürger waren gekommen und stritten sich über das Für und Wider der Aussicht, einen großen Konzern in der Stadt zu haben. In dem um diese Jahreszeit gewöhnlich eiskalten Raum wurde es warm und wärmer, während die Gemüter sich immer mehr erhitzten. Die kleinen Geschäftsleute drohten jedem einzelnen Ratsmitglied, das die Eingabe unterstützte, dafür zu sorgen, dass es an eine Wiederwahl nicht einmal mehr zu denken brauchte.

Am Ende lehnte der Rat seinen Plan ab. Die Stadt hatte die neuen Einnahmen und vor allem die Arbeitsplätze bitter nötig, doch offenbar nicht nötig genug, um einen Megakonzern in den Ort zu holen. Schließlich kaufte ein ortsansässiger Farmer das Grundstück, um darauf Getreide anzubauen, und Etherton musste auf die dringend benötigten Steuereinnahmen verzichten, die schließlich Fredericktown zugutekamen, als dort im Herbst ein neuer WalMart öffnete.

Der Stadtrat betonte Alex gegenüber einmal mehr, dass Etherton dringend neue Geschäftszweige brauchte, doch sie wollten etwas Idyllisches, Malerisches, das der Geschichtsträchtigkeit ihres Städtchens entsprach.

Es war eine schwierige Aufgabe – doch er hatte die perfekte Lösung gefunden. Wenn die Einwohner bereit waren, ein kleines Risiko einzugehen, würde er ihnen beides liefern, hübsch verpackt und mit einer üppigen finanziellen Schleife geschmückt.

Louise zog den Stift hinter ihrem Ohr hervor und klopfte damit auf den Tisch. Sie erklärte, dass der Rest der Sitzung unter Ausschluss der Öffentlichkeit stattfinden würde, und deutete dann auf ihn: »Sie sind dran, Alex.«

Er richtete seine Krawatte und stand auf. Es würde wieder eine hitzige Angelegenheit werden.

2

Achtzehn Uhr war kein günstiger Zeitpunkt, um die George Washington Bridge in Richtung New Jersey zu überqueren. Rings um Sarahs Auto ertönte wildes Hupen, als könnte der Lärm den Verkehr schneller wieder in Fluss bringen. Sarah rieb sich die Schläfen in der Hoffnung, damit die Anspannung fortzumassieren, in die sie jedes Mal geriet, wenn sie ihren alten Miata aus der Garage holte und versuchte, Manhattan zu entfliehen. Normalerweise wusste sie dann allerdings, wo sie hin wollte – meist ins Hinterland von New York oder nach Long Island. Heute dagegen würde sie einfach so lange fahren, bis sie ein preisgünstiges Hotel fand. Ein sehr preisgünstiges.

Der Kreditrahmen auf ihrer Mastercard betrug noch 456 Dollar, und wenn der Saldo ausgeglichen werden musste … sie wollte lieber nicht darüber nachdenken, was dann war.

Wenn ihr Vater noch lebte, würde er mit ihr schimpfen, weil sie ihr Geld so leichtsinnig verprasst hatte.

Timothy Bristow war ein recht erfolgreicher Geschäftsmann in Columbus, Ohio, gewesen, und soweit sie wusste, hatte er nie finanzielle Probleme gehabt. Als er starb, hatte er seiner zweiten Frau eine gute Million hinterlassen. Sarah war damals elf gewesen und hatte nicht viel von Testamenten verstanden. Sie hatte einfach nur ihren Vater vermisst.

Sarahs Mutter verzieh ihrem Exmann nie, dass er sie und ihre Tochter nicht in seinem Testament bedacht hatte, doch Sarah verstand ihn. Ihre Mutter gab das Geld schneller aus, als ihr Vater es verdiente. Alles, was er Sarah hinterlassen hätte, wäre inzwischen längst weg gewesen.

Solange ihr Auftragsbuch noch voll gewesen war, hatte Sarah von jedem Scheck, den sie erhielt, zehn Prozent zurückgelegt, so wie ihr Vater es getan hätte. Auf diese Weise hatte sie nach ein paar Jahren einen ansehnlichen Notgroschen angespart.

Ihr Problem war nur, dass sie zwar mit kargen Zeiten gerechnet hatte, aber nicht mit einer Katastrophe. Und New York City war zudem kein Pflaster, auf dem man lange von einem Notgroschen leben konnte.

Nach sechs Monaten waren ihre Ersparnisse aufgebraucht. Sie hätte zwar noch ihre Fotoausrüstung verkaufen können, doch dann hätte gar keine Aussicht mehr bestanden, dass sie jemals wieder auf die Füße kam. Außerdem würde sie mit Sicherheit nicht einmal annähernd das bekommen, was die Ausrüstung wert war. Den Miata konnte sie für drei- oder viertausend Dollar verkaufen – wahrscheinlich hätte sie ihn schon längst verkaufen sollen, doch jetzt war sie froh, es nicht getan zu haben, denn er war ihre einzige Möglichkeit, um die Stadt zu verlassen. Und wenn ihr Kreditrahmen erschöpft war, blieb ihr vermutlich auch nichts anderes mehr übrig, als in ihrem Auto zu schlafen.

Natürlich hätte sie ihre Mutter anrufen und um Geld bitten können, doch sie wusste, dass ihre Mutter den Hörer einfach an ihren neuesten Freund weiterreichen würde, einen pensionierten Egomanen, der in der Nähe von Madrid lebte. Sarah wollte lieber in einem Obdachlosenasyl nächtigen, als ihn anzubetteln. Wahrscheinlich würde er ihr den Flug nach Spanien bezahlen, aber was dann? Dann würde sie ihr Leben lang hinter ihrer Mutter herzockeln, von einem Freund zum nächsten, von einem Land zum anderen.

Wenn sie zu ihrer Mutter nach Europa ging, würde sie aufs Neue in die Falle eines Lebens geraten, das aus einer ständigen Abfolge von Miniaturdramen bestand und keinerlei Sicherheit und Beständigkeit bot. Ihre Mutter liebte sie, doch sie war nie fähig gewesen, für sich und ihre Tochter zu sorgen. Wahrscheinlich würden die jeweiligen Männer an der Seite ihrer Mutter auch ihr Geld geben, doch Sarah wollte sie auf gar keinen Fall um Hilfe bitten.

Es ging wieder ein paar Meter voran. Sarah blickte zwischen den Stahlpfeilern auf beiden Seiten ihres Autos hindurch. Auf dem Hudson glitzerte das Sonnenlicht; dahinter ragten die hohen Fabrikschlote in die Luft.

Wo sie auch hinkam, sie entdeckte einen Hauch von Schönheit noch in den düstersten Szenarien. Sie hatte ihr Leben damit zugebracht, im Leben anderer Menschen nach Schönheit und Hoffnung zu suchen. Jetzt war es Zeit, das auf ihr Leben anzuwenden.

Sie umklammerte das Lenkrad und blickte auf die Rücklichter des Autos vor ihr.

Verzweiflung war ein Gefühl, das sie aus tiefster Seele verabscheute. Seit sie achtzehn war, war sie unabhängig gewesen und hatte für sich selbst gesorgt. Sobald sie ihren Highschool-Abschluss in der Tasche hatte, hatte sie ihre Mutter und deren neuesten Freund in London verlassen und war nach New York geflogen.

Die Fotografie war ihre große Leidenschaft gewesen, seit ihr Vater ihr zu ihrem achten Geburtstag eine kleine Kodak-Kamera geschenkt hatte. In New York hatte sie Arbeit als Assistentin eines Fotografen gefunden und Familienfotos gemacht – Hunderte von Familienfotos. Ihr Arbeitgeber fotografierte seine Kunden lieber in ihren Häusern und Wohnungen als im Studio, weil in der gewohnten Umgebung die Persönlichkeit der Abgelichteten stärker zutage trat. Die Farben. Die Bilder, die an den Wänden hingen. Die Möbelstücke. Sarah konnte die Wärme in einer glücklichen Familie ebenso spüren wie die Eiseskälte in einer Familie, deren Mitglieder zerstritten waren. Natürlich sagten sie und ihr Chef das den Betroffenen nicht, doch wenn sie auf eine solche unglückliche Familie trafen, schlugen sie stets vor, die Fotos im Studio machen zu lassen. Ihre eigene Familie hätte zu denen gehört, denen ihr Arbeitgeber freundlich empfohlen hätte, sich im Studio fotografieren zu lassen.

Nach fünf Jahren Assistenztätigkeit fing sie an, ihre eigenen Fotos an Zeitschriften und Agenturen zu verkaufen. Irgendwann hatte sie genügend Kunden, um sich selbstständig zu machen. Die nächsten vier Jahre lief ihr Geschäft ungewöhnlich gut.

Das freiberufliche Dasein war lukrativ, aber tödlich für persönliche Beziehungen. Die meisten Freundschaften, die sie schloss, dauerten genau einen Auftrag lang. Es waren Stadtführer oder Übersetzer oder Fotojournalisten, die sie auf ihren Reisen begleiteten.

Auf ihrem letzten schicksalhaften Trip nach Indonesien allerdings hatte ihre Betreuerin, der sie völlig vertraut hatte, ihre Reisetasche gestohlen. Später erfuhr sie, dass die Frau wahrscheinlich ihre Kleidung verkauft hatte, die teure Ausrüstung, die Sarah an diesem Tag nicht bei sich trug, jedoch einfach weggeworfen hatte. Auch der Plüschhund, den ihre Großmutter Rosalie ihr geschenkt hatte, war fort; ihr treuer Begleiter Ash, der die Welt mit ihr bereist hatte.

Es gab keine Gerechtigkeit. Tausende von Menschen waren verletzt und hatten alles verloren, was sie besaßen; die wenigen Polizisten, die vor Ort im Einsatz waren, hätten über die Bitte, ihren Stoffhund wiederzubeschaffen, nur gelacht. Aber natürlich hätte sie sie niemals darum gebeten.

Gestohlenes Gepäck war ein mikroskopisch kleines Problem angesichts dessen, was die Einheimischen im Moment durchstehen mussten.

Doch im Grunde ging es ihr gar nicht um das Gepäck. Es ging darum, dass sie von einer Frau getäuscht worden war, der sie vertraut hatte, die sie begleitet und für sie gedolmetscht hatte. Einer Frau, die sie für ihre Freundin gehalten hatte.

Sie ließ das Fenster herunter, weil sie frische Luft brauchte, doch der Abgasgestank, der hereindrang, belehrte sie rasch eines Besseren. Sie kurbelte das Fenster wieder hoch und stellte stattdessen die Klimaanlage an. Nun war sie schon eine Stunde unterwegs, befand sich aber noch immer zwischen New York und New Jersey.

Als sie sich der anderen Seite der Brücke näherte, sah sie eine Anzeige für das Musical *Les Misérables* und begann unwillkürlich, einen Song daraus zu summen: *In My Life.*

Du wirst erfahren, dass Gott uns die Wahrheit schenkt,
uns allen, zur rechten Zeit, wenn wir bereit dafür sind.

Ihre Großmutter hatte diesen Titel immer gesungen, wenn sie zusammen im Garten arbeiteten oder einen Spaziergang durch den Wald, zum Fluss hinunter oder über den Friedhof machten. Vor langer, langer Zeit.

Sarah musste blinzeln.

Den Sommer 1992 hatte sie eigentlich bei ihrem Vater verbringen sollen, doch er war wieder einmal zu beschäftigt gewesen und hatte keine Zeit für sie gehabt. Eloise, ihre Stiefmutter, hatte ebenfalls alle Hände voll zu tun; sie musste die neunjährige Liza, Sarahs Halbschwester, zu Ballettstunden, zum Französischunterricht und zur Klavierstunde fahren und konnte sich nicht noch um Sarah kümmern. Statt sie in Columbus zu lassen, brachte ihr Vater sie an den Ort, an dem er sie jeden Sommer ablieferte, seit sie fünf Jahre alt war – zu seiner Mutter, in das Haus, in dem er seine Kindheit verlebt hatte. Nach Crescent Hill.

Crescent Hill war die einzige Konstante in ihrem jungen Leben gewesen.

In jenen Sommern mit ihrer Großmutter Rosalie hatte sie das Gefühl gehabt, ein Zuhause zu haben. Zwei Monate im Jahr, in denen sie sich keine Sorgen zu machen brauchte, dass ihre Mutter sich plötzlich eines Abends von ihrem Freund trennte und sie am nächsten Morgen von der Schule nahm, um wieder einmal mit ihr an einen anderen Ort zu ziehen. Stattdessen streifte sie über den Hügel hinter dem großen Haus und hielt sich stundenlang im Atelier ihrer Großmutter auf, wo diese malte und Glas blies. Sie pflanzten zusammen Blumen, pflückten große Sträuße und arrangierten sie, bis das ganze Haus erfüllt war vom Duft der Rosen, des Hibiskus und der scharlachroten Nelken.

In dem bewussten Sommer hatte ihre Großmutter ihr den Plüschhund geschenkt. Sarah hatte ihn Ashter getauft, nach dem Fluss hinter dem Haus, den sie lieben gelernt hatte. Ihre Großmutter kürzte den Namen ab zu »Ash« – nach dem Bibelvers im Buch Jesaja, in dem es hieß, dass den Menschen ein Kopfschmuck statt Asche gegeben werden soll.

Der Name Ash blieb ihm erhalten und im Laufe von fast achtzehn Jahren war der kleine Stoffhund ihr lieb und teuer geworden.

Sarah sah auf die Uhr auf dem Armaturenbrett. Ohio war gar nicht so weit entfernt von New York, höchstens eine Tagesreise … oder eine Nachtfahrt.

Sie hatte ihre Großmutter seit jenem Sommer, in dem sie zehn war, nicht mehr gesehen. Ihr Vater war im folgenden Jahr bei einem Motorradunfall ums Leben gekommen. Sie hatte ihre Mutter zwar mehrmals gebeten, die Ferien in Etherton verbringen zu dürfen, doch diese hatte es für leichtfertig gehalten, so viel Geld für den Flug in die Vereinigten Staaten auszugeben. Schließlich war Rosalie Bristow die Mutter ihres Exmannes und sie brachte niemandem aus seiner Verwandtschaft tiefere Gefühle entgegen.

Anfangs hatte Rosalie Sarah noch wunderbare Briefe geschrieben, die sie mit Zeichnungen schmückte, doch in den folgenden Jahren waren sie und ihre Mutter immer wieder umgezogen. Sarah schickte ihr zwar weiterhin Briefe und Postkarten mit ihrer jeweils neuesten Adresse und ihre Großmutter schrieb auch immer zurück, doch sie zogen immer weiter um, oft ohne eine Nachsendeadresse zu hinterlassen. So kam es, dass der Briefverkehr zwischen ihnen allmählich einschlief.

Ihre Mutter hatte mit jedem neuen Umzug ihre Vergangenheit hinter sich lassen wollen; Sarah aber lag daran, sich zu erinnern.

Als sie älter wurde, stürzte sie sich auf die Fotografie statt auf Beziehungen. Bilder waren wenigstens etwas Bleibendes.

Sie fuhr von der George Washington Bridge ab in den Garden State.

Ihre Großmutter hatte sie in jedem einzelnen Brief, den sie ihr schrieb, nach Crescent Hill eingeladen.

Vielleicht würde sie sie ja ein paar Wochen dort wohnen lassen, bis sie wieder auf die Füße kam und Arbeit gefunden hatte. Ganz bestimmt würde sie ihr nicht die Tür vor der Nase zuschlagen. Nicht so wie ihr Vater.

Der Zeiger der Uhr auf dem Armaturenbrett schob sich an der Sechs vorbei. Der Stau löste sich langsam auf; sie konnte endlich schneller fahren.

Sie brauchte ihr Geld nicht für eine Übernachtung im Hotel auszugeben. Wenn sie die Nacht durchfuhr, war sie am frühen Morgen in Ohio.

Das Haus der Familie Bristow wachte über den Crescent Hill wie ein Bataillon Unionssoldaten. Seit fast zweihundert Jahren spülte der Regen nun schon über die Hausmauern; vor zehn Jahren hatte ein Hagelsturm einen der vier Kamine zertrümmert. Das geräumige Gebäude hatte nicht nur den Witterungseinflüssen, sondern auch dem Bürgerkrieg getrotzt. Und wie jeder gute Yankee hütete es tief in seinem Innern ein Geheimnis.

Jake Paxton war weder an der architektonischen Schönheit noch an der Geschichte des Hauses interessiert, sondern einzig und allein an seinem Geheimnis … oder eigentlich war es Edward, dem das Rätsel keine Ruhe ließ.

Nun, da Rosalie endlich abgekratzt und das Haus nicht mehr ständig voller Gäste war, hatte Jake seinem Großvater versprochen, es von oben bis unten gründlich zu durchsuchen, was ihn vermutlich einen oder zwei Tage kosten würde.

Doch erst einmal musste er sichergehen, dass keine Besucher mehr da waren.

Edward ließ ihn schwören, dass er sich diesmal nicht erwischen lassen würde, als ob es sein Fehler gewesen wäre, dass der Detective ihn erwischt hatte, wie er über das Internet Mrs Rollings' Silber verkaufte. Woher hatte er denn wissen sollen, dass der hässliche Servierteller zehntausend Dollar wert war? Oder dass er gestohlen war? Oder dass Mrs Rollings versuchen würde, über die gleiche Onlinebörse einen zweiten Teller zu kaufen, und dabei entdeckte, dass es sich bei dem Teller, den sie erworben hatte, um das Erbstück aus ihrer Familie handelte?

Buck Houston hatte ihm das dämliche Ding angedreht, weil er noch Spielschulden bei ihm hatte, und Jake hatte getan, was jeder andere an seiner Stelle getan hätte – er hatte es verkauft. Wenn er gewusst hätte, wie viel der Teller wert war, hätte er sehr viel mehr dafür verlangt als zweihundert Dollar. Mrs Rollings hätte niemals zehntausend Dollar für einen Servierteller aus dem Internet hingeblättert. Stattdessen hätte ein Sammler ihn gekauft und er wäre aus dem Schneider gewesen.

Nun hatte Edward ihn freikaufen müssen. Jake wusste immer noch nicht, wie er das angestellt hatte, aber irgendwie hatte sein Großvater die richtigen Leute mit richtig viel Geld bestochen – das hatte er ihm jedenfalls gesagt – und ihn so vor dem Gefängnis bewahrt. Doch Edward betrachtete das, was er getan hatte, als Investition und sorgte dafür, dass Jake nie vergaß, dass er ihn jederzeit wieder ins Kittchen bringen konnte.

Edward würde Jake für den Rest seines Lebens bezahlen lassen. Jakes einzige Hoffnung war, dass sein Großvater wohl nicht mehr lange leben würde.

Jake stapfte durch ein rostiges Eisentor, das einst die kiesbedeckte Auffahrt bewacht hatte. Der weitläufige Garten, der zum Haus hinaufführte, bestand größtenteils aus vertrockneten, von Unkraut überwucherten Rasenflächen.

Die Ostseite des Hügels fiel in ein sanftes Tal mit einer Waldfläche ab, die sich um das gesamte Grundstück herumzog und den dahinter fließenden Ashter den Blicken entzog. Hinter dem Baumgürtel lag ein kleiner Teich und hinter diesem erstreckten sich endlose, frisch eingesäte Getreidefelder.

Auf der Westseite des Hauses, auf der anderen Straßenseite, schloss sich ebenfalls ein Hang an, bebaut mit mehreren Häusern, die allerdings weder so weiträumig noch so verfallen waren wie das alte Bristow-Anwesen.

Als der Landstrich vor einigen Jahren von einem Tornado heimgesucht worden war, hatte der Sturm den größten Teil der Dachschindeln von dem alten Gebäude gerissen und einen großen Ast durch eines der Fenster in dem Kuppeldach getrieben. Damals waren viele Häuser in der Stadt beschädigt worden – Anbauten waren eingestürzt, Fensterläden und Dachschindeln waren weggeflogen, doch im Gegensatz zum Bristow-Haus waren sie von ihren Besitzern repariert und in ihre alte, viktorianische Herrlichkeit zurückversetzt worden.

Leider war niemand mehr da, der dem Bristow-Haus seinen Glanz hätte zurückgeben können – jedenfalls gab es niemanden, der die Mühe auf sich genommen hätte, es instand zu setzen.

Wenn bekannt gewesen wäre, was sich innerhalb seiner Mauern befand, hätte sich vielleicht jemand gefunden, der versucht hätte, es noch ein wenig länger zu erhalten. Doch laut Edward kannte keiner außer ihm das Geheimnis des alten Gemäuers … und jetzt wusste auch Jake darum.

Er würde jeden Zentimeter des Hauses absuchen und beweisen, dass er nicht der Dummkopf war, für den sein Großvater ihn hielt. Dabei spielte es keine Rolle, ob die Legende ein Schwindel war. Edward war überzeugt, dass der Schatz sich noch immer an seinem Ort befand, und bis jemand ihn eines Besseren belehrte, würde Jake danach suchen.

Er stieg die sechs steinernen Stufen zu dem imposanten Eingangsportal hinauf und klingelte. Da niemand an die Tür kam, reckte er den Hals, um durch das blinde Fenster in den Wohnraum rechts von der Tür zu spähen. Mit etwas Mühe konnte er die Kante eines Sofas und ein Beistelltischchen ausmachen, aber sonst sah er nichts. Man hätte ihn von der anderen Seite des Zimmers aus beobachten können, ohne dass er es merkte.

Bei diesem Gedanken überlief ihn unwillkürlich ein Schauder.

Er fürchtete sich vor keinem einzigen Menschen auf der Welt – außer vielleicht vor seinem Großvater, doch alles Übernatürliche erfüllte ihn mit tiefstem Schrecken. Ganz gleich, was die Leute behaupteten, Geister waren real und sie waren gefährlich.

Er betätigte ein letztes Mal den Türklopfer, doch es kam noch immer niemand an die Tür.

Die meisten Einwohner der Stadt waren wenigstens einmal in ihrem Leben in dieses Haus gekommen, zum Sonntagsfrühstück oder zum Brunch, nur die Familie Paxton hatte Rosalie nie eingeladen. Zumindest nicht seinen Zweig der Familie. Edwards Cousine Dotty Sherman war regelmäßig bei ihr zu Gast gewesen, doch ihn hatte sie nie mit eingeladen, nicht einmal, wenn sie ihre alljährliche Weihnachtsparty gab, zu der, wie ihm schien, die Hälfte aller Kinder in der Stadt gekommen waren.

Doch jetzt, nach dreißig Jahren in diesem Rattenloch von Stadt, würde er dem Haus sein Geheimnis entreißen und niemand würde ihn davon abhalten.

Er legte ein Ohr an die Haustür und lauschte.

Schweigen.

Er würde noch einen Tag warten, um ganz sicherzugehen, dass sich wirklich kein Besucher mehr im Haus aufhielt. Und dann würde er herausfinden, ob Edwards Geschichte wahr war.

3

Über den Marktplatz von Etherton ergossen sich ganze Kaskaden von Petunien in Rot, Weiß und Purpur. Die mit den zarten Frühlingsblumen bepflanzten Blumenkästen, die an gusseisernen Laternenpfosten befestigt waren, brachten etwas von der dringend benötigten Farbe in das leicht heruntergekommen wirkende Stadtzentrum.

Zu Füßen der Blumen lag ein kleiner Park mit Rasenflächen, in deren Mitte die Statue eines hochgewachsenen Yankee-Soldaten aufragte. Die Muskete mit festem Griff umfasst, blickte er nach Süden; sein Gesicht verriet Kraft und Entschlossenheit. Er wirkte nicht, als ob er seinen Feinden drohen wollte, aber er versteckte sich auch nicht vor ihnen. Er schien einfach nur zu wissen, dass Ohio eine schlimme Zeit bevorstand und dass er bereit war zu kämpfen, sobald er einberufen wurde.

Von seiner Nische im Underground Café aus beobachtete Alex, wie die Autos die Kopfsteinpflaster-Straße vor dem Soldaten hinunterfuhren. Der Himmel war verhangen, aber es hatte heute Morgen noch nicht geregnet.

Manchmal kam es ihm so vor, als befände er sich selbst in einer Schlacht. Für ihn stand zwar längst nicht so viel auf dem Spiel wie für den Yankee-Soldaten, aber er hatte dennoch das Gefühl, als läge die Zukunft der Stadt, die so viele tapfere Soldaten hervorgebracht hatte, in seiner Hand. Die großen Firmen waren nicht sonderlich daran interessiert, eine sterbende Stadt wiederzubeleben – WalMart war Ethertons letzte Hoffnung auf eine größere Finanzspritze gewesen. Doch es gab noch eine andere Möglichkeit, neue Arbeitsplätze zu schaffen und dem Ort neues Leben zu schenken, wenn der Stadtrat nur bereit wäre, an einem Strang mit ihm zu ziehen und dafür zu kämpfen.

Er nahm einen Bissen von seinem Truthahn-Sandwich und spülte ihn mit Coke hinunter.

Als er dem Gremium gestern vorgeschlagen hatte, das Gelände der Truman-Farm zu kaufen, hatte er genauestens aufgezeigt, welche Möglichkeiten ihnen das böte – sie wären in der Lage, von ortsansässigen Handwerkern am Stadtrand ein erstklassiges Gemeindezentrum mit einem Park, einem Restaurant und ein paar Läden errichten zu lassen. Dieses Shoppingcenter könnte die Stadt dann vermieten. Und wenn dann irgendwann die Touristen – und mit ihnen die Einnahmen – zurückkehrten, wären sie gerüstet.

Doch der Stadtrat hatte seinen Vorschlag mit sechs zu einer Stimme abgelehnt. Louise war die Einzige, die dafür gestimmt hatte, aus reiner Höflichkeit. Sie wollten alle mehr Geld, neue Einkommensquellen – aber keinen Megastore und kein Shoppingcenter. Als ob er mir nichts, dir nichts irgendwelche Firmen oder Geschäftsleute aus dem Ärmel schütteln könnte, die sich in Etherton niederlassen wollten.

Dem Stadtrat war es natürlich ein Anliegen, dass die Investoren, die vorhatten, sich hier anzusiedeln, den idyllischen, uramerikanischen Charakter der Stadt, den die Einheimischen bewahren wollten, nicht antasteten. Keines der Ratsmitglieder zeigte allerdings Lust, sich der mühevollen Aufgabe zu unterziehen, neue Unternehmen anzuwerben, keiner wollte anstrengende Unterhandlungen führen mit dem Ziel, Absprachen zu treffen, die letztlich für alle Seiten vorteilhaft waren. Alex konnte sich ohnehin keine einzige Firma vorstellen, die bereit und imstande wäre, sämtliche Forderungen der Stadt zu erfüllen.

Er brach ein Stückchen Brot von seinem Sandwich ab und tauchte es in seine Suppe.

Die Mitglieder des Stadtrats unterstellten ihm, er hätte nicht die gebührende Achtung vor der Vergangenheit und sei im Begriff, die ehrwürdige Geschichte der Stadt zu entweihen, doch das stimmte nicht. Er konnte den ganzen Tag in einem Museum verbringen und sich Exponate zum amerikanischen Bürgerkrieg ansehen, aber wenn er sich zu sehr in der Vergangenheit verlor, konnte er den heutigen Bürgern von Etherton nicht helfen. Und dazu hatten sie ihn schließlich eingestellt – um der Stadt neue Perspektiven aufzuzeigen … und weil weder er noch seine Familie eine persönliche Bindung an irgendein Bauwerk oder Gebäude im Stadtkern hatten.

Die historische Vergangenheit, so hatte er ihnen klarzumachen versucht, würde weder mehr Polizisten auf die Straße bringen noch die Wasserversorgung der Stadt verbessern noch das so dringend benötigte Krankenhaus bauen. Ohne neue Geschäftszweige und die Steuereinnahmen durch diese Geschäftszweige würde Etherton untergehen wie so viele andere Städtchen am Ashter. Als die Einwohner von Erinville und Mannings wegen besserer Jobs nach Columbus und Cleveland zogen, verschwanden auch ihre Städte.

Als er seine Stellung bei einer florierenden Marketingfirma gekündigt und die Stelle in Etherton angenommen hatte, war er froh gewesen, umziehen zu können. Es ging ihm nicht einfach nur darum, South Carolina zu verlassen. Er war geflohen und hatte nicht vor, jemals wieder zurückzukehren.

Er war nach Etherton gezogen, weil er ein neues Leben suchte, und er hatte es tatsächlich gefunden. In den Monaten, die er nun hier lebte, hatte er eine Beziehung zu Gott entwickelt, die er sich nie hätte träumen lassen, und er hatte ein paar Freundschaften geschlossen, die – da war er ganz sicher – ein Leben lang halten würden. Er konnte sich gut vorstellen, den Rest seines Lebens hier zu verbringen. Doch abgesehen davon, dass er einigen der alten Bauwerke der Stadt ein Facelifting verpasst hatte, hatte er bis jetzt nicht allzu viel erreicht. Der Rat hatte alle seine Ideen, neue Firmen in die Stadt zu ziehen und neue Arbeitsplätze für die Einheimischen zu schaffen, im Keim erstickt.

Alex legte den Löffel hin und blickte wieder durch das Fenster auf den Soldaten.

Für ihn ging es nicht um Leben und Tod wie für die vielen Soldaten, die aus Etherton hervorgegangen waren, doch auch er würde seine Pflicht erfüllen und für diese Stadt kämpfen.

Wer auch immer das Underground Café ausgestattet hatte, hatte eine wahre Leidenschaft für Farben und – glücklicherweise – auch ein Auge dafür. Pflaumenfarbene Sofakissen auf hellen Sofas, nachtblaue Wände mit graubraunen Paisleymustern, rubinrote, orangene und – zu den Wänden passende – pflaumenfarbene Teppiche mit modernen Kreismustern.

Sarah überflog die Tafel mit den Kaffeespezialitäten über der Theke und entdeckte ihr Lieblingsgetränk – Chai Latte. Sie verkniff sich jedoch den Luxus, bestellte stattdessen einen normalen Kaffee und rührte ein bisschen Kaffeeweißer mit Haselnussgeschmack hinein.

Dann ließ sie sich auf einen kürbisgelben Stuhl sinken und zwang sich, die Augen offen zu halten, während sie ihren Kaffee trank. In der Nacht zuvor hatte sie für ein paar Stunden an einer Raststätte außerhalb von DuBois haltgemacht und war heute Morgen in Etherton eingetroffen. Sie hatte keine Zeit mehr mit Schlafen verschwenden wollen, nachdem sie sich erst einmal entschlossen hatte, hierherzukommen. Sie wollte so schnell wie möglich bei ihrer Großmutter sein.

Eigentlich hätte sie sie schon vor etlichen Jahren besuchen sollen. Auf der Fahrt durch Pennsylvania hatte sie überlegt, warum es nie dazu gekommen war. Anfangs, als sie frisch nach New York gezogen war, hatte sie kein Geld dafür, und als dann die Aufträge und mit ihnen das Geld kamen, hatte sie zu oft außer Landes zu tun und keine Zeit für einen Abstecher nach Ohio gehabt.

Einmal – sie fotografierte damals Minenarbeiter in Cleveland – hätte sie beinahe ein Auto gemietet und wäre zu ihrer Großmutter gefahren, doch dann war ein dringender Anruf von Grant gekommen, der sie für den nächsten Tag auf die Philippinen beorderte. Sie hatte ihre Sachen gepackt und den nächsten Flug genommen. Auf die Idee, den Job sausen zu lassen und stattdessen nach Etherton zu fahren, war sie gar nicht gekommen.

Als sie in die Staaten zurückgekehrt war, hatte sie mehrmals versucht, ihre Großmutter telefonisch zu erreichen, doch als Rosalie schließlich abnahm, wirkte sie verwirrt, murmelte nur, dass sie nichts verstehen könne, und fragte immer wieder, wer der Anrufer sei. Während Sarah noch um Fassung rang, hatte ihre Großmutter einfach aufgelegt.

Nach der Telefonepisode hatte sie ihrer Großmutter einen Brief geschrieben, den diese denn auch postwendend beantwortete. Sie hatte geschrieben, dass sie sich sehr freuen würde, wenn ihre Enkelin zu Besuch käme. Sarah hatte daraufhin sofort nach Ohio fahren wollen, doch irgendetwas hatte sie wieder abgehalten. Ein Außenstehender würde es wohl kaum verstehen, aber der eigentliche Grund war, dass sie sich im tiefsten Innern davor fürchtete, durch diesen Besuch die ihr so kostbaren Erinnerungen an ihre Großmutter Rosalie zu zerstören. Sie hatte Angst, dass Rosalie sie jetzt, als Erwachsene, ablehnen und damit die einzige verlässliche Beziehung zerstören würde, die sie je in ihrem Leben gekannt hatte.

Also hatte sie sich damit begnügt, ihr brieflich von ihren Reisen zu berichten und ein paar Fotos zu schicken. Ihre Großmutter hatte jedes Mal geantwortet; ihre Handschrift war zwar kaum noch leserlich, aber ihre Briefe waren immer noch voller Liebe und Güte. Sie hatte Sarah ermutigt, sich weiterhin in ihrem Beruf zu engagieren, und vor allem hatte sie nie aufgehört zu fragen, wie es um ihre Beziehung zu Gott stand.

Wie lange war es her, dass sie einen Brief von ihr bekommen hatte? Sechs Monate, vielleicht ein Jahr. Auf jeden Fall viel zu lange. In ihrem letzten Brief hatte Rosalie Sarah fast angefleht, sie zu besuchen, doch Sarah war der Bitte nicht nachgekommen. Sie erstickte damals praktisch in Arbeit und unmittelbar danach kam die schwierige Zeit, in der sie nach einem neuen Job suchte, deshalb war sie nicht nach Ohio gefahren. Und sie hatte auch nicht zurückgeschrieben.

Ob ihre Großmutter jetzt wohl böse auf sie war? Auf jeden Fall hätte sie es verdient. Sarah hätte sie schon vor Jahren besuchen sollen.

Sie nahm einen weiteren großen Schluck Kaffee und kämpfte erneut gegen ihre Müdigkeit an.

Auch wenn Rosalie ihr böse war – sie würde ihr ganz bestimmt verzeihen, dass es so lange gedauert hatte, bis sie nach Ohio gekommen war … dass sie mit ihrem Besuch gewartet hatte, bis sie verzweifelt auf die Hilfe ihrer Großmutter angewiesen war.

Heute Morgen noch würde sie an Rosalies Tür klopfen.

Es gab allerdings eine Schwierigkeit – das letzte Mal, als sie hier gewesen war, war sie noch ein Kind gewesen. Sie hätte nicht mehr sagen können, wo Crescent Hill lag.

Sie ließ den Blick durch das Café schweifen. Zwei Frauen saßen beim Frühstück und tratschten, ein Mann und ein paar Kinder verzehrten Eisbecher und ein Typ, vielleicht Anfang dreißig, blickte aus dem Fenster. Der Mann, der allein saß, hatte dunkelbraunes Haar und trug einen Anzug, der eher in die Wall Street als in ein Café in Etherton passte. Sein Gesicht war zum Fenster gewandt, doch ihr gefiel seine feste Kinnlinie. Oder verriet diese Linie vielleicht Dickköpfigkeit?

Sie seufzte und schwenkte ihren Kaffee in der Tasse. Wahrscheinlich war er verheiratet, so wie alle gut aussehenden Männer es heutzutage waren.

Auch ihr letzter Freund hatte sich vergangenes Jahr fest gebunden, ganze sieben Wochen, nachdem er mit ihr Schluss gemacht hatte. Er hatte zu ihr gesagt, dass sie diejenige sei, die Schwierigkeiten hätte, sich wirklich auf jemanden einzulassen, und sie hatte darüber gelacht, bis ein gemeinsamer Freund ihr die Einladung zu seiner Hochzeit zeigte, die er erhalten hatte.

Sie hatte keine Bindungsprobleme, sie war nur noch nicht dem Richtigen begegnet.

Sie nahm ihre Handtasche vom Boden auf und schlenderte zu dem Typen im Anzug hinüber. Vielleicht stammte er ja nicht aus Etherton, aber wenn doch, konnte er ihr sicher den Weg zum Haus ihrer Großmutter sagen.

Als sie sich räusperte, drehte er sich zu ihr um. Seine Augen waren von einem klaren Grün und erinnerten sie an eine Lagune auf Bali, wo sie einmal gewesen war.

Sie schenkte ihm ein flüchtiges Lächeln. »Ich wollte Sie fragen, ob Sie mir wohl einen Weg erklären könnten.«

Er schob seine leere Suppentasse zurück. »Gern, wenn ich kann.«

Sie war erleichtert; ihr Lächeln vertiefte sich. Es tat gut, wieder einmal an einem Ort zu sein, an dem man nett zu Fremden war. »Ich muss nach Crescent Hill.«

Die Lippen des Mannes teilten sich leicht, doch er schloss sie sogleich wieder. Als er sie abwägend ansah, überlegte sie, was er wohl dachte. Vielleicht irritierten ihn ja die Schatten unter ihren Augen, die vom Schlafmangel herrührten.

Sie trat einen Schritt zurück und strich sich eine blonde Haarsträhne hinters Ohr. »Wenn Sie es nicht wissen …«

Er schüttelte den Kopf. »Nein, nein, darum geht es nicht.«

Als er wieder schwieg, knöpfte sie ihre Jacke zu. Sie musste eine Tankstelle suchen, vielleicht konnte man ihr dort weiterhelfen.

»Es ist nicht weit von hier«, meinte der Mann schließlich und nickte in Richtung Fenster. Sie folgte seinem Blick, als könnte sie das Haus ihrer Großmutter vom Marktplatz aus sehen. »Biegen Sie an der Elm Street rechts ab; die Straße endet dann bei Crescent Hill.«

Sie schob den Riemen ihrer Handtasche auf die Schulter. »Danke.«

Er beugte sich vor. »Was suchen Sie dort?«

Sie zögerte. Dann sagte sie: »Meine Großmutter.«

4

Sarah schlug die Autotür zu und blickte voller Bewunderung zum Haus ihrer Großmutter hinauf. Die Nordseite des Gebäudes war dicht mit Clematis bewachsen, deren zarter Vanilleduft die leichte Brise erfüllte, die vom Crescent Hill her wehte. Die alten Mauern waren von Pinienharz geschwärzt und Buchenzweige tauchten ihre Spitzen in die kunstvoll gehämmerte Regenrinne.

Sie hob den Kopf und entdeckte das zerbrochene Fenster in dem weißen Kuppeldach, von dem das Haus gekrönt war. Früher war sie an Regentagen immer die gewundene Treppe hinaufgeklettert und hatte stundenlang vor ihrer hölzernen Staffelei gestanden und gemalt: den Garten, den Fischteich und die Allee, die zum Friedhof führte. Sie war Rapunzel gewesen, Aschenputtel, Königin Guinevere, die über ihr Reich dort unten herrschte.

Unten an der Hauswand blitzten leuchtende Farbflecken auf. Sarah strich mit der Hand über die Tulpen ihrer Großmutter, die sie so liebte.

Intensive Muster in Violett, Apricot und Magenta schimmerten durch das Unkraut – es gab keine Farbe oder Blume, die ihre Großmutter nicht liebte.

Links neben dem Haus befand sich die Garage; als sie durch die staubigen Glasscheiben blickte, erkannte sie das Dach des Chrysler Imperial, den Rosalie fuhr.

Sarah ging auf die Steintreppe zu, die zu der vornehmen Vordertür hinaufführte; der weiße Anstrich war alt und blätterte vom Holz ab. Zu beiden Seiten der Tür wachten zwei mächtige Löwenköpfe. Sie hob den Messingklopfer an und klopfte dreimal.

Als niemand an die Tür kam, läutete sie.

Vom Hügel her kam ein Windstoß, der das Laub vom Vorjahr, das noch im Garten lag, aufwirbelte. Sie schauderte in ihrer leichten Jacke und hatte plötzlich das unangenehme Gefühl eines Déjà-vu-Erlebnisses: Sie stand wieder vor dem Büro des *Fountain Magazine* und klopfte und klopfte, doch niemand öffnete.

Sie lief die Treppe wieder hinunter. Vielleicht war ihre Großmutter ja beim Friseur oder besuchte eine Freundin. Oder vielleicht wohnte sie inzwischen auch in einem städtischen Altenheim. Wenn ihr etwas zugestoßen wäre, hätte ihre Stiefmutter sie doch ganz bestimmt benachrichtigt …

Neben dem Haus verlief ein fast zugewachsener schmaler Weg. Eine der Säulen des Bogengangs wirkte, als könnte sie jeden Moment einstürzen, und das Dach sah aus, als würde es ebenfalls in nächster Zeit in sich zusammenfallen, ermüdet von langen Jahren harter Arbeit. Falls ihre Großmutter plante, es zu erneuern, würde ein Fachmann ihr wahrscheinlich empfehlen, es ganz abtragen und neu decken zu lassen.

Sarah gelangte hinter das Haus und betrat die lang gezogene Veranda, von der aus man freien Blick über die Bäume und Felder hatte. Von hier konnte man kilometerweit sehen, ohne dass ein einziger Wolkenkratzer sich ins Blickfeld schob. Ihre Schultern entspannten sich, während sie sich gegen eine der Säulen lehnte und die frische, saubere Luft einatmete.

Es tat gut, wieder hier zu sein.

Das Geräusch von Reifen in der Einfahrt unterbrach die Stille. Sie lief nach vorn und geriet mitten in eine Staubwolke, die einen heftigen Hustenanfall bei ihr auslöste.

Ein Minivan hatte den Kies aufgewirbelt. Sarah blinzelte zu dem dunkelgrünen Gefährt hinüber. Vielleicht saß ihre Großmutter ja drin. Doch dann stieg eine Frau in rosafarbenem Sweatshirt und rosa Hosen aus und öffnete einem Mädchen die Tür; das Kind war vielleicht vier oder fünf Jahre alt.

Die Kleine hüpfte wie ein Gummiball die Stufen zur Vordertür hinauf; ihre Rattenschwänze wippten mit. Die Frau legte der Kleinen die Hand auf den Scheitel, doch das hinderte sie nicht daran, weiter auf- und abzuhüpfen.

»Wir sind gerade vorbeigefahren und kennen Ihr Auto nicht.« Die

Frau schob ihre Sonnenbrille mit dem Zeigefinger hoch. »Kann ich Ihnen helfen?«

»Ich weiß nicht genau ...« Sarahs Blick wanderte von dem braunen Pferdeschwanz der Frau hinunter zu ihren Füßen; der Anblick ließ sie unwillkürlich lächeln. Die Frau trug Crocs in zwei verschiedenen Farben – der eine war rosa, der andere dunkelrot.

Die Frau schaute ebenfalls auf ihre Füße hinunter, stöhnte auf und deutete auf das hüpfende Kind neben sich. »Ich habe noch drei weitere von der Sorte«, versuchte sie die Situation zu erklären, »alle unter sechs.«

»Also können Sie sich glücklich schätzen, überhaupt Schuhe anzuhaben.«

»So ist es.« Die Frau streckte die Hand aus. »Ich bin Jenny und das ist Hailey.«

Sarah gab Jenny die Hand und streckte sie dann Hailey entgegen. Statt ihr die Hand zu schütteln, leckte diese sie. Manchmal wünschte Sarah sich Kinder, manchmal nicht.

»Tut mir leid ...« Die Frau nahm ihre Tochter auf den Arm. »Sie hält sich heute für ein Hündchen. Einen Labrador.«

Sarah wischte sich die feuchte Hand an ihrer Jeans ab. »Na, wenigstens ist sie kein Rottweiler.«

Hailey winselte und zerrte ihre Mutter am Haar, während diese zu reden versuchte. »Diesen Monat habe ich schon mit einem Gorilla, einem Löwen und einem Schimpansen zusammengelebt und keiner von ihnen war zahm. Anfangs fand ich es noch lustig.«

»Wo sind Ihre anderen Kinder?«

»Zwei sind bei meiner Schwester und eins ist Gott sei Dank in der Schule.« Wenn sie lachte, klang sie mehr nach einem Mädchen als nach einer Erwachsenen und erinnerte Sarah an jemanden, den sie einst gekannt hatte.

Sie betrachtete die Frau genauer und blinzelte. »Jenny Nixon?«

Die Frau lachte wieder und nahm ihre Sonnenbrille ab. »Jenny Sprague inzwischen, aber es ist schön, jemanden zu treffen, der sich an mich erinnert, als ich ...«

»Wir haben immer Fangen zusammen gespielt, unten auf dem Friedhof.« Sarah deutete zum Wald hinüber.

Jenny stellte ihre zappelnde Tochter wieder auf den Boden. »Sarah?«

»Immer noch Sarah Bristow.«

Das Lächeln verschwand aus Jennys Gesicht. »Oh Sarah …«

»Ist nicht so schlimm. Ich bin gern Single.«

»Single? Nein …« Ihre Stimme erstarb, während sie zu Hailey hinübersah, die um eine Kiefer herumjagte. Dann sah sie wieder Sarah an. »Was machst du hier?«

Sarah schob die Hände in die Taschen ihrer Jeans. Sie hatte nicht wirklich einen Grund, hier zu sein, außer dass sie einen Ort brauchte, an dem sie wohnen konnte … und sie wollte ihre Großmutter sehen. Sie holte tief Luft. »Ich möchte meine Großmutter besuchen.«

Jenny blinzelte ein paarmal und einen Augenblick lang hatte Sarah das Gefühl, ihre alte Freundin würde gleich in Tränen ausbrechen. »Stimmt etwas nicht?«

»Jemand hätte es dir sagen sollen.«

»Warum …«, fing sie an. »Was … was ist passiert?«

»Sie ist gestorben«, sagte Jenny leise. »Sie hatte Knochenkrebs.«

»Krebs?«, wiederholte Sarah. Sie zog ihr Handy aus der Hosentasche, als erwartete sie, einen Anruf verpasst zu haben, der sie benachrichtigte, dass Rosalie krank war, aber sie hatte keine Nachrichten.

»Wann ist sie …«

Jenny biss sich auf die Lippen. »Freitag.«

Vor fünf Tagen.

»Sie ist im Schlaf gestorben.«

Sarah blinzelte. »Am Freitag?«

»Ich dachte, man hätte dich angerufen … sonst hätte ich es selbst versucht.«

»Danke«, wollte sie sagen, doch ihre Stimme erstarb.

»Die Beerdigung war gestern.«

Wenn sie New York doch nur schon letzte Woche verlassen hätte. Dann hätte sie ihrer Großmutter noch sagen können, wie sehr sie sie liebte, wie kostbar ihr die Erinnerung an die Sommer waren, die sie zusammen verbracht hatten. Und sie hätte ihr sagen können, dass es ihr leidtat, dass sie sie nicht früher besucht hatte.

»Komm mit zu uns nach Hause.« Jenny wollte Sarah am Ärmel zu ihrem Minivan ziehen, doch diese bewegte sich nicht. »Dort können wir in Ruhe reden.«

Sie starrte das Auto an.

»Bist du in Ordnung?«, fragte Jenny.

Eine winzige Hand schob sich in ihre, Finger umschlossen ihre Hand und Hailey lächelte zu ihr hoch.

»Los, Hailey, komm.« Jenny versuchte ihre Tochter fortzuziehen, doch diese ließ Sarah nicht los.

»Rrrrrrauu«, heulte sie leise und stupste Sarahs Arm mit der Nase an.

Sarah folgte der freundlichen Aufforderung und begleitete die beiden zu ihrem Van.

Verborgen hinter Kiefernzweigen, beobachtete Jake Paxton, wie Jenny Sprague und diese blonde Tussi sich benahmen, als seien sie dicke Freundinnen.

Jenny und ihre Tochter waren vor zehn Minuten die Einfahrt heraufgebraust, als stünde ihr Auspuff in Flammen. Er hatte nicht damit gerechnet, sie hier zu sehen – normalerweise war es ihr Mann, der sich in alles einmischte.

Er traute Jenny nicht. Nicht die Bohne. Niemand würde ihr mehr trauen, wenn die Leute wüssten, was sie mit ihm gemacht hatte.

Jetzt war sie sich zu gut, um ihn auch nur zu grüßen, wenn sie sich in der Stadt begegneten. Sie nickte ihm nicht einmal zu. Es war, als existiere er gar nicht.

Es machte ihm nichts aus, dass Jenny ihn ignorierte. Er hatte jetzt eine viel bessere Freundin. Eine hübschere und vor allem eine viel jüngere.

Jenny war inzwischen mit Anwalt Dan liiert.

Es spielte keine Rolle, ob er ihr traute oder nicht. Jenny war nicht clever genug, um zu wissen, was sich hinter den Mauern dieses Hauses verbarg, doch was die Blonde anging, war er sich nicht so sicher. Er hatte beobachtet, wie sie an der Vordertür klopfte und durch das Fenster spähte, als suche sie jemanden. Und als sie dachte, dass niemand zusähe, war sie ums Haus herum nach hinten gegangen.

Wusste sie etwa, was sich im Haus befand?

Edward hatte geschworen, dass keiner außer ihm das Geheimnis des Hauses kannte. Aber wenn die Blonde nichts wusste, warum war sie dann hier?

Vielleicht wollte sie das Haus kaufen.

Bei diesem Gedanken musste Jake lachen. *Als ob jemand diesen Trümmerhaufen kaufen wollte.* Die Wände hielten wahrscheinlich keine fünf Jahre mehr durch, allerhöchstens zehn. Ein paar seiner Kumpel unten in der Billardhalle hatten gewettet, dass das Dach noch dieses Jahr einstürzte, doch er hatte dagegengehalten und darauf gesetzt, dass es bis zum Neujahrstag halten würde. Wenn er recht behielt, hatte er hundert Dollar gewonnen.

Während die Frauen in den Van einstiegen, ließ er den Zweig los, den er festgehalten hatte. Kiefernzapfen schlugen ihm ins Gesicht, sodass er rückwärtsstolperte und Halt suchend nach einem anderen Zweig griff. Als er wieder sicher stand, zog er den Bund seiner Fliegerjacke herunter und steckte die Hände in die Taschen.

Wenn die Blonde hier nur herumschnüffelte, würde er einfach noch einen oder zwei Tage warten, aber wenn sie das Anwesen kaufen wollte, war es das Beste, er brach ins Haus ein, bevor sie – oder jemand anders – über den Schatz stolperte, ehe er ihn gefunden hatte.

5

Von der Steinterrasse stieg wabernd die Hitze auf; Stephanie Ellis-Carter war schweißgebadet. Jetzt, um ein Uhr mittags, betrug die Temperatur vierzig Grad bei hundert Prozent Luftfeuchtigkeit. Dabei war es gerade erst Mai. Stephanie hatte das Gefühl, als rücke der Äquator jedes Jahr etwas näher an South Carolina heran. Wenn sie vierzig war, würde es in Brasilien wahrscheinlich frieren und in Carolina tödliche Hitze herrschen.

Sie trocknete sich die Stirn mit einem Tuch. Es war verrückt, hier draußen in der Hitze zu sitzen, aber Tante Debras Klimaanlage war kaputt und an einem Nachmittag wie diesem drinnen im Haus zu verschmachten, war noch verrückter, als sich in die Sonne zu setzen.

Auf der anderen Tischseite lag eine Zeitung. Stephanie griff danach. Es war die *Etherton Daily News*. Sie drehte sie um und überflog die Kopfzeile. Die Stadt lag in Ohio und hatte knapp elftausend Einwohner.

Statt die Schlagzeilen zu lesen, fächelte sie sich mit der Zeitung Luft zu. Gleichzeitig zog sie sich ihren Baumwollrock über die Knie und steckte die Füße unter den Stuhl, damit die Sonne sie nicht verbrannte. Man sollte eigentlich annehmen, dass die UV-Strahlen ihr nichts ausmachten, da sie in South Carolina geboren war, doch ganz gleich, welchen Sonnenschutzfaktor sie verwendete, im Frühjahr bekam sie regelmäßig einen Sonnenbrand und ihre Haut schälte sich.

Als sie heute Morgen nach Columbia aufgebrochen war, hatte sie nicht daran gedacht, Sonnenschutzmittel mitzunehmen. Sie war zu sehr damit beschäftigt gewesen, sich auf den Besuch bei ihrer Tante einzustellen und über die verflixte Semesterarbeit nachzugrübeln, die einfach keine Fortschritte machte.

Sie bewegte die *Etherton Daily News* noch schneller.

Dabei hatte sich ihre Semesterarbeit gar nicht so übel angelassen. Ihr Professor für Amerikanische Geschichte wollte, dass sie eine Arbeit über ein ungelöstes Rätsel in der Geschichte der Vereinigten

Staaten schrieb, doch Stephanie wollte nicht einfach über irgendein beliebiges Geheimnis schreiben. Sie wollte über die Legenden schreiben, mit denen sie aufgewachsen war. Über die Geheimnisse in der Familie Ellison.

Ihr Professor war einverstanden – ja, eigentlich sogar begeistert gewesen. Ein paar Stunden, nachdem sie ihm das Thema vorgeschlagen hatte, saß sie bereits in der Bibliothek und stöberte in den Archiven. Da sie kaum etwas über die Familie Ellison fand, rief sie ihre Mutter an, die ihr vorschlug, doch ihre Tante Debra zu besuchen. Ihre übrigen Verwandten lebten im ganzen Land verstreut, doch Debra Ellison war in Columbia, South Carolina, geblieben, zusammen mit ihrer Sammlung von Familiendokumenten und Erinnerungsstücken.

Das war nun zwei Monate her. Zwei Monate, in denen sie jedes historische Archiv durchforstet hatte, das sie online finden konnte. Zwei Monate, in denen sie es vermieden hatte, ihre Tante anzurufen.

Nächsten Monat musste sie die Arbeit abliefern, denn diesen Sommer wollte sie ihren Abschluss in Clemson machen, doch bis jetzt hatte sie noch nicht ein einziges Wort geschrieben. Sie hatte keinerlei Fakten gefunden, die zu den Geschichten passten, die man sich in ihrer Familie erzählte. Am Montag hatte sie einen Termin bei ihrem Professor; sie wollte ihn bitten, ihr ein neues Thema zu geben. Doch ihre Mutter hatte darauf bestanden, dass sie erst noch Tante Debra besuchte, und deshalb saß sie nun in Columbia. Bereit zu reden.

Sie hätte ihre Tante schon längst wieder einmal besuchen sollen, lange bevor sie die Informationen für ihre Arbeit brauchte, doch sie hatte alles getan, um einen Besuch in Columbia zu vermeiden. Nicht, weil sie Tante Debra nicht liebte – sie hatte sie von Herzen gern –, sondern wegen der Sache mit ihrem Cousin im letzten Jahr. Debra trauerte immer noch um ihren Sohn. Stephanie und ihre Eltern hatten großes Mitleid mit ihr, doch um Trent Ellison tat es keinem leid.

»Da bist du ja, mein Schatz.« Debra reichte ihr eine eisgekühlte Cola und setzte sich in einen Schaukelstuhl, vorsichtig, um ihr Getränk nicht zu verschütten. Ein weißer Strohhut verbarg ihr rotbraunes Haar und ihre Arme und ihr Hals waren viel dünner, als Stephanie in Erinnerung hatte. Das letzte Mal, dass sie sie gesehen hatte, war nun schon zwei Jahre her. Es war an Thanksgiving gewesen.

Das kalte Glas kühlte ihre Hände, während sie trank. Sie fischte ein Eisstückchen heraus und ließ es im Mund zergehen.

Debra schob eine Haarsträhne zurück unter den Hut. »Deine Mutter sagt, du schreibst eine Arbeit über die Ellisons.«

Stephanie öffnete ihren Laptop und der Bildschirm erwachte zum Leben. »Mein Geschichtsprofessor hat uns die Aufgabe gegeben, über ein ungelöstes Rätsel in der Geschichte zu schreiben.«

Ein leichtes Lächeln trat in die Augen ihrer Tante. Stephanie freute sich, einen Abglanz der Fröhlichkeit wiederzusehen, die früher so typisch für ihre Tante gewesen war. »Da bist du bei mir genau richtig.«

»Es tut mir leid, dass ich nicht früher gekommen bin ...«

Das Eis klirrte in Debras Glas, während sie es schwenkte und ihrer Nichte in die Augen sah. Dann stellte sie das Glas ab, beugte sich vor und tätschelte Stephanies Knie. »Ich habe die letzten zwei Jahre damit verbracht, mich schuldig zu fühlen, mein Schatz, da brauchst du dich nicht auch noch schlecht zu fühlen.«

Stephanie nickte stumm, von Reuegefühlen überwältigt. Was sollte man einer Mutter auch sagen, wenn ihr Sohn zu einer lebenslangen Gefängnisstrafe verurteilt worden war? Sie hatte nicht gewusst, was sie ihrer Tante sagen sollte, als ihre Mutter anrief und ihr mitteilte, dass die Jury Trent für schuldig befunden hatte, und sie wusste auch jetzt nicht, was sie sagen sollte. Nach Trents Verurteilung hielt sie es für besser, das Thema ganz zu vermeiden, statt jedes Wort auf die Goldwaage zu legen, um ihre Tante nur ja nicht zu verletzen, wo sie doch einfach nur traurig und wütend war über das, was er getan hatte.

Während Trents Gerichtsverhandlung war sie auf dem College gewesen und hatte mitten in den Semesterabschlussprüfungen gesteckt, doch dafür, dass sie an der Urteilsverkündung nicht teilnahm, hatte sie keine Entschuldigung gehabt. Tief in ihrem Innern hatte sie gewusst, dass er schuldig war, und konnte es einfach nicht ertragen zuzusehen, wie ihr Cousin des Mordes überführt wurde.

Ihre Mutter und ihr Vater waren an jedem Verhandlungstag im

Gerichtssaal gewesen, um Tante Debra zu unterstützen. Sie erzählten, dass Trent seine Tat zu bereuen schien, doch Stephanie hielt diesen Eindruck für Wunschdenken. Selbst wenn ihm leidtat, was er getan hatte, konnte er dadurch den entsetzlichen Schmerz nicht ungeschehen machen, den er seiner Mutter und sich selbst und vor allem der Familie der Frau, die zu lieben er behauptet hatte, zugefügt hatte.

Irgendwie tat Trent ihr sogar ein bisschen leid. Er hatte seinen Vater nie gekannt, hatte nie erlebt, wie es war, mit einem Vater aufzuwachsen, und war von Anfang an eine beängstigende Mischung aus Charme und Grausamkeit gewesen. Er war vier Jahre älter als sie, und wenn er zu Besuch kam, war sie nie ganz sicher, welcher Trent diesmal vor der Tür stehen würde. Oft klopfte der charmante Trent und wenige Minuten später tauchte plötzlich der Furcht einflößende Trent auf, der mit Gegenständen um sich warf und drohte, sie mit einer Spielzeugwaffe zu erschießen.

Als er zwölf war und versuchte, ihre Katze in die Mikrowelle zu stecken, riefen ihre Eltern Debra an und sagten ihr, dass sie sie und Trent liebten, aber dass Trent in ihrem Haus nicht mehr willkommen sei. Damals hatte sie ihn zum letzten Mal gesehen. Debra kam noch gelegentlich zu Besuch, aber nie mehr mit ihrem Sohn.

Die Haltung ihrer Eltern hatte Debra gekränkt, doch im Laufe der Jahre musste sogar sie erkennen, dass Trent Probleme hatte. Als sie bereit war, sich einzugestehen, dass er gefährlich war, war es bereits zu spät. Stephanie konnte sich gut vorstellen, welch tiefe Reue ihre Tante jetzt empfand. Wie sie sich immer wieder fragte: *Was wäre gewesen, wenn …?* Sie litt – und die meiste Zeit litt sie ganz allein.

Stephanie schob ihren Laptop ein paar Zentimeter auf dem Tisch zurück. »Wie geht es dir?«

Ihre Tante brachte ein schwaches Lächeln zustande. »Ein bisschen besser.«

»Und wie geht es ihm?«

»Nicht gut.« Debra griff nach der Leinentasche neben sich und hob sie auf ihren Schoß. »Aber darüber möchte ich heute nicht sprechen. Ich freue mich einfach nur, dass du da bist.«

»Ich mich auch«, flüsterte Stephanie.«

Ihre Tante fasste in die Tasche und zog einen Ordner heraus. »Also, was kann ich dir über die Ellisons erzählen?«

»Wir müssen jetzt nicht darüber reden.«

»Aber ich rede furchtbar gern darüber.« Debra öffnete den Ordner. »Ich weiß nur nicht genau, wo ich anfangen soll.«

Stephanie beugte sich vor. »Großvater hat immer vom Reichtum der Ellisons gesprochen. Und von ihrem Ansehen.«

»Das war noch vor dem Bürgerkrieg.«

»Ich wüsste gern, was unserer Familie zugestoßen ist.«

Debra nahm ihren Drink und nippte daran. »Keiner weiß genau, was passiert ist.«

»Großvater sagte, die Yankees hätten unser Geld gestohlen.«

Debra schüttelte den Kopf. »Sie haben nicht alles mitgenommen.«

Stephanie wusste noch, wie sie immer zugehört hatte, wenn ihr Großvater voller Stolz von seiner Familie erzählte. Die Ellisons waren eine der ersten Familien gewesen, die in die Neue Welt gekommen waren. Mit harter Arbeit hatten sie ihr Land in eine blühende Plantage verwandelt.

Mitte des 19. Jahrhunderts hatte Arnold Ellison eine Frau namens Miriam geheiratet und ein halbes Dutzend Kinder mit ihr bekommen, von denen die meisten im Bürgerkrieg ums Leben gekommen waren.

In diesem Krieg hatten sie ihre Kinder und ihr Land verloren und danach, infolge des allgemeinen Kursverfalls sämtlicher Aktien des amerikanischen Südens, schließlich ihr gesamtes Vermögen. Wenn Stephanies Großvater erst einmal angefangen hatte, über die Familie und ihre Herkunft zu reden, hatte er kein Ende mehr gefunden, und Stephanie pflegte, wenn er sich wieder einmal ganz in der Vergangenheit verlor, meist irgendwann nach draußen zu laufen und mit Trent zu spielen. Doch an ein paar der Dinge, die er erzählt hatte, erinnerte sie sich noch.

»Großvater hat immer gesagt, die Ellisons hätten einen Schatz auf der Plantage zurückgelassen.«

Debra lächelte. »Mein Vater glaubte auch, dass wir eines Tages von Aliens angegriffen werden.«

»Aber warum hat er gedacht, dass es einen Schatz gibt?«

Debra schwieg und blätterte ein Weilchen in ihrem Ordner. Plötzlich hielt sie inne. »Wegen gewisser Gegenstände, die vor dem Bürgerkrieg verschwanden.«

Stephanie beugte sich über die Schulter ihrer Tante und sah eine Seite voller Zeichnungen von Schmuckstücken. Mehrere mit Edelsteinen besetzte Halsketten. Einen Ring. Einen prächtigen Anhänger. »Was ist das?«

»Das waren Erbstücke aus England.«

Stephanie stellte sich vor, wie sie selbst eine dieser Halsketten trug. Wie sie in der Sonne glitzern und funkeln würde. »Das waren die Ellison-Juwelen?«

»Eine Zeit lang.«

Sie tippte in den Computer, was ihre Tante gesagt hatte. »Wie ist unsere Familie an diese Schmuckstücke gekommen?«

Debra stellte das Glas auf den Tisch und fuhr sich mit dem Ärmel über die Stirn. »Im 17. Jahrhundert waren die Ellisons getreue Untertanen der Krone.«

»Der Krone?« Stephanie rutschte auf ihrem Stuhl umher, während sie tippte: *der Krone treu.* »Aber unsere Familie gehörte zu den ersten Einwanderern.«

»Das hieß nicht, dass sie Revolutionäre waren.«

Stephanie stöhnte auf. Ihre Vorfahren – sie hatte angenommen, dass sie mit den anderen Kolonisten zusammen für die Freiheit gekämpft hatten. »Die Ellisons wurden also für ihre Treue belohnt?«

»Genau«, sagte Debra. »Vor dem Revolutionskrieg bedachte König George sie und einige andere auserwählte Familien mit großzügigen Geschenken.«

»Schmiergeld.«

»Sozusagen.« Debra nippte wieder an ihrer Cola. »Er hat ihre Treue zu England gekauft und sie standen bis nach dem Krieg in seinen Diensten.«

»Danach fingen sie an, sich an ihrer Freiheit zu freuen«, tippte sie. Sie erinnerte sich nicht, dass ihr Großvater die Tatsache erwähnt hatte, dass ihre Vorfahren Gegner der Amerikanischen Revolution gewesen waren. »Was ist aus dem Schmuck geworden?«

»Das ist eben das Rätsel«, antwortete Debra. »Er wäre heute Millionen wert.«

Stephanie starrte auf das Wort *Millionen*, das in ihrem Computer stand. Mit dem Geld könnte man eine ganze Menge anfangen.

Debra zog ein altes Buch aus ihrer Tasche und legte es auf ihren Schoß. »Das ist das Tagebuch von Miriam Ellison.«

Stephanie beugte sich vor und fuhr mit den Händen über das weiche Leder des Einbands. »Woher hast du das?«

»Mein Vater hat es mir gegeben, als ich etwa so alt war wie du jetzt. Es wurde seit Generationen an das älteste Kind weitervererbt.«

»Es tut mir leid ...«

Debra tätschelte ihr das Knie. »Trent hatte kein Interesse an diesen Dingen.«

»Ich möchte die Wahrheit herausfinden.«

»Ich habe von Miriam viel über die Familie erfahren«, sagte Debra, »aber nichts darüber, was aus dem Schmuck geworden ist.«

»Was hast du herausgefunden?«

Debra reichte ihr das Buch. »Lies es. Bilde dir selbst ein Urteil.«

Stephanie nahm das Buch und wiegte es nachdenklich in der Hand.

6

Die Frühstücksecke in Jennys blau-gelber Küche war erfüllt von hellem Sonnenlicht. Die Berge von schmutzigem Geschirr, die sich im Abwaschbecken türmten, erstreckten sich bis zu der mit Brotkrümeln übersäten gefliesten Arbeitsplatte, auf der zudem etliche Klebestifte und einige Gegenstände lagen, die, wie Sarah vermutete, kindliche Kunstwerke waren.

Im Hof standen zahllose Fahrräder und Roller herum; dazwischen eine Hundehütte, in der Hailey gleich nach ihrer Ankunft verschwunden war. Sarah hatte sich suchend nach einem echten Hund umgesehen, doch Jenny hatte den Kopf geschüttelt. Ihren Hund hatten sie einer alleinstehenden Frau geschenkt, nachdem Jenny das dritte Kind bekommen hatte.

Jennys jüngere Schwester lief nur wenige Minuten, nachdem sie gekommen waren, aus dem Haus. Auf dem Linoleumboden krabbelte ein Baby herum; unter dem rosa Sonnenkleidchen hing die Windel bedenklich tief herunter. Ein kleiner Knirps fuhr in einem großen Feuerwehrauto durch den Raum und tippte sich grüßend mit der Hand an die Mütze. Sarah wollte ihm die Hand geben, doch er fuhr an ihr vorbei.

Jenny schien weder die Windel noch den kleinen Jungen zu bemerken, der wild hupend die Sitzbank umrundete und im Wohnzimmer verschwand. Sie stellte einen Teller mit Schokoladenkeksen und zwei Tassen mit duftendem heißem Tee auf den Frühstückstisch.

Dann setzte sie sich Sarah gegenüber. Sarah legte ihre Hände um den Keramikbecher und sah zu, wie der Dampf aus der Tasse aufstieg und sich in der Luft auflöste.

Wie lange war ihre Großmutter wohl krank gewesen? Wo hatte sie ihre letzten Tage verbracht? Wer hatte ihr geholfen zu essen und sich zu waschen?

Jenny beugte sich zu ihr hinüber. »Sie hat letzte Woche nach dir gefragt.«

Sarah hob den Kopf und sah Jenny an. »Was hast du geantwortet?«

»Ich habe gesagt, dass du wahrscheinlich an irgendeinem exotischen Ort bist und Fotos schießt.«

Sie schüttelte den Kopf. »Ich war in New York.«

Allein.

»Rosalie hat den Leuten immer erzählt, dass ihre Enkelin eine berühmte Fotografin sei.« Jenny gab Süßstoff in ihren Tee. »Ich glaube, das hat sie jedem erzählt, der ihr über den Weg gelaufen ist.«

»Ich dachte, sie konnte nicht mehr so gut hören.«

Jenny lächelte. »Sie hörte nicht gut, aber das hinderte sie nicht daran zu reden.«

»Ich hätte bei ihr sein sollen.«

Jenny legte einen Keks auf eine Serviette und schob sie ihr hinüber. »Iss.«

»Wie lange hatte sie schon Krebs?«

»Etwa ein Jahr.«

Das Baby kam zum Tisch gekrabbelt und streckte die Ärmchen aus. Jenny griff mit geübtem Griff nach unten, hob es hoch und setzte es sich auf den Schoß.

Sarah drehte den Becher in den Händen. »Hatte sie große Schmerzen?«

»Die Leute aus dem Hospiz haben ihr geholfen. Aber auch, wenn sie Schmerzen hatte, war sie so fröhlich, Sarah. Wir wussten alle, dass sie auf dem Weg in den Himmel war.«

»War Eloise bei ihr?«, fragte Sarah, obwohl sie um ihrer Großmutter willen hoffte, dass ihre Stiefmutter nicht gekommen war.

Jenny hob ein Stückchen Keks hoch; das Baby griff danach und steckte es sich in den Mund. Dann griff es mit braunen Krümeln auf den Wangen nach einem weiteren Stück. »Ich habe sie nicht gesehen, aber Liza hat sie fast jedes Wochenende besucht.«

Die Eifersucht war wie ein Nadelstich. Sie hätte ebenfalls hier sein müssen und hätte Rosalie zusammen mit ihrer Halbschwester in ihren letzten Tagen beistehen müssen.

»Sie war also zu Hause …«

Jenny kaute und tupfte sich die Lippen ab. »Sie wollte nicht ins Krankenhaus.«

Das konnte Sarah gut verstehen. Ihr selbst war schon der Geruch von Krankenhäusern zuwider und sie ertrug es auch nicht, in einem Zimmer eingesperrt zu sein.

»Jetzt ist sie glücklich«, lächelte Jenny. »Und gesund. Ich stelle mir immer vor, wie sie auf den goldenen Straßen Charleston tanzt.«

Das Telefon, das auf der Arbeitsplatte stand, klingelte. Jenny erhob sich, das Baby auf ihrer linken Hüfte.

Bevor sie abnahm, drehte sie sich noch einmal zu Sarah um. »Und du weißt ja, dass Philip neben Jesus stand, um sie zu Hause willkommen zu heißen.«

Sarah lächelte. Sie erinnerte sich daran, wie Rosalie mit ihrem Sohn, Sarahs Vater, durch einen Ballsaal schwebte, und stellte sich gleichzeitig vor, wie sie in den Armen von Philip Bristow, ihrem vor dreißig Jahren verstorbenen Ehemann, durch das Himmelstor tanzte.

Jenny ging mit dem Telefon in der Hand in den Flur hinaus. »Du glaubst nicht, wer hier ist!«

Sarah blieb schweigend sitzen, während die Stimme ihrer Freundin sich verlor. Mit knurrendem Magen betrachtete sie den Schokoladenkeks, der vor ihr lag. Sie hatte nichts mehr gegessen, seit sie sich in der Raststätte auf der Pennsylvania-Ohio-Autobahn ein Hardee's-Brötchen gegönnt hatte. Das war vor neun Stunden gewesen.

Sie nahm einen kleinen Bissen und kaute, ohne etwas zu schmecken.

Liza hatte bestimmt gut für ihre Großmutter gesorgt und ihr gesagt, wie lieb sie sie hatte. Hatte ihr Blumen gebracht und das Kopfkissen aufgeschüttelt und sie gebeten, ihr Geschichten über ihre Familie zu erzählen, bevor sie gestorben war.

Gott sei Dank hatte Rosalie wenigstens eine Enkelin, die bis zu ihrem Tod bei ihr gewesen war.

Durch das Fenster sah Sarah, wie Hailey den Kopf aus der Hundehütte streckte und am Boden schnüffelte. Dann hoppelte sie auf allen vieren zu einem Dreirad und begann, an einem der Reifen zu nagen.

Sarah versuchte, nicht daran zu denken, wo dieser Reifen schon überall hindurchgefahren war.

Ein paar Minuten später kam Jenny wieder herein. Sie legte das Telefon auf den Tisch und trat zu ihr. »Tut mir leid wegen der Unterbrechung.«

»Das macht doch nichts.«

»Mein Mann ist Anwalt.« Jenny ließ sich wieder auf den Stuhl fallen und klopfte dem Baby den Rücken. »Er ist auf dem Heimweg zu einem späten Mittagessen.«

»Ich sollte mich wohl besser auf den Weg machen.«

»Aber nein.« Jenny setzte das Baby auf ihre Knie. »Er hat gesagt, er müsse sowieso mit dir reden.«

Sie blinzelte. »Warum muss er mit mir reden?«

Jenny zuckte die Achseln. »Keine Ahnung. Er hat mich auf seine berufliche Schweigepflicht verwiesen.«

»Ich bin nicht seine Klientin.«

»Das stimmt.« Jenny nahm einen Löffel und rührte ihren Tee um. »Aber deine Großmutter war es.«

Abgestandener Zigarettenrauch erfüllte das Wohnzimmer des Hauses, in dem Jake und Edward gemeinsam lebten. Jake musste niesen, als er das Haus durch die Hintertür betrat, und fluchte laut. Schon ein Dutzend Mal hatte er dem alten Knacker gesagt, dass er rausgehen sollte, wenn er rauchen wollte, doch seit Mariah fort war, zündete sein Großvater sich jedes Mal eine Zigarre an, sobald Jake durch die Hintertür hinausging.

Schließlich war es nicht so, dass er das Haus nicht mehr verlassen konnte. Edward fuhr fast jeden Tag mit seinem Mercedes die anderthalb Kilometer zu seiner Cousine Dotty, die drüben im Altenheim lebte. Er drückte jeden Monat den Betrag ab, den die Unterbringung seiner Cousine im Altenheim kostete, und gebärdete sich dabei als ihr großer Wohltäter.

Wenn Edward nicht in Beaverdale war, ging er seinen beiden Angestellten in Paxtons Antiquitätenladen auf die Nerven oder er fuhr zum Rathaus und belästigte dort, wen immer er dabei antraf, dieses Städtchen zu regieren. Sollte er doch in seinem verdammten Laden rauchen, wenn er wollte, oder sich vor dem Rathaus eine Zigarre anzünden.

Jake nieste erneut.

Auf dem Papier gehörte das Haus Edward, doch irgendwann würde es ihm und Mariah zufallen … wenn sie Etherton bis dahin noch nicht verlassen hatten. Aber er hatte keine Lust, jetzt ständig den Rauch einzuatmen, und wollte auch nicht, dass sich der widerliche Geruch in den Möbeln und Teppichen festgesetzt hatte, wenn sein Großvater endlich den Löffel abgab.

Als Jake ins Arbeitszimmer gestapft kam, saß Edward entspannt in seinem La-Z-Boy-Liegesessel, die Füße auf den dazugehörigen Hocker gelegt. Er trug seine übliche marineblaue Jacke und eine schwarze Hose und hatte die spärlichen grauen Haare, die ihm noch geblieben waren, hochgebürstet, sodass sie wie eine Drahtbürste vom Kopf abstanden. Niemand hätte es gewagt, Edward darauf hinzuweisen, dass sein achtzigster Geburtstag kurz bevorstand. Er selbst sah sich noch immer als distinguierten Sechzigjährigen, dabei wirkte er mit seinen spitzen Ohren und der faltigen Haut mehr wie der Hauself in den Harry-Potter-Büchern als wie ein distinguierter Gentleman.

Er stieß ein Rauchwölkchen aus, das sachte aufstieg und sich über Jakes Gesicht legte. »Wo hast du gesteckt?«

Jake versuchte, ein weiteres Niesen zu unterdrücken, aber er verlor den Kampf. »Ich hab doch gesagt, du sollst hier drin nicht rauchen.«

»So ’n bisschen Rauch ist gut für dich, Jake. Vielleicht macht es ja sogar endlich ’nen Mann aus dir.«

Jake wurde übel. Er wedelte mit der Hand vor seinem Gesicht herum, als könne er damit die Luft reinigen. »Aber mir wird einfach nur schlecht davon.«

Edward kreuzte seine Füße, die in Slippern steckten, und meinte gelassen: »Du hast meine Frage nicht beantwortet.«

Jake ließ sich neben ihm auf das Sofa fallen. »Da war eine Frau am Bristow-Haus und ich bin hingegangen, um nachzusehen, was los ist.«

Unnötig zu erwähnen, dass die Frau mit Jenny zusammen gewesen war, denn dann würde sein Großvater nur wieder anfangen, ihn zu piesacken, weil er sich von Jenny hatte abservieren lassen.

Ein bitterer Mief breitete sich im Raum aus, als Edward seine Zigarre im Aschenbecher ausdrückte. »Das war wahrscheinlich Liza Bristow.«

Jake hielt sich zum Schutz gegen den Gestank die Hand vor Mund und Nase und schüttelte den Kopf. »Die Frau war blond.«

»Dann hat sie sich die Haare gefärbt … oder war es vielleicht Lizas Mutter?«

Jake schüttelte wieder den Kopf. »Zu jung.«

Edward stieß den Hocker mit den Fersen weg und setzte sich auf – ganz der Professor, der er früher gewesen war. »Was hat die Tussi dort gemacht?«

»In alle Fenster gestiert, als würde sie was suchen.«

Edward schwieg ein Weilchen und fragte dann: »War sie aus Etherton?«

»Dem Nummernschild nach kam sie aus New York.«

»New York …« Edwards Stimme verklang.

Jake hielt sich seinen Jackenärmel vor den Mund, musste aber trotzdem schon wieder niesen. »Wir sollten vielleicht noch ein bisschen abwarten, ehe wir ins Haus gehen.«

»Ganz im Gegenteil.« Edward legte die Fingerspitzen zusammen und lächelte. »Wir dürfen keine Zeit mehr verlieren.«

»Aber was ist, wenn sie zurückkommt …«

»Sie wird nicht hineinkommen.«

7

Dan Sprague nickte zum Flur hinüber. »Kommen Sie mit.«

Sarah nahm ihren Becher und suchte sich einen Weg durch das Minenfeld aus Holzklötzchen und knallbunten Legobausteinen hinter Dan und dem ehrgeizigen jungen Feuerwehrmann her, der dem Spielzeug so geschickt auswich, als hätten er und sein Feuerwehrauto große Übung darin. Vor der letzten Tür im Flur gab Dan seinem Sohn einen Kuss und ließ Sarah dann den Vortritt in den winzigen Raum.

Dann schloss er die Doppeltür vor dem Feuerwehrauto und seinem Fahrer und legte seine Aktenmappe auf den Schreibtisch. Das Türholz ächzte, als der Junge mit voller Wucht dagegenfuhr.

Dans braunes Haar lockte sich über dem Kragen seines Jacketts und seine gestreifte Krawatte wies Ketchupflecken auf. »Tut mir leid, dieser Hintergrundlärm ist nicht gerade angenehm.«

»Ich lebe in New York«, sagte sie, als erkläre das alles.

»Ein unsicheres Pflaster, oder?«

»Jedenfalls genügend Lkws und Martinshörner, um einen wach zu halten.« Allerdings hatte noch keiner versucht, ihre Tür einzufahren.

Er öffnete den Reißverschluss seiner Mappe. »Uns fehlt es hier auch nicht gerade an Dramen … vor allem zwischen zwei und vier Uhr morgens.«

Die Tür hinter ihr wurde von Neuem erschüttert; sie fragte sich, ob es dem Kleinen auf diese Weise nicht doch irgendwann gelingen würde, sie aufzubrechen. »Davon bin ich überzeugt.«

Dan setzte sich auf den Lederstuhl hinter dem Schreibtisch; sie selbst ließ sich auf einem der zwei Polsterstühle nieder, die ihm gegenüberstanden. Er rieb sich energisch die Hände. »Wie fühlen Sie sich?«

»Es war ein anstrengender Tag.«

»Jenny hat gesagt, Sie wussten nicht, dass Rosalie gestorben ist?«

Sie schüttelte den Kopf und drehte den Becher in ihrer Hand.

»Ihr Timing ist recht interessant, finden Sie nicht?«

Ihr Kopf schnellte hoch und sie sah ihm in die Augen. »Was wollen Sie damit sagen?«

»Wann waren Sie das letzte Mal hier, Miss Bristow?«

Sie straffte die Schultern. »Sarah. Als ich zehn war.«

»Und jetzt haben Sie ganz plötzlich beschlossen, Ihre Großmutter zu besuchen?«

»Es ist alles etwas kompliziert.«

»Das glaube ich gern.«

Sie sprang auf und ging zur Tür. »Tut mir leid, Herr Anwalt, aber ich habe einen langen Tag hinter mir.«

»Bitte, setzen Sie sich wieder hin.« Sein Lächeln wirkte ein wenig gezwungen. »Ich mache Ihnen ja keine Vorwürfe. Ich frage mich nur, warum Sie nicht zur Beerdigung gekommen sind.«

Sie setzte sich langsam wieder hin, aber nur auf die Stuhlkante, und versuchte, sich klarzumachen, dass dieser Mann Jennys Ehemann … und Anwalt war. Es lag in seiner Natur, Fragen zu stellen. »Es hat mir niemand Bescheid gesagt.«

»Liza hat Sie nicht angerufen?«

»Sie hat meine Nummer gar nicht.« Selbst wenn Liza wusste, dass sie in New York lebte, hätte sie sie höchstwahrscheinlich nicht angerufen. »Ich wäre gekommen, wenn ich gewusst hätte, dass sie krank war.«

Dan holte einen Ordner aus seiner Mappe und legte ihn vor sich auf den Tisch. »Sie war ziemlich lange krank.«

Sarah klopfte mit den Schuhspitzen auf den Teppich, bereit, jeden Augenblick wieder aufzuspringen. »Jenny hat gesagt, Sie müssten mit mir reden.«

Vor der Tür war ein kleiner Aufruhr entstanden; sie hörte Jennys Stimme. Anscheinend hatte der Feuerwehrmann die Schlacht verloren, denn die Schläge gegen die Tür verstummten plötzlich.

Dan öffnete den Ordner, nahm ein paar Papiere heraus und löste eine Büroklammer. »Rosalie Bristow hat mehrere Leute in ihrem

Testament bedacht, aber Sie scheinen einen ganz besonderen Platz in ihrem Herzen eingenommen zu haben.«

Sie blinzelte die Tränen zurück und setzte sich bequemer hin.

»Ganz offenbar hat Rosalie Ihnen vertraut.«

In der darauf folgenden Stille blickte sie auf den Stapel Papiere, die auf dem Schreibtisch vor ihr lagen. Auf der ersten Seite stand in Fettschrift: »Rosalie Stull Bristows Letzter Wille und Testament.«

Hatte ihre Großmutter ihr etwas hinterlassen? Vielleicht eines ihrer wunderschönen Glaskunstwerke, das sie an die gemeinsam verbrachten Sommertage erinnern sollte? Was auch immer es war, sie würde es in Ehren halten.

»Sollte Liza denn nicht ebenfalls anwesend sein?«

Dan blätterte eine Seite um. »Ihr habe ich die Einzelheiten bereits mitgeteilt.«

Ihre Hände zitterten, als sie den Becher auf dem Tisch abstellte. »Hat Rosalie mir etwas hinterlassen?«

Dan zog einen fleckigen Umschlag unter dem Testament hervor und sie griff danach. Vielleicht hatte ihre Großmutter ihr einen Brief geschrieben.

»Danke«, sagte sie und drückte den Umschlag an ihre Brust. Sie hatte Rosalie in ihren letzten Tagen nicht beigestanden, aber sie würde einen Ort finden, um ein letztes Mal mit ihr allein zu sein.

»Das ist nicht alles«, antwortete Dan. Seine Stimme klang angespannt. Sie schluckte und fragte sich, warum es ihm wohl so schwerfiel, es ihr zu sagen.

Vorsichtig strich sie mit den Fingern über den Umschlag. »Stimmt etwas nicht?«

Statt ihre Frage zu beantworten, griff er in seine Tasche und zog einen Schlüssel heraus.

Alex fuhr an einer riesigen Reklametafel vorbei, einem Werbeplakat für Louise Danners Wiederwahl zur Bürgermeisterin, auf dem seine

Chefin mit einem gewinnenden Lächeln versuchte, die Bürger ihrer Stadt davon zu überzeugen, dass sie fähig war, sie in den folgenden vier Jahren aus dem Sumpf zu ziehen. Allerdings waren der Bürgermeisterin die Hände gebunden, wenn sie den Stadtrat nicht dazu bringen konnte, mit der Wiederbelebung der Stadt zu beginnen – und zwar umgehend.

Statt die Mainstreet bis zum Rathaus hinunterzufahren, bog Alex links ab und fuhr langsam den Hügel hinauf. Er ließ den Blick über den Straßenrand vor dem Bristow-Haus gleiten, bis er den blauen Miata entdeckte, auf dessen Dachgepäckträger eine Reisetasche festgebunden war. Sarah Bristow hatte das Haus also gefunden.

Er fuhr in die Einfahrt hinein und überlegte, ob er sie suchen sollte. Doch im gleichen Moment, in dem ihm dieser Gedanke kam, wurde ihm auch schon klar, warum er wirklich hier war – er war ganz einfach fasziniert und hingerissen von Sarahs Lächeln und ihren strahlend blauen Augen. Doch diese Faszination war kein Grund, an ihre Tür zu klopfen. Im Gegenteil, es war schlicht gefährlich.

Seltsam, dass sie ihn nach Crescent Hill gefragt hatte – als wüsste sie nicht, dass die ganze Stadt gestern ihrer Großmutter die letzte Ehre erwiesen hatte. Entweder hatte sie tatsächlich keine Ahnung oder sie war genauso herzlos wie Rosalies andere Enkelin.

Er hatte Sarah eigentlich auf Rosalies Trauergottesdienst ansprechen wollen, aber der Heilige Geist hatte ihn davor bewahrt. Wenn sie nicht wusste, dass ihre Großmutter tot war, wollte er nicht derjenige sein, der es ihr sagte.

Alex hatte Rosalie Bristow im letzten Herbst in der Community Bible Church kennengelernt. Damals hatte sie voller Stolz von ihrer Enkelin erzählt, die nicht nur eine begnadete Fotografin war und in New York lebte, sondern, wenn man Rosalie glauben durfte, imstande war, mit ihrer Kamera Schmerz und Liebe und Reue auf eine Weise einzufangen, die diese Gefühle unmittelbar auf den Betrachter ihrer Fotos übertrug.

Rosalie hatte ihm alles über Sarah erzählt; Liza Bristow, ihre andere Enkeltochter, hatte sie hingegen nie erwähnt.

Alex hatte Liza letzten Monat zum ersten Mal gesehen – und es war kein Vergnügen gewesen. Die Frau war einfach in sein Büro geschneit und hatte ihn, eine Zitronenlimonade in der Hand, gefragt, wie er dazu komme, freiwillig in dieser gottverlassenen Stadt zu leben.

Er hatte ihr versichert, dass Gott Etherton und seine Bewohner keineswegs vergessen hätte – eine Antwort, die Liza dazu veranlasste, dieses Thema abrupt fallen zu lassen.

Als Nächstes hatte sie sich rundheraus erkundigt, was die Stadt ihr für Crescent Hill zahlen würde, und ihm war die Kinnlade heruntergefallen. Rosalie war noch nicht tot und Liza versuchte bereits, ihren Besitz zu verkaufen. Er bezweifelte, dass Rosalie etwas davon wusste, und er bezweifelte auch, dass Liza für Rosalie sorgen würde, wenn die Stadt ihr Haus tatsächlich kaufte. In dem Augenblick, in dem der Verkauf getätigt war, würde sie ihre Großmutter in ein Heim stecken.

Aber es war sein Job, Grund und Boden in Etherton zu kaufen, deshalb hatte er eine Zahl genannt, der der Stadtrat hoffentlich zustimmen würde, falls er ihn überhaupt zum Kauf überreden konnte.

Liza war förmlich erstarrt, als sie sein Angebot vernahm, und hatte ihm dann eine geradezu lächerliche Summe an den Kopf geschleudert. Daraufhin hatte er ihr die Tür gewiesen.

Crescent Hill war gut siebzehn Hektar groß, ein erstklassiges Grundstück, doch die Stadt verlor mit rasender Geschwindigkeit ihre Rücklagen – fast so schnell, wie die Einwohner ihre Jobs verloren. Es wäre das perfekte Grundstück, um dort ein neues Unternehmen anzusiedeln, doch Etherton würde eine Hypothek aufnehmen müssen, um den von Liza Bristow geforderten Betrag bezahlen zu können. Der Stadtrat hatte von ihm verlangt, etwas Größeres zu beschaffen als das Truman-Gemeindezentrum und den Park, doch einer Steuererhöhung würden die Bürger niemals zustimmen.

Nun, da Rosalie tot war, würde Liza höchstwahrscheinlich das Haus erben, und er zweifelte nicht daran, dass sie ihm bald ein neues Angebot unterbreiten würde. Wenn er sie überreden konnte, eine niedrigere Summe zu akzeptieren, und wenn der Stadtrat seine Zustimmung zum Kauf gab, konnte er sicherlich jemand finden, der bereit war, dort zu investieren.

Er ging ums Haus herum und suchte Sarah.

Lauerte sie vielleicht auch auf ein Erbe? Es wäre eine Schande, wenn Rosalies Tod einen Familienzwist zur Folge hätte.

Eine ganze Menge Leute träumten von einem großen Erbe – als sei Geld die Antwort auf alle ihre Probleme. Geld hatte fast alles zerstört, was von der lauwarmen Beziehung zwischen ihm und seinen Eltern und seinem Bruder noch übrig war, und Geld hatte auch die Beziehung zwischen ihm und seiner Verlobten zerstört und dazu geführt, dass er Columbia verlassen hatte.

Er wünschte wahrlich niemandem ein Erbe.

Während er zu den Fenstern hinaufblickte, fragte er sich, ob Sarah in diesem Moment vielleicht gerade einpackte, wonach sie gesucht hatte, um dann nach New York zurückzukehren. In einem Fenster im dritten Stock hatte er die Umrisse eines Gesichts gesehen, das ihn beobachtete. Er hob die Hand, um zu winken, doch statt ihm ebenfalls zu winken, trat Sarah vom Fenster zurück. Alex wartete noch ein paar Minuten, weil er dachte, sie käme vielleicht herunter, um mit ihm zu reden, doch die Vordertür blieb geschlossen. Und auch am Fenster tauchte sie nicht wieder auf.

Beinahe hätte er geklopft, aber er hatte eigentlich keinen Grund für einen Besuch und sie war auch nicht verpflichtet, mit ihm zu sprechen. So ging er wieder zu seinem Wagen und fuhr zurück in die Stadt.

Auf halbem Weg den Hügel hinunter kam er an einem grün-weißen Haus mit breitem Säulengang und weißem Kuppeldach vorbei. In der Kurve parkte Jake Paxtons Laster – an derselben Stelle, wo er immer stand, wenn Alex am Haus der Paxtons vorüberfuhr.

Louise hatte ihn gleich an seinem ersten Tag im neuen Job vor den Paxtons gewarnt. Edward Paxton, so hatte sie ihm erklärt, würde sich als der stete Stachel in ihrem Fleisch erweisen, und sie hatte recht gehabt. Edward war dasjenige Mitglied des Stadtrates, das nie irgendetwas bewilligte und an seinem Amt klebte wie Pech. Louise tolerierte ihn, doch Alex war überzeugt, dass Edward der Hauptgrund dafür war, dass er seinen Job nicht vernünftig machen konnte.

Ganz gleich, was Alex auch vorschlug, Edward lehnte es ab und die Mehrheit der Stadträte pflegte sich ihm anzuschließen. Laut Louise waren die Paxtons eine der ersten Familien in der Stadt und Edward war der Überzeugung, dass ihm die ganze Stadt und nicht nur sein Antiquitätenladen gehöre.

Alex hatte eigentlich gedacht, dass der Alte neuen Einnahmequellen nicht abgeneigt sein würde, doch Edward wollte, dass die Stadt genauso blieb, wie sie war.

In den acht Monaten, die er nun schon in Etherton lebte, hatte Alex Edwards Enkel nur ein einziges Mal gesehen, bei einem Fußballspiel an der Etherton Highschool. Louise hatte ihm erzählt, dass Jakes Mutter ihren kleinen Sohn bei seinem Großvater gelassen und nach Kalifornien gegangen sei. An der Highschool war er ein ganz annehmbarer Linebacker gewesen, doch er hatte keinen Abschluss gemacht. Louise sagte, Jake sei kürzlich einunddreißig geworden, hätte aber keinen Beruf.

Unten am Hügel hielt Alex an und bog nach rechts ab, zum Rathaus. Sein Handy klingelte. Er zog es heraus, doch als er den Anruf annahm, hörte er nur ein Weinen.

Alex fuhr an den Straßenrand und überlegte, wann er zum letzten Mal einen Anruf von einer weinenden Frau bekommen hatte. Es hatte sein Leben auf den Kopf gestellt.

»Wer ist da?«

»Alex?«

»Wer ist da?«, wiederholte er.

»Liza Bristow.«

Warum um alles in der Welt rief die Frau ihn an und weinte? Gestern beim Gottesdienst hatte sie keine einzige Träne vergossen.

»Ah ja …«, murmelte er, weil er nicht wusste, was er sagen sollte. Er hatte Frauen noch nie verstanden.

»Ich muss mit Ihnen reden«, sagte sie.

»Was ist denn passiert?«

»Ich habe gerade erfahren …« Statt den Satz zu beenden, schluchzte sie erneut auf. »Können wir uns irgendwo treffen?«

Er fuhr wieder an und setzte die Fahrt zum Büro fort. »Ich habe nicht vor, nach Columbus zu kommen.«

»Nicht in Columbus, Sie Dummchen.« Auf einmal hörte er Kichern statt Weinen. »Ich bin im Zandorf Inn.«

Sein Auto fuhr über ein tiefes Schlagloch. »Ich bin in zehn Minuten in meinem Büro.«

»Ich werde in fünf Minuten dort sein.«

8

Zerborstene Ziegelsteine lagen auf dem Boden des Tunnels wie Trümmerhaufen nach einem Bombenangriff. An den schrägen Wänden rann das Wasser herunter und drang in die Lücken, die die heruntergefallenen Steine hinterlassen hatten. Die Luft war kalt und feucht, aber trotzdem weit besser als in dem verräucherten Zimmer, aus dem er gerade kam. Wenigstens musste er nicht niesen.

Eine Taschenlampe in der Hand, stolperte Jake den schmutzigen engen Gang zum Bristow-Haus entlang. Er fand es idiotisch, ausgerechnet heute Nachmittag hinzugehen, wo diese Frau dort herumschnüffelte – schließlich wusste er nicht, wonach sie suchte, und Edward wusste es genauso wenig. Aber sein Großvater hatte vehement darauf bestanden, dass sie weitermachten.

Jake war in dem Haus auf halber Höhe des Crescent Hill aufgewachsen, hatte aber nichts von der Existenz dieses Tunnels gewusst, bis letzte Woche, als Edward ihn in sein Geheimnis einweihte, das er nun schon seit sechzig Jahren hütete. Jake hatte abgewartet, bis die meisten von Rosalies Besuchern wieder verschwunden waren, aber er wollte das Ganze hinter sich bringen, bevor jemand anders in die Bruchbude einzog.

Edward hatte ihn gewarnt, dass der Weg etwas schwierig werden könnte, aber das war ziemlich untertrieben. Er war geradezu lebensgefährlich. Die Backsteindecke und die Wände sahen aus, als könnten sie jeden Augenblick einstürzen und ihn lebendig begraben.

Schweißtropfen standen ihm auf der Stirn; er wischte sie mit dem Ärmel seines Flanellhemds ab.

Als er ein kleiner Junge war, hatte Edward ihm vor dem Einschlafen immer Horrorgeschichten erzählt, von Verstorbenen, die aus dem Grab zurückkamen, um diejenigen zu verfolgen, die sie einst gequält hatten. In diesen Geschichten nahmen die Leichen stets grausame Rache.

Die Albträume, die er nach diesen Geschichten hatte, waren furchtbar, aber Edward hatte kein Mitleid mit ihm. Er lachte nur, wenn Jake vor Angst weinte; es schien ihm Spaß zu machen, den Kleinen zu erschrecken, und er sagte, diese Träume würden Jake nur stärker machen.

Die Taschenlampe in Jakes Hand zitterte und er verfluchte sich selbst. Geister mochten real sein, doch in diesem Tunnel gab es weder Geister noch Gräber. Es gab überhaupt nichts außer Steinen und Schlamm. Angst war etwas für Feiglinge und er war kein Feigling ... und auch kein Verbrecher. Er holte sich nur, was ihm – und Edward – von Rechts wegen zustand. Er brauchte einfach nur die Schatulle zu nehmen und durch den Tunnel zurückzugehen – wenn die Steinwände ihn nicht vorher unter sich begruben.

Die Luft war empfindlich kalt; er schauderte. Vielleicht war das verräucherte Haus doch besser gewesen.

Doch es war zu spät, um umzukehren. Edward hatte ihm sein Geheimnis offenbart, aber er hatte einen Haufen Bedingungen daran geknüpft. Vor einigen Jahren hatte Jake eine Woche im Gefängnis verbracht – eine Erfahrung, die er unter gar keinen Umständen wiederholen wollte. Und wenn er dafür in dieses Haus einbrechen musste, würde er das eben tun.

Ein schmatzendes Geräusch drang durch die Stille, als er seinen Fuß aus dem Matsch zog. Wasser tropfte auf seinen Kopf und rann an seinem Ohr herunter. Er hätte einen Regenmantel anziehen sollen, aber Edward hatte ihm vorher nichts von dem tropfenden Wasser gesagt.

Der Tunnel machte eine Biegung nach links. Direkt vor ihm war die Tunneldecke eingestürzt; zurückgeblieben waren lediglich ein Haufen zerbrochener Steine und ein gähnendes Loch in der Decke. Er langte hinauf und tastete die Risse ab. Das ganze verdammte Ding war im Begriff, über seinem Kopf einzustürzen.

Als die Bristows diesen Tunnel gebaut hatten, sollte er wohl allenfalls ein paar Jahrzehnte halten – und nicht etwa hundertfünfzig Jahre. Sobald ihr Plan aufgegangen war, war es ihnen egal gewesen, ob er einstürzte. Edward zufolge hatten die ach so ehrenwerten Bristows der Stadt nichts von seiner Existenz erzählt.

Wenn der Tunnel tatsächlich einstürzte, würde Edward wahrscheinlich nur die Achseln zucken und sagen, er habe keine Ahnung, wo sein Enkel sich aufhalte. Der Tunnel würde Jake begraben und mit ihm jede Aussicht, den Schatz zu finden – vorausgesetzt, es existierte überhaupt ein Schatz.

Er nahm die Taschenlampe in die Hand wie ein Schwert, schob seinen rechten Arm durch das Loch und quetschte danach zuerst seinen Kopf hindurch, dann seinen Oberkörper und sein rechtes Bein. Die schartige Kante eines geborstenen Backsteins verfing sich in seinem Hemd; beim Losmachen riss er sich ein Loch hinein.

Er klammerte sich mit der linken Hand an den Rand des Loches und zog sein anderes Bein nach, bis sein Fuß auf festem Untergrund stand; er spürte allerdings wieder nur Schlamm und Mauertrümmer. Er stolperte zaghaft vorwärts und schnitt sich dabei in den Finger. Der Schmerz ließ ihn unwillkürlich nach dem verletzten Finger greifen und dabei fiel ihm die Taschenlampe aus der Hand.

Auf einen Schlag war es völlig finster. Er kniete sich hin und tastete mit seiner unverletzten Hand über den Boden. Es würde Stunden dauern, ohne Licht wieder aus diesem Tunnel herauszufinden … wenn er den Eingang, durch den er gekommen war, überhaupt je wiederfand.

Diese ganze Sache war Edwards Ding, nicht seins. Er glaubte eigentlich gar nicht, dass sich in diesem Haus immer noch ein Schatz befand, den hätten die Bristows inzwischen doch längst entdeckt. Aber Edward war fest davon überzeugt, dass er noch da war, und wenn Jake nicht ins Gefängnis zurückwollte, musste er das Haus durchsuchen und dann seinen Großvater davon überzeugen, dass die Legende ein Ammenmärchen war.

Hektisch durchwühlte er die Steine und den Schlamm. Auf einmal berührten seine Finger eine Holzkante. Er schreckte zurück und fing wieder an zu zittern.

Er schüttelte heftig den Kopf, um die Bilder loszuwerden. Edward hätte es ihm gesagt, wenn hier unten jemand begraben worden wäre. Aber vielleicht … vielleicht war es ja das Kästchen mit dem Schmuck. Vielleicht hatte es jemand vor langer Zeit in dem Tunnel versteckt.

Zögernd streckte er abermals die Hand aus und seufzte vor Erleichterung. Es war kein Schatzkästchen, aber es war auch kein Sarg. Es war eine hölzerne Stufe.

Er hatte das Ende des Tunnels erreicht.

Die Stufen knarrten, während er durch die tiefschwarze Dunkelheit hinaufstieg. Fünfzehn. Sechzehn. Siebzehn Stufen. Der Gang wurde immer enger, bis er mit den Schultern die Wände berührte. Noch ein Schritt und er stieß mit dem Kopf an die Decke. Er war fast im Haus.

Er tastete über seinem Kopf herum und fand eine Klappe und gleich darauf auch den Metallgriff. Mit seiner unverletzten Hand drückte er gegen die Luke.

Sie rührte sich nicht.

Er drückte mit der Schulter dagegen. Als sie sich daraufhin noch immer nicht öffnete, schlug er voller Wut gegen das Holz.

Schließlich lehnte er sich an die raue Wand und fuhr sich mit dem Ärmel über die Stirn. Er hatte den ganzen Weg durch den Tunnel geschafft, aber wenn er diese letzte Hürde nicht nahm, würde Edward ihn hinstellen, als sei er ein Idiot. Er war aber kein Idiot.

Er strich mit seiner rechten Hand über die Tür, bis er einen ledernen Griff fand, und rüttelte daran, so fest er konnte, drückte und zerrte und versuchte, ihn nach rechts und links zu drehen. Er drückte mit dem linken Ellbogen und dem Bein fest dagegen und stieß noch einmal zu.

Plötzlich ergoss sich eine Staubwolke auf seinen Kopf.

Sarahs Hände zitterten, als sie den Crescent Hill hinaufging. Mit der einen Hand hielt sie den versiegelten Umschlag umklammert – Rosalies Brief. In der anderen hatte sie den Schlüssel.

Ihr Miata stand noch neben der Garage, ein blauer Farbfleck vor dem Rot und Braun des Hauses. Die von Unkraut überwucherten Rasenflächen waren noch da, ebenso wie das zerbrochene Fenster in dem Kuppeldach. Der Anblick war genau der gleiche wie vor drei Stunden, als sie gekommen war … und doch hatte sich alles geändert.

Ihre Großmutter war tot und jetzt würde sie …

Sarah wandte den Blick vom Haus ab und sah auf den Schlüssel, den sie in der Hand hielt. Der Rand war schartig, das Messing matt geworden. Es war höchstwahrscheinlich derselbe Schlüssel, den ihre Großeltern bekommen hatten, als sie das Haus geerbt hatten, vielleicht sogar derselbe, den ihre Urgroßeltern benutzt hatten.

Und jetzt gehörte er ihr. Der Schlüssel, der Chrysler, der Tulpengarten und das baufällige Haus. Noch gestern hatte sie kein Dach über dem Kopf gehabt und jetzt besaß sie fast tausend Quadratmeter, auf die sie ihr Haupt betten konnte.

Ein Windstoß kam vom Hügel herunter, doch statt zu frösteln, lächelte sie. Zum ersten Mal seit einem vollen Jahr würde sie ihre Rechnungen wieder bezahlen können. Sie würde für heißes Wasser und Licht und Essen bezahlen können. Sie wusste nicht, wie viel das Haus wert war, aber ganz bestimmt würde sie ihre Schulden bezahlen können und noch etwas übrig behalten für magere Jahre.

Sie konnte nicht fassen, dass ihre Großmutter ihren Besitz ihr und nicht Liza oder einer Wohltätigkeitseinrichtung hinterlassen hatte. Dan hatte ihr gesagt, dass Liza ein paar Dinge geerbt hatte, die sie an ihre Großmutter erinnern sollten, aber trotzdem …

Sie und Liza erbten Großmutters Haus und den übrigen Besitz; Barvermögen war allerdings nicht mehr da – Dan hatte gesagt, Rosalie hätte es schon vor Jahren ausgegeben. Als Timothy Bristow – Sarahs Vater – starb, hatte er angeordnet, dass seine Mutter bis zu ihrem Tod über sein Vermögen verfügen sollte. Sie sollte die Grundsteuer und die laufenden Kosten für Crescent Hill davon bezahlen und Dan meinte, es seien auch ausreichend Mittel für die nötigen Reparaturen da gewesen, doch Sarah konnte keine Instandhaltungsmaßnahmen am Haus oder am Grundstück entdecken.

Nun, da Rosalie tot war, stand das Vermögen ihres Vaters nicht mehr für das Haus zur Verfügung, doch das spielte keine Rolle, denn Sarah würde das Gebäude ohnehin nicht behalten.

Sie steckte den Brief ihrer Großmutter in ihre Handtasche, stieg die Zementstufen zu der großen Vordertür des Hauses hinauf, steckte den Schlüssel ins Schloss und drehte ihn, bis die Flügeltür mit einem lauten Knarren aufschwang.

In der Eingangshalle blieb sie stehen. Plötzlich empfand sie den übermächtigen Wunsch, dass Rosalie die Treppe heruntergelaufen käme und sie auf die Wangen küsste, so wie sie es bei Sarahs letztem Besuch getan hatte. Einen Moment lang glaubte sie tatsächlich, oben ein Schlurfen zu hören, doch dann war es wieder ganz still. Keiner, der sie in den Arm nahm, der ihr einen Becher Apfelcidre anbot oder die Jacke abnahm und in den Schrank hängte.

Der Fußboden im Eingang bestand aus schwarzen und weißen Marmorfliesen, die jedoch schlammverschmiert waren. Von den schmutzigen Stuckleisten an der Decke hingen Spinnweben herab – sie wirkten wie nicht mehr ganz frischer Zuckerguss auf einer Hochzeitstorte. Auf der einen Seite der großen Halle befand sich eine dunkle Mahagonitreppe. An der Wand neben den Stufen hingen Bilder der Bristow-Ahnen sowie ein sehr gutes Bild von Abraham Lincoln und eines von Harriet Beecher Stowe.

Das Innere des Hauses war sehr viel heruntergekommener, als sie in Erinnerung hatte. Und dunkel. Es war zusammen mit seiner Besitzerin alt geworden.

Mit seiner früheren Besitzerin.

Der Gedanke, einen solchen Ort zu besitzen, überwältigte sie beinahe. Außer ihrem Auto, ihrer Kameraausrüstung und ein paar Koffern voller Kleidung hatte sie noch nie in ihrem Leben etwas besessen. Und jetzt gehörte dies alles ihr.

Sie schaute in das Wohnzimmer auf der linken Seite. Ganz hinten stand ein Flügel vor einem Marmorkamin; über dem Kamin hing ein Bronzespiegel. Salbeigrüne, braune und goldene Wirbelmuster zierten die viktorianische Tapete und sechs Meter über der Ansammlung von Sofas und Sesseln schwebte ein Kristalllüster. In einem Walnussschränkchen standen Silberkrüge, kostbares Porzellan und einige wunderschöne Glasstücke. Jede Generation von Bristow-Frauen hatten die Sammlung des Hauses um ein paar schöne Stücke vergrößert – Bronzeskulpturen, Ölgemälde und wunderbare Quilts. Ihre Großmutter hatte die Glasarbeiten beigesteuert.

Sarah starrte auf eine Vase, die in dem Schränkchen stand – blau und silbern. Es war nur eine der vielen schönen Arbeiten ihrer Großmutter. Eine, die sie nie verkaufen würde.

Im nächsten Zimmer waren die Wände bedeckt mit Hunderten ledergebundener Bücher, sowohl unten als auch oben auf der Galerie, die um den gesamten Raum herum verlief. Sie stieg die Wendeltreppe zur Galerie hinauf und schlenderte über den mit Teppichen ausgelegten Boden an Alkoven vorüber, in denen bequeme Sessel und Leuchten zu einem Lesestündchen einluden.

Rosalie hatte sich lieber auf andere Weise unterhalten, als sich zu den Büchern in der Bibliothek zurückzuziehen, doch Sarah würde sich sicherlich öfter hier verkriechen, in einer der Nischen verstecken und sich Bilder von Schlössern und alten Kirchen und Kunstwerken ansehen. Heute allerdings wollte sie zuallererst einmal den Brief ihrer Großmutter lesen. Oben in der Einsamkeit und in dem besonderen Licht des Kuppeldaches würde sie Rosalies letzte Worte aufnehmen.

Am anderen Ende der Galerie befand sich ein Treppenaufgang. Sie ging an die Tür, drehte den Knauf und schauderte zusammen, als ihr aus der Dunkelheit ein kalter Lufthauch entgegenschlug. Beim Eintreten roch sie Staub und vor Angst zog sich ihre Haut am ganzen Körper zusammen. Früher war sie diese Treppe hinaufgerannt, über den Flur gehetzt und in einer letzten Anstrengung die kleine Wendeltreppe hochgesprintet, die zur Kuppel hinaufführte – alles in knapp einer Minute. Erst wenn sie oben im Licht war, war ihre Angst wieder gewichen.

Bei ihrem zweiten Schritt fragte Sarah sich, wie lange es wohl her war, dass jemand diese Treppe benutzt hatte. Ganz oben im Haus war nicht mehr viel – der kleine Theatersaal, ein Atelier und ein paar Abstellkammern, vollgestopft mit Kisten und Koffern. Sie konnte sich nicht vorstellen, dass Rosalie in letzter Zeit die steilen Stufen hinaufgestiegen war.

Die Tür oben quietschte zur Begrüßung, als sie sie öffnete, und als sie eingetreten war, blieb sie erst einmal stehen und ließ den Blick über den Saal schweifen.

Auf der rechten Seite lagen zwei Fenster, von denen aus man zur Stadt hinübersah, doch jetzt war das Glas beschmutzt und blind. Auf der weißen Täfelung und den Wandleuchtern aus Kristallglas lag eine dicke Staubschicht, an der gelben Wand hingen, zum Teil schief, mehrere düstere Ölgemälde. Inmitten all dieser Pracht hing ein großer Kronleuchter, dessen Kristalle im Sonnenlicht funkelten.

Bevor Sarahs Eltern sich scheiden ließen, hatte ihre Mutter sie einmal zu einer Weihnachtsfeier mit hierheraufgenommen. An der Decke hatten weiße Lichter gefunkelt, auf der Bühne hatte ein Barbershop-Quartett gestanden und Weihnachtslieder gesungen. Und in dem großen Kamin hatten rote und grüne Lichter gebrannt statt Flammen.

Ihre Erinnerungen waren nur vage, doch sie wusste noch, dass sie heiße Schokolade getrunken und mit dem Quartett zusammen Weihnachtslieder gesungen hatte. Es war wie im Märchen gewesen.

Auf der linken Seite des Raumes hingen ausgefranste Vorhänge wie honigblonde Zöpfe zu beiden Seiten der Bühne herunter. Sarah ging an den Vorhängen vorbei und setzte sich auf die Bank, auf der das Orchester zu sitzen pflegte. Wenn sie das Haus entworfen hätte, hätte sie die Bühne auf die rechte Seite verlegt und links ein großes Fenster eingebaut, damit die Gäste den herrlichen Ausblick über die Felder und auf den Teich an der Ostseite des Hauses hätten genießen können. Und statt der strengen Ölgemälde an den Wänden hätte sie zarte Aquarelle und Spiegel aufgehängt.

Sie zog die Knie hoch und legte ihren Kopf darauf.

Das Seltsame war – wenn sie das Geld dazu hätte, könnte sie diesen Raum jetzt ganz nach ihren Vorstellungen verändern. Und nicht nur diesen Raum, sie könnte das ganze Haus verändern. Wenn sie genügend Geld hätte, um das Gebäude zu renovieren, könnte sie bleiben und hier wohnen, wenn sie gerade nicht unterwegs war. Sie war immer stolz auf ihr Nomadendasein gewesen, doch in diesem Moment war ihr größter Wunsch ein Ort, an dem sie zu Hause war.

Das war natürlich Wunschdenken. Sie konnte nicht hier wohnen. Selbst wenn sie die wertvolleren Dinge und Kunstwerke verkaufen würde, würde sie niemals genügend Geld zusammenbekommen, um die nötigen Renovierungen vorzunehmen. Aber es war ein schöner Traum – der Gedanke, ein Zuhause zu haben.

Sie stand auf und wollte zu dem Gang hinübergehen, der zur Kuppel führte. Es war ganz still im Haus, doch plötzlich vernahm sie ein leises Geräusch, es klang fast wie ein Schritt. Sie schüttelte den Kopf. In dem alten Haus hörte man alle möglichen Geräusche. Als Kind hatte sie sich oft davor gefürchtet, doch jetzt war sie erwachsen und wusste, dass außer ihr niemand hier war.

Sie strich über die Handtasche, in die sie den Brief ihrer Großmutter gesteckt hatte. Die Treppe am Ende des Raumes führte in die Kuppel hinauf, doch sie konnte es auf einmal nicht mehr erwarten, den Brief zu lesen. Sie ließ sich an der Wand hinuntergleiten und setzte sich auf den Fußboden. Ihre Großmutter war tot, doch hier fühlte sie sich ihr ganz nah.

Sie griff in die Tasche, zog den Umschlag heraus und öffnete ihn langsam. Zwei Blätter flatterten in ihren Schoß. Sie erkannte die Schrift ihrer Großmutter und lächelte, als sie sah, dass der Brief an sie adressiert war.

Meine liebe Sarah,

nun bin ich also endlich nach Hause gegangen, in die Arme meines geliebten Jesus. Du darfst nicht traurig sein. Ich bin froh und glücklich und ich möchte, dass du dich mit mir freust. Und ich wünsche mir auch, dass du dich über die vielen Segnungen freust, die dir in deinem Leben zuteilgeworden sind.

Ich bete darum, dass du die Zukunft und das Schicksal, das Gott dir bestimmt hat, annimmst. Du liebst die Menschen, Sarah. Ich habe es in deinen Augen gesehen, als du noch ein Kind warst, und ich sehe es heute in deiner

Arbeit. Hab keine Angst zu lieben und den Menschen zu dienen, auch wenn es wehtut. Ich bete darum, dass du auch den Allergeringsten deine Arme öffnest. Beschütze sie. Liebe sie. Kämpfe für sie. Und gib sie Gott zurück.

In einer der Abstellkammern im Flur regte sich etwas. Sie bekam eine Gänsehaut. Bestimmt war es nur der Wind, der an den Fensterläden rüttelte …

Aber wenn es nun jemand anders war? Wenn jemand im Haus war?

Sie faltete den Brief zusammen und steckte ihn wieder in ihre Handtasche. Sie würde ihn später zu Ende lesen.

Wieder knarrte es. Sie sprang auf.

»Wer ist da?«, rief sie.

Es kam keine Antwort, doch plötzlich hörte sie das Klirren von Glas, das auf dem Fußboden zersprang.

9

Sarah rannte, so schnell sie konnte, die Treppen hinunter in die Eingangshalle. Ihr Herz raste. Sie wühlte in ihrer Handtasche, zog ihr Handy heraus und wählte den Notruf. Während sie auf die Tür zulief, presste sie das Telefon fest ans Ohr.

»Da ist jemand in meinem Haus«, keuchte sie und versuchte krampfhaft, sich zu beruhigen.

»Sind Sie verletzt?«, fragte der Mann am Telefon.

»Nein.«

»Wo sind Sie?«

»Crescent Hill … in Etherton.«

Sie hörte, wie der Mann etwas auf einer Tastatur tippte. »Ich brauche die Hausnummer.«

Sie lief die Stufen hinunter.

Als sie in die Einfahrt kam, knackte das trockene Gras unter ihren Sohlen. »Es gibt keine Hausnummer.«

»Können Sie das Haus verlassen?«

»Ich bin schon draußen.«

»Sehr gut«, sagte er und legte sie in eine Warteschleife, um die Polizei zu rufen.

Sie glitt in die Sicherheit ihres Autos und verriegelte es. Sarah wusste, was sie im Notfall tun musste, um sich zu schützen – das musste sie auch, wenn sie in den bitterarmen, krisengeschüttelten Ländern der Welt fotografierte. Aber wenn sie ihre Kamera herausnahm, wurde sie nur selten bedroht.

Hier konnte sie sich nicht hinter einer Kamera verstecken. Die paar Ausrüstungsgegenstände, die ihr nicht in Indonesien gestohlen worden waren, befanden sich in ihrem Gepäck und sie würde das Auto erst wieder verlassen, wenn die Polizei da war.

Der Einbrecher selbst machte ihr zwar keine Angst, aber sie hatte einen gesunden Respekt vor der Waffe, die er möglicherweise bei sich trug.

Sie hob ihr Handy hoch und richtete es auf die Tür, bereit, ein Foto zu schießen, falls der Mann beschloss zu fliehen, bevor die Polizei eintraf.

Doch wenn der Einbrecher sich im Haus auskannte, würde er wahrscheinlich nicht durch die Vordertür kommen. Es gab zu viele Möglichkeiten, das Haus zu verlassen, zu viele Stellen hier oben, an denen man sich verstecken konnte. Vielleicht war er schon längst fort und versteckte sich im Wald oder unten auf dem Friedhof.

Plötzlich erklang Sirenengeheul und Kies spritzte auf, als drei Polizeiautos neben ihr bremsten. Dann stieg eine Staubwolke auf, weil die Polizisten kreuz und quer auf dem trockenen Gras parkten.

Sarah öffnete die Wagentür und stieg im gleichen Moment aus, in dem einer der Polizisten das erste Auto verließ. Seine Augen überflogen rasch die Einfahrt. Dann blickte er sie an. Sie trat vor und sah auf das Namensschild. Sergeant Kelley. Das schwarze Gesicht des Mannes war schmal, seine Nase leicht nach links gebogen. Die kurzen Ärmel seines Hemds spannten sich um die mächtigen Armmuskeln.

Vor diesem Mann würde jeder Einbrecher die Flucht ergreifen.

Der Sergeant hielt sich nicht mit Höflichkeiten auf. Er fing sofort an, ihr Fragen zu stellen, und sie versuchte, sie zu beantworten. Ja, sie kam aus New York. Rosalie Bristows ältestes Enkelkind. Ja, sie war heute zum ersten Mal wieder hier oben gewesen, seit Rosalie tot war. Nein, sie hatte niemand im Haus gesehen und auch nicht wirklich jemanden gehört. Sie hatte auch keine Stimmen gehört. Nur Schritte … und das Splittern von Glas.

Einer der Polizisten lachte, als sie die Schritte erwähnte, doch der Sergeant sah ihn tadelnd an. »Lassen Sie das, Reeve.«

Der Polizist schwieg, doch sie sah ihm an, dass er sich amüsierte. Ihre Geschichte klang aber auch wirklich ein wenig albern. Ihre Nerven hatten nach diesem Tag praktisch blank gelegen, deshalb hatte sie beim ersten Gefühl einer Gefahr den Panikknopf gedrückt. Normalerweise war sie besonnener. Sie brauchte einfach eine ruhige Nacht und ein paar Stunden Zeit, um alles zu verarbeiten, was auf sie eingestürmt war, seit sie heute Morgen in Etherton eingetroffen war.

Der Sergeant fragte sie noch einmal, was genau sie gehört hatte. Als sie das Geräusch zerbrechenden Glases beschrieb, musste sie plötzlich selbst lachen und machte einen Scherz über ihre Angst, doch der Sergeant lachte weder noch machte er sich über sie lustig. Er bellte ein paar Anweisungen und sagte ihr, sie solle mit Reeve in einem der Polizeiautos warten. Dann beorderte er zwei der Männer hinter das Haus, um sich umzusehen. Er selbst und sein Partner betraten das Haus durch die Vordertür.

Sarah ging zu dem Polizeiauto hinüber, stieg jedoch nicht ein. Ihre Angst verschwand langsam, während sie sich vorstellte, wie die Polizisten das Haus nach einem Einbrecher durchsuchten. Es würde ihr äußerst peinlich sein, wenn sie nichts fanden. Aber sie wäre natürlich auch erleichtert.

Während sie wartete, wurde ihr klar, dass sie einen Ort brauchte, wo sie sich heiß duschen und die Nacht verbringen konnte. Die kleine Summe, die sie noch besaß, für ein Hotelzimmer zu verschwenden, schien ihr keine gute Idee zu sein. Sie würde ihr Geld für Essen und Benzin brauchen, bis sie ein paar von Rosalies Sachen verkaufen konnte. Bei Jenny konnte sie nicht übernachten, nicht bei den vielen süßen Ungeheuern, die an den Wänden hinaufkletterten und gegen die Türen anrannten. Ihr Auto wäre eine Möglichkeit, aber keine gute. Sie hatte letzte Nacht an der Raststätte nicht gut geschlafen; ihr Nacken schmerzte immer noch.

Vielleicht sollte sie Jenny doch fragen, ob sie eine Nacht bei ihr verbringen konnte, bis sich etwas anderes gefunden hatte. Bei Jenny mochten sich zwar kleine Einbrecher gegen ihre Tür werfen, doch wenigstens würde niemand auf dem Dachboden über ihrem Zimmer herumschleichen.

Die Haustür sprang auf und Sergeant Kelley kam die Stufen heruntergelaufen, gefolgt von seinen Kollegen. Als er bei ihr war, hielt er ihr einen Plastikbeutel mit orangenen und roten Scherben entgegen.

»Wir haben oben im dritten Stock eine zerbrochene Vase gefunden.«

Sie schlug die Hand vor den Mund. Sie erkannte die Stücke – es war eine Vase, die ihre Großmutter für ihren Mann, Sarahs Großvater, gemacht hatte, lange vor Sarahs Geburt.

»Erkennen Sie sie?«, fragte der Sergeant.

Sie öffnete den Mund, doch es fiel ihr schwer zu sprechen. »Meine Großmutter hat sie gemacht.«

Sergeant Kelley ließ die Tüte sinken und sah sie aufmerksam an. »Bevor wir weitermachen, hätte ich gern, dass Sie sich ausweisen, Miss Bristow.«

Sie sah ihn an. »Wie bitte?«

»Ihren Führerschein, bitte.«

Sie ging zu ihrem Wagen, um ihren Führerschein zu holen. Wahrscheinlich war es ganz normal, dass er von ihr verlangte, sich auszuweisen – dass er sich davon überzeugen wollte, dass sie tatsächlich Rosalies Enkelin war. Dennoch hatte sie das Gefühl, dass heute jeder an ihr zweifelte – an ihrer Identität und an ihren Motiven. Sie hatte einfach nur ihre Großmutter besuchen, vielleicht auch ein paar Wochen bleiben wollen und ihr dafür, dass sie ihr Obdach gewährte, helfen wollen, das Haus wieder auf Vordermann zu bringen. Und jetzt musste sie allen möglichen Menschen Fragen beantworten, nur nicht Rosalie.

Sie griff nach ihrer Handtasche, die auf dem Vordersitz lag. Als sie ihre Brieftasche herauszog, berührte sie wieder den kostbaren Brief ihrer Großmutter. Sie würde ihn heute Abend lesen, vor dem Einschlafen.

Sergeant Kelley betrachtete stumm ihren Führerschein und gab ihn ihr dann zurück. »Es gab keine Anzeichen für ein gewaltsames Eindringen, aber in dem Raum, in dem wir die Vase gefunden haben, war ein Fenster zerbrochen. Wir glauben, dass der Wind die Vase umgeworfen hat.«

»Aber ich habe gehört …«, fing sie an, schwieg dann aber. Hatte sie wirklich Schritte gehört oder hatte nur der Fußboden geknarrt? Sie erinnerte sich noch gut an das laute Knacken auf dem Dachboden, als sie ein Kind war, an die Geräusche, bei denen sie sich die Bettdecke über den Kopf zog und hoffte, dass die Geister sie nicht aufspürten. »Wahrscheinlich habe ich mich einfach getäuscht. Es war ein langer Tag.«

Der Sergeant notierte sich etwas, schrieb seine Handynummer auf die Rückseite einer Visitenkarte und gab sie ihr. »Benachrichtigen Sie mich, wenn Sie feststellen, dass noch etwas fehlt.«

»Es tut mir sehr leid wegen Ihrer Großmutter«, sagte er, als er seinen Block zuschlug und einsteckte. »Sie war eine feine alte Dame.«

Sarah steckte ihre Brieftasche und die Karte in ihre Manteltasche. »Haben Sie sie gekannt?«

Er nickte. »Ich gehöre schon mein ganzes Leben lang zur Community Bible Church.«

Sie kramte in ihrem Gedächtnis nach einer Erinnerung an den Sergeant aus ihren Sommern in Etherton, doch sein Gesicht war ihr fremd. Als sie noch klein war, war es immer eine große Sache für sie gewesen, wenn sie zusammen mit ihrer Großmutter in die Kirche ging. Sie hatte vor allem die Musik geliebt. Und die Geschichten. Mit neun Jahren war sie das Kirchenschiff hinuntergegangen und hatte dem Pfarrer gesagt, dass sie an Jesus glauben wollte.

Als Sarah in die Vereinigten Staaten zurückkehrte, hatte sie mehrere Gemeinden in New York besucht, doch sie hatte sich nirgends zu Hause gefühlt. Sie hatte Gott in Etherton gefunden und anscheinend hatte sie ihn auch dort zurückgelassen.

Das Funkgerät des Streifenwagens neben ihr quäkte, doch ein anderer Polizist nahm den Anruf entgegen. »Rosalie hat viel von Ihnen erzählt«, sagte der Sergeant.

»Wirklich?«

Sergeant Kelley sah aus, als wollte er noch etwas sagen, doch Reeve streckte den Kopf aus dem Fenster und sagte: »Ein Verkehrsunfall.«

Sergeant Kelley gab ihr die Hand. »Ich werde ein Auge auf das Haus haben.«

Liza Bristow hörte auf zu weinen. Endlich. Alex hatte es nicht für möglich gehalten, dass ein Mensch so weinen konnte, doch Liza belehrte ihn eines Besseren. Sie hatte die Schleusen geöffnet und den Fußboden seines Büros überflutet.

Er reichte ihr ein weiteres Taschentuch über den Schreibtisch und sie putzte sich die Nase.

Als sie ihm vorhin in sein Büro gefolgt war, hatte er sich sofort hinter seinen Schreibtisch gesetzt, um sie daran zu hindern, ihrem Leid an seiner Schulter Ausdruck zu verleihen … falls man es tatsächlich als Leid bezeichnen konnte. Er hatte selbst gelitten, vor noch gar nicht so langer Zeit, gelitten wie ein Hund, aber er hatte nur ein einziges Mal geweint. Aber es war ganz anders gewesen als das, was er jetzt erlebte. Ein viel tieferer Schmerz … und sehr viel weniger Schau.

Was musste sie für ein Mensch sein, dass sie wegen eines Hauses litt? Er hätte es noch verstehen können, wenn sie über den Tod ihrer Großmutter traurig gewesen wäre, doch das alles hatte nichts mit ihrer Großmutter zu tun. Es ging einfach nur um enttäuschte Hoffnungen. Liza hatte gedacht, dass Rosalie ihr das Haus hinterlassen würde, aber anscheinend hatte ihre Großmutter andere Pläne gehabt.

Es sei alles ganz falsch gelaufen, murmelte Liza unter Tränen. Sie habe Rosalie geliebt. Sie habe für sie gesorgt, als diese sie nicht einmal mehr erkannte, und sie hatte ein bisschen Dank verdient für all das, was sie ertragen hatte.

Ertragen hatte?

Alex kaute noch an dem Wort, doch Liza schien es nicht zu merken. Er sah Rosalies Gesicht vor sich, ihre hellblauen Augen und die rosa Schleife an ihrem Sonntagshut. Und vor allem ihr Lächeln. Auch als sie Krebs hatte, hatte sie nicht aufgehört zu lächeln.

Ihm hatten schon viele Menschen leidgetan, aber nicht Liza Bristow. Sie litt nicht. Sie weinte Tränen der Wut, nicht des Schmerzes. Liza wollte die Kunstwerke nicht, die Rosalie ihr hinterlassen hatte. Sie wollte Geld.

Lizas perfekt manikürte Hände streckten sich über den Schreibtisch, als erwartete sie, dass er sie in seine Hände nahm und sie tröstete. Stattdessen trommelte er mit den Fingern auf die Armlehnen seines Stuhls. Er wollte ihr nicht die Hand halten. Er wollte keine Sekunde länger hier sitzen.

Sie war nun schon fast zwei Stunden bei ihm, dabei erwarteten Dan Sprague und ein paar Freunde ihn um achtzehn Uhr zu einem Basketballspiel.

Sollte doch jemand anders Liza zuhören und versuchen, sie zu beruhigen. Wenn nur er es nicht zu tun brauchte.

»Wie kann ich Ihnen helfen, Liza?«

Sie trocknete sich mit dem Tuch das Gesicht. »Ich brauche einen Anwalt.«

Er kniff die Augen zusammen. »Wofür?«

»Um das Testament anzufechten, natürlich.« Sie putzte sich wieder die Nase.

Er lehnte sich zurück. »Es anzufechten?«

Sie presste die Lippen zu einem schmalen Strich zusammen, als sei sie empört, dass er es überhaupt wagte, diese Frage zu stellen. »Ich will nur, was mir zusteht, weiter nichts. Ich muss diesen Fehler richtigstellen.«

Fehler? Dan machte nur sehr selten einen Fehler. Er war der Typ Anwalt, der jede Tatsache doppelt nachprüfte, auf das kleinste Detail achtete.

»Es ist sein Fehler …«, beharrte sie.

»Wessen Fehler?«

»Der Fehler von ihrem lächerlichen Anwalt natürlich. Er ist völlig unfähig. Rosalie war doch ganz offensichtlich nicht mehr bei Verstand, als sie ihr Testament machte.«

Sie strich sich das Haar aus den Augen. »Sie hätte das Haus mir hinterlassen müssen.«

»Hat sie Ihnen das gesagt?«

Aus irgendeinem verborgenen Reservoir begannen erneut die Tränen zu fließen.

»Es tut mir leid«, sagte er und stand auf. »Ich kann Ihnen keinen Anwalt empfehlen.«

Er nahm seine Jacke von der Stuhllehne und ging um den Schreibtisch herum. Was ihn betraf, war er hier fertig … fast.

»Liza?«, fragte er und sie lächelte ihn mit zitternden Lippen an. »Hat Dan Ihnen gesagt, wer das Haus geerbt hat?«

Ihre Augen wurden hart, als er Dan erwähnte. »Er wollte es mir nicht sagen.«

Hatte Rosalie Crescent Hill vielleicht der Stadt hinterlassen? Schließlich liebte sie den Ort, an dem sie fast ihr ganzes Leben verbracht hatte, liebte die Menschen, die hier lebten. Das würde einen Sinn ergeben … aber wenn es so wäre, hätte Dan es ihm doch sicher gesagt.

Plötzlich fiel ihm die hübsche Frau in dem Café ein. Die andere Enkelin.

Er öffnete die Tür. Liza stand auf und folgte ihm auf den Flur.

Morgen früh würde er noch einmal nach Crescent Hill fahren.

10

»Was hast du gemacht?«, zischte Edward. Seine knotigen Finger waren nur noch Zentimeter von Jakes Gesicht entfernt.

Jake zuckte zurück. Sein Hemd war zerrissen, eine Ärmelmanschette blutig. Seine Wange brannte, wahrscheinlich von Schrammen, und er fühlte sich, als hätte er eine Kneipenprügelei verloren.

Er brauchte Edwards Frage nicht zu beantworten. Jedenfalls nicht gleich. Erst einmal brauchte er eine heiße Dusche. Und ein Sixpack. Alles war schiefgelaufen und das war allein Edwards Fehler, weil er ihn gedrängt hatte, viel zu früh in das Haus einzubrechen.

Er umrundete seinen Großvater und schleppte sich ins Wohnzimmer. Wenn es ihm wieder besser ging, würde er ihm alles erklären.

Das Sofa war eine sehr formelle, unbequeme Angelegenheit, doch das scherte ihn in diesem Augenblick nicht. Er warf sich auf den Sitz und zog die Füße hoch. Sekunden später hatte er schon wieder Edwards Finger vor dem Gesicht, der auf und ab wackelte wie ein Hundeschwanz – nur dass sein Großvater nicht erfreut war, ihn zu sehen.

Jake schloss die Augen. Er könnte diesen Finger brechen und das würde er auch tun, falls Edward sich jemals erlauben würde, ihn anzugreifen. Sein Großvater mochte ihn einen Dummkopf nennen, aber das war er nicht. Jake wusste, dass alle Menschen unter Edward zu leiden hatten, doch ihm würde das nicht passieren.

Das Leben war eine flüchtige Angelegenheit, vor allem für einen neunundsiebzigjährigen alten Mann.

Edward deutete zum Fenster. »Da war alles voller Cops.«

Jake drehte sich um und sah zum Fenster hinüber. Das Bristow-Haus war durch die Bäume nicht zu sehen, aber vielleicht hatte Edward beobachtet, wie die Polizeiautos den Hügel hinauffuhren.

Edward setzte sich auf einen Schaukelstuhl und zog sein Jackett glatt. »Erzähl mir, was zum Teufel da oben passiert ist.«

Jake schloss die Augen – er hatte keine Ahnung, was passiert war.

Er war durch den Tunnel gegangen, hatte ganz genau getan, was Edward ihm gesagt hatte, doch in der Sekunde, in der er die Tür angehoben hatte, hatte er ein Klirren und dann einen Schrei gehört – und fast einen Herzanfall bekommen.

Es war eine Frau gewesen, die da geschrien hatte, kein Geist, und sie klang verängstigt. Wahrscheinlich hätte er sie zum Schweigen bringen können und hatte auch schon die Luke ganz aufstoßen wollen, als ihm plötzlich einfiel, dass er dafür möglicherweise wieder ins Gefängnis käme. Also hatte er das Haus gar nicht erst betreten, sondern war die Treppe wieder hinunter- und zurück in den Tunnel gelaufen. Es schien eine Ewigkeit zu dauern, durch die Dunkelheit zurückzufinden, aber es war verdammt clever von ihm gewesen, dass er nicht geblieben war.

»Ich habe nichts gefunden.« Jake öffnete die Augen. »Und die Cops habe ich auch nicht gesehen.«

Er musste ja nicht sagen, dass er überhaupt nicht im Haus gewesen war.

Edward lehnte sich in seinem Stuhl zurück und Jake merkte, dass er Angst gehabt hatte. Nicht etwa Angst, dass Jake erwischt worden war, sondern Angst, dass er geredet hatte. Es war eine äußerst riskante Gratwanderung, die sein Großvater da absolvierte in dem Versuch, seinen Ruf zu schützen und gleichzeitig seinen Traum wahr zu machen. Oder besser gesagt, seine Obsession. Oder was immer es war, was ihn so ohne Rücksicht auf mögliche Konsequenzen seinen angeblichen Schatz jagen ließ.

Angenommen, Jake könnte tatsächlich ins Haus eindringen – es würde auf jeden Fall mehrere Tage dauern, bis er alles durchsucht hatte, und da die blonde Tussi einen Schlüssel für das Haus besaß, hätten sie auf gar keinen Fall mehr so lange Zeit.

»Hast du die Luke wieder abgeschlossen?«

Jake stöhnte, doch er wollte seinen Fehler nicht eingestehen. »Ich war auf der Flucht!«

Edward legte die Fingerspitzen aufeinander. »Der Teufel steckt im Detail, Jake.«

Er hatte weder über Details noch über den Teufel nachgedacht, er wollte ganz einfach nur raus aus dem Haus. Und was spielte es schon für eine Rolle, ob er die Luke abgeschlossen hatte oder nicht? Zwei Jahrhunderte lang hatte kein Mensch den Tunnel entdeckt. Es war höchst unwahrscheinlich, dass diese Frau nun ganz zufällig darüber stolperte.

»Du wirst noch einmal reingehen«, sagte Edward ruhig.

Jake war alles andere als ruhig. »Wenn du denkst …«

»Heute Abend.«

»Und wenn sie noch dort ist?«

Edward lachte, dieses schreckliche Lachen, mit dem er immer zum Ausdruck brachte, dass Jake naiv war. Dass er dumm war. »Sie wird viel zu viel Angst haben, um dort zu schlafen.«

»Das kannst du nicht wissen«, antwortete Jake, doch er klang bereits etwas nachdenklich. Wenn nun die Frau, die geschrien hatte, die Blonde war, die dort herumgestrichen war? Es könnte ganz interessant sein, ihr im Haus zu begegnen. Allein.

Aber er wollte nicht noch einmal durch diesen Tunnel gehen. Menschen pflegten sich gewöhnlich nicht mit ihm anzulegen, aber übernatürliche Kreaturen ließen sich nicht so leicht erschrecken und auch nicht von Muskelkraft einschüchtern. Einen Geist konnte er nicht kontrollieren, aber die Frau wäre kein Problem für ihn. Er hatte noch nie Angst vor einer Frau gehabt.

»Du rührst sie nicht an, Jake.« Manchmal schien Edward seine Gedanken lesen zu können. »Du sollst nur rausfinden, wer sie ist.«

Er bewegte unbehaglich die Schultern und starrte seinen Großvater an. »Und die Cops?«

Edward nickte zum Fenster hinüber. »Die sind weg.«

»Was ist, wenn sie mich erwischen …«

Edwards Augen verfinsterten sich. »Dann wirst du kein Wort sagen.«

Jake rollte die Schultern und stand auf. Er war es gewohnt, das Kommando über die Frauen in seinem Leben zu haben – über Mariah und auch über die anderen, und er mochte es gar nicht, wenn er selbst herumkommandiert wurde – vor allem nicht von einem alten Mann, der sich für etwas Besseres hielt.

Jake beugte sich über seinen Großvater und ballte die rechte Hand zur Faust. Er würde diese Faust gebrauchen, jetzt gleich, und Edward zeigen, dass er keine Angst vor ihm hatte. Doch dann hieb er die Faust nur in seine linke Handfläche. Sein Großvater blickte auf, wirkte jedoch nicht im Geringsten beunruhigt, sondern sah Jake mit einem geradezu unheimlichen Grinsen an.

»Sei ruhig wütend, Jakey. Das tut dir gut.«

Resigniert wandte er sich ab und griff nach seiner gestreiften Regenjacke.

Zehn Minuten verstrichen. Fünfzehn. Sarah saß in ihrem Auto; sie gab Bryce Kelleys Nummer in ihr Handy ein und warf seine Karte dann auf die Fußmatte. Während es langsam dunkel wurde, fielen ihr immer wieder die Augen zu. Der Wind würde sie nicht vom Haus fernhalten, jedenfalls nicht heute Nacht. Sie brauchte dringend Schlaf. Und eine neue Perspektive. Nach ein paar Stunden Schlaf würde sie erst einmal in Ruhe über alles nachdenken, was heute passiert war.

Sie löste die Reisetasche vom Dachgepäckträger und öffnete den Kofferraum, um eine kleinere Tasche herauszuholen, in der sich ihr Laptop und ihre Kameraausrüstung befanden – beziehungsweise das, was davon übrig war.

Die restlichen Sachen ließ sie im Kofferraum und auf dem Beifahrersitz; dann streifte sie sich den Riemen ihrer Handtasche über die Schulter und schritt auf das Haus zu.

In diesem Haus gab es keinen Einbrecher. Es gab keinen Grund, Angst zu haben. Sie würde heute Nacht hier schlafen und morgen früh würde sie überlegen, was als Nächstes zu tun war.

Der Wind wehte ihr das Haar ins Gesicht; sie strich es zurück, während sie ins Haus trat. Nachdem sie die Vordertür doppelt verriegelt hatte, prüfte sie gleich noch die Schlösser an den anderen Türen und die Fenster im ersten Stock. Es war alles in Ordnung.

Statt durch die Bibliothek zurückzugehen, stieg sie die breite Treppe auf der Vorderseite des Hauses hinauf, wobei sie immer zwei Stufen auf einmal nahm. Auf dem Treppenabsatz standen zwei elfenbeinfarbene Sofas und eine Großvateruhr. Hinten, am Ende des Flurs, lag das Zimmer ihrer Großmutter, davor gab es vier Gästezimmer.

Sie wandte sich nach rechts und ging zu dem Zimmer, in dem sie früher immer geschlafen hatte. Plötzlich – sie öffnete die Tür und schaltete das Licht ein – war sie wieder das Kind, das die Treppe hinauflief und sich auf das Bett warf.

Es war ein großes Zimmer mit einem Erkerfenster auf der rechten Seite. Gegenüber, auf der linken Seite, stand ein riesiger Kleiderschrank. Die gelbliche Tagesdecke lag ganz glatt über das Bett gebreitet, doch die Tapete wies einen runden Wasserfleck auf. Der Raum roch ganz schwach nach saurer Milch.

Sie lehnte sich gegen den Türrahmen. Bevor sie das Haus verkaufte, musste hier auf jeden Fall gründlich sauber gemacht werden, die Wände mussten renoviert und die Fenster geputzt werden.

Im Augenblick überforderte sie jedoch schon der bloße Gedanke daran.

Sie stellte die Taschen auf den Boden, zog ihre Stiefel aus und warf sie neben das Bett. Dann ließ sie sich auf die Tagesdecke fallen. Die zwei kurzen Stunden Schlaf an der Raststätte forderten ihren Tribut, ganz zu schweigen von dem Adrenalinschub, als sie das Geräusch oben gehört hatte.

Sie gähnte. Sie würde jetzt nicht über den dritten Stock nachdenken. Bis auf den Wind, der an den dunklen Fenstern des Schlafzimmers rüttelte, war das Haus ganz still. Sie war allein und dankbar für das Bett.

Sie griff nach unten und suchte ihre Handtasche, die sie auf den Boden gestellt hatte. Als sie sie gefunden hatte, stellte sie sie auf den Nachttisch, um den Brief ihrer Großmutter herauszuholen und endlich zu Ende zu lesen.

An der gegenüberliegenden Wand hingen drei verblasste Quilts, die die Bristow-Frauen im letzten Jahrhundert … und dem Jahrhundert davor genäht hatten. Der in der Mitte war der schönste. In den leicht verblichenen blauen, grünen und braunen Quadraten befanden sich alle möglichen Motive – Sterne, Dreiecke, Kreise und etwas, das aussah wie ein Boot.

Sie blinzelte und versuchte, sich auf das Quadrat ganz unten zu konzentrieren, zwei gezackte Blitze, die sich überkreuzten.

Das Quadrat verschwamm vor ihren Augen, während sie darum kämpfte, wach zu bleiben. Sie wollte auf jeden Fall noch den Brief ihrer Großmutter lesen, bevor sie einschlief.

11

Alex stand im Duschraum des YMCA und ließ heißes Wasser über seinen Kopf und seine Schultern laufen. Das andere Team hatte sie mit achtzehn Punkten Vorsprung geschlagen. Wieder eine Niederlage. Er hätte den letzten Dreier verhindern müssen. Dan hätte seine beiden Freiwürfe in Körbe verwandeln können. Und ihr Team hätte den Ball noch weitere sieben Mal in den Korb versenken sollen. Mit ein bisschen mehr Anstrengung hätten sie gewinnen können.

Er schüttelte den Kopf unter dem Wasser. Es spielte keine Rolle, dass sie verloren hatten, nicht wirklich. Zumindest versuchte er, sich das einzureden. Er hatte noch die Stimme seiner Mutter im Ohr.

Es ist doch nur ein Spiel, Alex. Es ist egal, ob du gewinnst.

Das hatte seine Mutter jedes Wochenende gesagt, wenn er zu Hause hockte und Trübsal blies, weil sein Team wieder mal ein Basketballspiel verloren hatte. Es war nur ein Spiel, aber es war ein Spiel, das er unbedingt gewinnen wollte. Aber das war natürlich damals gewesen, als er noch dachte, das nächste Spiel zu verlieren sei das Schlimmste, was ihm im Leben zustoßen könnte …

In letzter Zeit war er geradezu ein Experte im Verlieren geworden. Er hatte seine Familie verloren. Er hatte die Abstimmung im Stadtrat verloren. Er hatte sogar ein läppisches Basketballspiel verloren. Wahrscheinlich wollte Gott ihm mit all dem irgendetwas sagen, aber es war nicht einfach, sich klaglos mit all diesen Verlusten abzufinden.

Er stellte die Dusche ab und wenige Minuten später lief er in Jeans und Sweatshirt zur Tür hinaus auf den Flur. Das Einzige, was ihm in letzter Zeit zu gelingen schien, war, seinen Freund im Umkleideraum zu schlagen – als ob es Dan darum ginge, wer sich am schnellsten anziehen konnte. Alex seufzte über sein Konkurrenzdenken, das er eigentlich längst hätte überwinden sollen.

Er blickte aus dem Fenster und sah zu, wie andere Spieler auf dem Feld herumliefen und Punkte machten. Er selbst hatte den ganzen

Abend auf der falschen Seite des Feldes verbracht und erfolglos versucht, den Gegnern den Ball abzunehmen. Es war wirklich erbärmlich. Ein zweiunddreißigjähriger Mann, der sich über ein lächerliches Ballspiel aufregte.

Die Tür des Umkleideraums ging auf und Dan schlug Alex mit dem Handtuch gegen das Bein. »Gutes Spiel.«

Alex schnaubte. »Wir haben totalen Mist gemacht.«

»Es ist doch nur ein Spiel.«

Er wandte sich in Richtung Eingangshalle. »Halt die Klappe.«

Sein Freund lachte und folgte ihm. »Vielleicht schaffe ich es, ein paarmal die Woche zum Üben herzukommen.«

»Gut …«

Bis jetzt war Mittwoch der einzige Abend, an dem Dan das Haus verließ, um zum Basketballspielen zu gehen. Oder vielleicht war es ja auch der einzige Abend, an dem Jenny ihn hinauswarf. Wie auch immer, Dan verbrachte die Abende am liebsten zu Hause mit seinen vier Kindern und Alex konnte ihm keinen Vorwurf daraus machen. Wenn Gott ihm jemals Kinder schenken würde, wollte er bestimmt auch zu Hause bleiben.

Alex war als Erster in der Halle. »Liza Bristow ist heute Nachmittag zu mir ins Büro gekommen.«

»Was wollte sie denn?«, fragte Dan.

»Anscheinend mal so richtig flennen … und einen Anwalt, um das Testament anzufechten.«

Dan verdrehte die Augen. »Bei mir war sie auch, heute Morgen, aber ich wurde mit Worten statt mit Tränen bestürmt.«

Alex hielt ihm die Tür auf und sein Freund ging hinaus. Der Parkplatz war hell erleuchtet. »Ich habe gehört, du warst der Überbringer schlechter Nachrichten.«

Sein Freund zuckte die Achseln. »Schlecht für Liza, ja.«

»Liza war überrascht.«

»Das sollte sie aber eigentlich nicht sein.« Dan senkte die Stimme zu einem Flüstern. »Rosalie hatte nie vor, ihr das Haus zu hinterlassen.«

»Hat sie es einer Wohltätigkeitseinrichtung vermacht?«

Dan schüttelte den Kopf. »Sie hat es ihrer anderen Enkelin vererbt.«

Alex blieb abrupt stehen. Deshalb also war Sarah in Etherton. Sie wollte sich ihr Erbe sichern. Was würde Liza tun, wenn sie es herausfand?

»Sarah ist lange nicht hier gewesen«, sagte Dan und trat vom Bordstein auf den Asphalt. Alex folgte ihm.

»Sie ist blond, oder?«

Dan warf ihm einen neugierigen Blick zu. »Woher weißt du das?«

»Sie hat mich heute Morgen im Underground nach dem Weg gefragt.«

Er lachte. »Dann pass mal auf, dass Jenny das nicht erfährt ...«

Alex krümmte sich. Wenn Jenny erfuhr, dass er Sarah begegnet war und dass er sie attraktiv fand, würde sie auf der Stelle eins dieser abartigen Blind Dates organisieren. Sarah mochte hübsch sein, aber er wusste nichts von ihr, außer dass sie Rosalies Enkelin war und, wie er Jenny nun schon oft erklärt hatte, er hasste nicht nur jegliche *Dates*, er war auch noch lange nicht bereit, eine neue Beziehung einzugehen.

Er fischte seinen Schlüssel aus der Tasche. »Du wirst es ihr doch nicht etwa sagen?«

Dan blieb neben seinem Auto stehen. »Natürlich nicht.«

»Gut.« Alex trat zu seinem eigenen Wagen, drehte sich aber noch einmal um. »Und sag ihr bitte auch nicht, dass ich Sarah morgen früh besuchen will.«

Die Scheinwerfer an Dans Auto blinkten auf. »Was willst du?«

»Ich will sie besuchen.« Er zögerte, als er sah, wie sein Freund grinste. »Wegen des Hauses.«

Dan öffnete die Autotür und warf seinen Rucksack hinein. »Okay.«

Eine leichte Brise wehte durch das Fenster von Stephanies Schlafzimmer, während sie sich gegen das Kopfteil des Bettes lehnte und die Daunendecke höher zog. Es war kühler geworden, aber sie wollte ihre Lektüre von Miriam Ellisons Tagebuch nicht unterbrechen, um das Fenster zu schließen.

Sie strich über das raue Papier und vertiefte sich in die Geschichte, die sie ins 19. Jahrhundert versetzte, in die Zeit, in der ihre Vorfahren auf einer blühenden Plantage in der Nähe von Columbia gelebt hatten. In der sie Gesellschaften und Bankette gegeben und Sklaven gehalten hatten, die im Haus und auf den Feldern arbeiteten.

Miriam Ellisons Schreibschrift war verblasst und schwer zu lesen, doch das flüssige Schriftbild ließ die Wörter wirken wie sanfte Wellen, die über den Strand spülten. Stephanie verlor sich in der Bewegung, wurde hineingezogen in die Welt ihrer Vorfahrin.

Die Alltagsrituale des Plantagenlebens faszinierten sie, jedenfalls die kleinen Leckerbissen, die in Miriams Aufzeichnungen enthalten waren. Wie sie Vorräte aus England bestellte. Wie sie versuchte, die Moskitos aus dem Haus herauszuhalten. Wie sie die Wäsche und andere Hausarbeiten überwachte. Miriam hatte vor allem über die Gesellschaften geschrieben, die sie auf dem Besitz der Ellisons gab. Und natürlich über ihre vier Jungen und zwei Mädchen, aber auch über ihre Haussklavinnen – Miriam nannte sie Dienerinnen –, die ihr bei der Hausarbeit und mit den Kindern halfen. Sklavinnen, für die sie sorgte, als gehörten sie zur Familie. Stephanie überlegte, wer wohl für die Kinder der Sklavinnen sorgte.

Miriams Lieblingsdienerin war eine Mulattin namens Rachel, obwohl sie Rachels Mann William überhaupt nicht mochte. *Sein Stolz wird noch einmal sein Verderben sein*, schrieb sie, nachdem ihr Mann ihn wieder einmal bestraft hatte. Sein Stolz und seine verrückten Vorstellungen von Freiheit hatten sie bereits zwei Sklaven gekostet.

Miriam hatte beschrieben, wie Rachels Verhalten sich veränderte, wenn Arnold Ellison wieder einmal gezwungen gewesen war, William zu schlagen. Das Lächeln, das sonst immer auf ihren Lippen lag, wurde seltener und verschwand ganz, was Miriam Williams rebellischem Verhalten anlastete. Sie würde es ihrem Mann nie sagen, aber sie wünschte sich beinahe, dass William fortlief, damit Rachel wieder fröhlich wurde. Mit seiner Unzufriedenheit steckte er alle an, die auf der Plantage lebten. Wenn er nicht fortlief, würde sie versuchen, ihren Mann zu überreden, dass er ihn verkaufte, irgendwohin, weit weg von ihrer Rachel.

Stephanie spürte, wie langsam Ärger in ihr aufstieg, während sie diese Worte las, bis sie schließlich richtig zornig war. Mitte des 19. Jahrhunderts wurden alle Plantagen in North und South Carolina mithilfe von Sklaven bewirtschaftet, aber das änderte nichts an Stephanies Wut über Miriams Gefühllosigkeit. Die Tatsache, dass ihre Sklaven Menschen waren wie sie und ebenfalls eine Seele und einen Geist besaßen, hatte sie anscheinend völlig ignoriert. Ihre Vorfahren hatten nicht nur Sklaven besessen, sie hatten sie auch geschlagen, damit sie gehorchten. Und dabei waren sie sich keiner Schuld bewusst gewesen.

Es war schon zwei Uhr morgens und sie las immer noch, wendete langsam die Seiten, entsetzt und fasziniert zugleich von dem, was vor hundertfünfzig Jahren im Ellison-Haus passiert war. Diese Geschichten hatte ihre Ahnherrin mit eigener Hand aufgeschrieben – eine Frau, die kein Unrecht darin sah, Sklaven zu besitzen, und die es für moralisch gerechtfertigt hielt, den Besitz der Familie zu erhalten, indem sie ihre Sklaven schlug.

Völlig vertieft in Miriams – und Rachels – Leben musste Stephanie im Licht der Lampe blinzeln, während sie die in anmutiger Schrift geschriebenen alten englischen Wörter las. Rachel hatte einen kleinen Jungen gehabt, einen Lockenkopf, der zu ihren Füßen spielte, während sie putzte und nähte. Anfangs hatte Miriam befürchtet, dass das Kind Rachel von ihren Pflichten ablenken würde, doch während Stephanie weiterlas, wurde sie Zeugin, wie Miriam sich in den Jungen verliebte. Ein Jahr später kam dann Rachels zweites Kind zur Welt, eine Tochter, der es jedoch gesundheitlich nicht gut ging. Irgendetwas stimmte mit ihren Beinen nicht; sie weinte viel und sorgte immer wieder für Unruhe im ganzen Haus.

Miriam bestand darauf, dass Rachel das Kind bei einer der Sklavinnen ließ, die auf dem Feld arbeiteten, sodass das ständige Weinen die Hausbewohner nicht belästigte, wenn diese aßen oder lasen. Rachel gehorchte – wahrscheinlich hatte sie keine andere Wahl, doch nachdem Miriam aufgeschrieben hatte, wie erleichtert sie war, dass das kranke Mädchen aus dem Haus war, und dass es so das Beste für sie und für Rachel sei, schrieb sie nie wieder irgendetwas über ihre Haussklavin. Die Seiten, die noch folgten, waren angefüllt mit scharfer Kritik, ihrer Enttäuschung über alle ihre Diener und diejenigen Weißen, die versuchten, den Süden aufzustacheln.

Sie hörte erst auf zu lesen, als das Tagebuch zu Ende war. Es war der Tag, an dem für Rachel und die Familie Ellison alles anders geworden war.

Der Tag, an dem William fortlief.

12

Sarah blinzelte und öffnete die Augen, dann reckte und streckte sie sich genüsslich, dankbar, dass sie wieder einmal eine Nacht durchgeschlafen hatte. Jetzt ging es ihr besser; sie hatte ihre Ruhe wiedergefunden. Auch der Wind schien sich gelegt zu haben, allerdings war der Himmel nicht mehr blau, sondern bedeckt. Ein gräuliches Licht mischte sich mit der kalten Luft, die durch die Fenster kroch.

Zitternd zog Sarah die Decke höher. Ihr Kopf war klar, doch ihr Körper fror. In ihrer Müdigkeit gestern Abend hatte sie vergessen nachzusehen, ob die Heizung eingeschaltet war. Hoffentlich gab es trotzdem warmes Wasser. Sie würde rasch duschen und dann in der Küche nachsehen, ob etwas zu essen da war. Dan Sprague hatte gesagt, dass alles, was sich im Haus befand, ihr gehörte, einschließlich der Nahrungsmittel. Im Moment erfreute der Gedanke, etwas zu essen geerbt zu haben, sie mehr als alle anderen Besitztümer.

Bis die Stadt ihr die Anschlüsse abstellte, hatte sie nun einen Ort, an dem sie schlafen konnte, Essen für mehrere Tage, ja vielleicht sogar Wochen, wenn ihre Großmutter in den letzten Jahren ebenso viel eingekocht hatte wie früher. Schon bei dem Gedanken daran hatte sie den Geschmack der Erdbeermarmelade ihrer Großmutter auf der Zunge … und ihrer eingemachten Pfirsiche.

Sie würde lieber zuerst essen und danach duschen.

Sie schwang schon ihre Füße über die Bettkante, als ihr plötzlich der Brief einfiel, der noch immer in ihrer Handtasche steckte.

Wie hatte sie nur einschlafen können, ohne ihn zu lesen? Sie rieb sich die Augen. Bevor sie die Vorratskammer plünderte oder duschte, würde sie nachsehen, was ihre Großmutter sonst noch geschrieben hatte.

Sie drehte sich zum Nachttisch um, wollte nach ihrer Handtasche greifen und zog den Arm abrupt zurück. Da stand nichts außer der Nachttischlampe.

Seltsam. Sie war sicher gewesen, dass die Tasche auf dem Tischchen stand, bevor sie einschlief. Aber sie war so schrecklich müde und desorientiert gewesen. Irgendwie musste sie die Tasche im Schlaf hinuntergestoßen haben. Oder vielleicht war sie auch hinuntergefallen.

Sie sprang auf und schlug die Tagesdecke zurück, um unter dem Bett nachzusehen, doch da war die Tasche auch nicht.

Sie setzte sich mit gekreuzten Beinen auf den Fußboden und versuchte, sich an gestern Abend zu erinnern. Das Glas auf dem Dachboden war zerbrochen und die Polizei war gekommen. Sie hatte den Brief in ihre Handtasche gesteckt und ihre Brieftasche in die Tasche ihrer Jacke und war die Treppe hinaufgestiegen. Dann war sie todmüde ins Bett gefallen.

Sie griff nach ihrer Jacke, fuhr mit der Hand in die Taschen und seufzte auf vor Erleichterung, als sie die Brieftasche spürte. Darin befanden sich ihr Führerschein und zwei Kreditkarten – aber kein Bargeld. Vielleicht hatte sie ja nur geträumt, die Handtasche auf den Nachttisch gestellt zu haben, und sie stattdessen in ihre Reisetasche gesteckt.

Sie durchwühlte die Reisetasche und warf dabei sämtliche Kleidungsstücke achtlos auf den Boden, bis sie leer war. Da war keine Handtasche. Und kein Brief.

Einen kurzen Moment wanderten ihre Gedanken zurück nach Indonesien, wo sie ebenfalls alles durchwühlt hatte, auf der Suche nach ihrer Kameraausrüstung, ihren Kleidern und ihrem Stoffhund. Damals hatte ihre Betreuerin die Tasche gestohlen, aber jetzt …? War möglicherweise jemand in ihrem Zimmer gewesen, während sie schlief?

Sie schüttelte den Kopf, um klarer denken zu können. Ganz bestimmt nicht. Sie hatte alle Türen unten abgeschlossen, damit sie sich sicher fühlen konnte … die Tür zu ihrem Schlafzimmer hatte sie allerdings unverschlossen gelassen. Gestern im Dachgeschoss mochte ja der Wind die Vase umgestoßen haben, aber er hatte ganz bestimmt nicht ihre Tasche weggeblasen.

Sie sprang auf und lief zu dem Schrank in der Zimmerecke. Vielleicht hatte sie die Tasche in ihrer Müdigkeit ja dort hineingestellt.

Hastig zog sie die oberste Schublade auf, doch statt ihrer Handtasche sah sie nur einen Stapel bedruckter T-Shirts und eine teure Jeans. Und ein rot-weißes Sweatshirt mit Kapuze. Sie nahm das Sweatshirt heraus. Es trug eine Aufschrift: Ohio State.

Sie rieb sich die Augen. Heute hatte sie sich eigentlich einen ruhigen Tag machen und sich in Ruhe noch einmal alles durch den Kopf gehen lassen wollen, was in den letzten beiden Tagen passiert war. Auf keinen Fall wollte sie ständig mit weiteren neuen Fragen bombardiert werden.

Doch nun fragte sie sich natürlich, wer wohl vor ihr in diesem Zimmer gewohnt hatte?

Sie drehte sich um, lief wieder zum Nachttisch und öffnete die Schublade. Sie enthielt eine Bibel in rosa Einband und eine Ausgabe von *Was Sie erwartet, wenn Sie ein Baby erwarten*. Die Bibel mochte ja ihrer Großmutter gehört haben, aber das andere Buch …

War ihre Halbschwester schwanger? Vielleicht hatte Liza bis zum Schluss bei ihrer Großmutter gewohnt. Aber warum hatte sie ihre Sachen nicht mitgenommen, als Rosalie gestorben war? Dan hätte sie doch ganz sicher noch einmal ins Haus gelassen, damit sie ihre Kleider holen konnte.

Vielleicht hatte ja eine Krankenschwester bei Rosalie gewohnt und sie in den letzten Wochen versorgt.

Sarah ließ sich aufs Bett fallen. War diejenige, die hier gewohnt hatte, letzte Nacht in ihr Zimmer gekommen? Wenn ja, musste sie ganz schön erschrocken sein, als sie Sarah in ihrem Bett vorfand.

Wer auch immer hier hereingekommen war – vielleicht hatte er Geld gebraucht und hatte ihre Handtasche mitgenommen in der Hoffnung, dass sie Bargeld enthielt. Doch statt Geld hatte er ihr etwas sehr viel Kostbareres gestohlen. Rosalies Brief.

Irgendjemand schüttelte Jake und er wehrte die Hand ab. Er brauchte Schlaf, mindestens noch weitere acht Stunden. Oder zehn. Mariah wusste doch, dass sie ihn nicht belästigen sollte, wenn er schlafen wollte.

»Steh auf«, bellte Edward und Jake riss die Augen auf.

Es war völlig inakzeptabel, einen Mann aufzuwecken, wenn er die ganze Nacht nach einem Schatz gesucht hatte. Er hatte seinen Großvater ja auch nicht aufgeweckt, als er ihn vor ein paar Stunden schnarchend in seinem Sessel vorgefunden hatte, sorglos wie in Abrahams Schoß.

Jake war es, der hier alle Risiken trug. Und wenn er jetzt den ganzen Tag schlafen wollte, sollte Edward gefälligst Rücksicht darauf nehmen.

Er ließ seine Fingerknöchel knacken; das Geräusch schien das ganze Zimmer zu erfüllen. Schade, dass er seinem Großvater nicht klarmachen konnte, dass er sich morgens nicht mit ihm anlegen durfte.

»Und, wie ist's gelaufen?«, fragte Edward. Jake stützte sich auf die Ellbogen. In dem Moment, als er auf die schwarz-rote Tasche hinunterblickte, die er auf den Boden geworfen hatte, bückte Edward sich auch schon danach.

Er hatte keinen Schatz gefunden, aber das Mädchen.

Edward stülpte die Tasche um. Ein Lippenstift rollte auf den Teppich. Ein Arzneimittelfläschchen. Ein paar Stifte. Ein Notizbuch.

Jake unterdrückte ein Grinsen, während Edward die Tasche durchwühlte. Sein Großvater konnte suchen, so lange er wollte. Das einzig Wertvolle, das er gefunden hatte, befand sich in der Reißverschlusstasche seiner Jacke. Edward brauchte nichts von dem Brief und der Geburtsurkunde zu wissen, jedenfalls jetzt noch nicht. Sie waren Jakes Unterpfand, um aus dieser ganzen Sache herauszukommen.

»Du hast eine leere Tasche geklaut?«, fragte Edward, während er die Handtasche schüttelte.

Jake schwang die Beine vom Sofa und setzte sich hin. »Sie war nicht leer.«

Edward kniff die Augen zusammen, als wollte er mit seinem Blick die Wahrheit aus ihm herauspressen. »Wir brauchen einen Führerschein oder eine Kreditkarte. Irgendwas, auf dem ihr Name steht.«

Es gab keine Brieftasche, aber ihren Namen wusste er trotzdem. Sarah Bristow – jedenfalls glaubte sie, dass sie so hieß. Die Wahrheit war allerdings noch sehr viel aufregender. Wenn er es clever anstellte, hatte er sie in der Hand.

»Wie bist du an ihre Tasche gekommen?«

»Sie hat anscheinend beschlossen, die Nacht im Haus zu verbringen.« Jake klopfte sich den Staub von der Hose. »Ich hätte sie aufwecken und nach ihrem Namen fragen können, aber ich hielt es für klüger, mir ihre Tasche zu schnappen und die Beine in die Hand zu nehmen.«

»Du bist in ihr Zimmer gegangen?«

»Die Tasche stand direkt neben ihr. Sie hat überhaupt nichts mitgekriegt.«

»Und wenn sie dich gesehen hat?«

Jake schnaubte. Er war ja schließlich nicht dumm; diesmal hatte er eine Skimaske getragen. Selbst wenn sie aufgewacht wäre, hätte sie ihn niemals identifizieren können. Und er hätte sich ganz bestimmt nicht von ihr festhalten lassen.

Edward durchmaß mit großen Schritten das Zimmer. »Jetzt ruft sie bestimmt wieder die Cops.«

Jake zuckte mit den Schultern. »Du hast doch gesagt, ich soll Informationen besorgen.«

»Informationen!« Edward hieb sich mit der Faust in die Handfläche der anderen Hand. »Aber doch nicht ihre Tasche!«

»Was hätte ich denn sonst tun sollen …?«

Jake ging in die Küche, um sich erst einmal einen Kaffee zu kochen. Er wusste gar nicht, warum Edward sich so aufregte – schließlich hatte er nur getan, was sein Großvater von ihm verlangt hatte. Allerdings hatte er wesentlich mehr Informationen bekommen, als sie beide erwartet hatten.

Die Frau dachte ja ohnehin schon, dass jemand im Haus gewesen war. Was machte es also aus, dass ihre Tasche jetzt weg war? Er hatte ja schließlich nichts Wertvolles gestohlen. Es war kein Geld in der Tasche gewesen, er hatte extra nachgeschaut, bevor er den Umschlag geöffnet hatte.

Er löffelte Kaffeepulver in den Filter und beschloss, seinem Großvater weiterhin auf der Jagd nach diesem Schatz zu helfen … man konnte nie wissen, vielleicht gab es ihn ja wirklich. Doch wenn Edward versuchte, ihn auszutricksen – was er mit Sicherheit tun würde –, würde er ihm einfach eine Kopie des Briefs aushändigen.

Das würde genügen, um sogar Edward Paxton zur Räson zu bringen.

Alex drückte mit dem Daumen auf die Türklingel. Er hörte das Echo in der Eingangshalle und spürte das Vibrieren der Holztür. Er hatte sich zwar in der Kirche ein paarmal mit Rosalie unterhalten, war aber noch nie in ihrem schönen Haus gewesen. Als er in die Stadt gezogen war, war sie schon viel zu krank gewesen, um noch Besuch zu Hause zu empfangen.

Das Haus war ein herrliches Beispiel italienisch inspirierter Architektur, ja eigentlich ein architektonisches Meisterwerk, doch es brauchte offensichtlich dringend eine ganze Menge liebevolle Fürsorge. Wer würde schon Geld in die Reparatur des Daches und der Auffahrt und wahrscheinlich sogar der Grundmauern investieren wollen? In restauriertem Zustand würde es sicherlich ein wunderschönes Heim abgeben, aber dazu wäre eine immense Investition nötig.

Das Grundstück rings um das Haus war weit wertvoller als das Gebäude selbst und eignete sich hervorragend, um hier ein Wellnesszentrum oder ein Hotel zu errichten. Wenn die Wirtschaft der Stadt sich wieder erholt hatte, konnte der Stadtrat das Grundstück weiterverkaufen oder an einen Unternehmer verpachten, der hier ein Erholungszentrum oder dergleichen hinstellte; auf diese Weise kämen dann Touristen in die Stadt und es würden Arbeitsplätze für die Einheimischen geschaffen.

Er klingelte erneut und die Tür ging langsam auf. Sarah Bristow trug ein schwarzes T-Shirt und Jeans. Ihr nasses Haar fiel ihr auf die Schultern und sie war barfuß. Er musste sich mit Gewalt in Erinnerung rufen – zweimal in Erinnerung rufen, warum er hier war.

»Ich heiße … ich heiße Alex«, sagte er und hoffte, sie würde sich aus dem Café an ihn erinnern, doch er sah kein Wiedererkennen in ihren Augen. »Sie haben mich gestern nach dem Weg gefragt.«

Ihr Blick wanderte an seiner Schulter vorbei zu den Bäumen hinüber. »Ihre Beschreibung war äußerst hilfreich.« Jetzt sah sie ihn wieder an. »Vielen Dank.«

Die Tür schloss sich ein paar Zentimeter, während er nach Worten suchte … Worten, die sich nicht einstellen wollten. Er hätte warten und sich von Dan oder Louise vorstellen lassen sollen, statt hier wie ein Bettler an ihrer Tür aufzutauchen.

»Ich wollte Sie gern sprechen«, versuchte er zu erklären.

Die Tür bewegte sich nicht. »In welcher Angelegenheit?«

Lautes Hupen unterbrach ihn. Er drehte sich um und sah Spragues grünen Minivan die Einfahrt heraufflitzen. Das Hupen hörte gar nicht mehr auf und ließ keinerlei Zweifel daran, wer in dem Auto am Steuer saß.

Er schob seine Hände in die Taschen und wünschte sich, er wäre unsichtbar. Jenny Sprague war der letzte Mensch, den er jetzt sehen wollte. Sie würde niemals glauben, dass er hier war, um mit Sarah über den Kauf des Grundstücks zu reden.

Jenny sprang aus dem Auto, in jeder Hand einen Plastikbecher. Sie grinste über das ganze Gesicht.

»Alex Yates!«, rief sie. Ihr Lächeln war so breit, dass er meinte, ihre Gesicht müsste jeden Moment unter der Spannung reißen. »Wie lustig, dich hier zu treffen.«

Er versuchte, ihr Lächeln zu erwidern. »Schön, dich zu sehen, Jenny.«

Eine ihrer Augenbrauen ging hoch. Wenn sie doch nur diese Spielchen sein lassen würde! Schließlich waren sie alle erwachsen. »Ich störe doch nicht, oder?«

Sarah warf ihm einen Blick zu. »Ich weiß nicht …«

»Wir haben gerade über das Grundstück gesprochen.«

Sarahs Augen weiteten sich. »Was haben wir?«

»Na ja, wir wollten gerade anfangen …«

Falls Jenny die Anspielung verstand, reagierte sie jedenfalls nicht darauf. Sie hüpfte die Stufen herauf wie Bugs Bunny und verspritzte dabei braune Flüssigkeit. Anscheinend hatte sie selbst heute Morgen schon mehr als genug Kaffee getrunken und brauchte auf keinen Fall noch mehr davon – die Frau wirkte ohnehin, als hätte sie eine Riesenportion Koffein im Blut.

Sie reichte Sarah einen Becher. »Ich dachte, du brauchst das vielleicht, um in die Gänge zu kommen.«

Sarah schnupperte daran und umarmte Jenny. »Dich hat Gott geschickt.«

»Das ist eine prima Antwort, wenn mir mal wieder jemand sagt, ich sei wahnsinnig«, lachte sie. »Ich habe mindestens eine Stunde zum Plaudern, bis meine Schwester mich polizeilich suchen lässt.« Jenny ging durch die Tür und winkte Alex herein. »Komm schon, Alex. Du willst doch wohl nicht zwischen Tür und Angel über Geschäfte reden.«

Er blickte zwischen ihr und Sarah hin und her, bis Sarah sie beide einfach stehen ließ und nach hinten ging. Auf gar keinen Fall würde er zusammen mit Jenny Sprague dieses Haus betreten. Wenn sie beschlossen hatte, die Kupplerin zu spielen, konnte er jegliche Hoffnung, das Grundstück zu erwerben, getrost fahren lassen. Ganz zu schweigen davon, dass Sarah mit Sicherheit nichts mehr von ihm wissen wollte, wenn Jenny erst ihre schwarze Magie auffuhr.

Er trat einen Schritt zurück, fort von Jenny und ihrem albernen Grinsen. »Ich muss zurück ins Rathaus. Ein Termin mit Louise.«

»Komm schon, Alex«, beharrte sie. »Ein paar Minuten hast du doch sicher noch.«

Er schüttelte den Kopf. »Nicht heute Morgen.«

»Dann müssen wir dieses Wochenende mal zusammen essen. Wie wäre es mit morgen Abend?«

»Ich glaube nicht …«

»Du hast andere Pläne?«, fragte sie unschuldig, als hätte er am Freitag eine andere Verabredung. »Wir können es auch am Samstag machen. Oder Sonntag.«

Er unterdrückte ein Stöhnen und starrte Jenny an. Er hatte keine Pläne für dieses Wochenende und das wusste sie ganz genau.

»Freitagabend könnte klappen.«

»Oh, sehr gut.« Sie klatschte in die Hände. »Ich werde Crêpes und meine Spezialsoße machen und einen großen Salat und …«

Er drehte sich um und lief zu seinem Auto, bevor sie mit der Aufzählung des Menüs fertig war. Er war hergekommen, um mit Sarah über den Kauf von Crescent Hill zu reden, und jetzt war er irgendwie in eine Verabredung zum Abendessen geraten.

13

Sarah musste lachen, als sie sah, dass ihre Freundin aus dem Fenster spähte und beobachtete, wie Alex Yates wendete und den Hügel hinunterfuhr. »Ich glaube, du hast ihn verscheucht.«

»Nö.« Jenny trat vom Vorhang zurück. »Er kommt wieder.«

Sarah ließ sich auf eines der Sofas fallen. Eine Staubwolke stieg auf. Sie blies sich den Staub aus dem Gesicht und nahm einen großen Schluck Kaffee.

Jenny setzte sich auf einen Stuhl ihr gegenüber und legte die Füße auf den Glastisch. »Er ist süß, nicht? So durchgestylt in Anzug und Krawatte …«

»Wenn du meinst …«

»Oh *bitte* – jetzt tu bloß nicht so gleichgültig.«

Sie nahm noch einen Schluck. »Er ist bestimmt verheiratet.«

»Nein, ist er nicht, obwohl jede alleinstehende Frau in dieser Stadt das liebend gern ändern würde.«

»Vielleicht steht er nicht auf Frauen …«

»Quatsch, er liebt sie. Er hatte eine Verlobte in South Carolina, bevor er letztes Jahr hierherzog.«

Sarah wollte nichts über das Privatleben von Alex hören, schließlich war sie selbst in diesen Dingen nicht gerade ein Musterbeispiel. »Sie haben sich getrennt?«

»Ja.« Jenny trommelte mit ihren Fingern auf ihre Jogginghose. »Aber keiner will mir erzählen, was passiert ist.«

»Na so was – kann ich gar nicht verstehen.«

Jenny streckte ihr die Zunge heraus und Sarah musste wieder lachen. »Er ist nicht meinetwegen gekommen. Er hat gesagt, er wollte über das Grundstück reden.«

»Er arbeitet für die Bürgermeisterin«, sagte Jenny. »Wahrscheinlich will er dir Crescent Hill abluchsen.«

Sarahs Kopf fuhr hoch. »Glaubst du, sie würden es kaufen?«

»Wenn es billig genug ist.« Jenny bückte sich und band sich einen Schnürsenkel neu. »Du willst es doch aber nicht verkaufen, oder?«

Sarah wandte den Blick ab und hatte plötzlich Schuldgefühle. Sie würde das Haus liebend gern behalten und restaurieren, zu Ehren ihrer Familie und ihres Erbes, doch ihre Großmutter hatte ihr zwar den Besitz vermacht, aber sonst nichts. Und sie selbst konnte das Anwesen auf keinen Fall halten. Sie konnte nicht einmal die Stromrechnungen bezahlen, ganz zu schweigen von den Reparaturen an den elektrischen Anlagen, an den Fußböden und am Dach. Im Moment brauchte sie selbst Geld, um aus ihren Schulden herauszukommen, und nicht etwa ein Haus, das sie in noch größere Schulden stürzte.

»Ich habe keine andere Wahl«, sagte sie traurig.

»Oh …« Jennys Stimme erstarb. »Ich dachte …«

»Was dachtest du?«

Jenny blickte zu dem Kristalllüster auf, der über ihnen hing, und sah sich dann in dem Raum um. »Ich hätte nur nie gedacht, dass dieser Ort jemals jemand anderem als der Familie Bristow gehören würde.«

Der Gedanke, dass eine fremde Familie in das Heim ihrer Großmutter einzog, kam auch ihr seltsam vor. Obwohl ihre Erinnerungen an diesen Ort schon viele Jahre alt waren, waren die Räume noch immer von einem Frieden erfüllt, den sie sonst nirgends gefunden hatte. Und diese Erinnerungen waren untrennbar mit ihrem Leben verbunden.

»Ich auch nicht«, gestand sie.

Jenny richtete sich ein Stückchen auf. »Rosalie hätte gewollt, dass du es behältst.«

Ihre Hände schlossen sich fester um den Becher. »Dann hätte sie mir auch so viel Geld hinterlassen müssen, dass ich es mir leisten kann.«

Als Jenny nicht antwortete, lehnte Sarah sich auf dem Sofa zurück und schämte sich plötzlich. »Tut mir leid«, murmelte sie.

»Kein Problem«, sagte Jenny mit einem Achselzucken. »Ich würde dir nur so gern helfen.«

Sarah zog die Beine auf das Sofa. Jenny konnte ihr zwar nicht helfen, was das Haus betraf, aber vielleicht dabei herauszufinden, was mit ihrer Handtasche passiert war. »Gestern Nacht ist etwas Seltsames passiert.«

»Ja?«

»Meine Handtasche ist verschwunden.«

Jenny beugte sich vor, als könnte sie sie irgendwo im Wohnzimmer entdecken. »Was meinst du mit ›verschwunden‹?«

»Ich dachte, ich hätte sie neben mich gestellt, bevor ich gestern Abend einschlief, aber als ich aufgewacht bin, war sie fort.« Sie schauderte bei dem Gedanken.

»Also hast du sie woanders hingelegt.«

Sie schüttelte den Kopf. »Ich habe das ganze Zimmer durchsucht.«

Jenny griff nach ihrer Tasche und holte das Handy heraus. »Wir müssen die Polizei rufen.«

»Nein.« Sarah winkte ab. »Die halten mich sowieso schon für verrückt.«

»Was …«, fing Jenny an und verstummte plötzlich, so als wisse sie nicht, wie sie die Frage formulieren sollte. »Warum halten sie dich für verrückt?«

Sarah erzählte ihr, was am Tag zuvor passiert war. Wie sie geglaubt hatte, Schritte zu hören. Von der zerbrochenen Vase. Jenny lief ein Schauer über den Rücken, als Sarah ihr sagte, dass die Polizei der Ansicht war, die Vase sei vom Wind umgestoßen worden.

»Der Wind kann keine Handtasche stehlen.«

Sarah musste lächeln. »Das war nicht der Wind.«

»Vielleicht war es ja auch kein Mensch.«

Das Lächeln verschwand. »Was denn sonst?«

»Na ja …«

Jenny trommelte leicht mit einer Fußspitze auf den Glastisch. Sarah wusste, woran ihre Freundin dachte. Sie hatte die Gespenstergeschichten ebenfalls gehört, Dutzende von Malen, erzählt von den Nachbarskindern in dunklen Sommernächten, wenn sie alle um ein Lagerfeuer geschart saßen, ganz nah beim Friedhof. Am schlimmsten war die Geschichte von dem entlaufenen Sklaven, der nach etwas suchte, das er zurückgelassen hatte, und dabei die Wände abklopfte und unter sämtliche Betten schaute.

Natürlich waren die Geschichten nicht wahr, das hatte sie schon als Zehnjährige gewusst. Sie war ja selbst Tag und Nacht durch das Haus gestrichen und hatte nie einen Geist gesehen.

Nur das Dachgeschoss des Hauses hatte sie schon immer nervös gemacht, aber nicht wegen irgendeiner dummen Gespenstergeschichte. Es lag daran, dass … im Grunde konnte sie selbst nicht sagen, warum sie solche Angst hatte, allein dort hinaufzugehen. Vielleicht lag es daran, dass eins der Kinder ihr irgendeine unheimliche Geschichte erzählt hatte, die es von seinen Eltern oder Großeltern aufgeschnappt hatte.

Sie nahm noch einen Schluck Kaffee. »Du willst doch wohl nicht sagen, dass du tatsächlich an diese Gespenstergeschichten glaubst.«

»Ich glaube sie ja gar nicht, nur …«

»Nur was?«, warf Sarah ein.

»Ich habe die Lichter gesehen.«

Sarah seufzte. »Welche Lichter?«

»Oben, nachts.«

»Also bitte!« Sie lachte. »Das war wahrscheinlich meine Großmutter, die irgendetwas gesucht hat.«

Ihre Freundin schüttelte den Kopf. »Rosalie konnte zum Schluss nicht mehr gehen. Sie brauchte Hilfe, um sich auch nur aufzusetzen.«

»Dann hat sie wahrscheinlich ihre Pflegerin gebeten, ihr etwas von oben zu holen.«

Der Blick, den Jenny ihr zuwarf, war voller Mitleid. »Mag sein …«

»Es gibt keine Geister in diesem Haus«, beharrte Sarah.

»Dann sollten wir der Polizei von deiner Handtasche erzählen.«

Sie stand auf. Wenn die Polizei kam, fand sie ihre Tasche wahrscheinlich unter irgendeinem Kissen oder in einem Schrank, irgendwo, wo sie sie hingestopft hatte, als sie gestern Abend todmüde ins Haus gegangen war und einen Schlafplatz gesucht hatte. Sie würden ihre Tasche finden und sie auslachen. Und wenn sie sie dann wieder einmal rufen musste, würden sie es sich vielleicht zweimal überlegen, ob sie kamen …

Ihre Tasche mochte verschwunden sein, aber sie enthielt ohnehin nichts, was sie brauchte … bis auf den Brief. Ihre Brieftasche und ihren Laptop hatte sie noch. Wenn wirklich ein Dieb ihre Tasche genommen hatte, war er sicherlich sehr enttäuscht gewesen, als er feststellte, dass sie keinerlei Bargeld enthielt.

»Komm, ich zeig' dir noch was ganz anderes«, sagte sie und Jenny folgte ihr nach oben in das Zimmer, in dem sie geschlafen hatte.

Sarah zeigte ihr die Kleidungsstücke im Schrank, doch Jenny schien nichts daran aufzufallen. »Vielleicht gehören sie dem Geist«, frotzelte sie.

»Sehr komisch.«

Jenny strich über das Sweatshirt. »Sieht aus, als hätte eine von Rosalies Pflegerinnen hier gewohnt.«

»Findest du es denn nicht seltsam?«

»Eigentlich nicht«, antwortete Jenny. »Vielleicht hat sie den Schlüssel abgegeben, als Rosalie gestorben war, und hatte noch keine Zeit, ihre Sachen zu holen.«

»Also muss ich jetzt Liza anrufen und fragen, wer sie versorgt hat …«

»Das brauchst du nicht «, sagte Jenny. »In den letzten Monaten hat die Mansfield Hauskrankenpflege dafür gesorgt, dass Tag und Nacht jemand bei Rosalie war. Sie schicken den Besitzer der Klamotten bestimmt vorbei, wenn wir ihnen Bescheid sagen.«

»Danke«, sagte Sarah mit einem Seufzer. Als Kinder hatten sie und Liza einander gehasst und obwohl sich in zwanzig Jahren vieles ändern konnte, glaubte sie nicht, dass sie heute Freundinnen wären. Wahrscheinlich konnten sie inzwischen, als Erwachsene, die Fassade wahren, aber sie war trotzdem froh, dass sie Liza nicht anzurufen brauchte.

Jenny wandte sich vom Schrank ab; dabei fiel ihr Blick auf die alten Quilts an der Wand. Sie griff nach dem mittleren und strich vorsichtig mit der Hand darüber. »Ein herrliches Stück.«

Sarah betrachtete die Quadrate, aus denen die Decke zusammengesetzt war. »Findest du?«

Jenny ging zum nächsten Quilt; sie war richtig fasziniert. »Der ist mindestens hundert Jahre alt.«

»Großmutter hat gesagt, dass sie alle vor dem Bürgerkrieg gemacht wurden.«

Jenny stieß einen anerkennenden Pfiff aus und betrachtete die bunten Quadrate.

»Interessierst du dich für Quilts?«, fragte Sarah überrascht. Jenny machte den Eindruck, als könne sie keine fünfzehn Minuten stillsitzen, ganz zu schweigen von den vielen Stunden, die man brauchte, um einen Quilt zu nähen.

»Meine Mutter hat Quilts gemacht.«

»Und du?«

»Sie hat mir gezeigt, wie es geht, nachdem ich aufgehört hatte, als Maklerin zu arbeiten.« Jenny grinste. »Ich hatte die verrückte Idee, genügend Zeit zu haben, für jedes meiner Kinder einen Quilt zu nähen.«

»Das ist keine verrückte Idee.«

»Ich habe mit einem angefangen – vor sechs Jahren, aber jetzt gammelt er irgendwo vor sich hin, in einem Schrank, glaube ich.«

»Du kannst ihn ja dann für deine Enkel wieder hervorholen.«

»Hübscher Gedanke.« Jenny lächelte. »Ein ganz besonderes Geschenk für jedes Enkelkind … auch wenn ich es kaum mit dem Geschenk vergleichen kann, das deine Großmutter dir hinterlassen hat.«

Sarah holte tief Luft. »Hast du deine Maklerlizenz noch?«

»Klar.« Jenny drehte sich zu ihr um. »Aber ich verkaufe keine Grundstücke und Häuser mehr.«

Sarah klatschte in die Hände. »Würdest du für eine alte Freundin vielleicht eine Ausnahme machen?«

»Du willst das Haus also wirklich verkaufen?«

»Ich habe keine andere Wahl.«

Jenny hob die Hände. »Ich finde, du solltest hierher, nach Etherton, ziehen und das Ganze hier wieder aufbauen.«

Sarah schüttelte den Kopf. »Ich habe nicht das Geld dafür.«

»Du könntest dir hier Arbeit suchen«, sagte Jenny, doch es klang für beide wenig überzeugend. Es gab in dieser Gegend keine Jobs für eine Fotojournalistin, ja wahrscheinlich nicht einmal für eine Fotografin. Vielleicht konnte sie Arbeit im Underground Café bekommen, doch was sie damit verdiente, würde niemals ausreichen, um auch nur die laufenden Kosten für Crescent Hill zu bezahlen.

Plötzlich trat ein breites Lächeln in Jennys Gesicht. »Außerdem habe ich gehofft, dass du und Alex euch anfreunden würdet.«

»Ich habe kein Interesse daran, ihn kennenzulernen, Jenny.«

Ihre Freundin zwinkerte ihr zu. »Das kann ja noch kommen …«

Bevor Sarah sich eine Antwort überlegen konnte, klingelte Jennys Handy. Sie wühlte in ihrer Tasche.

»Was ist los?«, fragte sie, trat ans Fenster und lauschte auf den Anrufer. »Gut, ich hole sie ab.«

Sie klappte das Handy zu. »Tut mir leid, Sarah. Ich komme ein andermal wieder vorbei.«

»Was ist denn passiert?«

»Hailey hat sich die Lippe aufgeschlagen.«

»Ist sie in Ordnung?«

»Eine Eispackung und ein bisschen Liebe müssten sie wieder in Ordnung bringen.« Jenny steckte ihr Handy ein und ging zur Tür. »Aber ich möchte diejenige sein, die ihr die Liebe gibt.«

»Natürlich.«

»Wenn du dich wirklich für einen Verkauf entscheidest – hier in der Gegend gibt es ein paar Makler, die entzückt wären, das Anwesen in ihre Verkaufsliste aufnehmen zu können.«

»Ich möchte aber nicht einfach irgendjemand, Jenny. Ich möchte, dass du einen Käufer findest, der es restauriert.«

Jenny verschränkte die Arme vor der Brust. »Ich will es aber nicht verkaufen.«

Sarah lehnte sich an die Wand und murmelte: »Ich auch nicht.«

14

Ich sehe keine Möglichkeit, es Ihnen schonend beizubringen«, sagte Louise und tippte mit ihrem Stift auf einen Notizblock.

Alex krümmte sich innerlich; er wusste, was jetzt kam. Sie brauchte ihm die Neuigkeit nicht schonend beizubringen. »Sie wollen meinen Job, oder?«

»Sie wollen nicht Ihren Job.« Sie kritzelte etwas auf einen leeren Bogen gelbes Papier. »Es geht um Ihr Gehalt.«

Er schlug die Beine übereinander und schlang die Hände um die Knie, wandte jedoch seinen Blick nicht von der Bürgermeisterin und den Papierbergen auf ihrem Schreibtisch ab. Die Schatzkammern der Stadt mochten fast leer sein, doch sein Gehalt war nur ein Tropfen auf den heißen Stein verglichen mit den Summen, die er ihnen einbringen könnte, wenn sie ihn seine Arbeit machen ließen.

Sie hatten ihm zwei Jahre zugestanden, um die Konjunktur der Stadt wiederzubeleben, aber gegeben hatten sie ihm nur acht Monate. Ursprünglich hatte er die Stelle nur angenommen, weil er seinem alten Leben unter allen Umständen entkommen musste, doch dann war eine der größten Herausforderungen seines Leben daraus geworden. Und jetzt wollten sie ihn feuern, bevor er überhaupt die Gelegenheit gehabt hatte, etwas zu bewirken.

Er richtete seine Krawatte. »Wann haben Sie es erfahren?«

»Gestern Abend.« Sie zögerte. »Nach der Arbeit.«

»Sie konnten also nicht einmal warten und es bei einer regulären Sitzung vorbringen?«

»Sie wollen es nicht an die große Glocke hängen.«

»Natürlich nicht …« *Wie schrecklich, wenn die Öffentlichkeit davon erführe.* »War Edward Paxton der Wortführer?«

»Er war gestern Abend gar nicht dabei.«

»Ich nehme an, sie wussten schon, was er sagen würde.«

Die Bürgermeisterin legte ihren Stift hin und sah ihm in die Augen. »Ich habe ihnen gesagt, dass wir Ihnen nicht genügend Zeit gegeben haben, um zu tun, wofür wir Sie eingestellt haben.«

»Danke, Louise, aber die Zeit ist nicht das einzige Problem.« Er stemmte die Fersen auf den Boden und rutschte auf die Stuhlkante vor. »Der Stadtrat ist nicht bereit, die erforderlichen Maßnahmen zu ergreifen, um neue Einkommensmöglichkeiten zu erschließen.«

»Na ja, ich weiß nicht …«

»Sie legen gegen alles, was ich vorschlage, ihr Veto ein.« Seine Hände umklammerten die Armlehnen seines Stuhls. »Es ist, als ob sie in dem Moment, in dem ich durch die Tür komme, ihre Waffen ziehen und anfangen, meine Ideen abzuknallen.«

Sie kniff die Augen zusammen. »Sie wollten uns einen Megastore in die Stadt holen, was die lokalen Einzelhändler natürlich in Angst und Schrecken versetzt hat, und Ihre nächste Idee war ein Gemeindezentrum, das keiner haben will.«

»Das wäre doch nur der Anfang, Louise. Beides hätte neue Arbeitsplätze geschaffen und Steuereinnahmen gebracht und andere Firmen angezogen.«

»Aber wir brauchen etwas viel Größeres.«

»Und Werbewirksameres«, stöhnte er. »Es geht um die Wahlen, oder?«

»Natürlich geht es letztlich immer um Politik«, sagte sie, »und ich bin nicht die Einzige, die sich Sorgen macht. Eine Art Etherton-Stimulations-Paket würde allen helfen, die wiedergewählt werden wollen.«

»Groß und werbewirksam bedeutet auch mehr Schulden.«

»Es ist nicht meine Aufgabe, das auszurechnen«, sagte sie abwehrend. »Dafür habe ich Sie eingestellt.«

Sie hatte ihn eingestellt, um zu tun, was nötig war, doch der Stadtrat hatte ihm die Hände gebunden. Sie drängten ihn, endlich brauchbare Vorschläge zu machen, aber sie wollten nicht näher definieren, was sie unter brauchbar verstanden.

Plötzlich fiel ihm Crescent Hill ein. Das baufällige Gebäude. Das schöne Mädchen. Es war noch nicht zu spät; noch konnte er zeigen, dass er in diesem Job genauso erfolgreich sein konnte wie in dem, den er davor gehabt hatte. Er würde morgen Abend zu Jennys Essen gehen und mit Sarah reden. Vielleicht konnten sie sich einig werden und er konnte dem Rat gleich am Montagmorgen einen neuen Vorschlag unterbreiten, noch bevor sie ihn rausschmissen.

Dann konnte er anfangen, irgendein großes Unternehmen für das Anwesen zu interessieren, irgendetwas Großes und Auffälliges. Dann hätten sie im Herbst etwas, das der Stadtrat und die Bürgermeisterin für ihre Wahlkampagne nutzen könnten. Und er würde seinen Job behalten.

Louise steckte sich den Stift hinter das Ohr. »Ich habe noch vier Wochen für Sie herausgeschlagen.«

»Vier Wochen wofür?«

»Um etwas Neues für Etherton zu organisieren. Etwas Lukratives.«

»Bis dahin werde ich einen soliden Vorschlag machen. Ich werde mir etwas Spektakuläres überlegen.«

»Der Stadtrat hat die Nase voll von Ihren Vorschlägen, Alex. Sie möchten, dass es bis zum 4. Juni beschlossen, unterschrieben und durchgesetzt ist.«

Zwanzig Arbeitstage. Selbst wenn Sarah gleich morgen Abend bereit war, das Haus zu verkaufen, selbst wenn er einen Geschäftspartner fand, der in Etherton investierte – es war ausgeschlossen, das alles in vier Wochen unter Dach und Fach zu bringen. Bevor er Geschäftspartner beibringen konnte, musste über die Infrastruktur gesprochen werden – Straßen, Parkplätze, andere Dienstleistungen. Es würde sehr viel länger als einen Monat dauern, die richtigen Leute zu erreichen und Pläne mit ihnen zu entwickeln.

»Das reicht nicht.«

Sie holte den Stift hinter ihrem Ohr hervor und schüttelte den Kopf. »Leider haben Sie nicht mehr.«

Sarah ging durch die Gästezimmer, die Bibliothek und das große Esszimmer. Sie suchte ihre Handtasche mit dem Brief ihrer Großmutter. Während sie die Kommoden und Regale inspizierte, nahm sie zugleich mit wachen Augen ihre Umgebung wahr. Nach einer Stunde des Suchens holte sie ihre Kamera heraus und fing an, Aufnahmen von Messing-Wandleuchtern, rissigen Ledereinbänden, Bleiglasfenstern, geschwärzten Kaminen und Spinnweben zu machen, die wie feines Spitzengewebe über dem edlen Porzellan lagen. Vielleicht konnte sie auf diese Weise ihre Erinnerungen an das schöne, geliebte Haus bewahren.

Dabei mied sie den dritten Stock, erkundete jedoch jeden Zentimeter des ersten und zweiten Stockwerks – bis auf das Zimmer ihrer Großmutter. Gegen Mittag nahm sie sich dann auch diesen Raum vor. In der letzten Zeit musste es sehr anstrengend für ihre Großmutter gewesen sein, die Treppe hinaufzusteigen, doch wahrscheinlich lag ein gewisser Trost darin, so dachte sie, im eigenen Schlafzimmer zu sterben.

Als sie sich der verschlossenen Tür am Ende des Ganges näherte, hob sie die Hand. Es war niemand darin, der ihr hätte antworten können, doch sie klopfte trotzdem an, als sei sie ihrer Großmutter diesen Respekt schuldig. Sie wartete einen Augenblick, bevor sie die Tür öffnete.

Das reich mit Schnitzereien verzierte Himmelbett war abgezogen. In der Luft hing ein antiseptischer Geruch. Sie lief zu einem der sechs Fenster und öffnete es weit. Frische Luft strömte herein.

Alles andere war genauso, wie sie es in Erinnerung hatte. Ein brauner Teppich. Dunkle antike Holzmöbel. Salbeigrüne Wände. Das Einzige, woran sie sich nicht erinnerte, waren Dutzende von Metallbilderrahmen, die an der dem Bett gegenüberliegenden Wand hingen.

Sie ging hinüber, blieb davor stehen und blinzelte ein paarmal, als sie die Galerie betrachtete.

Das waren keine Fotografien, sondern Ausschnitte aus Zeitschriften, die gerahmt worden waren – Fotos, die Sarah gemacht hatte.

Ihr Blick wanderte über die Bilder. Waisen in Simbabwe. Das Erdbeben in Italien. Die Folgen des Tsunamis auf Sri Lanka.

Ihre Großmutter hatte ihre besten Arbeiten aufbewahrt. Die Bilder, die sie Blut und Schweiß gekostet hatten in dem Versuch, die Tragödie fotografisch festzuhalten und den Opfern Respekt zu zollen. Hatte ihre Großmutter gewusst, wie viel von ihr, Sarah, selbst in diesen Fotos steckte? Sie musste es gewusst haben. Sie hatte sie nicht nur aufbewahrt, sondern an der Wand in ihrem Schlafzimmer aufgehängt.

In den letzten Jahren hatte sie den Blick heben und sehen können, was Sarah in der Welt gesehen hatte. Sie hatte die Zerstörung, die gepeinigten Gesichter betrachtet und vielleicht hatte sie darin auch Sarah gesehen – den Teil von ihr, den sie nur durch ihre Kameralinse offenbaren konnte.

Rosalie hatte sie verstanden.

Auf dem Nachttisch ihrer Großmutter stand noch ein kleineres Bild, vielleicht neun mal dreizehn Zentimeter groß. Die Farben waren verblasst, doch die Gesichter waren noch deutlich zu erkennen. Es war ein Bild von ihr mit Rosalie, oben im Theaterraum am Kamin, in dem Kerzen brannten statt Holz. Ihre Großmutter trug einen hellgrünen Pullover, eine Perlenkette und eine weiße Hose. Die Farbe ihrer langen Haare passte zu ihrer weißen Hose und ihre blauen Augen schienen im Licht zu funkeln.

Sarahs blondes Haar war zu Rattenschwänzen hochgebunden. Auf der Nase hatte sie einen Sonnenbrand, aber sie lächelte. Glücklich.

Vielleicht war ihr letzter Sommer auf Crescent Hill auch einer der glücklichsten ihrer Großmutter gewesen.

Plötzlich hatte sie Tränen in den Augen. Sie wischte mit der Hand den Staub von dem Rahmen und stellte das Bild zurück auf den Nachttisch.

Es war Zeit, ihre Großmutter zu besuchen.

Jake warf einen Stein nach einer Amsel und traf sie am Flügel. Krächzend flog der Vogel auf und Jake nahm einen weiteren Stein und warf ihn hoch in die Luft.

Der Vogel fiel zu Boden. Jake rollte mit den Schultern. Das dumme Ding würde ihn nicht wieder belästigen.

Er hasste es, draußen zu sein. An Nachmittagen wie diesem saß er gewöhnlich vor dem Computer und kämpfte mit den Orks und den Nachtelfen von World of Warcraft. Doch Edward war heute nicht in die Stadt gefahren; stattdessen trieb er Jake fast in den Wahnsinn. Vor einer Stunde – Jake stand ganz kurz davor, seinen Gegner zu besiegen –, hatte er sich eine Zigarette angezündet. Er redete über nichts anderes mehr als über den Schatz, als wartete dieser nun schon fast zwei Jahrhunderte darauf, dass Edward Paxton über ihn stolperte.

Sein Großvater wollte offenbar nicht begreifen, dass er ohne Jakes Hilfe nicht einmal in die Nähe dieses Schatzes kam. Der alte Mann konnte auf gar keinen Fall durch den Tunnel kriechen, die Stufen hinaufklettern und dann die Nacht damit verbringen, das Haus zu durchsuchen. Er mochte vielleicht fitter sein als manch anderer in seinem Alter, aber länger als bis dreiundzwanzig Uhr konnte er kaum je die Augen offen halten.

Bevor er wirklich noch mal in das Haus ging, wollte Jake mehr Beweise, dass der Schatz tatsächlich existierte. Und zwar mehr als nur Edwards Wort, das, wie er schon vor langer Zeit gelernt hatte, nicht mehr wert war als ein Mückenschiss. Wenn der Schatz eine Lüge war – und davon war Jake überzeugt –, dann sollte Edward sich zum Teufel scheren und zusammen mit seiner Cousine Dotty im Altenheim vermodern. Dann würde er Mariah zurückholen.

Er hob einen weiteren Stein auf, schleuderte ihn gegen einen Baum und sah zu, wie er abprallte und ins Wasser fiel.

Mariah war jetzt schon so lange weg und die Trennung tat keinem von ihnen beiden gut. Sie gehörten zusammen. Zwei Herzen, die füreinander schlugen. Er brauchte sie fast so sehr wie sie ihn. Und sie brauchte ihn sehr viel mehr als ein Balg, das um sie herumkroch und ihre ganze Aufmerksamkeit beanspruchte.

Wenn Mariah zurückkam, würde er ihr klarmachen, dass sie ihn nie mehr verlassen durfte.

Er ging ein paar Schritte und blieb dann stehen, als er Grabsteine sah. Irgendwie hatte er die Orientierung verloren und war auf den Familienfriedhof der Bristows geraten.

Er kehrte um und ging zurück, in Richtung Fluss. Die Geister der Vergangenheit strichen wahrscheinlich noch heute um die Grabsteine herum – er hatte gehört, dass sie aufstanden, wenn die Lebenden fort waren. Wenn Rosalie ihn sah …

Er schauderte. Wahrscheinlich würde sie Rache nehmen für die vielen Male, die er ihre Blumenbeete zerstört und ihre Fenster eingeworfen hatte.

Ein Geräusch ließ ihn zusammenschrecken, doch statt wegzurennen, erstarrte er. Zwischen den Bäumen bewegte sich etwas. Hastig stolperte er rückwärts, auf das Wasser zu, und versteckte sich hinter einem Baum. Als er vorsichtig hervorspähte, dachte er zuerst, er sähe eine Erscheinung über den Friedhof wandeln, doch es war kein Gespenst. Es war eine Frau – die Frau, die er schlafend im Bett beobachtet hatte.

Er leckte sich die Lippen. Er mochte eine gesunde Angst vor allem Übernatürlichen haben, doch er hatte absolut keine Angst vor Sarah Bristow.

15

Die Frühlingsluft war erfüllt vom Moschusduft des Phloxes. Der Himmel war grau und die Luft frostig, doch Sarah achtete nicht darauf. Sie hatte die Arme voller Hyazinthen, Narzissen und Tulpen. Heute Morgen würde sie das Grab ihrer Großmutter mit Farbe und Schönheit schmücken.

Sie atmete tief und sog den herben Duft des Waldes ein. Das Gras am Wegrand war gesprenkelt mit einer Fülle weißer und gelber Frühlingsblumen. Neben ihr hüpfte der Ashton fröhlich über glatte Flusskiesel und verlor sich dann im Wald.

Ihre Kindheitserinnerungen waren verschwommen, doch sie wusste noch, dass der Friedhof der Familie Bristow im Wald unten am Hügel lag. Als Kind war sie oft dort unten gewesen und hatte mit Jenny und anderen Freunden Versteck gespielt oder war mit ihnen in den Fluss gewatet. Manchmal hatte sie auch ganz allein die Familiengräber der Bristows besucht.

Der Weg öffnete sich auf eine kleine Lichtung. Ein Streifenhörnchen flitzte vorüber und sie sah zu, wie es im Unterholz verschwand. Dann sah sie eine Amsel auf dem Weg liegen, die Augen weit geöffnet.

Sie hob einen Kiefernzweig auf und legte ihn über das Körperchen. Kein Geschöpf, groß oder klein, durfte einfach so liegen gelassen werden. Sie nahm eine ihrer Narzissen und steckte sie in den Zweig. Genauso hätte ihre Großmutter es gemacht.

Als sie weiterging, sah sie schon die Grabsteine. Über den grauen Sandsteinen und den Schieferplatten hingen die Äste tief herab und verbargen viele der Namen, die vor langer Zeit in den Stein geritzt worden waren.

Auf der einen Seite des kleinen Grundstücks befand sich ein steinernes Mausoleum, erbaut 1858 zum Gedenken an Joseph Bristows ältesten Sohn Matthew. Er war der Erste, der hier bestattet worden war. Vor dem Eingang zum Mausoleum befand sich ein eisernes Tor.

Als sie durch die Stäbe blickte, sah sie den mit Erde, Blättern und Spinnweben bedeckten Boden. Sie hatte noch nie die Inschrift auf der Gruft lesen können.

Neben ihr spritzte irgendetwas im Fluss auf; sie drehte sich um und blickte suchend erst zu den Bäumen hinauf, dann zum Flussufer hinunter. Dann wies sie sich selbst zurecht, weil sie so ängstlich war. Der graue Tag und natürlich das Mausoleum hatten ihrer Fantasie einen Streich gespielt. Als Nächstes würde sie wahrscheinlich einen Geist sehen.

Hunderte von Blumen schmückten die frisch aufgeworfene Erde über dem Grab ihrer Großmutter, als stünde man plötzlich mitten im Wald vor einem Garten. Sarah stellte sich vor, wie die Menschen erst vor wenigen Tagen hierhergepilgert waren und voller Ehrfurcht ganze Arme voller Blumen auf das Grab gelegt und Abschied genommen hatten.

Sie legte ihren Strauß auf die anderen Blumen und setzte sich in das Gras neben dem Grab. Dann streckte sie die Hand aus und strich über Rosalies Namen auf dem Grabstein. Hier stand ihr Geburtsdatum, doch ihr Todestag war noch nicht eingraviert. Wahrscheinlich hatte Rosalie den Stein schon vor ihrem Tod bestellt. Die schlichte Inschrift erweckte den Eindruck, als sei in den fünfundsiebzig Jahren des Lebens ihrer Großmutter nie etwas Besonderes geschehen. Dabei gab es so viele wunderbare Worte, mit denen man sie beschreiben konnte.

Wie sollten die Menschen, die Generationen, die nach ihr kamen, je etwas von Rosalies Liebe und Güte und Schönheit erfahren?

Sarah hatte die letzten neun Jahre ganz allein gelebt und versucht, ihre Vergangenheit zu vergessen – nur ihre Großmutter hatte sie nicht vergessen wollen. Sie hätte wenigstens einen einzigen Auftrag ablehnen und stattdessen nach Ohio fahren sollen. Schließlich hätten ihre Auftraggeber sie bestimmt nicht fallen lassen, nur weil sie zu Weihnachten oder Ostern einmal nach Hause fuhr. Und selbst wenn sie sich nicht wieder gemeldet hätten, hätte das keine Rolle spielen dürfen. Sie hätte einfach nach Etherton fahren müssen.

»Es tut mir so leid«, flüsterte sie den Blumen zu. Es gab noch so viel mehr, was sie gern gesagt hätte; am wichtigsten aber wäre es ihr gewesen, sich für die Zeit bedanken zu können, in der ihre Großmutter sie bei sich aufgenommen und ihr ihre ganze Liebe geschenkt hatte.

Ich bete darum, dass du die Zukunft und das Schicksal, das Gott dir bestimmt hat, annimmst.

Diese Worte ihrer Großmutter berührten irgendetwas in ihr, doch sie konnte sich im Moment absolut keine Zukunft für sich selbst vorstellen und hatte keine Ahnung, welche Pläne Gott mit ihr verfolgte.

Sie rang die Hände – wie sehr wünschte sie sich, den Brief, den ihre Großmutter ihr geschrieben hatte, lesen zu können. Was hatte Rosalie ihr noch zu sagen gehabt? Vielleicht hatte sie ja aufgeschrieben, was sie mit dem Haus tun sollte.

Sie stand auf und klopfte ihre Jeans ab. Ihr Blick wanderte zu den Baumwipfeln hinauf, doch sie konnte das Haus hinter den Bäumen auf dem Hügel nicht sehen. Sie wollte weder das Haus noch das Grundstück verkaufen. Nicht wegen all der Bristows, die früher hier gelebt hatten, sondern weil dieser Ort der einzige war, den sie je als Zuhause betrachtet hatte.

Nur hier hatte sie so etwas wie Beständigkeit erfahren. Stabilität. Kein Angehöriger der Familie Bristow hatte je einen Koffer gepackt und mitten in der Nacht das Haus verlassen, um nie mehr zurückzukehren. Sie waren hier aufgewachsen und entweder geblieben oder doch immer wiedergekommen, um ihre Familie zu besuchen.

Sie wussten, wo sie die Menschen finden konnten, die sie liebten.

Sie wusste wenig über Börsenkurse oder Investitionen, doch ihr war klar, dass sie, selbst wenn sie alles verkaufte, was sich im Haus befand, niemals genügend Geld haben würde, um den Besitz weiterzuführen. Es reichte vielleicht aus, um das Haus noch ein oder zwei Jahre zu unterhalten, aber sie würde nicht verhindern können, dass es zusehends weiter verfiel.

»Was soll ich nur tun?«, flüsterte sie, als könnte Rosalie sie hören. Jenny war überzeugt, dass Rosalie sich wünschte, Sarah würde das Haus behalten, und vielleicht enthielt der verschwundene Brief ja sogar einen Hinweis, wie sie das bewerkstelligen konnte, doch der Brief war fort und sie würde sich schon bald entscheiden müssen.

Das Handy in ihrer Jackentasche klingelte und sie zuckte vor Schreck zusammen. Sie trat ein Stückchen vom Grab weg, zog das Handy heraus und nahm den Anruf entgegen.

Die Anruferin stellte sich als Sasha Webb vor, die Leiterin der Mansfield Hauskrankenpflege, und sprach ihr als Erstes ihr Beileid zum Tod ihrer Großmutter aus. Sarah murmelte eine höfliche Antwort.

»Ich habe Ihre Nachricht wegen der Sachen in dem Zimmer bekommen.« Sasha redete so schnell, dass Sarah sie kaum verstehen konnte. »Wir hatten ein Team, das Rosalie rund um die Uhr versorgte. Ich habe jeden Einzelnen angerufen, aber keiner von ihnen hat etwas im Haus zurückgelassen.«

Sarah bekam eine Gänsehaut auf den Armen. »Aber da waren Kleidungsstücke und Bücher … und ein Paar Schuhe.«

»Sie stammen auf jeden Fall nicht von unseren Leuten«, antwortete Sasha schroff. »Unsere Helfer pflegen nur mitzubringen, was sie für die Übernachtung brauchen, und nehmen ihre Tasche dann wieder mit.«

»Vielleicht hat einmal jemand von der Palliativbetreuung die Nacht dort verbracht …«

»Oh nein«, unterbrach Sasha sie. »Sie machen Hausbesuche und verabreichen Schmerzmittel, aber sie bleiben nie über Nacht.«

Sarah strich sich mit dem Finger über den Nasenrücken. Sie wollte nicht über die Schmerzen reden, die Rosalie hatte durchmachen müssen. Sie wollte nur wissen, wer im Haus gewohnt hatte.

»Was haben Sie mit dem Schlüssel gemacht?«, fragte sie.

Die Anruferin schwieg kurz und schien etwas nachzusehen. »Wir haben ihn an eine … Mrs Eloise Bristow geschickt.«

»Meine Stiefmutter«, murmelte Sarah.

»Sie hatte uns beauftragt, für Ihre Großmutter zu sorgen.«

Sarah dankte der Frau und steckte das Handy wieder ein.

Wenn die Kleidungsstücke keiner der Pflegerinnen gehörten, wer hatte dann bei ihrer Großmutter gewohnt? Vielleicht war noch jemand gekommen, kurz bevor sie gestorben war. Als sie den Friedhof verließ, dachte sie über die Bibel und den Schwangerschaftsratgeber nach. Wer immer in dem Zimmer gewohnt hatte, hatte mit Sicherheit keine Bedrohung dargestellt. Trotzdem war ihr der Gedanke, dass eine Fremde sich im Haus aufgehalten hatte, irgendwie unheimlich.

Dann kam ihr ein Gedanke. Ihre Halbschwester hatte ebenfalls einen Schlüssel zum Haus gehabt. War Liza vielleicht im Haus gewesen, während sie geschlafen hatte? Hatte sie ihre Tasche genommen? Es schien albern, aber der Gedanke ging ihr nicht aus dem Kopf.

Hatte Liza ihren Brief haben wollen?

Ein Wassertropfen traf ihre Nase, dann lief einer an ihrem Ohr herunter. Sie zog sich die Kapuze über den Kopf und rannte den Hügel hinauf.

16

Alex warf sich die Fleecejacke über die Schulter und lief die Vordertreppe des Rathauses hinunter. Am Nachmittag hatte es aufgehört zu regnen, aber morgen sollte es schon wieder anfangen.

Ein Amish-Karren rumpelte neben ihm die Straße entlang und er verlangsamte seinen Schritt. Jenny machte es nichts aus, wenn er zu spät zum Essen kam – Hauptsache, er kam überhaupt. Auf dem Weg zum Haus der Spragues konnte er ruhig kurz genießen, dass der Regen aufgehört hatte.

Als er den Job in Etherton angenommen hatte, hatte er eigentlich auf eine geruhsame Zeit gehofft, auf mehr Momente wie diesen, in dem er dahinschlenderte und über die Zukunft nachdachte. Er hatte geglaubt, er könne in dieser Gemeinde Wurzeln schlagen und den Rest seines Lebens hier verbringen.

Wo sollte er hingehen, wenn der Stadtrat ihn wirklich feuerte? Bei Manz Marketing hatte er eine Spitzenposition gehabt und jetzt war er so gut wie arbeitslos. Sich arbeitslos zu melden, wäre der letzte Schlag für sein Selbstwertgefühl. Die Besiegelung seines Versagens. Er konnte schon förmlich hören, wie die Fans des gegnerischen Teams »Loser, Loser!« brüllten.

Von ganz oben nach ganz unten – in nicht einmal einem Jahr.

Gestern hatte er mit Louise über seine Idee gesprochen, Crescent Hill zu kaufen, und hatte eine Strategie entwickelt, wie er Sarah zum Verkauf überreden konnte. Wenn er sie zu sehr bedrängte, machte sie möglicherweise gleich dicht. Er musste ihr klarmachen, wie wichtig das Anwesen für die Stadt war. Der ganze Deal hing allein von ihr ab, und wenn sie einverstanden war, würde er tun, was er konnte, um ein neues Projekt auf die Beine zu stellen. Wenn er erst einmal das Land hatte, musste der Stadtrat ihm noch ein paar zusätzliche Wochen geben, um seinen Plan in die Tat umzusetzen.

Er bog in die Vine Street ein und blickte an einem hohen viktorianischen Eckhaus empor. Es war in vier Wohnungen aufgeteilt; seine Wohnung lag im zweiten Stock. Als er letzten September hier eingezogen war, hatte er eigentlich nur ein paar Monate bleiben wollen, doch die Wohnung befand sich im Kern der kleinen Innenstadt und deshalb war er geblieben – in der Nähe seiner Arbeitsstelle und seiner Gemeinde und der Freunde, die er im letzten Jahr gewonnen hatte.

Er ging rasch an seinem Haus und einer Reihe weiterer Häuser vorbei, die in den Vierzigerjahren alle nach demselben Muster gebaut worden waren – kleine weiße Schächtelchen mit Rollläden, gestrichen in den Farben eines Satzes Spielkarten. Herz, Pik, Kreuz, Karo – schwarz, weiß und rot.

Er wollte Etherton nicht verlassen. Er wollte nicht in seinem Job versagen. Und er wollte nicht, dass diese Stadt unterging. Wenn er es schaffte, würde Etherton es ebenfalls schaffen und genau das wünschte er sich – für sich selbst und für die Einwohner der Stadt, die darum kämpften, in der Gemeinschaft leben und arbeiten zu können, in der sie geboren und aufgewachsen waren.

Am Ende der Vine Street stand das Haus der Spragues. Er öffnete das Tor und schob erst einmal ein Skateboard aus dem Weg. Bei Dan und Jenny war es niemals langweilig; er schaute oft bei ihnen vorbei, einfach, um etwas Leben in seinen eintönigen Alltag zu bringen. Wenn er wieder ging, hatte er manchmal Kopfschmerzen, aber immer ein Lächeln im Gesicht.

Die Tür flog auf, bevor er klingeln konnte. Hailey schlang ihre Arme um seine Knie und da tauchte auch schon der zweijährige Kyle neben ihr auf. Alex stützte sich im Türrahmen ab, als sie sich beide je ein Bein von ihm griffen und lautstark verlangten, huckepack zu reiten.

Er versuchte einzutreten. »Wisst ihr denn nicht, dass ihr nicht allein die Haustür öffnen sollt?«

Hailey lächelte zu ihm auf und wieherte.

»Was, wenn ich ein Fremder gewesen wäre?«, fragte er.

»Du bist aber kein Fremder, Onkel Alex«, sagte sie und tätschelte seinen Arm.

»Aber du wusstest ja nicht, dass ich es bin.«

»Doch, wussten wir.« Sie deutete aufs Fenster. »Wir haben dich gesehen.«

Jenny kam um die Ecke, sie trocknete sich noch die Hände an einem Geschirrtuch ab. Als Hailey ihre Mutter sah, wieherte sie erneut und galoppierte davon, ohne auf ihren Huckepack-Ritt zu warten.

»Tritt nicht auf die sauberen Kleider«, rief Jenny ihr noch nach.

Alex hob Kyle auf und schloss die Tür. »Ich nehme an, heute ist sie ein Pferd.«

»Glaub mir«, sagte Jenny und warf sich das Geschirrtuch über die Schulter, »das ist immer noch besser als die Schlange, die heute Morgen durch das Haus geglitten ist.«

»Eine Giftschlange?«

»Keine Ahnung, aber Kyle hat Bissspuren an den Beinen und Hailey hat sich den Po aufgeschürft.«

»Und deshalb bist du dankbar für das Pferd.«

Sie nickte. »Sehr.«

Kyle entwand sich Alex' Armen und rannte seiner Schwester nach.

»Dan ist im Wohnzimmer«, sagte Jenny und wandte sich wieder zur Küche. »Sarah müsste eigentlich jede Minute hier sein.«

Er war noch nicht im Wohnzimmer, als die Türklingel ertönte.

»Kannst du bitte aufmachen?«, rief Jenny. Dann schrie sie: »Nur eine Mohrrübe, Hailey, und wasch sie vorher!«

Er wandte sich zur Tür. Plötzlich überkam ihn eine eigenartige Nervosität. Er schüttelte leicht den Kopf. Warum sollte er nervös sein, weil er Sarah sehen würde? Keiner von ihnen hielt das Treffen heute Abend ernsthaft für ein Date. Für ihn war es ein Arbeitsessen im Haus einer Freundin. Er konnte schließlich nichts dafür, wenn diese Freundin ihn zu verkuppeln versuchte.

Doch darüber wollte er heute Abend nicht nachdenken. Ein Arbeitsessen war eine sichere, produktive Angelegenheit. Ein geschützter Raum sozusagen. Und er war entschlossen, auf der Hut zu sein.

Als Sarah neben Alex ins Wohnzimmer trat, war das Lächeln auf Jennys Gesicht so breit, dass Sarah sich am liebsten umgedreht hätte und weggelaufen wäre. Dan nickte ihr zu und Alex Yates lächelte ebenfalls, doch sein Lächeln war weder einladend noch neckisch. Das Selbstvertrauen, das ihr vor ein paar Tagen in dem Café an ihm aufgefallen war, war heute viel weniger spürbar.

»Ich freue mich, dass du da bist«, sagte Jenny, drückte Kyle einen Kuss auf die Stirn und schob ihn in Richtung des Türbogens, der das Esszimmer von der Küche trennte.

Jennys Schwester spähte ins Zimmer, das Baby auf dem Arm. »Es sind vier, oder?«

Jenny seufzte. »Jedenfalls waren es noch vier, als ich das letzte Mal nachgezählt habe.«

»Dann habe ich sie alle. Wann willst du sie zurück?«

»Morgen früh.«

Ihre Schwester packte Kyle an der Schulter, als dieser versuchte, an ihr vorbeizuflitzen. »Wir sind in zwei Stunden wieder da.«

»Na gut, wenigstens etwas.«

Ein paar Sekunden später ging die Vordertür auf, schlug wieder zu und plötzlich war es ungewohnt still im Zimmer.

Jenny gefiel das Schweigen gar nicht. Sie trat auf Sarah zu und umarmte sie. »Hast du letzte Nacht in dem Gasthaus gut geschlafen?«

Sarah versteifte sich. »Warum sollte ich dort schlafen, wenn ich fünf gute Betten in meinem Haus zur Verfügung habe?«

Und kein Geld, um mir ein Hotel zu leisten.

Jenny ließ sie los, ihr Lächeln erstarrte. »Es ist aber nicht sicher, wenn du ganz allein da oben schläfst.«

»Es hat mich niemand belästigt.«

Alex rückte ihr einen Stuhl zurecht, doch Sarah sah weiterhin Jenny an. Ihre Freundin hatte recht, sie sollte wirklich nicht in dem Haus bleiben, jedenfalls nicht, bis sie herausbekommen hatte, wer vor ihr dort gewohnt hatte, aber sie konnte Jenny nicht sagen, dass sie pleite war. Ihre Freundin würde darauf bestehen, dass sie bei ihr wohnte, und hier würde sie überhaupt nicht mehr zum Schlafen kommen.

Jenny wollte in die Küche gehen. »Es sind nicht die Menschen, die mir Sorgen machen.«

»Also bitte«, lachte Sarah, warf ihrer Freundin jedoch einen warnenden Blick zu.

Sie wollte auf gar keinen Fall, dass sich in der Stadt das Gerücht verbreitete, in dem Haus ginge es nicht mit rechten Dingen zu. Dann würden schon bald Geisterjäger an ihre Tür klopfen.

Im Zimmer nebenan piepste ein Küchenwecker und Jenny schlug ihrem Mann auffordernd auf die Schulter. »Hilfst du mir, den Salat reinzuholen?«

»Das muss aber ein schwerer Salat sein«, witzelte Alex. Ein Lächeln brachte er nicht zustande, aber Sarah musste unwillkürlich grinsen. Immerhin war keiner von ihnen beiden erfreut bei dem Gedanken an ein Dinner-Date.

Als Dan und Jenny das Zimmer verließen, um den Salat herbeizuschaffen, nahm Sarah die Serviette von ihrem Platz und legte sie über ihren Schoß.

Dann fing sie Alex' Blick auf. »Jenny glaubt, dass sie den Leuten einen Gefallen tut, wenn sie sie verkuppelt.«

Sie hob eine Augenbraue. »Das hier war also nicht Ihre Idee?«

»Natürlich nicht«, antwortete er. »Ich meine, nicht, dass ich nicht gerne mit Ihnen zu Abend esse, aber ich …«

Sie winkte ab. »Sie brauchen es mir nicht zu erklären.«

»Ich habe sie nicht darum gebeten.« Er sah zur Küche hinüber. »Aber ich wollte tatsächlich mit Ihnen reden.«

»Über das Haus?«

Er nickte. »Wollen Sie in Etherton bleiben?«

Sie schüttelte den Kopf. »Ich kann nicht.«

Er legte die Hände zusammen und stützte die Ellbogen auf den Tisch. »Und wenn die Stadt bereit wäre, Ihnen das Haus abzukaufen?«

»Will sie es denn haben?«

Er nickte wieder. »Wir sind auf der Suche nach einem Anwesen, aus dem wir etwas machen können.«

Während sie über seine Worte nachdachte, stieg langsam Hoffnung in ihr auf. Das Haus wäre ein wunderbares Museum oder eine Pension oder auch ein Altenheim. Wenn die Stadt es kaufte, konnte es renoviert werden und sie konnte jederzeit zurückkehren und das Vermächtnis der Familie Bristow besuchen.

Es wäre die Lösung aller ihrer Probleme. Sie würden bestimmt handelseinig werden. Sie würde ihre Schulden bezahlen können und das Haus ihrer Großmutter würde erhalten bleiben.

Sie versuchte, ihre Stimme ganz ruhig klingen zu lassen. »Ich bin gern bereit, mit Ihnen darüber zu reden.«

Ein Lächeln trat auf sein Gesicht. »Das freut mich«, sagte er. In diesem Moment kamen Dan und Jenny mit dem Salat ins Zimmer.

Jake fuhr mit quietschenden Reifen aus der Einfahrt und den Hügel hinauf. Er hatte genug davon, auf Mariah zu warten. Ein für alle Mal genug. Er würde seine Freundin jetzt suchen und nach Hause holen, wo sie hingehörte.

Sie konnte sich nicht vor ihm verstecken, jedenfalls nicht lange. Er würde sie finden und dafür sorgen, dass sie ihn nie mehr verließ.

Er raste mit seinem Laster an der Bristow-Hütte vorbei und warf einen Blick zu dem Gebäude hinüber, das sich allmählich zu einem Stachel in seinem Fleisch entwickelte – genau wie Sarah.

Sie hatte letzte Nacht wieder in dem Haus geschlafen, aber ihre Zimmertür war abgeschlossen gewesen. Wenn er gewollt hätte, hätte er das Schloss aufbrechen können, aber er hatte es nicht einmal versucht. Er hatte sie schlafen lassen, so wie er sie auch gestern in Ruhe gelassen hatte, als sie das Grab ihrer Großmutter besucht hatte. Er hatte der Versuchung widerstanden, sich ihr zu nähern. Obwohl Mariah es nicht verdiente, war er ihr treu … und er erwartete, dass Mariah ihm ebenfalls treu war.

Außer Sarahs Tür, die letzte Nacht abgeschlossen gewesen war, gab es noch eine andere Tür im dritten Stock, die er noch nicht geöffnet hatte – wahrscheinlich führte sie nur zu einem Abstellraum. Er hatte versucht, das Schloss zu knacken, doch die Tür schien auf der anderen Seite verriegelt zu sein.

Langsam zeichnete sich eine Idee in seinem Kopf ab. Vielleicht konnte er Sarah dazu bringen, ihn durch das Haus zu führen und die Tür zu diesem Abstellraum für ihn aufzuschließen.

Wenn sie sie öffnete, würde er sich kurz umsehen und Edward dann sagen, dass sich im ganzen Haus keine Spur von einem Schatz finden ließ.

Er würde Sarah besuchen – morgen. Heute musste er erst einmal Mariah finden.

Er fuhr durch die Stadt und hielt Ausschau nach Mariahs glänzendem schwarzen Haar. Mariah war achtzehn und ihr Körper war beinah so perfekt wie die von den Tussis, die er sich im Internet anzusehen pflegte. Noch ein bisschen mehr Anstrengung, ein paar Stunden mehr Sport die Woche und sie wäre vollkommen. Aber sie war noch so jung und so empfindlich, wenn man sie auf ihr Gewicht ansprach. Er versuchte doch nur, ihr zu helfen, in Form zu kommen. Zu ihrer beider Bestem.

Andere Männer schauten ihr nach, wenn sie vorüberging, und begehrten, was ihm gehörte. Sie waren neidisch auf Jake Paxton und seine Sahneschnitte. Und sie sollten auch neidisch sein – denn Mariah gehörte ganz allein ihm. Und er hatte genug davon, darauf zu warten, dass sie nach Hause kam.

Er fuhr die Main Street hinunter, warf ab und zu einen Blick in die Seitenstraßen und bog am Drugstore links ab. Langsam fuhr er an dem winzigen Gebäude vorbei, in dem die Schwangerschaftsberatungsstelle untergebracht war. Hier hatte er sie vor drei Wochen hineingehen sehen, als sie eigentlich zur Abtreibung gehen wollte. Er war nicht blöd – an diesem Ort wurden keine Abtreibungen vorgenommen. Sie versuchten da drin alles, damit die Frauen ihre Babys behielten, auch wenn es keinen gab, der später dafür sorgen konnte. Manche Frauen waren nicht geschaffen für Kinder und Mariah gehörte zu ihnen.

Er bog in die Park Street ein und sah eine Frau die Stufen zum Zandorf Inn hinaufgehen. Liza Bristow hatte kurzes blondes Haar und wirkte auf ihre zugeknöpfte Weise sehr sexy. Er parkte ein paar Meter hinter ihr und sprang aus dem Auto.

»Liza?«, rief er und sie drehte sich um.

Als sie ihn sah, presste sie kurz die Lippen zusammen, rang sich dann aber ein Lächeln ab. »Hallo, Jake.«

»Ich dachte, ich würde Sie nach dem Begräbnis öfter sehen.« Er zog den Reißverschluss seiner Fliegerjacke hoch. »Und ich hatte eigentlich erwartet, dass Sie ein Zu-verkaufen-Schild an dem alten Gemäuer anbringen.«

Ihre Augen verengten sich. »Rosalie hat das Haus nicht mir hinterlassen.«

Seine Brauen gingen hoch – er tat so, als hätte er keine Ahnung. »Was?«

»Irgendjemand hat das Testament manipuliert.«

»Das tut mir leid zu hören.«

Sie schüttelte den Kopf. »Das letzte Wort ist noch nicht gesprochen.«

»Dachte ich mir.«

Sie starrte ihn an, als versuche sie herauszubekommen, warum er nett zu ihr war; dabei brauchte sie sich überhaupt nicht vor ihm zu fürchten. Er hatte nur ein einziges Mal mit ihr geschlafen, eher zum Spaß und eigentlich nur, um ihrer Großmutter eins auszuwischen. Aber dieser kleine Vorfall hatte sie nicht davon abgehalten, weiter mit ihm auszugehen, als sie sechzehn geworden war; wahrscheinlich tat sie es ebenfalls, um ihre Großmutter zu brüskieren.

Er wusste, dass sie nur sehr ungern nach Etherton zurückgekehrt war. Sie hasste das »einfache Leben«, wie sie verächtlich zu sagen pflegte.

Jake hatte sie von Anfang an durchschaut. Ihr ging es nur ums Geld. Ihm war das recht. Er mochte Geld ebenfalls.

Geld war auch der Grund gewesen, warum sie noch in Etherton geblieben war. Wenn es nicht um ihr Erbe gegangen wäre, wäre sie sofort, nachdem Rosalie unter der Erde war, nach Columbus zurückgekehrt.

Er wollte seine Karten jetzt noch nicht ausspielen, aber es konnte nichts schaden, Liza mit an Bord zu haben … nur für den Fall, dass Sarah nicht bezahlen wollte. Mariah würde noch ein paar Stunden darauf warten müssen, dass er sie rettete.

»Willst du einen Kaffee?«, fragte er.

Sie neigte den Kopf. »Warum?«

»Ich kenne ein paar Leute in der Stadt, die dir helfen könnten.«

Sie sah auf ihre Armbanduhr. »Ich habe zwanzig Minuten.«

»Du wirst eine ganze Stunde für mich haben, wenn du hörst, was ich dir zu sagen habe.«

17

Glücklicherweise befanden sich in Rosalies Vorratskammer genügend Nahrungsmittel für mindestens einen Monat, darunter einundvierzig Gläser mit eingemachten Früchten und Tomaten, Erdnussbutter, Cracker und ein halber Laib Brot. Die Gefriertruhe war bis zum Rand gefüllt mit Fleisch, das zum Teil jedoch schon zwei Jahre alt war. Es war aber noch essbar, und mehr brauchte sie im Moment nicht. Essbar, das genügte.

… Vierunddreißig, fünfunddreißig, sechsunddreißig. Sie zählte die Gläser in der Vorratskammer. Seit sie am Donnerstag nachgezählt hatte, fehlten fünf Stück. Zwei Gläser mit Kompott hatte sie gegessen – sie hatte sich eingeschränkt, um länger daran zu haben.

Seufzend nahm sie das Glas mit der Erdnussbutter aus dem untersten Regalfach. Hatte sie sich vielleicht verzählt? Allmählich hatte sie das Gefühl, verrückt zu werden.

Sie drehte den Deckel ab, tauchte den Löffel hinein, holte eine ordentliche Portion heraus und leckte den Löffel genüsslich ab. Die Crêpes, die Jenny gestern Abend serviert hatte, waren sehr gut gewesen, aber sie hatte nur wenig essen können, weil Jenny sie die ganze Zeit wegen ihrer Reisen ausgequetscht hatte. Mit der Fragerei hatte sie nur Eindruck bei Alex schinden wollen – wie alle Anwesenden genau wussten.

Sie hatte versucht, ab und zu eine Gabel voll zu essen, während sie von ihrer Arbeit erzählte, aber noch bevor sie fertig war, hatte Jenny schon abgeräumt, war wieder in der Küche verschwunden und hatte sie und Alex allein gelassen.

Vielleicht hatte sie gehofft, dass sie über etwas Persönliches reden würden, doch Alex gab keinerlei Informationen über sein Leben preis, weder über seine Vergangenheit noch über seine Zukunft. Er hatte nicht einmal etwas von seiner Familie erzählt, als sie ihn danach gefragt hatte. Stattdessen hatte er ihr eine Zahl genannt – den Preis, den der Stadtrat bereit war für Crescent Hill zu bezahlen. Eine Zahl, die mindestens zehnmal so hoch war wie die höchste Summe, die sich je auf ihrem Bankkonto befunden hatte.

Er gab zu, dass es weniger war, als das Anwesen wert war, doch da der Immobilienmarkt zurzeit im Keller war, rechnete sie ohnehin nicht damit, dass die potenziellen Käufer sich die Klinke in die Hand geben würden. Alex wollte das Angebot am Wochenende noch genauer ausarbeiten und am Montag würden sie dann noch einmal darüber reden.

Die Türglocke schellte. Sie schreckte zusammen und ließ den Löffel fallen.

Hatte Alex das Angebot vielleicht schon fertig? In letzter Zeit überstürzten sich die Ereignisse zwar förmlich, aber sie hatte nichts dagegen, wenn diese Sache so schnell wie möglich über die Bühne ging. Wenn sie sich einschränkte, konnte sie einen Monat lang von den Sachen im Vorratsraum leben, aber es würde mindestens noch einen weiteren Monat dauern, das Haus zu räumen. Je schneller sie Geld in die Hände bekam, desto besser.

Während sie aus der Küche lief und die Eingangshalle durchquerte, strich sie sich die Haare zurück und band sie frisch zusammen. Sie würde es Jenny gegenüber nie eingestehen, aber die Aussicht, Alex wiederzusehen, war aufregend – in mehrfacher Hinsicht. Gestern Abend hatte er deutlich gemacht, dass er kein Interesse an einer Beziehung hatte und sich auf gar keinen Fall von Jenny verkuppeln lassen würde. Doch das bedeutete schließlich nicht, dass sie es nicht genießen durfte, mit ihm Kaffee zu trinken und zu reden.

Bevor sie die Tür erreichte, klingelte es schon zum zweiten Mal. Sie spähte aus dem Fenster und war plötzlich sehr enttäuscht. Der Mann da draußen war eindeutig nicht Alex.

Es war dumm, so enttäuscht zu sein. Sie hatte Alex gestern Abend gesehen und sie würde ihn am Montag wiedersehen. Außerdem wollte er mit ihr lediglich über das Haus reden, sonst nichts … aber vielleicht war sie ja gerade deshalb enttäuscht.

Als sie die Tür öffnete, schlug ihr der schale Geruch von abgestandenem Zigarrenrauch entgegen. Der Mann, der vor ihr stand, nahm seine dunkle Pilotenbrille ab und grinste sie mit jenem trägen Selbstvertrauen an, hinter dem die Gewissheit stand, dass jede Frau ihn bewundern musste.

Doch Sarah erwiderte sein Lächeln nicht. Sein eng anliegendes graues T-Shirt zeigte ein flammenartiges Logo über der Brust und er trug verwaschene Jeans und Flipflops. Dass er stank, schien er überhaupt nicht zu merken.

Sarah weigerte sich zwar, ihn zu bewundern, musterte ihn jedoch sorgfältig, um herauszufinden, ob er Freund oder Feind war.

»Sind Sie Sarah?«, fragte der Typ. Das Grinsen schien auf seinem Gesicht festgewachsen zu sein. Sie blinzelte in dem Versuch, in seinem Gesicht das Gesicht eines der vielen Kinder wiederzuerkennen, mit denen sie vor Jahren auf Crescent Hill gespielt hatte.

»Kenne ich Sie?«

»Ich bin Jake Paxton.« Er deutete auf den Wald. »Mein Großvater und ich wohnen auf halbem Weg den Hügel hinunter, in dem weißgrünen Haus.«

Sie kannte das Haus, doch an ihn erinnerte sie sich nicht.

»Man hat mir erzählt, dass Sie hier eingezogen sind, und ich wollte Sie in unserer Nachbarschaft willkommen heißen.«

»Danke.« Es ging ihn nichts an, dass sie sozusagen nur auf der Durchreise war.

»Mein Großvater ist Edward Paxton«, sagte er, als müsste sie den Namen des Mannes kennen. Als sie nicht antwortete, sprach er weiter. »Er kauft und verkauft Antiquitäten und hat ein Geschäft in der Innenstadt. Ich soll Ihnen sagen, wenn Sie Interesse haben, ein paar Sachen zu verkaufen, macht er Ihnen einen guten Preis.«

Sie blinzelte wieder. Sie brauchte nur ein paar Wochen hierzubleiben und das Haus an die Stadt zu verkaufen, dann hatte sie mehr als genug Geld, um ihre Rechnungen zu bezahlen. »Ich bin im Moment nicht daran interessiert, etwas zu verkaufen.«

»Das habe ich ihm gleich gesagt, aber er wollte Ihnen auf jeden Fall seine Hilfe anbieten.«

»Okay …« Sie wollte die Tür wieder schließen. »Danke.«

»Da ist noch etwas, worüber ich mit Ihnen reden wollte.« Er rieb sich die Hände. »Ich werde nächsten Monat heiraten.«

Sie rang sich ein Lächeln ab. Wenigstens machte er ihr keinen Heiratsantrag. »Herzlichen Glückwunsch.«

»Meine Verlobte und ich haben immer davon geträumt, einmal in einem alten Haus wie diesem zu wohnen.« Er nickte zu dem Panoramafenster hinüber. »Ich verstehe vollkommen, dass Sie Ihre Familienschätze nicht verkaufen wollen, aber vielleicht wären Sie ja bereit, das Haus zu verkaufen.«

Sie versteifte sich. Alex hatte ihr zwar den gleichen Vorschlag gemacht, doch von diesem Mann kam ihr das gleiche Angebot fast wie eine Beleidigung vor. Er hatte ihr weder sein Beileid ausgesprochen noch etwas über die lange Zeit gesagt, die ihre Großmutter hier gelebt hatte. Sie hatte gedacht, sie wünschte sich viele Käufer für das Haus, doch das Angebot dieses Menschen kam ihr einfach nur falsch vor.

»Tut mir leid, Jake, aber Sie kommen ein wenig zu spät. Jemand aus der Stadt hat bereits mit mir über den Verkauf des Hauses gesprochen.«

Sein Lächeln wich einem Stirnrunzeln. »Sie wollen Ihr schönes Haus doch wohl nicht an die Stadt verkaufen, oder?«

»Ich ziehe es in Erwägung, doch.«

»Wer hat Ihnen das Angebot gemacht?«

»Genau genommen war es kein Angebot ...« Sie bewegte sich unbehaglich. »Alex Yates hat mit mir darüber gesprochen.«

»Hat Alex Ihnen auch gesagt, was sie mit dem Grundstück vorhaben?«

»Ich hoffe, sie werden ein Museum oder eine Pension daraus machen.«

Er schnaubte und sie trat einen Schritt zurück. Was dachte dieser Mann sich eigentlich dabei, hier einfach an ihre Tür zu klopfen, ihr ihre Zeit zu stehlen ... und sich über sie lustig zu machen? Sie hatte genug zu tun, angefangen mit der wartenden Erdnussbutter in der Küche.

»Sie finden das komisch?«

»Darum geht es nicht.« Er fuhr sich mit der Zunge über die Vorderzähne. »Glauben Sie wirklich, die Stadt wird hier oben ein Museum einrichten?«

Sie zuckte die Achseln.

»Lassen Sie mich etwas klarstellen«, sagte er. »Die Stadt will das Grundstück, nicht das Haus.«

»Sie können trotzdem etwas aus dem Haus machen.«

»Sie werden es abreißen, Sarah. Etwas Neueres hinstellen, das billiger zu unterhalten ist.«

»Sie werden es nicht abreißen«, antwortete sie, doch seine Worte blieben in ihrem Kopf haften.

»Hat Alex Ihnen das gesagt?«

Alex hatte nichts davon gesagt, dass das Haus renoviert würde, doch sie hatte den Eindruck gehabt, dass er sie verstand. Sie konnte sich nicht vorstellen, dass jemand dem Heim ihrer Großmutter mit einer Abrissbirne zu Leibe rückte oder es mit einem Bulldozer niedermachte. Man musste ein bisschen Arbeit in das Haus investieren, zugegeben, aber es war so etwas wie ein Wahrzeichen von Etherton. Es war völlig unsinnig zu denken, dass die Stadt es einfach einreißen würde. Aber wenn der Typ recht hatte – was würden sie dann an seiner Stelle errichten? Sie hatte an einen Park gedacht, aber wenn die Stadt stattdessen einen Parkplatz baute?

Jake schien ihre Gedanken zu lesen. »Sie werden es einreißen und eine Fabrik oder ein Kaufhaus hier hinstellen.«

Sie schob die Ärmel ihrer Bluse hoch und merkte zum ersten Mal, dass die Morgenluft ziemlich frostig war. Ihre Großmutter hatte das Haus ihrer Obhut übergeben; sie konnte es nicht verkaufen, wenn es danach abgerissen wurde. Und wenn sie das Geld noch so dringend brauchte, das konnte sie nicht tun.

»Wollen Sie damit sagen, dass Sie und Ihre Verlobte es restaurieren würden?«

Er legte die Hand auf die Brust. »Es wäre eine Ehre für uns, einem so schönen Ort seine alte Herrlichkeit wiederzugeben.«

»Ich bräuchte ein Angebot.«

»Ich bin bereit, Ihnen eins zu machen.« Die Zahl, die er nannte, war doppelt so hoch wie das, was die Stadt zahlen wollte. Sie würde jahrelang davon leben können. »Ich werde darüber nachdenken.«

»Bitte, lassen Sie sich nicht zu lange Zeit«, sagte er, diesmal wieder mit einem Lächeln. »Wir würden gern schon in ein paar Wochen einziehen.«

Wie lange hatten er und seine Verlobte schon darauf gelauert, dass Rosalie endlich starb?

Die Bäume entlang der Grenze der alten Plantage, die sich vor Stephanie erstreckte, erstickten im Klammergriff des Kudzus; das Gewächs wirkte wie eine Decke, die über eine Leiche gebreitet worden war. Fast alles, das sich unter dieser dichten dunkelgrünen Decke befand, war schon lange verwest. Das Haus war im Bürgerkrieg abgebrannt. Die Scheunen und die Küche waren eingestürzt – wahrscheinlich unter dem Gewicht des Kudzus – und von der holprigen Straße aus waren kaum noch Überreste der Häuschen zu sehen, in denen einst Hunderte von Sklaven gewohnt hatten.

Die einsame Gegend gut zwanzig Kilometer außerhalb von Columbia war noch nicht von den Ausläufern der Vorstädte geschluckt worden. Selbst ihre tierischen Bewohner schienen geflohen zu sein … vielleicht waren sie weitergezogen, nach Norden, um der glühenden Hitze zu entkommen.

Die Luft war still und so schwer von Feuchtigkeit, dass jeder Atemzug, den Stephanie durch das offene Fenster ihres Autos tat, sich anfühlte wie durch feuchte Kohlen gefiltert.

Sie hatte eigentlich heute gar nicht nach Columbia fahren wollen, sondern frühestens in zwei Wochen, aber irgendwie hatte sie nicht länger warten können. Ihre Mutter war früher einmal mit ihr an der Plantage vorübergefahren, lange bevor sie sich dafür interessiert hatte, was ihre Vorfahren getan oder wo sie gelebt hatten. Lange bevor sie von Miriam und Rachel erfahren hatte.

Ihre Mutter sprach gern über die Wurzeln ihrer Familie, doch Tante Debra hatte sich wirklich eingehend mit der Familiengeschichte befasst, war tief in sie eingetaucht, vor allem, nachdem Trent ins Gefängnis gekommen war. Als Debra keine Hoffnung auf eine Zukunft mehr hatte, schien sie sich an die Vergangenheit zu klammern, in der es kaum Überraschungen gab und die Menschen, denen man auf dem Papier begegnete, ihre Fehler schon begangen hatten. Die Beziehung zu einem toten Verwandten war sehr viel einfacher als die zu einem lebendigen, der sein Leben gründlich ruiniert hatte. Und das von einem selbst dazu.

Stephanie öffnete die Autotür und setzte einen Fuß hinaus, zog ihn aber sogleich in die Sicherheit ihres Wagens zurück. Sie hatte von der einsamen Straße aus kaum Tiere gesehen, doch jetzt sah sie, dass es mehr als genug gab – und zwar Schlangen. Sie krochen durch den Kudzu – es mussten Hunderte sein. Sie mochte keine Schlangen.

Außerdem blieb ihr, wenn sie jetzt ausstieg und die staubige Straße entlangging, nichts mehr zu entdecken. Schließlich hatte ihre Familie den verschwundenen Schatz nicht vor über hundert Jahren unter dem Haus vergraben und dann die Gegend verlassen – in diesem Fall wäre inzwischen längst jemand zurückgekehrt, um ihn zu holen. Und falls der Schatz im Haus versteckt gewesen war, war er jetzt wahrscheinlich ebenfalls fort. Geheimnis gelöst.

Trotzdem hätte sie gern die blühende Plantage gesehen, auf der ihre Vorfahren rauschende Feste gegeben hatten und all die Herrlichkeiten genossen, die sie aus London ins Land kommen ließen. Und auch die Hütte, in der Rachel und William ihre beiden Kinder aufgezogen hatten, hätte sie interessiert.

Ob die Familie Ellison wohl irgendetwas anders gemacht hätte, wenn sie die drohenden Schatten erkannt hätte, die der Amerikanische Bürgerkrieg damals bereits warf – jener grausame Krieg, der bald darauf alles zerstörte, was sie bis dahin für selbstverständlich gehalten hatten?

Miriam hatte in ihrem Tagebuch weder den Schatz noch irgendwelche anderen Besitztümer ihrer Familie erwähnt. Nach ihrem Lebensstil zu urteilen, waren die Ellisons sehr vermögend gewesen und sie schien das viele Geld einfach als gegeben hinzunehmen.

Stephanie blickte sich auf dem trostlosen Landstück um und dachte, wie traurig das alles doch war. Einst hatte es hier gewimmelt von Menschen und Tieren; sie hatten hier gelebt und gearbeitet und jetzt war nichts mehr von ihnen übrig. So viel war verloren gegangen, nicht nur materielle Werte. Leben und Träume und Beziehungen zwischen Männern und Frauen, Kindern und Eltern.

Sie bog aus der langen Auffahrt ab und nahm die Straße zum Haus ihrer Tante in Columbia. Plötzlich lag ihr gar nicht mehr so viel an den verschwundenen Juwelen und auch nicht daran, das Geheimnis ihrer Familie zu lösen. Die wichtigste Frage war plötzlich –

Wo war William hingegangen … und was war aus seiner Frau geworden?

18

Alex' Telefon vibrierte. Als er auf dem Display Lizas Nummer sah, drückte er den Anruf weg. Anscheinend hielt sie ihn für den Schlüssel zum Verkauf des Bristow-Anwesens – eines Anwesens, das ihr nicht gehörte. Doch er hatte kein Interesse daran, ihr dabei zu helfen, einen Anwalt zu finden, um Rosalies Testament anzufechten.

Auch wenn sie sämtliche Sympathiekarten ausspielte – er konnte nichts für sie tun. Im Gegenteil – für ihn war es nur von Vorteil, wenn die Stadt der neuen Eigentümerin den Besitz abkaufte. Und als er Sarah gestern Abend gesagt hatte, wie viel die Stadt zu investieren bereit war, war sie nicht wütend geworden wie Liza vor ein paar Tagen.

Er steckte das Handy wieder ein und zog den Reißverschluss der Jackentasche zu, damit es während der Fahrradfahrt nicht herausfiel.

Wenn Liza wieder anrief, würde er ihr sagen, dass Dan Sprague einer seiner besten Freunde war und dass er von seiner fachlichen Kompetenz überzeugt war – und zwar auch in Bezug auf das Testament, das er für Rosalie aufgesetzt hatte. Er würde Liza nicht erzählen, dass die Stadt das Grundstück erwerben wollte – nicht, bevor der Handel perfekt war.

Er pumpte das Hinterrad seines Fahrrads auf und legte die Luftpumpe wieder ins Auto. Heute wollte er nicht über Liza nachdenken, ja nicht einmal über Crescent Hill. Sarah hatte Interesse am Verkauf signalisiert, doch er hatte die Erfahrung gemacht, dass ein Deal erst besiegelt war, wenn auch das letzte Papier unterzeichnet war.

Er setzte einen Fuß aufs Pedal und stellte seine Armbanduhr. Das letzte Mal hatte er vier Stunden nach Mansfield und zurück gebraucht, auf dem Radweg, der früher einmal eine Straße gewesen war. Heute wollte er es in drei Stunden und fünfundvierzig Minuten schaffen.

Ein Auto fuhr auf den Parkplatz hinter ihm; unter den Reifen knirschte der Kies. Er wollte gerade losfahren, da rief eine Frau seinen Namen.

Ach du meine Güte! Wie hatte Liza ihn bloß gefunden?

Am liebsten hätte er sich gar nicht mehr umgedreht. Er konnte so tun, als hätte er sie nicht gehört, und in Frieden nach Mansfield und zurück radeln, doch als die Autotür hinter ihm zugeschlagen wurde, setzte er seinen Fuß wieder auf den Boden. Vielleicht war es das Beste, es jetzt gleich hinter sich zu bringen.

Er sah sich um und sammelte all seinen Mut für eine Konfrontation mit Liza, doch statt Liza kam Sarah Bristow auf ihn zu, das blonde Haar streng zurückgebunden. Ihre zarte Gestalt schien fast in dem übergroßen Pullover zu ertrinken, den sie trug. Erleichtert stieg er vom Rad; wenigstens blieb ihm an diesem heutigen Morgen eine Schlacht erspart.

Rasch nahm er seinen Helm ab und hängte ihn über den Griff. »Verfolgen Sie mich etwa?«

Sie hatte nicht das leiseste Lächeln für ihn und verschränkte sogar die Arme. »Jenny hat mir gesagt, wo Sie sind.«

»Diese Frau scheint aber auch wirklich alles zu wissen.« Er lehnte sein Fahrrad gegen das Auto und überlegte, ob er sie vielleicht irgendwie gekränkt hatte. »Fahren Sie gern Fahrrad?«

Sie stützte eine Hand auf die Hüfte. »Ich möchte mit Ihnen über Crescent Hill sprechen.«

Er hatte vorgehabt, gleich am Montagmorgen mit dem Angebot zu ihr hinauszufahren, aber wenn sie schon jetzt darüber reden wollte, war er liebend gern dazu bereit. »Sollen wir einen Kaffee trinken gehen?«

Sie ignorierte seine Einladung. »Als wir gestern Abend über die Angelegenheit gesprochen haben, haben Sie mir verschwiegen, dass Sie Crescent Hill abreißen wollen.«

Er zog seine Handschuhe aus und warf sie auf den Rücksitz seines Autos. Dies war der alles entscheidende Moment für ihn. Wenn er sie nicht überzeugen konnte, dass er verantwortungsvoll mit dem Zuhause ihrer Familie umgehen würde, würde sie weglaufen; dann war auch seine letzte Hoffnung, seinen Job zu retten und dieser Stadt zu helfen, dahin.

Er trat zu ihr. »Wie kommen Sie darauf, dass die Stadt das Haus abreißen lassen möchte?«

»Jake Paxton hat es mir erzählt.«

Jake Paxton. Wie hatte der herausbekommen, dass Alex mit Sarah über das Anwesen gesprochen hatte? Irgendjemand musste es Edward gesagt haben und dieser hatte seinen Enkelsohn als Kundschafter vorgeschickt. »Ich habe nicht gesagt, dass es abgerissen wird.«

»Aber Sie haben es in Erwägung gezogen?«

So viel dazu, dass er heute Morgen eine Schlacht vermeiden konnte. »Ich möchte das Beste für Ihr Anwesen und für die Stadt Etherton.«

»Das Beste ist, dem Haus eine Zukunft zu geben.«

Er lehnte sich gegen das Auto. Manche Männer hätten in diesem Moment gelogen und gesagt, ein Abriss des Hauses stünde überhaupt nicht zur Debatte, doch eine Lüge kam für ihn nicht infrage. Leider fiel ihm nichts ein, womit er ihr die Tatsachen versüßen konnte. »Das Haus ist stark baufällig, Sarah, und wir können von den Steuerzahlern nicht erwarten, dass sie Geld für Reparaturen aufbringen – es sei denn, das Gebäude böte eine Einkommensmöglichkeit für die Stadt.«

Sie seufzte. »Es geht immer nur ums Geld, nicht?«

»In diesem Fall ja.«

»Aber das Haus …«, sagte sie kläglich. »Sie würden ein wichtiges Stück Geschichte dieser Stadt zerstören.«

»Ich will es nicht zerstören«, antwortete er und seufzte ebenfalls. »Es ist nur so, dass jedes alte Haus in Etherton ein wichtiger Teil der Geschichte der Stadt ist und wir können sie unmöglich alle erhalten.«

»Das meine ich ja gar nicht …« Sie schwieg. »Joseph Bristow war einer der Gründerväter dieser Stadt. Er hat schon für die Rechte der Sklaven gekämpft, als der Bürgerkrieg noch in weiter Ferne lag, und er ist für diese Stadt und für die Freiheit gestorben.«

Tausende von Menschen in ihrem Staat hatten gegen die Sklaverei gekämpft – doch über dieses Thema wollte er jetzt nicht reden. Was konnte er schon gegen einen Mann – und eine Familie – ins Feld führen, die so viel für ihr Land geopfert hatten? Doch selbst angesichts von Joseph Bristows Opfer konnte die Stadt es sich nicht leisten, sein Haus zu erhalten. Für Etherton ging es im Moment nicht um das, war vor langer Zeit geschehen war, für die Stadt ging es um heute – und morgen.

»Vielleicht können wir einen Kompromiss finden«, sagte er. »Ich werde versuchen, das Haus zu erhalten, und falls es dennoch abgerissen werden muss, etwa aus baulichen Gründen, werde ich den Stadtrat davon überzeugen, auf dem Hügel ein Denkmal errichten zu lassen, zum Gedächtnis an alles, was Ihre Familie getan hat.«

Ihre Hände ballten sich zu Fäusten, doch ihre Stimme blieb fest. »Ich will kein Denkmal.«

Doch, das willst du, hätte er beinahe gesagt, konnte sich jedoch gerade noch zurückhalten. »Sie haben doch gesagt, Sie wollen nicht in Etherton leben.«

»Das spielt keine Rolle …«

»Wenn Sie nicht hierbleiben, wer wird dann für das Haus sorgen?«

»Jake hat gesagt, er will es kaufen und wiederherstellen.«

Alex war perplex. Es würde mindestens eine Million Dollar kosten, das Haus wieder in einen einigermaßen bewohnbaren Zustand zu versetzen, und er hätte nicht gedacht, dass irgendjemand so viel Geld investieren würde, vor allem nicht jemand wie Jake.

Wieder einmal versuchte Edward Paxton, seine Pläne zu durchkreuzen. Wenn ein privater Käufer Sarah ein gutes Angebot machte und versprach, das Haus zu renovieren, bestand nicht mehr die geringste Chance, dass sie es der Stadt überließ, damit die ein Geschäft damit machen konnte, vor allem nicht, wenn das bedeutete, dass das Haus abgerissen wurde.

»Vielleicht fällt uns ja noch etwas anderes ein«, sagte. »Ein Weg, wie wir das Haus zumindest teilweise nutzen können.«

»Woran zum Beispiel denken Sie dabei?«

»Es hängt vom Grundriss ab, aber vielleicht könnten wir einen Teil des Erdgeschosses als Restaurant oder Kunstgalerie nutzen.«

Sie schwieg und der Zorn in ihren blauen Augen legte sich für einen Moment. »Das ist aber nicht dasselbe.«

Natürlich war es nicht dasselbe, aber er versuchte, sie zu besänftigen. Es fiel ihm leicht, Ideen und Vorschläge zu entwickeln, doch Vermittlung war nicht gerade seine Stärke und nach dem WalMart-Fiasko hatte er gemerkt, dass es ihm nicht gegeben war, die Gedanken der Menschen zu lesen.

Er zögerte. »Vielleicht könnten wir das Haus in ein Einkaufszentrum integrieren.«

»Eine Shopping Mall?«

»Es wäre eine Idee«, sagte er, obwohl er erst noch jemanden finden musste, der bereit war, in einer sterbenden Stadt wie Etherton eine Shopping Mall zu bauen. »Vielleicht können wir Ihnen auch mehr Geld anbieten, als ich Ihnen ursprünglich genannt habe.«

In dem Augenblick, in dem er die Worte aussprach, wusste er schon, dass es die falschen waren. Sie hatte offenbar kein Interesse daran, ein Vermögen aus dem Haus herauszuschlagen.

Ihr Gesicht verdüsterte sich wieder und sie trat einen Schritt zurück. »Ich wollte Ihnen nur sagen, dass ich Jakes Angebot in Erwägung ziehe.«

Er durfte diesen Deal um keinen Preis in den Sand setzen. »Können Sie mir bitte ein paar Tage geben, Sarah? Um nach weiteren Möglichkeiten zu suchen.«

»Ich muss das Haus möglichst bald verkaufen.«

»Ich werde mich Dienstagnachmittag wieder an Sie wenden.«

Sie zögerte. »Ich würde Ihnen gern vertrauen, Alex.«

Er würde alles tun, um ihr Vertrauen zu gewinnen. »Ich sage Ihnen die Wahrheit.«

Sie nickte. Dann ging sie zurück zu ihrem Auto.

Edward schritt langsam vor dem Kamin auf und ab und redete dabei mit sich selbst. Jake schüttete ein Red Bull in sich hinein und wartete darauf, dass sein Großvater etwas Verständliches von sich gab. Edward war nun schon mindestens zehnmal den Teppich hinauf und hinunter marschiert, ohne ein einziges Wort an ihn zu richten. Wenn er ärgerlich war, sollte er es endlich ausspucken, damit Jake wieder an seinen PC gehen und Warcraft spielen konnte.

Er wusste ohnehin nicht, warum sein Großvater so zornig war. Er hatte doch genau das getan, was ihm aufgetragen worden war – er hatte Sarah besucht und ihr gesagt, dass sein Großvater das Zeug kaufen wollte. Sie hatte zwar kein Interesse daran gehabt, den Plunder zu verkaufen, der im Haus herumlag und -stand, hatte aber sofort aufgehorcht, als er ihr sagte, dass die Stadt das Haus abreißen lassen wollte.

Ein oder zwei Tage und sie würde von ihrem hohen Ross heruntersteigen und zu ihm kommen, um mit ihm über das Angebot zu reden.

Er hasste es, mit Leuten zu tun zu haben, die sich für etwas Besseres hielten, und Sarah Bristow war solch ein klassischer Snob. Es würde Spaß machen, sie ein bisschen zu demütigen, und er konnte es. Es lag in seiner Macht.

Endlich blieb Edward stehen. »Du solltest sie nur nach den Antiquitäten fragen.«

»Sie will ihr Zeug nicht verkaufen.«

Edward setzte sich in den Lehnstuhl. Und wenn er noch so sehr vorgab, als sei es allein Jakes Schuld – Jake wusste, dass sein Großvater sich im Grunde genommen ärgerte, weil er selbst gern unter dem Vorwand, die Antiquitäten besichtigen zu wollen, im Haus herumgeschnüffelt hätte. Dann hätte er sich nicht mehr auf Jakes Berichte zu verlassen brauchen.

Im Augenblick hielt Jake sämtliche Trümpfe in der Hand und er würde nicht einen einzigen davon herausrücken, bevor er selbst es für richtig hielt.

»Wir dürfen kein allzu großes Interesse an dem Haus zeigen«, sagte Edward. »Und jetzt ist sie auf dich aufmerksam geworden.«

»Da kannst du drauf wetten.«

»Was ist, wenn sie dich jetzt irgendwann im Haus zu Gesicht bekommt? Dann wird sie dich drankriegen.«

Er trank aus. »Sie wird mich nicht sehen.«

»Ha! Als ob du das Geld hättest, die alte Müllhalde zu kaufen!«

Er hasste Edwards blödes Lachen. Wusste der alte Knacker denn immer noch nicht, wie clever er, Jake, war? Dass er immer noch einen Trumpf in der Hinterhand hatte? Immerhin war er ins Haus geschlichen und hatte Sarahs Tasche gestohlen. Und von seinem Kumpel – dem, der für die ehrenwerte Louise Danner arbeitete – hatte er erfahren, dass das Haus abgerissen werden sollte. Aber Edward kapierte einfach nicht.

»Ich habe ihr nur ein Angebot gemacht.« Jake zerdrückte die Aludose in seiner Hand. »Das heißt doch nicht, dass ich den Schuppen wirklich kaufen muss.« Er könnte das Geld sicherlich zusammenkratzen, aber er wollte es nicht. Er wollte sich nur in Ruhe im dritten Stock umsehen und einen Blick in das einzige Zimmer werfen, das er nicht hatte öffnen können.

Edward zog eine Zigarre aus der Tasche und biss das Ende ab. »Und sie hat dir abgenommen, dass du Interesse an einem Kauf hast?«

»Ich und meine Verlobte.«

Edwards Augen verengten sich. »Sie wird deine Verlobte kennenlernen wollen.«

»Bis dahin wird Mariah zurück sein.«

Wieder das bellende Lachen. »Ich glaube kaum, dass Mariah zurückkommt.«

»Sie ist doch erst seit ein paar Tagen fort.«

»Gestern waren es drei Wochen.« Edward lachte. »Du solltest gucken, dass du deine Frauen besser im Griff hast, Jakey.«

»Sie wird mich nicht noch einmal verlassen.« Er rollte seine Ärmel auf und ging zur Treppe. Trotz des Red Bull war er völlig ausgelaugt. Er hatte sich zu viele Nächte in dem alten Kasten da drüben um die Ohren geschlagen und zu viele schlaflose Tage gehabt.

Edward drohte mit dem Finger hinter ihm her. »Heute Nacht gehst du noch mal hin!«

19

Das quietschende Geräusch klang, als würde in der Galerie über ihr eine Tür geöffnet und wieder geschlossen, doch Sarah interpretierte es entschlossen als ein ganz normales Geräusch in einem so alten Haus. Sie würde auch stöhnen, wenn sie hundertfünfzig Jahre alt wäre. Außer ihr hielt sich niemand in diesem Haus auf. Keine Geister, die herumschwebten und Handtaschen und Kompott stahlen.

Sie strich über den Bücherstapel auf dem Schreibtisch in der Bibliothek und atmete den Duft von Leder und altem Papier ein. Vor den zugigen Fenstern hingen schwere burgunderrote Vorhänge. Sie drehte sich um, zog sie beiseite und ließ das Tageslicht in das dunkle Zimmer strömen.

Jake Paxton. Sie grübelte über den Namen nach und versuchte, sich zu erinnern, warum er ihr so vertraut vorkam. Jedes Mal, wenn sie in den Sommerferien hierhergekommen war, waren neue Kinder da gewesen, mit denen sie spielen konnte, und andere waren fortgezogen. Jenny war die Einzige gewesen, die immer hier gewesen war. Alle anderen Gesichter waren nur noch eine verschwommene Erinnerung.

Während sie den luxuriös ausgestatteten Raum bewunderte, dachte sie über Jake und seine Verlobte nach. Ob das Heim ihrer Familie bei ihnen wohl in guten Händen war, wenn sie ihnen das Haus verkaufte?

Natürlich würden sie alles verändern. Alles neu tapezieren und streichen und vorher außer den elektrischen und sanitären Anlagen, die dringend erneuert werden mussten, auch die alten Wände renovieren. Es war ein seltsamer Gedanke, dass alles, was ihrer Familie gehörte, hinausgetragen und die Wände bloßgelegt würden, aber Jake und seine Verlobte mochten durchaus die Richtigen für diesen Ort sein. Auf jeden Fall wäre es besser als zuzulassen, dass die Stadt das Haus abriss.

Dieser Teil ihres Lebens wäre damit endgültig vorüber. Mit dem Verkauf an Jake zöge sie einen Schlussstrich unter die beglückenderen Erinnerungen an ihre Kindheit. Sie würde nach New York zurückkehren. Und dann … würde sie von dem Erlös aus dem Verkauf des Hauses leben und auf neue Aufträge warten.

Dabei hasste sie es zu warten.

Sie ließ sich in einen der ausladenden Sessel fallen und zog die Beine hoch. Was sollte sie tun, bis sie wieder Arbeit hatte?

Plötzlich fühlte sie sich unendlich einsam. In New York gab es niemanden, der sie vermisste. Nicht ein einziger Freund hatte angerufen und sie gefragt, wo sie steckte. Entweder dachten sie, sie sei wieder beruflich im Ausland unterwegs, oder es interessierte sie ganz einfach nicht.

Ob sie wohl irgendwann merkten, dass sie die Stadt verlassen hatte, oder ob sie sie einfach vergaßen?

Plötzlich stieg so etwas wie Eifersucht in ihr auf – nicht etwa auf die Freunde, die für Werbeagenturen und Zeitschriften und Anwaltskanzleien in New York arbeiteten und die Abende und sogar die Wochenenden im Büro verbrachten, weil zu Hause keiner auf sie wartete. Sie war eifersüchtig auf Frauen wie Jenny Sprague – sogar auf das heillose Chaos im Heim ihrer Freundin.

Wenn Jenny fortging, würde eine ganze Schar von Menschen, jung und alt, sie vermissen. Dan würde die Nationalgarde rufen. Das FBI. Alle und jeden, der ihm seine Frau baldmöglichst zurückbrächte. Statt um die Welt zu reisen, hatte Jenny Etherton zu ihrem Zuhause gemacht.

Sie hatte die Pflicht über ein sorgenfreies, interessantes Leben gestellt. Ihre vier Kinder und ihr Mann garantierten ihr, dass sie nie einsam war … oder sich jemals langweilte.

Immer in Bewegung. Immer auf Reisen. Wie eine Zigeunerin. Bewegung war das Einzige, was Sarah kannte – schon seit ihrer Kindheit. Andere Kinder hatten ein richtiges Zuhause gehabt, einen Ort, an dem sie auch im nächsten Jahr zur Schule gehen würden. Ihre Mutter dagegen hatte nie mit ihr über das nächste Jahr gesprochen, ja nicht einmal über den nächsten Monat, weil sie nie wusste, was die Zukunft für sie bereithielt.

Doch das war damals gewesen. Sie brauchte nicht mehr nach den Regeln ihrer Mutter zu leben. Sie konnte einfach einmal eine Saison nicht auf Reisen gehen. Würde sie dann verrückt werden oder würde sie es genießen zu wissen, wo sie die nächste Nacht schlafen würde? Vielleicht würde sie ja sogar einen oder zwei Freunde gewinnen können, die es merkten, wenn sie die Stadt verließ.

In New York war nichts von ihr zurückgeblieben, doch wo würde ihre nächste Heimat sein?

Ganz oben auf dem Bücherstapel lag eine zerlesene King-James-Bibel. Sie schlug sie auf und blätterte durch die vergilbten Seiten. Ihre Großmutter pflegte jede Nacht vor dem Einschlafen in der Bibel zu lesen. Sie hatte Sarah mit zu sich ins Bett genommen und mit ihr gebetet. Dann hatte sie ihre Bibel aufgeschlagen und dort weitergelesen, wo sie am Abend zuvor aufgehört hatte. In ihrer Bibel wimmelte es förmlich von Unterstreichungen und Ausrufezeichen am Rand.

Sie überflog den Text des Matthäusevangeliums und las die Worte, die Jesus gesagt hatte. Worte, die ihre Großmutter gelesen und befolgt hatte.

Erst am Ende des Buches hörte Sarah auf zu lesen.

Und ich versichere euch: Ich bin immer bei euch bis ans Ende der Zeit.

Sie las den Vers noch einmal. Und noch einmal. Ihr Blick wanderte von der Bibel zu den Lichtstrahlen auf den staubigen Regalen.

Wie es wohl wäre, jemanden immer bei sich zu haben? Sie konnte es sich nicht vorstellen. Früher hatte sie geglaubt, dass Jesus immer bei ihr sein würde – doch da war sie noch ein Kind gewesen, mit großen Augen und kindlichem Glauben. Als Erwachsene hatte sie nicht mehr geglaubt. Ob Jesus auch jetzt bei ihr war? Es war ein großes Geheimnis, wie ein Mensch, der vor zweitausend Jahren gelebt hatte, heute bei ihr sein konnte. Ihre Großmutter hatte daran geglaubt, aber Sarah war nicht überzeugt. Niemand, auch kein Gott, war so treu.

Sie schloss die Bibel und drehte ihren Stuhl zum Fenster, ins Licht.

Wenn sie doch nur glauben könnte wie ihre Großmutter und zu dem zurückkehren, wovon sie als Kind überzeugt gewesen war. Wenn sie Rosalie doch nur fragen könnte, was es bedeutete, Jesus allezeit bei sich zu haben.

Die Augen fielen ihr zu und sie lehnte ihren Kopf an die hohe Lehne. Es tat gut, die Augen auszuruhen, zu entspannen – und in der Wärme des hellen Lichts hatte sie auch überhaupt keine Angst.

Ein Türenschlagen ließ sie auffahren ... oder hatte sie das Geräusch geträumt? Noch ganz benommen drehte sie sich um, rieb sich die Augen und versuchte sich zu erinnern, wo sie war. Es war viel dunkler im Zimmer als vorhin, als sie eingeschlafen war, aber sie konnte die Regale noch erkennen. Und auch die Bücher.

Ihre Ohren hatten ihr wieder einmal einen Streich gespielt.

Doch dann sah sie auf einmal etwas auf der Galerie. Eine schemenhafte Gestalt, die über den Fußboden glitt. Sie sprang auf, und die Bibel, die auf ihrem Schoß lag, fiel mit lautem Krachen zu Boden. Über ihr erklangen Schritte. Der Schatten rannte zur anderen Seite hinüber.

»He!«, rief sie, als die Tür zum dritten Stock aufschwang. Der Schatten verschwand durch die Tür.

Am ganzen Leibe zitternd, zog Sarah ihr Handy aus der Tasche und drückte die Nummer, die Bryce Kelley ihr gegeben hatte. Diesmal hielt ihre Vorstellungskraft sie nicht zum Narren. Diesmal war wirklich jemand im Haus.

Sergeant Kelley war wenige Minuten nach Sarahs Anruf da. Sie stand auf der Vordertreppe und sah zu, wie er den Streifenwagen abstellte und aufs Haus zukam. Diesmal schien er es nicht eilig zu haben. Kein Blaulicht und keine Sirenen und keine Männer in Uniform, die zu ihr hinaufsprinteten. Nur ein einziger Polizist, dazu noch in Zivil.

Sie verschränkte die Arme. »Sie haben doch hoffentlich eine Schusswaffe unter der Jacke?«

Er schlug die Jacke zurück und zeigte ihr das Holster, doch ihre Hände hörten nicht auf zu zittern. Es wäre ihr lieber gewesen, er wäre in Begleitung gekommen. Das hätte Sicherheit bedeutet.

Wer immer sich dort oben aufhielt, war das letzte Mal, als die Streifenwagen mit Blaulicht und Sirene vor dem Haus gehalten hatten, verschwunden. Bryce war zwar ein kräftiger Mann, doch er wirkte ganz und gar nicht bedrohlich, jedenfalls nicht in Jeans und Flanellhemd.

Sie bedeutete ihm hineinzugehen, führte ihn allerdings nicht ins Wohnzimmer, sondern an den kleinen Frühstückstisch in der Küche. Die vier Wände in diesem Raum kamen ihr vor wie eine Festung verglichen mit dem offenen Esszimmer auf der anderen Seite des Hauses.

»Was genau haben Sie gesehen?«, fragte er, ging um einen Stuhl herum und setzte sich.

Ihr selbst war es unmöglich still zu sitzen. Sie ging auf und ab und versuchte, ihm zu erklären, was sie gesehen hatte. Es war wenig genug, aber diesmal hatte sie immerhin etwas gesehen und nicht nur gehört. Bryce machte sich auf einem kleinen Block Notizen, während sie sprach, doch sie hatte ihm nicht viel anzubieten.

»War es ein Mann oder eine Frau?«, fragte er.

»Ich bin mir nicht sicher.«

»Nehmen wir einmal an, es war ein Mann. Können Sie mir sagen, was er anhatte?«

»Eine dunkle Jacke, mit Kapuze.«

»Wie groß war er?«

Sie fuhr sich mit den Fingern durchs Haar. Er brauchte Einzelheiten und sie hatte keine. Sie hatte die Person, Mann oder Frau, ja nicht einmal richtig gesehen. Sie konnte keine Beschreibung abgeben, die half, den Einbrecher zu finden.

»Ich weiß nicht«, platzte sie heraus, müde und erschöpft.

»Sind Sie sicher, dass es ein Mensch war?«

»Natürlich war es ein Mensch.« Ihre Stimme klang frustriert. Warum saßen sie eigentlich hier und plauderten, während sich ein Einbrecher in ihrem Haus herumtrieb? Bryce Kelley machte keine Anstalten, ihr zu helfen.

Er schrieb wieder etwas auf seinen Block. Sie konnte sich vorstellen, was es war. Sie weiß es nicht. Sie weiß es nicht. Sie hat keine Ahnung. Der Sergeant musste denken, dass sie nichts als Stroh im Kopf hatte.

Er blickte auf. »Ich zweifle Ihre Worte nicht an, Miss Bristow.«

»Doch, das tun Sie«, sagte sie. Er ließ sie ja an sich selbst zweifeln.

»Fehlt denn irgendetwas?«

»Vor ein paar Nächten … hat jemand meine Handtasche genommen.«

»Haben Sie den Diebstahl gemeldet?«

»Nein … ich war nicht sicher, dass sie gestohlen war.«

»Wo befand sich Ihre Tasche?«

»Ich habe sie vor dem Einschlafen auf den Nachttisch gestellt und morgens war sie weg.«

Er schlug den Block zu und steckte ihn wieder ein. »Ich werde mich oben mal umsehen.«

»Jetzt ist er bestimmt längst weg.«

Er stand auf. »Ich möchte trotzdem nachsehen.«

Sie folgte ihm die Treppe hinauf ins obere Stockwerk und fragte ihn nicht nach seiner seltsamen Vorgehensweise – dass er sie hinter sich herzockeln ließ, während er nach einem Einbrecher Ausschau hielt. Sie würde ihn bestimmt nicht darauf ansprechen, denn dann ließ er sie vielleicht allein in der Küche warten, zwei Stockwerke entfernt von ihm und seiner versteckten Waffe.

Oben an der Treppe drückte sie auf den Lichtschalter und sah zu, wie Bryce zuerst in den Ballsaal und dann den Flur hinunter zum Aufgang in die Kuppel ging. An der ersten Tür, die zur Abstellkammer führte, blieb er stehen und stieß die Tür weit auf, während Sarah wartete, bis er hinter den Truhen und Koffern nachgeschaut hatte. Das Gleiche tat er mit der zweiten und der dritten Tür. Doch als er versuchte, die vierte Tür, die sich am Fuß der Treppe zur Kuppel befand, zu öffnen, rührte diese sich nicht.

»Haben Sie einen Schlüssel?«, fragte er.

Sie schüttelte den Kopf. »Dan hat mir nur den Hausschlüssel gegeben.«

Er drehte abermals den Türknauf und drückte dann mit seiner Schulter gegen die Tür. »Sie rührt sich nicht.«

Ihre Augen gingen zwischen ihm und der Tür hin und her. Und wenn der Einbrecher in diesem Raum war und auf sie wartete? Bryce wirkte nicht annähernd so besorgt wie sie. Er trat von der Tür fort und ging auf die Stufen zur Kuppel hinauf zu, als sei absolut nichts Befremdliches an einer Tür, die von innen verriegelt war.

Irgendetwas stimmte nicht.

Plötzlich kam ihr ein Gedanke. Sie wusste nichts über diesen Mann, nur, dass er Sergeant bei der Polizei von Etherton war und sagte, er hätte ihre Großmutter in der Kirche kennengelernt. Doch damit gehörte er noch nicht zwangsläufig zu den Guten. Bei ihrer Arbeit war sie immer wieder Zeugin gewesen, wie sogenannte »Gute« plötzlich zu Bösen mutierten.

Sie kannte zwar den Grund nicht, warum Bryce Kelley allein gekommen war, doch von Rechts wegen hätte er einen oder zwei Kollegen mitbringen müssen. Er hätte nicht zulassen dürfen, dass sie ihn auf der Suche nach einem Einbrecher begleitete, und er hätte sich ein wenig besorgter zeigen müssen angesichts der verschlossenen Tür, hinter der möglicherweise ein Eindringling lauerte.

Er stieg die Treppe zur Kuppel hinauf. »Möchten Sie mitkommen?«

Sie schüttelte den Kopf. »Ich warte hier unten auf Sie.«

20

Der ältere Gentleman lebte in Greenville, knapp dreißig Minuten entfernt von Stephanies Wohnung in Clemson. Seine dunkle Stirn war faltig, sein Körper über eine Gehhilfe gebeugt. Er bat Stephanie in seinen Wohnwagen. Sie folgte ihm in eine schäbige Küche, die nach Rosinenbrot und Speck roch.

Tante Debra hatte ihr gesagt, dass Howard Walters Mechaniker gewesen sei und fünfundfünfzig Jahre für die gleiche Gesellschaft gearbeitet habe, bis seine Finger es nicht mehr zuließen. Weitere Informationen hatte ihre Tante ihr nicht gegeben, sondern nur gemeint, dass er etwas über die Vergangenheit ihrer Familie wisse.

Howard bedeutete ihr, sich zu setzen. Sie ließ sich auf einem Stuhl nieder, dessen Kunststoffbezug an mehreren Stellen aufgeplatzt war.

»Debra hat gesagt, Sie gehen auf die Clemson.«

»Ja, Sir. Ich mache diesen Sommer meinen Abschluss.«

»Mein Enkel war auch dort. Hat in den Achtzigern als Jahrgangsbester abgeschlossen.« Der Mann ließ sich auf einen Stuhl gleiten. »Er lebt jetzt drüben in Charlotte, arbeitet in einer Bank.«

»Ich hoffe, dass ich im Herbst in einem Museum anfangen kann.«

»Einem Kunstmuseum?«

Sie schüttelte den Kopf. »Geschichte.«

»Als Debra angerufen hat …«, fing er an, wurde jedoch von einem Husten unterbrochen, das tief aus seiner Brust kam. »Sie hat mir nicht gesagt, worüber Sie mit mir sprechen wollen, aber ich nehme an, es hat etwas mit Ihrer Familie zu tun.«

Sie griff in ihren Rucksack und zog eine Plastiktüte heraus, die in ein Handtuch eingewickelt war. Sorgfältig schlug sie das Handtuch auf und nahm das zerlesene Tagebuch heraus, das sie nun schon zweimal gelesen hatte. Seine Augen folgten ihren Händen genauso neugierig, wie sie es gewesen war, als ihre Tante ihr das Buch zum ersten Mal gezeigt hatte.

»Was ist das?«

»Das ist das Tagebuch einer meiner Vorfahrinnen, Miriam Ellison.«

Er lehnte sich zurück. »Tatsächlich?«

»Ja, Sir.«

»Und was hat Miss Miriam zu sagen?«

»Sie sagt eine Menge, Sir. Vor allem über ihr Heim und ihre Familie.« Sie legte das Tagebuch vor sich auf den Tisch. »Sie erzählt auch einiges über ihre Dienerschaft. Unter anderem über eine Frau namens Rachel.«

Wieder hustete der Mann, dann klopfte er sich mit der Hand auf die Brust. Als der Husten abebbte, meinte er: »Ich weiß ein bisschen was über Rachel.«

Sie neigte sich ihm zu, gespannt darauf, was er ihr über die Frau erzählen konnte. »Was wissen Sie?«

»Hat Ihre Tante Ihnen gesagt, warum Sie zu mir kommen sollen?«

Sie schüttelte den Kopf. »Nein.«

Sie musste ihre Arbeit in drei Wochen abliefern, doch statt ihr die Informationen zu geben, die sie brauchte, schickte Tante Debra sie auf eine Reise. Sie hatte ja nichts dagegen, hierherzukommen und mit diesem Mann über Rachel zu reden, doch es wäre ihr lieber gewesen, ihre Tante hätte mehr Interesse daran, das Puzzle nun auch zusammenzusetzen, statt einfach nur die Einzelteile zu sammeln und zu begutachten.

»Ich kenne Debra schon ewig.« Er klopfte mit den Knöcheln auf den Tisch. »Hat mir leidgetan, das von ihrem Sohn zu hören.«

Stephanie krümmte sich innerlich. Warum entschuldigten die Leute sich laufend bei ihr für etwas, womit sie nichts zu tun haben wollte? Sie hasste diese Entschuldigungen. Und es war ihr zuwider, Leuten zuzuhören, wie sie über ihren Cousin sprachen, ohne zu wissen, dass Trent mit ihr verwandt war.

Jeder in diesem Bundesstaat wusste von dem Mord. Fremde in Cafés, an der Uni und im Park ließen sich über Trent und seine Motive aus, ohne zu wissen, dass er ihr Cousin war. In letzter Zeit stellte sie sich nur noch mit dem zweiten Teil ihres Nachnamens vor. Das unverfängliche »Carter« war sehr viel einfacher als die Fragen, die der Name Ellison regelmäßig zur Folge hatte.

Tat ihr die Sache mit Trent leid? War sie enttäuscht? Sie konnte diesem Mann wohl kaum sagen, dass sie kein Mitleid mit ihrem Cousin hatte.

»Ich hatte ihn schon länger nicht gesehen«, sagte sie schließlich.

»Komische Sache, so eine Familie, nicht? Blut ist doch irgendwie immer dicker als Wasser.«

Der Ansicht war sie überhaupt nicht. Sie hatte nichts mit Trent zu schaffen. Er hatte sich entschieden, sein Leben zu ruinieren, als er seiner Freundin … und ihrem Kind … das Leben nahm.

Tante Debra hatte ihrem Sohn vergeben und Gott würde ihm auch vergeben, wenn Trent ihn darum bat, doch die Zeit vergab nicht so leicht. Wenn man einen Mord begangen hatte, gab es keine Schuldfreiheit mehr.

»Ich bin ein Blutsverwandter von Rachel«, sagte Howard.

»Wirklich?« Sie blinzelte und konzentrierte sich wieder auf die Geschichte der Ellisons. »Was wissen Sie über sie und William?«

»Ihre Großmutter hat auch William erwähnt?«

Sie sah in Miriam Ellison nicht ihre Großmutter, doch sie spielte das Spiel mit. »Sie schrieb, er hätte nur Ärger gemacht.«

»Aaaaah ja, das stimmt. Aus der Sicht der Ellisons jedenfalls.«

»Wissen Sie, was aus ihm wurde, nachdem er die Familie verließ?«

»Das nicht gerade, aber ich weiß ein bisschen was über die Zeit davor.«

Sie holte einen Block und einen Stift aus der Tasche und legte sie auf den schmutzigen Tisch vor sich. Ihren Laptop hatte sie diesmal nicht mitgebracht, aus Angst, den Mann damit abzuschrecken.

»Was ist ihm zugestoßen, Mr Walters?«

»Nun ja …« Der tief in den Lungen sitzende Husten brach wieder hervor und sie wartete, bis er sich beruhigt hatte. »Das ist eine lange Geschichte.«

»Ich habe heute keine weiteren Termine.«

»Gut, gut. Könnten Sie mir bitte ein Glas Wasser holen?«

Sie sprang auf. Warum hatte sie nicht daran gedacht, ihn zu fragen? Er brauchte doch ganz offensichtlich etwas zu trinken.

»Sie können sich auch etwas nehmen«, sagte er. »Meine Tochter füllt den Kühlschrank immer gut nach.«

Sie nahm sich eine Dose Cola und goss ihm ein Glas Mineralwasser ein. »Brauchen Sie sonst noch etwas?«

»Nett von Ihnen, dass Sie fragen.« Er nahm einen langen Schluck. »Aber das genügt. Ich brauche nicht mehr viel, wissen Sie.«

Er lehnte sich auf dem Stuhl zurück. »Sie wollen also, dass ich Ihnen von Rachel und William erzähle ...«

Sie nickte, den Stift in der Hand.

»Hat Miss Miriam geschrieben, dass sie Sklaven waren?«

»Ja, Sir.«

»Rachel ist ein paar Jahre, bevor ich zur Welt kam, gestorben, aber meine Großmutter hat mir viel von ihr erzählt. Rachel und William waren ihre Eltern.«

»Ihre Großmutter ...« Sie zögerte. »Wurde sie auf der Plantage geboren?«

»Ja. Während dieser Ereignisse war sie noch ein Kleinkind.«

»Sie war diejenige ...«, wollte Stephanie sagen, doch sie konnte den Satz nicht beenden. Seine Großmutter musste das Kind mit den Beinproblemen gewesen sein, das Kind, das Miriam Ellison aus dem Haus haben wollte, weil es so oft weinte. Wie konnte sie Mr Walters sagen, dass ihre Ahnin seinen Urgroßvater geschlagen und seine Großmutter misshandelt hatte? Sie war diejenige, die sich entschuldigen musste.

»Meine Großmutter Hannah war als Kind sehr krank«, sagte Howard.

»Das hat Miriam erwähnt.«

»Wenn meine Augen besser wären, würde ich das Tagebuch gerne lesen.«

Sie hätte anbieten können, es ihm vorzulesen, doch er hatte in seinem Leben wahrscheinlich viele herzzerreißende Geschichten gehört. Es gab keinen Grund, ihm auch noch diese Last aufzubürden.

Statt sie zu bitten vorzulesen, legte er ein Fotoalbum vor sie hin. Sie schlug es vorsichtig auf.

Winzige Klebedreiecke hielten verblasste Schwarz-Weiß-Fotografien auf den Seiten fest.

Auf dem zweiten Blatt deutete er auf ein Bild oben in der Ecke. Es zeigte eine ältere Schwarze, die auf einem Stuhl saß. Sie trug offenbar ihr bestes Sonntagskleid und dazu einen hellen Hut.

Auf ihrem Schoß saß ein kleiner Junge; sie hatte die Arme um ihn gelegt. Der Junge strahlte in die Kamera.

»Das bin ich mit meiner Großmutter«, sagte Howard stolz.

»Konnte sie gehen?«

»Nicht besonders gut«, sagte er. »Aber sie ist trotzdem gut zurechtgekommen.«

Stephanies Blick fiel wieder auf das Tagebuch. »Am Schluss des Tagebuchs schreibt Miriam, dass William fortlief.«

Er schob das Wasserglas zurück und legte seine faltigen Hände in den Schoß.

»William wurde nicht auf der Ellison-Plantage geboren. Die Ellisons haben ihn gekauft.«

»Auf einer Auktion?«

»Ja. Sein Besitzer stammte aus Kentucky. William war jung und kräftig, aber er sollte verkauft werden, weil er weggelaufen war. Als er neunzehn war, ist er durch den Ohio geschwommen. Die Underground Railroad, eine Hilfsorganisation, die entlaufene Sklaven außer Landes schaffte, hat ihm geholfen. Doch dann hat ihn ein Sklavenjäger in Sandusky, Ohio, aufgegriffen. Er war im Begriff, nach Kanada hinüberzusegeln. Sein Besitzer verlangte nur den Erlös aus der Auktion und Arnold Ellison hat ihn gekauft. Wahrscheinlich dachte er, Columbia läge zu weit südlich, als dass William seinen Fluchtversuch wiederholen würde.«

Sie konnte sich nicht vorstellen, wie es war, wenn man zu Fuß so weit nach Norden gekommen war – so nah an die Freiheit – und dann wieder versklavt wurde. Es musste eine entsetzliche Erfahrung gewesen sein.

»Aber er ist trotzdem wieder weggelaufen…«

»Nicht gleich. William war fünf Jahre bei den Ellisons, bevor er wieder fortlief.«

»Und er hat Ihre Urgroßmutter geheiratet.«

Auf Howards Gesicht erschien ein Lächeln. »Ja, das hat er und ich danke Gott dafür … obwohl Sklaven nicht richtig heiraten durften, wussten Sie das?«

»Aber Miriam schreibt, sie seien verheiratet gewesen.«

»Vor Gott haben sie geheiratet, aber nicht vor den Menschen. Eine Sklavenehe war vor dem Gesetz nicht anerkannt. Das hätte den Verkauf einer der Eheleute zu sehr kompliziert.«

»Aber William und Rachel haben sich geliebt.«

»Ja, das haben sie, sehr sogar, wenn man meiner Großmutter glauben darf. Rachel war erst fünfundzwanzig, als William die Plantage verließ, und sie hat ihr Leben lang darauf gewartet, dass er zu ihr zurückkam.«

»Sie hatten zwei Kinder?«

Er nickte. »Aber Rachels Sohn kam bei einem Unfall auf der Plantage ums Leben.«

»Arme Rachel.«

»Nun, nun.« Er tätschelte ihr die Hand. »Sie war eine starke Frau. Ist auf dieser Erde gewandelt, bis sie neunzig war.«

»Sie hat nie wieder von William gehört?«

»Als William weglief …«, er schwieg und sah sie an. »Hat Debra Ihnen das nicht erzählt?«

Sie schüttelte den Kopf.

»Sie hatten ausgemacht, dass William jemanden nach Columbia schicken würde, der Rachel freikaufen sollte.«

»Wie wollte er das bewerkstelligen, sie und ihre zwei Kinder freizukaufen?«

Howard zögerte. »Er nahm ein paar Juwelen mit, als er floh.«

»Vom Familienschmuck?«

Er nickte. »Er wollte sie verkaufen …«

»Und seine Frau und seine Kinder dafür freikaufen.«

Er schlug mit der flachen Hand auf den Tisch. »Rachel wusste nicht, wie er das Geld aufbringen wollte, als er floh. Sie wusste nicht einmal genau, wann er aufbrechen wollte. Er hat versucht, sie zu schützen, wissen Sie, damit sie nicht ausgepeitscht wurde, wie es ihm erging, nachdem er zum ersten Mal geflohen war. Wenn sie gewusst hätte, was er vorhatte …«

»Aber Miriam hat Rachel geliebt«, unterbrach sie ihn. »Sie hätte ihr nie etwas getan.«

Seine Augen waren plötzlich voller Mitleid. »Das Leben war damals ganz anders.«

Trotzdem konnte Stephanie sich nicht vorstellen, dass Miriam die Frau geschlagen hätte.

Schließlich hätte Rachel ihren Mann ja niemals davon abhalten können zu fliehen. Sie hätte den Plan höchstens ihren Eigentümern verraten können. Doch welche Frau würde schon ihren Mann auf diese Weise verraten?

»Also hat William die Juwelen gestohlen …«

Als Howard dieses Mal hustete, dachte sie, sie würde ihn danach vom Boden aufheben müssen. »Er hätte es rechtfertigen können. Er hatte jahrelang für die Ellisons gearbeitet, ohne einen Cent dafür zu bekommen.«

»Debra hat gesagt, die Juwelen seien heute Millionen wert.«

»Meine Großmutter hat uns erzählt, William wollte bloß genügend Geld haben, um seine Frau und seine Kinder kaufen und zusammen mit ihnen ein neues Leben beginnen zu können.«

Das Telefon an der Küchenwand klingelte, doch er ging nicht hin. »Das Problem war nur, dass William weder gefangen wurde noch jemanden schickte, um seine Familie freizukaufen … oder wenn doch, hat Rachel es jedenfalls nicht erfahren.«

»Ein paar Jahre später brach der Amerikanische Bürgerkrieg aus, und als er vorüber war, wurden die Sklaven freigelassen. Rachel blieb so nah wie möglich bei der Plantage in Columbia und wartete und befragte alle entlaufenen Sklaven, die zurückkamen, um ihre Angehörigen zu holen, doch sie hat nie wieder von William gehört.«

Stephanie drehte die kalte Dose in ihrer Hand. Sie wollte sich nicht das Schlimmste vorstellen, konnte den Gedanken aber nicht aus ihrem Kopf verbannen.

Und wenn William es nach Kanada geschafft und die Juwelen verkauft hatte? Als wohlhabender Mann wäre es ihm nicht schwergefallen, eine andere Frau zu finden, weitere Kinder zu zeugen und ein Leben im Luxus zu leben. Vielleicht war der Mann ja nicht der Held, als den seine Familie ihn gern hinstellte … oder er war ein Held und ihm war etwas zugestoßen.

Zwischen South Carolina und Ohio lagen drei Bundesstaaten und Mitte des neunzehnten Jahrhunderts konnte ein entlaufener Sklave in keinem von ihnen auf Milde hoffen. Hatte William es bis nach Ohio geschafft?

»Hat er denn gar keine Andeutungen gemacht, wo er hinwollte?«, fragte sie.

»Rachel nahm an, dass er den gleichen Weg nach Ohio nehmen wollte wie das erste Mal – einen Weg, über den er oft geredet hat, ohne jedoch Einzelheiten zu erwähnen.« Howard schloss die Augen, öffnete sie aber gleich wieder. »Und dann war da noch das Gedicht.«

Sie schwieg und wartete.

»Angeblich gab es eine Station in Ohio, einen Tagesmarsch von Cleveland entfernt. Irgendjemand hat William und den anderen auf der Plantage gesagt, wenn sie es bis dorthin schafften, würden sie sicher nach Kanada gebracht.«

Sie stellte die Dose auf den Tisch. »Es gab Hunderte von Stationen der Underground Railroad in Ohio.«

»Ja«, sagte er, »aber nur eine hieß Crescent Hill.«

Während die Band spielte, ließ Sarah, die sich auf eine der hinteren Bänke gesetzt hatte, den Blick über die kleine Gemeinde schweifen. Ihre Augen fielen auf Bryce Kelley. Er stand mit seiner Familie ganz vorn und sang. Nachdem er sie gestern Abend verlassen hatte, ohne einen Einbrecher entdeckt zu haben, wusste sie, dass sie nicht mehr in Crescent Hill schlafen konnte. Es war nicht der Wind, der die Vase im dritten Stock umgestoßen hatte, und sie hatte auch ihre Handtasche nicht verlegt. Irgendjemand kam in ihr Haus und schlich darin herum, sogar, wenn sie zu Hause war.

Sie schlief ein paar Stunden bei Dan und Jenny. Jenny war noch lange wach gewesen, weil Kyle nicht aufhörte zu weinen, und Hailey hatte Sarah schon vor Tagesanbruch geweckt, indem sie auf ihr Bett hüpfte. Jenny war heute Morgen zu Hause geblieben, um nach Kyle zu sehen, hatte jedoch darauf bestanden, dass Sarah mit ihrer Familie zur Kirche ging – auch wenn sie alle gut zwanzig Minuten zu spät kamen.

Nach all den Jahren war es ein seltsames Gefühl, wieder in der Kirche zu sein, in die sie so oft mit ihrer Großmutter gegangen war. Rosalie schien in diesem alten Gemäuer allgegenwärtig zu sein. In den Buntglasfenstern, in der Taufkapelle und in der im Moment schweigenden Orgel, die neben dem Schlagzeug stand.

Die Gemeinde sang von einem Gott, der sie gerettet hatte, und während sie die Worte auf der Leinwand mitverfolgte, wurde ihr plötzlich bewusst, dass sie nicht nur von einem Gott sang, der die Menschen, die hier anwesend waren, gerettet hatte, sondern von einem Gott, der sie ganz persönlich gerettet hatte.

Hier hatte sie Jesus gefunden. Sie war damals noch ein Kind gewesen. Doch seit sie Etherton verlassen hatte, hatte sie kaum noch an Jesus gedacht. Was bedeutete es überhaupt, in Gottes Gegenwart zu sein? Rosalie war jetzt in der Gegenwart Gottes. Wenn sie, Sarah, starb, würde sie dann zu ihrer Großmutter in den Himmel kommen?

Ich bin bei euch alle Tage …

Wenn das stimmte, warum fühlte sie sich dann so einsam?

Der Lobpreisleiter sang von Gottes Gegenwart und davon, wie diese göttliche Gegenwart den Menschen ihre Ängste nahm. Seine Worte gaben ihr Hoffnung. Vielleicht war Gott ja wirklich bei ihr. Vielleicht hatte sie nur noch nicht richtig Ausschau nach ihm gehalten.

Der Anblick des Eindringlings in ihrem Haus hatte sie zutiefst erschüttert, aber vielleicht brauchte sie sich ja gar nicht zu fürchten. Ihre Großmutter hatte Hoffnung gehabt. Und Frieden. Wenn Gott alle Ängste fortnahm, konnte er ihr vielleicht auch ihre Ängste wegen des Hauses nehmen und wegen des Einbrechers. Vor allem aber konnte er vielleicht ihre Zukunftsängste lindern.

Während die Menschen um sie herum den schönen Text sangen, betete sie leise und bat Gott, ihr Gespür für seine Gegenwart zu schärfen … und ihre Ängste fortzunehmen.

Der Lobpreisleiter beendete die letzte Strophe, doch sie wollte nicht, dass die Musik schon aufhörte. Als der Pfarrer betete, betete sie mit und bat Gott, in ihrem Leben gegenwärtig zu sein. Und sie bat ihn um Frieden und Weisheit.

Als der Pfarrer fertig war, blieb sie einen Augenblick lang ganz still stehen, während alle um sie herum anfingen, einander die Hand zu schütteln und sich zu umarmen. Jemand tippte ihr auf die Schulter. Sie wandte sich um und erblickte eine zarte Frau mit einem rot-weißen Hut, der exakt zu ihrer Jacke passte. Die Frau streckte ihr die Hand entgegen.

»Sarah Bristow«, sagte Margaret Nixon und schüttelte ihr die Hand. »Das letzte Mal, als ich dich sah, hattest du noch Rattenschwänze.«

Jenny sah ihrer Mutter sehr ähnlich, hatte allerdings nicht die Leidenschaft ihrer Mutter für Mode geerbt. Selbst Margarets Schuhe und ihr Lippenstift waren perfekt auf die Farbe ihrer Kleidung abgestimmt.

Margaret beugte sich vor und flüsterte ihr zu: »Jenny hat mir gesagt, dass oben in Crescent Hill ein paar wunderschöne Quilts hängen.«

Sie nickte, obwohl sie die verblassten Quilts nicht unbedingt als schön bezeichnet hätte. »Ein paar meiner Vorfahren haben Quilts genäht.«

»Du weißt doch sicher, dass Crescent Hill eine Station der Underground Railroad war?«

»Meine Großmutter hat mir viele Geschichten erzählt, aber ich war damals noch so klein …«

»Es bedeutet schon etwas, zu dieser Organisation gehört zu haben.«

Sie seufzte. Auch dieses Erbe half ihr nicht, das Haus ihrer Familie behalten zu können.

Margaret fuhr fort: »Manche Leute glauben, dass die Quilts als Karten dienten, die den entlaufenen Sklaven den Weg zu Menschen wiesen, die ihnen halfen, und zu Orten, an denen sie sich verstecken konnten.«

»Die Quilts in unserem Haus sind keine Karten, Margaret. Sie wurden höchstwahrscheinlich als Bettdecken benutzt.«

»Trotzdem …. hättest du etwas dagegen, wenn ich sie mir mal ansehe?«

»Nein, überhaupt nicht.«

Margaret klatschte in die Hände. »Danke, du bist ein Schatz!«

»Du kannst gleich morgen kommen, wenn du möchtest.«

»Morgen?« Die Gemeindemitglieder begannen Platz zu nehmen, doch bevor Margaret sich setzte, zog sie ein Blackberry heraus und klickte sich durch ein paar Menüs. »Oh nein! Ich kann morgen nicht. Ich habe einen Arzttermin und gehe dann auf eine Babyparty und am Mittwoch gehe ich zur Fertighausausstellung in Columbus. Wie wäre es mit … Donnerstag?«

Sarah musste unwillkürlich lächeln. Es war, als täte Margaret ihr einen Gefallen. »Donnerstag ist gut.«

Margaret glitt in die Kirchenbank und flüsterte ihr zu: »Jenny sagte, auf den Quiltquadraten befänden sich Bilder.«

»Mir sind keine Bilder aufgefallen … es waren eher eine Art Motive.«

Margaret klopfte ihr auf die Schulter. »Auch wenn keine Karte darauf ist – jeder Quilt hat eine Geschichte.«

21

Alex schloss die Tür zu seinem Büro auf. Es waren noch fast zwei Stunden, bis das Rathaus offiziell öffnete. Einen großen Becher Kaffee in der einen Hand, warf er seine Aktenmappe auf den Schreibtisch und ging den Flur hinunter zu Louises Büro.

Die Bürgermeisterin hackte auf ihre Tastatur ein wie eine Henne, die man das Wochenende über hatte hungern lassen, auf ihr Futter. Auf beiden Seiten ihres Schreibtisches stand eine geöffnete Dose Dr. Pepper. Wenn schon der Stadtrat nicht auf seiner Seite war, hatte er doch wenigstens in Louise eine Verbündete. Sie war diejenige, der am meisten daran lag, dass Etherton sich erholte, und Crescent Hill war das ideale Objekt, um die wirtschaftliche Belebung der Stadt voranzutreiben. Noch mehr als bei seinen beiden letzten Vorschlägen kam es nun für ihn darauf an, dass sie seine Idee unterstützte. Die Stadträte respektierten Louises Meinung und der Kauf des Anwesens würde sich auf jeden Fall günstig für die Zukunft der Stadt auswirken.

Als sie aufhörte zu tippen, legte er ihr den Plan vor, den er übers Wochenende ausgearbeitet hatte. Einen Plan, der sowohl den Interessen des Stadtrats Rechnung trug als auch Sarahs Anliegen berücksichtigte. Während er ihn ihr erläuterte, verwandelte sich ihr anfängliches Lächeln in Stirnrunzeln. Ursprünglich hatte sie seine Idee, das Anwesen zu erwerben, gutgeheißen, doch sein Wunsch, das Haus zu erhalten, gefiel ihr offensichtlich nicht.

»Das können wir nicht machen«, sagte sie und schüttelte so heftig den Kopf, dass ihre Ohrringe gegen ihre Wangen schlugen. »Das Gebäude verstößt gegen so ziemlich alle baulichen Vorschriften.«

Er stellte seinen Kaffeebecher auf dem Schreibtisch ab. »Aber es gibt doch bestimmt einen Weg, wie wir Sarahs Anliegen umsetzen können – schon allein Rosalie zuliebe.«

»Wir haben schon seit Jahren ein Auge zugedrückt.« Ihre Finger trommelten auf den Rand der Tastatur. »Keiner von uns wollte Rosalie aus ihrem Haus vertreiben, aber jetzt kann ich es nicht länger aufschieben. Irgendwann kommt noch jemand darin zu Schaden.«

»Aber wenn wir es für abbruchreif erklären …« Seine Stimme erstarb, als ihm klar wurde, was sie da sagte. Sarah würde das Haus nicht halten können, wenn sie nicht einen Haufen Geld hineinsteckte, und Jake Paxton würde es nicht kaufen können, wenn es nicht zuvor renoviert wurde.

Die Stadt würde das Bristow-Anwesen übernehmen, ohne auch nur einen Cent dafür lockerzumachen.

»Das ist nicht richtig«, schnaubte er.

Louise fing wieder an zu tippen. »Aber es wird funktionieren, Alex.«

Er nahm seinen Kaffeebecher und ging zur Tür. Louise Danner wollte ein schmutziges Spiel spielen und der Stadt das Haus verschaffen, ohne etwas dafür zu bezahlen.

Und wenn er sich damit um seinen Job brachte – er würde nicht mithelfen, Sarah das Bristow-Haus zu stehlen.

Irgendetwas landete auf Sarahs Bett und huschte auf der Decke hin und her. Ein Schmetterling? Nein, das konnte es nicht sein. Sie rieb sich die Augen und versuchte, richtig wach zu werden. Ihre nächste Vermutung war eine Ratte, doch dann kam ein Gurgeln aus Haileys Kehle und sie ruderte mit den Armen in der Luft herum. Da war ein Fisch in ihrem Bett, ganz offensichtlich, und er war gar nicht glücklich darüber, dass er nicht im Wasser war.

Der Wecker zeigte sechs Uhr sieben – das war zwei Stunden früher, als Sarah den Tag normalerweise begann, mit Chai-Tee und der Tageszeitung.

Sie zog sich das Kopfkissen übers Gesicht und wünschte sich in ihr Schlafzimmer auf Crescent Hill zurück. Doch Hailey war nicht zu halten. Statt aus dem Zimmer zu schwimmen, schmiegte sie sich an sie, bewegte die Lippen und blubberte.

Wenn sie nur ein Netz und eine Angel hätte ... aber vielleicht tat es ja auch ein größerer Fisch.

Sie nahm das Kissen vom Gesicht, zog ihren Mund breit und machte kauende Geräusche. Statt wegzurennen, begann Hailey zu kichern.

»Du solltest lieber nicht lachen«, sagte Sarah gähnend. »Ich bin ein Hai und ich habe noch nicht gefrühstückt.«

Dann knurrte sie, wie ihrer Ansicht nach ein Hai knurrte, wenn er von einer Vierjährigen geweckt wurde, die auf sein Bett sprang. Hailey quiekte und rannte aus dem Zimmer.

Sarah rollte sich herum und schloss die Augen wieder, wohl wissend, dass es sich nur um Minuten handeln konnte, bis Hailey als ein anderes Geschöpf zurückkehrte. Ihr Repertoire an Haus- und wilden Tieren schien unerschöpflich. Dieses Kind schreckte nicht davor zurück, die ausgestorbenen Saurier wiederzubeleben, und war gestern Abend röhrend durch das Esszimmer gestapft, während der Rest der Familie zu essen versuchte.

Keines der Schlafzimmer im Sprague-Haus hatte Schlösser, eine Vorsichtsmaßnahme, die sie, wie Jenny ihr erklärte, getroffen hatten, nachdem es einmal zwanzig Minuten gedauert hatte, das Baby aus einem verschlossenen Zimmer zu befreien. Sie konnte sich ziemlich genau denken, welches der Geschwister seine kleine Schwester in einen Käfig gesperrt hatte.

Als Sarah um sieben Uhr, zu einer sehr viel menschlicheren Zeit, erneut aufwachte, lag es daran, dass jemand an ihre Tür klopfte.

»Guten Morgen, Schlafmütze«, rief Jenny, während sie die Tür öffnete.

Sarah warf das Kopfkissen nach ihrer Freundin, doch das hielt diese nicht davon ab hereinzukommen. Sie stimmte ein lächerliches Lied an über die Sonne, die einen kitzelte und spielen wollte. Die Melodie war aus irgendeiner nervigen Show für Kinder unter fünf, nicht für deren Mütter.

Trotzdem sang Jenny sie lauthals wieder und wieder, bis Sarah sich ein Lächeln abrang. »Wie geht's Kyle?«

»Rennt durch die Wohnung wie ein Verrückter.«

»Dann kann ich mich ja auf was gefasst machen.«

»In zehn Minuten gibt's Frühstück«, sagte Jenny, ging hinaus und ließ die Tür weit offen für Überfälle.

Sie wäre beinahe wieder eingeschlafen, doch ein paar Minuten später stupste Hailey sie mit der Nase an und brüllte. Das Mädchen war clever. Eine Löwin war ein echter Gegner für einen Hai.

Als Sarah in die Küche kam, saß bereits die gesamte Familie um den Küchentisch. Jenny reichte ihr einen Becher Tee, doch bevor sie einen Schluck nehmen konnte, drückte man ihr schon einen Teller mit Eiern und Toast in die andere Hand. Während sie sich zwischen Hailey und das Baby setzte, fragte Dan, wie sie geschlafen habe. Ausgezeichnet, bis sechs Uhr.

Das Frühstück tobte durch die Küche wie ein Tornado. Lebensmittel wurden gegessen, herumgeworfen und auf den Tisch geschmiert – und dann, ganz plötzlich, war die ganze Familie verschwunden. Dan brach auf in sein Büro und die Übrigen gingen irgendwoanders hin, wo sie ihr Zerstörungswerk am Haus fortsetzten. Jenny und ihr blieb es überlassen, die Trümmer zu beseitigen.

Es war der erste ruhige Augenblick mit Jenny, den sie hatte, seit sie hierhergekommen war, und nun konnte sie ihrer Freundin endlich erzählen, dass die Stadt das Haus abreißen wollte. Sie sagte ihr auch, dass Jake Paxton ihr angeboten hatte, es zu kaufen.

»Jake Paxton?« Jenny rümpfte die Nase, als sie den Namen aussprach.

»Jedenfalls hat er es gesagt.«

»Auch wenn dir Alex' Idee nicht gefällt – wenn du es an ihn verkaufst, ist es in sehr viel besseren Händen.«

»Das Anwesen vielleicht, aber nicht das Haus.«

»Trotzdem …«, sagte Jenny.

»Was stimmt denn nicht mit Jake?«

Jenny warf ein Geschirrtuch in Richtung Spüle, doch es landete auf dem Boden. »Eine ganze Reihe von Dingen, wenn man's recht betrachtet.«

»Er hat gesagt, er und seine Verlobte wollten das Haus wiederherrichten.«

Jenny starrte sie an. »Es gibt eine Frau, die ihn heiraten will?«

»Du kannst auch nicht alles wissen, Jenny.«

Ihre Freundin streckte ihr die Zunge heraus. »Ich weiß fast alles und ich kenne Jake Paxton seit dem Kindergarten.«

»Er wirkt ein wenig ichbezogen.«

»Milde ausgedrückt.«

»Du bist doch nicht zufällig mal mit ihm gegangen oder so was?«

»Nun …«

Sarah lehnte sich gegen den Küchentisch. »Jenny?«

»Nein, ich bin nicht mit ihm gegangen, aber er hat mich gefragt, ob ich mit ihm zum Abschlussball gehe, als ich sechzehn war. Im ersten Moment habe ich Ja gesagt, ich nehme an, im Schock oder so, denn ich wollte wirklich nicht mit ihm auf den Ball. Meine Mutter hat dann gesagt, dass sie mir unter keinen Umständen erlaubt, mit Jake Paxton auf den Abschlussball zu gehen, deshalb habe ich ihn am nächsten Tag angerufen und meine Zusage zurückgenommen.«

»War er ärgerlich?«

»Das ist stark untertrieben, aber richtig schlimm wurde es, als Dan anrief und mich fragte.«

»Du hast …«

»Ich wollte wirklich gern mit ihm hingehen.«

»Autsch.«

»Jake hat mir das nie vergeben.«

»Aber du bereust es nicht.«

Jenny lächelte. »Überhaupt nicht.«

Sarah hob das Geschirrtuch auf und warf es ihrer Freundin ins Gesicht. »Mir scheint, du bist hier diejenige, die ein wenig ichbezogen ist.«

»Ich wäre mit ihm hingegangen, wenn er ein guter Junge gewesen wäre.«

»Vielleicht hat er sich ja geändert. Es ist lange her.«

Jenny warf das Geschirrtuch auf den Tisch. »Das glaube ich nicht.«

»Meine Wahlmöglichkeiten sind sehr beschränkt«, seufzte Sarah. »Entweder verkaufe ich an die Stadt, dann wird das Haus abgerissen, oder ich verkaufe es Jake, der es wiederherrichtet.«

»Ich würde Jake Paxton niemals trauen.«

Der Satz erinnerte sie an etwas.

Vertraue niemals einem Paxton. Wo hatte sie das schon gehört?

Sie drehte sich um und stellte die nächste Tasse in die Spülmaschine.

Es waren nicht Jennys Worte, es waren die Worte ihrer Großmutter. Ihre Großmutter hatte sie vor den Paxtons gewarnt, nachdem ein Junge sie überredet hatte, mit ihm in den Wald zu gehen, und sie dann mit einer Schlange erschreckt hatte. Wahrscheinlich war es nur ein Strumpfband, aber wenn man sechs oder sieben Jahre alt ist und Angst hat vor allem, was kriecht, spielt das keine Rolle. Sie hatte geschrien und war zum Haus zurückgelaufen und hatte in den Armen ihrer Großmutter geweint.

Irgendwann hatte ihre Großmutter sie so weit, dass sie sich wieder aus dem Haus getraute, doch ihre Warnung vor den Paxtons blieb ihr im Gedächtnis haften, weil sie ihr noch nie zuvor gesagt hatte, sie dürfe jemandem nicht vertrauen. Und sie sagte es auch später nie wieder.

War der Junge damals Jake gewesen? Sie erinnerte sich nicht an seinen Namen und auch nicht daran, ihn nach dem Vorfall mit der Schlange jemals wiedergesehen zu haben. Vielleicht hatte ihre Großmutter ihm verboten, noch einmal in die Nähe des Hauses zu kommen. Noch eine Frage, die unbeantwortet blieb.

Sie stopfte den letzten schmutzigen Teebecher in die Spülmaschine.

Auch wenn Jake sie tatsächlich als Kind erschreckt hatte, war das doch lange her.

Spielte es nach über zwanzig Jahren noch eine Rolle? Sie hatte sich inzwischen verändert und er sich sicherlich auch.

»Ich weiß, dass du gesagt hast, du willst das Haus nicht für mich verkaufen«, fing Sarah an.

Jenny seufzte. »Du willst tatsächlich, dass ich den Papierkram für Jake vorbereite?«

»Ich glaube …«, begann sie, während sie die Spülmaschine schloss, doch dann drehte sie sich mit einem Ruck zu ihrer Freundin um. »Ich weiß nicht, was ich will.«

22

In diesen Tagen konnte Sarah nur noch wenig schockieren, doch als sie auf das Display ihres Handys starrte, war sie völlig perplex. Sie schloss ihre Reisetasche und stellte sie ganz hinten in den Schrank in der Hoffnung, dass die Sprague-Kinder sie verschonten. Wunschdenken, dachte sie, aber vielleicht half es ja doch, wenn sie sie versteckte.

Liza bat sie, sich in zwanzig Minuten mit ihr zum Mittagessen zu treffen. Sarah schlug stattdessen einen Kaffee vor, aber Liza hatte gemeint, wenn es ihr ums Geld ginge – sie würde bezahlen. Der Hohn, der in diesen Worten lag, tat Sarah weh. Auf gar keinen Fall durfte sie ihrer Halbschwester sagen, dass sie völlig blank war.

Aus reiner Neugier erklärte sie sich schließlich bereit, Liza im Underground Café zu treffen. Ihre Schwester hatte sich noch nie an sie gewandt – sie erinnerte sich an keinen einzigen Anruf, keine Geburtstagskarte und auch keine andere Geste, die angezeigt hätte, dass sie zu einer Familie gehörten. Aber natürlich hatte auch Sarah noch nie die Gesellschaft ihrer Schwester gesucht. Wenn sie als Kind hin und wieder eine oder zwei Nächte im Haus ihres Vaters verbrachte, ging sie ihren Sticheleien aus dem Weg, indem sie sich nicht aus ihrem Zimmer rührte.

Sie verließ das Haus und ging zum Café.

Im Grunde konnte sie ihrer Schwester keinen Vorwurf machen, hatte sie es doch nie anders gekannt. Ihre Stiefmutter hatte sie nicht im Haus haben wollen und hätte am liebsten überhaupt nichts mit ihr zu tun gehabt. Deshalb hatte Sarah sich auch nie beklagt, wenn ihr Vater sie im Sommer nach Etherton brachte. Im Gegenteil, sie hatte die Zeit mit ihm im Auto genossen, die stundenlange Fahrt, auf der sie ihren Vater ganz für sich hatte. Zu Hause pflegte er kaum je zu lachen, doch unterwegs war er wie ausgewechselt und lachte über alles Mögliche mit ihr. Es machte sie glücklich, ihn glücklich zu machen.

Manchmal besuchte ihr Vater sie und Rosalie auf Crescent Hill. Er hätte öfter kommen können, doch sie hatte schon vor langer Zeit aufgehört, ihm deshalb Vorwürfe zu machen. Das alles lag lange zurück und er war tot. Jede Hoffnung auf ein besseres Verhältnis zwischen ihnen beiden hatte sich an dem Tag zerschlagen, an dem ein Lastwagen verbotenerweise vor der Harley ihres Vaters wendete.

Sarah setzte sich in eine Nische und blätterte in einer Zeitschrift, während sie auf Liza wartete. Sie hatten elf Uhr dreißig ausgemacht, doch die Minuten verstrichen, ohne dass sie kam, und sie rief auch nicht an, um sich zu entschuldigen.

Eine halbe Stunde später kam Liza dann durch die Tür, groß und schlank in Designerjeans und High Heels. Ihr blondes Haar war in perfekte Wellen gelegt und ihr Gesicht so makellos geschminkt, dass sie aussah wie ein Filmstar. Sie erblickte Sarah gleich, lächelte aber nicht, sondern schlenderte lässig zu ihr hinüber und legte ihre Designerhandtasche auf den Tisch.

»Hast du schon bestellt?« Die Frage klang eher nach einem Befehl.

»Ich habe keine Ahnung, was du essen willst, Liza.«

»Für mich nur einen Salat.« Liza setzte sich. »Schaffst du das?«

Sarah glitt aus der Nische heraus und streckte die Hand aus. Sie hatte nichts dagegen zu bestellen, doch sie würde nicht bezahlen; das konnte ihre Schwester tun; schließlich hatte sie das Vermögen ihres Vaters geerbt.

Liza gab ihr widerwillig ihre Kreditkarte und Sarah ging zur Theke. Worum es bei diesem Treffen auch gehen mochte, es hatte jedenfalls nicht gut angefangen. Keine Umarmung, kein Küsschen auf die Wange oder sonst irgendein Zeichen dafür, dass ihre jüngere Schwester sich freute, sie zu sehen. Liza hatte keinen Grund, eifersüchtig oder neidisch auf sie zu sein, doch der Hass war noch immer da und er saß tief.

Sie bestellte Lizas Salat und für sich ein Sandwich. Dabei überlegte sie, warum Liza wohl immer noch in Etherton war und warum sie sie wohl treffen wollte, doch es machte ihr nichts aus, an den Tisch zurückzugehen. Immerhin brauchte sie nicht die Freundliche zu spielen, wenn Liza so klar erkennen ließ, dass ihr nichts an einer Freundschaft mit ihr lag.

Das Tablett mit dem Essen und zwei Flaschen Quellwasser in der Hand, glitt sie in die Nische, auf den Platz gegenüber von Liza. Ihre Schwester rümpfte die Nase, als sie den Salat sah. »Da ist ja Eisbergsalat drin.«

Als hätte Sarah den Salat selbst gemacht, um sie zu ärgern. »Ich habe bestellt, was du gesagt hast.«

»Auf der Speisekarte stand gemischter grüner Salat.«

Sie nickte zu dem Teenager hinüber, der an der Theke arbeitete. »Du kannst dich ja beschweren gehen.«

Sie hatte das als Scherz gemeint, doch Liza nahm tatsächlich ihren Teller und ging damit zur Theke.

Sarah wartete nicht auf sie. Sie biss in ihr Hühnchensandwich und genoss den Geschmack. Früher hatte sie sich auch manchmal beschwert, aber jetzt nicht mehr. Jetzt war sie dankbar für jeden Bissen Brot, Fleisch oder Käse.

Als Liza zurückkam, mit einem Salat ohne Eisbergsalat, war Sarah schon fast fertig.

»Du bist offenbar hungrig.«

Sarah ging nicht darauf ein. »Warum hast du mich nicht angerufen, als du wusstest, dass Großmutter Krebs hat?«

Lizas Brauen hoben sich. »Weil ich dachte, dass es dich nicht interessiert.«

»Natürlich hätte es mich interessiert.«

»Nun, dann hast du eine seltsame Art, das zu zeigen, Sarah.«

Sie wischte sich die Hände an einer Serviette ab. Liza hatte recht, sie hatte eine seltsame Art, es zu zeigen, aber deswegen brauchte ihre Schwester ihr noch lange keine Vorwürfe zu machen; die machte sie sich schon selbst.

»Du hast nicht einmal angerufen, als sie gestorben war.«

Liza balancierte ein Salatblatt auf der Gabel und hob es hoch, als sei es eine Flagge. Ihre Stimme ließ keinerlei Bedauern erkennen. »Wir dachten, du wärst in Italien oder sonst wo in der Weltgeschichte unterwegs. Schließlich hattest du ja nicht angerufen und gesagt: ›Hi, ich bin wieder in den Staaten.‹«

Sarah blickte aus dem Fenster und versuchte, die Gefühle zu beherrschen, die in ihr tobten. Liza hätte einfach nur ihren Namen zu googeln brauchen, dann hätte sie sehr schnell ihre Webseite gefunden, die alle Kontaktinformationen enthielt. Es hätte höchstens zwei Minuten gedauert, sie aufzuspüren.

Sie schob ihren Teller zurück. Wenn das kein freundliches Mittagessen unter Schwestern war, wollte sie wenigstens ein paar Antworten, bevor sie ging. Und je schneller es vorbei war, desto besser.

»Hast du Kleidungsstücke von dir bei Großmutter gelassen?«

»Was für Kleidungsstücke?«

»Ich habe ein Sweatshirt gefunden, Tennisschuhe … und eine Bibel.«

Liza schnaubte, als sie die Bibel erwähnte. »Oh bitte …«

Sarah griff nach ihren Schlüsseln, die auf dem Tisch lagen. Mehr hatte sie nicht gewollt: diese Information … und etwas zu essen.

Doch Liza hielt sie fest, sodass sie nicht aufstehen konnte. »Ich habe nichts im Haus gelassen, aber ich will mit dir über das Haus reden.«

Sie ließ sich wieder auf den Sitz fallen. Anscheinend wollten in letzter Zeit alle mit ihr über das Haus reden. »Was willst du?«

Liza klopfte mit den Fingernägeln auf den Tisch, als sei er eine Trommel. »Ich will die Hälfte.«

»Was?«

»Wenn du das Haus verkaufst, will ich die Hälfte des Erlöses.«

Sarah stemmte die Füße auf den Boden und stand auf. Hatte Liza denn nicht genug Geld bekommen, als ihr Vater gestorben war? Und jetzt wollte sie auch noch Sarahs Erbe. »Du hast kein Recht, auch nur danach zu fragen.«

Liza strich sich eine Haarsträhne aus dem Gesicht. »Genau genommen steht mir das ganze Haus zu.«

Sarah spürte, wie sie wütend wurde. »Nicht laut Großmutters Testament.«

»Wenn der Anwalt wüsste, was ich weiß, hätte er es niemals so aufgesetzt. Nicht angesichts der geistigen Verfassung, in der Rosalie am Ende war.«

»Mit ihrem Geist war alles in Ordnung.«

Lizas Augen verengten sich. »Woher willst du das wissen?«

Beinahe hätte sie gebrüllt, *weil Dan und Jenny es mir gesagt haben,* doch sie beschloss, diese Information lieber für sich zu behalten … zumindest bis sie wusste, was Liza mit ihrer Anschuldigung bezweckte.

Sie nahm ihre Jacke und zog sie an. Vielleicht war es egoistisch von ihr, dass sie ihr Erbe nicht teilen wollte, aber sie empfand es ganz und gar nicht so. Im Gegenteil, sie hatte das Gefühl, dass das Haus ihr rechtmäßiger Besitz war. Bis auf den Unterhalt für das Haus, mit dem er Rosalie unterstützt hatte, hatte ihr Vater sein gesamtes Vermögen seiner zweiten Familie hinterlassen – ihrer Schätzung nach ein Millionenerbe, ganz zu schweigen von dem Geld aus seiner Lebensversicherung.

Sie hatte nicht damit gerechnet, das Haus zu erben, aber vielleicht war es richtig so. Yin und Yang. Irgendwie wurde auf diese Weise ein großes Unrecht wiedergutgemacht. Zum ersten Mal seit Jahren hatte sie das Gefühl, zur Bristow-Familie zu gehören.

Sie zog den Reißverschluss ihrer Jacke hoch und blickte in Lizas kaltes Gesicht. »Dan hat gesagt, Großmutter hätte dir ein paar Kunstwerke hinterlassen.«

»Die sind keinen Pfifferling wert.«

»Manche Dinge sind sehr viel mehr wert als Geld.«

Lizas Gabel machte ein klirrendes Geräusch, als sie damit auf den Teller schlug. »Ich will die Hälfte vom Haus, Sarah, oder ich fechte das Testament an.«

Sie hatte das Gefühl, als verpasste man ihre eine kalte Dusche. Anfechten? Liza konnte doch nicht wirklich vor Gericht ziehen … oder vielleicht doch?

Sie hatte ihre Großmutter nicht gezwungen, ihr das Anwesen zu hinterlassen, aber wenn Rosalie nun tatsächlich nicht mehr zurechnungsfähig gewesen war? Würde Liza das beweisen können? Sarah hatte jedenfalls nicht das Geld, um ein Gerichtsverfahren durchzustehen.

»Du hast keinerlei Rechtsanspruch.«

»Und ob ich den habe …«

Sarah zitterte. Sie wollte nur noch weg, weit, weit weg von dieser Frau. »An Großmutters Testament besteht kein Zweifel.«

Liza flüsterte. »Aber die Geheimnisse werden darin nicht erwähnt.«

»Welche Geheimnisse?«

Liza spießte ein weiteres Salatblatt auf. »Geheimnisse, die deine Welt in ihren Grundfesten erschüttern werden.«

23

Die Leute wollen ihn immer dazu bringen, dass er umsonst für sie arbeitet«, sagte Jenny lachend.

Sarah brachte ein Lächeln zustande, ja sie versuchte sogar zu lachen. Natürlich arbeitete Dan nicht auf Kredit. Er musste Geld verdienen wie jeder andere auch.

Jenny hörte plötzlich auf zu lachen. »Brauchst du etwas?«

»Vielleicht.«

»Ich bin sicher, dir würde er sehr viel weniger berechnen als jedem anderen.«

Sie konnte Jenny nicht sagen, dass sie im Augenblick keinen Cent ausgeben konnte, und sie würde auch nicht versuchen, umsonst einen Rat von ihm zu bekommen, weil er Jennys Ehemann war. Sie würde ihn bezahlen, so wie alle anderen, und sie würde das Haus schützen, das ihrer Obhut anvertraut worden war.

Den ganzen Weg nach Crescent Hill hinauf dachte sie über den Anruf nach, der ihr von Herzen zuwider war, doch sie hatte keine Wahl. Sie würde Liza nicht die Hälfte des Anwesens abgeben. Auf jeden Fall nicht kampflos. Aber Liza würde das Testament anfechten und Sarah brauchte Geld, um sich und das Haus, das Rosalie ihr anvertraut hatte, zu verteidigen.

Beim Gedanken an Liza fing sie wieder an zu zittern. Liza hatte nur zynisch gelacht, als Sarah sie nach dem Geheimnis gefragt hatte, auf das sie angespielt hatte, und Sarah war schließlich gegangen, ohne eine Antwort bekommen zu haben. Liza hatte Sarahs Bedrängnis sichtlich genossen, deshalb wollte sie ihr auf gar keinen Fall die Genugtuung geben, auch noch Zeugin ihrer Angst zu werden.

Wenn Liza bei der Anfechtung des Testaments Erfolg hatte, würde sie das Haus der Stadt überlassen, das stand fest. Wahrscheinlich würde sie sich nicht einmal die Mühe machen, noch mal zurückzukommen und zuzuschauen, wie die Abrissbirne hundertfünfzig Jahre Geschichte dem Erdboden gleichmachte.

Vielleicht hatte ihre Großmutter das Haus aus ebendiesem Grund nicht Liza, sondern ihr überlassen. Vielleicht hatte sie gewusst, dass sie alles tun würde, um es zu schützen. Wenn sie doch nur den Brief finden könnte, den man ihr gestohlen hatte! Ihre Großmutter hatte ihr ganz sicher gesagt, wie sie das Haus retten konnte. Und vielleicht sogar, warum sie es retten sollte.

Doch sie würde auch ohne die Hilfe ihrer Großmutter ihr Bestes tun, um die Erinnerungen zu bewahren. Sie musste zwar ein paar Einrichtungsgegenstände und Kunstwerke verkaufen, doch das gab ihr nicht das Gefühl, etwas zu stehlen. Vielleicht konnte sie ein paar der Stücke ja zurückkaufen, wenn das Haus verkauft war.

Fünfzehn Minuten, nachdem sie angerufen hatte, stand Edward Paxton vor ihrer Tür. Er stank ebenfalls nach Zigarrenrauch, wie sein Enkel.

Seine marineblaue Jacke war bis oben hin zugeknöpft, seine Stirn mit dunklen Flecken übersät. Wenn er jemals gut ausgesehen hatte, war davon jetzt nichts mehr zu erkennen.

Sie bat ihn herein und er humpelte am Stock ins Haus. Dann sagte sie ihm, dass sie zwei oder drei Antiquitäten verkaufen wollte, um bis zum Verkauf des Hauses über die Runden zu kommen.

»Ich bin Ihnen gern zu Diensten«, sagte er in einer abstoßenden Mischung aus Demut und Überschwang. »Ihre Großmutter war eine liebe Freundin von mir.«

Vertraue nie einem Paxton.

Wenn er tatsächlich glaubte, er und Rosalie wären Freunde gewesen, täuschte ihn seine Erinnerung.

»Die Stücke, die ich verkaufen möchte, sind oben, im dritten Stock.«

Sein Gesicht strahlte auf. »Ich werde ein Weilchen brauchen, um die Treppe hinaufzusteigen, aber ich werde die Sachen gerne für Sie schätzen.«

Sie hatte gehofft, dass er sagen würde: »Ich werde die Sachen gerne kaufen«, aber sie würde ihn nicht drängen. Erst wollte sie sie ihm zeigen.

Bei jedem Schritt schlug Edwards Stock erst gegen die Stufe und setzte dann mit einem dumpfen Laut auf dem Teppich auf, der die Treppe bedeckte. Während sie ihm langsam hinauffolgte, eine Stufe nach der anderen, plauderte er über die Stadt, in der er geboren war.

»Meine Familie hat schon seit siebzig Jahren ein Antiquitätengeschäft in Etherton«, sagte er.

»Und wie läuft das Geschäft?«

»Nicht so besonders gut, hier jedenfalls nicht.« Er blieb stehen, um wieder zu Atem zu kommen. »Allerdings tätige ich in Etherton nicht mehr viele Geschäfte.«

»Und wo …«

»Natürlich kaufe ich hier noch ein, aber den größten Teil meiner Waren verkaufe ich online.«

»Über Craigslist?«

Er lachte. »Ein bisschen seriöser bin ich schon.«

Hoffentlich würden die Sachen, die sie ihm oben zeigen wollte, die »seriöseren« Kunden zufriedenstellen.

Sie hatte das Gefühl, dass es eine ganze Stunde dauerte, bis sie und Edward endlich oben waren. Edward war immer wieder stehen geblieben und hatte sich die Bücher und die Einrichtung der Bibliothek und der Galerie angesehen. Oben ging er dann um das Theater herum und kommentierte dabei jeden einzelnen Gegenstand.

Sie erklärte ihm, dass sie von der Galerie und aus dem Theater nichts verkaufen wollte, nur aus dem Abstellraum, doch das schien ihn nicht zu bremsen. Er blieb trotzdem vor jedem Möbelstück und jedem Bild stehen und äußerte sich ausführlich dazu, falls sie später doch noch eine Beurteilung von ihm wünschte.

Als sie den ersten Abstellraum erreichten, knipste sie das Licht an und deutete auf eine Doppelkommode mit geschnitzten Griffen, gekrönt von einem reich mit Porzellanblumen verzierten Spiegel. Sie war alt und kitschig und hoffentlich wertvoll für jemanden, der genügend Geld hatte, um es für dergleichen auszugeben. Edwards Finger strichen über das Holz und den Spiegel. Dann öffnete er jede einzelne Schublade und untersuchte sie genauso langsam, wie er die Treppe hinaufgestiegen war. Dabei murmelte er leise vor sich hin, als würden ihm die Selbstgespräche die Einschätzung erleichtern.

»Ende neunzehntes Jahrhundert, wahrscheinlich aus Frankreich«, sagte er. »Bemerkenswerte Qualität.«

Bemerkenswert schien ihr keine ganz treffende Beschreibung zu sein, doch das war ihr egal, wenn das Stück nur wertvoll war. »Wie viel ist sie wert, was meinen Sie?«

Er zog eine kleine Kamera aus der Tasche und machte ein paar Aufnahmen. »Ich muss erst meine Hausaufgaben machen, bevor ich Ihnen eine Zahl nenne.«

Ihr Mut sank. Wie lange würde es dauern, bis er diese Hausaufgaben gemacht hatte?

»Was haben Sie sonst noch?«, fragte er.

Sie zeigte ihm noch zwei andere Möbelstücke und eine Lampe, ihrer Ansicht nach eine Tiffanylampe. Die Lampe schien ihn nicht so zu beeindrucken, wie sie gehofft hatte, aber er machte trotzdem Bilder. Dann blieb er wieder stehen und beugte sich über einen Koffer. Ihre Großmutter hatte ihr einmal erzählt, er sei einst mit der Familie Bristow übers Meer gekommen – ein Erbstück, das sie nicht verkaufen wollte. Noch nicht.

Doch er wollte sich offenbar noch weiter umschauen und sie ließ ihn gewähren. Schließlich schadete es nichts, wenn er noch ein paar Sachen schätzte, dachte sie, falls sie noch mehr Geld brauchte, bis sie das Haus verkaufen konnte.

Sie traten wieder auf den Flur hinaus und Edward nickte zu den drei Türen am anderen Ende hinüber. »Hätten Sie etwas dagegen, wenn ich da auch mal reinschaue?«

Sie musste so skeptisch ausgesehen haben, wie sie sich fühlte, denn er fuhr fort: »Manchmal besitzen die Leute noch etwas Wertvolles, von dem sie nie gedacht hätten, dass es ihnen Tausende oder sogar Hunderttausende Dollar einbrächte.«

»Ich glaube nicht, dass da viel drin ist …«, fing sie an, aber er ging schon zur nächsten Tür. Was sollte sie tun? Ihm den Stock wegnehmen und ihn zu Boden ringen?

Also folgte sie ihm. Vielleicht entdeckte er ja tatsächlich etwas Wertvolles.

Im dritten Raum war ein Fenster zerbrochen. Vielleicht war es das Zimmer, in dem die Polizei die zerbrochene Vase gefunden hatte. Antiquitäten gab es hier keine, nur unzählige Kartons mit Papier und alten Kleidern, die sie verschenken wollte. Er schaute trotzdem in die Kartons hinein und durchwühlte auch die Kleidungsstücke. Es hatte fast den Anschein, als suche er etwas.

Sie versuchte gar nicht erst, ihn aufzuhalten, als er auf die letzte Tür im Flur zuging. Immer wieder drehte er am Türknauf und rüttelte daran.

Dann drehte er sich um und sagte: »Sie ist abgeschlossen«, als versuche sie, etwas vor ihm zu verbergen.

»Das weiß ich.«

»Haben Sie den Schlüssel?«

Sie versteifte sich. Es ging ihn nichts an, ob sie den Schlüssel hatte, und ebenso wenig hatte es ihn zu interessieren, was sich hinter dieser Tür befand. Sie hatte ihm alles gezeigt, was sie verkaufen wollte. Doch er schien ihr gar nicht zuzuhören.

Sie deutete den Gang hinunter. »Danke, dass Sie gekommen sind, Mr Paxton.«

»Ich möchte nur noch in dieses letzte Zimmer hineinschauen, Miss Bristow. Man weiß nie …«

»Ich möchte Ihnen aber weder zeigen noch verkaufen, was sich in diesem Zimmer befindet.«

Sein Blick ruhte noch einen Moment auf dem Türknauf, dann drehte er sich um. Schweigend und womöglich noch langsamer als zuvor machte er sich an den Abstieg; es schien fast, als wollte er sie dafür bestrafen, dass sie ihn nicht in das Zimmer hineingelassen hatte. Während sie ihm nach unten folgte, versuchte sie, diesen dummen Gedanken loszuwerden. Sie hatte ihm mehrere gute Stücke gezeigt und war sicher, dass er einen beträchtlichen Gewinn für sich herausschlagen konnte, wenn er sie verkaufte. Er hatte also nicht den geringsten Grund, ärgerlich zu sein. Doch so redselig er während des

Aufstiegs gewesen war, so beharrlich schwieg er nun. Der Balanceakt zwischen Treppengeländer und Stock schien seine ganze Aufmerksamkeit zu erfordern.

Sie seufzte. Es würde ein langer Weg nach unten werden.

Edward schlug die Hintertür zu und kam ins Arbeitszimmer geschlurft. »Da ist ein verschlossenes Zimmer!«

Jake unterbrach sein Computerspiel und drehte sich in seinem Stuhl um. Sein Großvater kümmerte sich nie darum, ob er mitten in einer wichtigen Tätigkeit war. Er versuchte gerade, seine Armee aufzustellen, und dabei konnten zwei Sekunden alles entscheiden.

»Hast du ihr was abgekauft?«

»Eine verschlossene Tür!«, wiederholte er, als sei Jake taub.

»Ich habe dich schon beim ersten Mal verstanden.«

»Warum hast du mir nichts von der verschlossenen Tür erzählt?«

Jake zuckte die Achseln. »Ich hielt es nicht für wichtig.«

»Du hieltest es nicht für wichtig! Du hieltest …« Edward packte einen Becher vom Tisch und warf ihn nach ihm. Jake schützte seinen Kopf mit den Händen. Der Keramikbecher zersplitterte an der Wand und der Kaffee lief über die weiße Farbe die Wand hinunter und tropfte auf den Boden.

Er drehte sich um und sah den alten Mann an. »Beruhig' dich, Pops.«

Mochte Edward doch toben – der Alte würde sich auf keine körperliche Auseinandersetzung einlassen. Das würde ihm ziemlich schlecht bekommen – er wusste, dass er seinem Neffen nicht gewachsen war.

»Ich habe dich nicht gefragt, was du von der Sache hältst. Was du meinst oder nicht meinst, ist scheißegal.« Edward trat einen Schritt vor und zeigte mit seinem Stock wie mit einem Schwert auf Jake. »Ich habe dich gebeten, in das Haus zu gehen und es zu durchsuchen, jede einzelne Ecke, und jede Wand abzuklopfen. Du hast gesagt, das hättest du getan. Du hast gesagt, in dem ganzen Haus wäre nichts zu finden.«

»Da war auch nichts zu finden.«

»Da ist eine verschlossene Tür, Jakey.« Aus Edwards Augen blitzte der blanke Abscheu. »Eine verschlossene Tür, die du nicht erwähnt hast.«

Jake schnaubte. Als ob ihm Edward immer alles sagte. Es gab eine Menge Dinge, die sein Großvater ihm im Laufe der Jahre nicht erzählt hatte, nicht zuletzt diese kostbare kleine Information aus Rosalies Brief.

Es spielte keine Rolle, dass sie verwandt waren. Familienbande hatten die Paxtons noch nie davon abgehalten, einander zu belügen und zu betrügen.

Das gehörte bei ihnen einfach dazu. *Tu so, als wolltest du deinem Bruder oder deiner Schwester oder deinem Onkel etwas Gutes tun, indem du ihm ein oder zwei Stück Kuchen anbietest, und dann, peng, wenn sie sich dir zuwenden, schnapp dir den ganzen Kuchen und hau ab.* In dieser Familie belauerte man einander ständig, jederzeit bereit, den anderen auszutricksen und zu übervorteilen.

Den ersten Preis in diesem Wettbewerb hatte seine Mutter gewonnen. Sie war dieser elenden Stadt entkommen und ins sonnige Kalifornien gezogen.

Edwards Gesicht war dicht vor dem seinen, sein Atem stank nach Zigarrenrauch. »Willst du, dass ich das Telefon nehme und auf der Stelle ein paar Anrufe mache? Ich könnte dich noch vor dem Abendessen wieder ins Kittchen verfrachten lassen.«

Jake wedelte den Rauch fort. »Das würde ich an deiner Stelle lieber nicht tun.«

»Du glaubst doch wohl nicht, dass ich Angst vor dir habe.«

»Du solltest aber Angst haben vor dem, was ich weiß.«

Edward starrte ihn an. Jake starrte zurück. Die meisten Menschen hätten klein beigegeben und den Blick abgewandt, doch er würde Edward zeigen, wer in dieser Familie wirklich clever war. Diesmal war er seinem Großvater einen Schritt voraus.

Edward blinzelte als Erster. »Warum hast du mir nicht von dem Zimmer erzählt?«

»Ich wollte vorher noch reingehen.«

»Und wie willst du das anstellen?«

Statt seinen Großvater niederzuschlagen, wie er es liebend gern getan hätte, griff er nach der Computermaus und fing wieder an zu klicken. »Bevor ich ein Angebot für das Haus abgebe, wird Sarah es mir zeigen müssen«, sagte er mit eisiger Stimme. »Jedes Zimmer, jeden Schrank, jeden Quadratzentimeter.«

Edward musterte ihn gründlich, während er ihm zuhörte. Er beobachtete ihn genau, um herauszubekommen, ob er die Wahrheit sagte. »Red weiter.«

»Ich kann ihr kein schriftliches Angebot machen, bevor ich nicht dieses Zimmer im Obergeschoss gesehen habe. Wer weiß, was Rosalie da drin versteckt hat?«

Sein Großvater trat ein paar Schritte zurück, einen ganz neuen Ausdruck von Respekt in den Augen. Eine weitere Stufe auf der Leiter. Abwarten, bis Edward hörte, was er herausgefunden hatte. Wenn er es ihm erzählte, würde der Alte ihn nie mehr einen Idioten nennen.

Er legte die Maus wieder hin. »Ich habe dir noch nichts von dem Zimmer erzählt, weil ich dich nicht aufregen wollte. Das ist nicht gut für dein Herz.«

»Mein Herz ist gesünder als deins.«

Wohl kaum. »Ich werde in das Zimmer reinkommen, Edward. Es ist nur eine Frage der Zeit.«

»Du wirst heute Nacht noch mal in das Haus gehen und das Schloss knacken.«

»Das habe ich schon probiert, es geht nicht«, sagte er. »Sobald Sarah es für mich aufgeschlossen hat, werde ich dafür sorgen, dass es offen bleibt.«

»Wenn noch einmal so etwas passiert, sagst du es mir.«

Lächelnd drehte er sich wieder zum Computer. Er musste Edward gar nichts sagen.

24

Alex duckte sich unter einem tief hängenden Ast hindurch und machte sich auf den Weg zum Rathaus. Es war viel zu schnell Dienstag geworden. Heute Nachmittag musste er zu Sarah gehen, doch da er keine guten Nachrichten hatte, schob er die Sache so lange wie möglich hinaus.

Louise wollte das Haus nach wie vor abreißen lassen und Alex konnte Sarah keinen Vorwurf daraus machen, dass sie das Zuhause ihrer Familie davor bewahren wollte. Doch wie wichtig war es ihr wirklich, die Erinnerung an die Familie Bristow zu bewahren? Ging es nicht eher um den viel tieferen Wunsch, ihre eigenen Erinnerungen am Leben zu halten? Anscheinend war das Haus für sie so stark mit ihrer Großmutter verknüpft, dass sie den Ort nicht von der Person trennen konnte.

Das Haus konnte jeden Moment einstürzen. Der Stadt blieb eigentlich gar nichts anderes übrig, als es für abbruchreif zu erklären, denn es verstieß gegen mindestens ein Dutzend Bauvorschriften und gefährdete alle, die darin wohnten – sei es nun Sarah oder Jake.

Selbst wenn Jake Paxton sich verpflichtete, es nach dem Kauf zu renovieren, war er doch nicht sicher, dass Sarah es wirklich verkaufen würde. Im Gegenteil, wenn man Wetten auf den Verkauf abschließen könnte, würde er darauf setzen, dass sie kalte Füße bekam. Sie wollte im Grunde weder das Haus verkaufen noch von hier wegziehen.

Bei diesem Gedanken spürte er plötzlich einen schmerzhaften Stich in der Brust und kämpfte wieder gegen seine eigenen Erinnerungen an. Er hasste diese Szene, die immer wieder in seinem Kopf ablief, ohne dass er es wollte. Sie schien ihn zu verfolgen, wohin er auch ging. Er fing an zu beten und bat Gott, seine Gedanken in eine andere Richtung zu lenken, weg von der Vergangenheit.

Der Schmerz war sein ständiger Begleiter gewesen, bis er sich dafür entschieden hatte, seine Verbitterung und Reue abzulegen und Jesus nachzufolgen – ungeachtet seines Verlangens, an seinem Zorn festzuhalten. Es war ein letzter verzweifelter Versuch gewesen, Frieden zu finden, ein letzter Versuch zu verstehen, warum Gott seine Schwester und seinen Neffen hatte sterben lassen. Er wusste nicht, warum Gott sie ihm genommen hatte, doch er bat ihn jeden Tag, ihn vor dem Schmerz zu schützen.

Und Gott war treu gewesen. Er hatte ihm Frieden geschenkt, trotz der äußeren Umstände, einen Frieden, den seine Familie noch immer nicht verstand. Nur manchmal, wenn er über den Schmerz im Leben anderer Menschen nachdachte, kehrte auch sein eigener Schmerz zurück.

Er war noch einen Block vom Rathaus entfernt und kam gerade an den Steinsäulen vorüber, die den Eingang zur Stadtbibliothek flankierten. Sarah hatte am Samstag bei ihrem Treffen auf die historische Bedeutung von Crescent Hill verwiesen, doch sie wusste keine Einzelheiten. Und wenn er nun etwas finden würde, das den Ort für Touristen interessant machte? Etwas Spektakuläres, das den Stadtrat zwang, die Abrissverfügung aufzuheben?

Er drehte sich um und ging die Betonstufen hinauf. Wahrscheinlich gab es zwar nichts Bedeutsames in der Vergangenheit des Hauses, doch es konnte nicht schaden, es zu überprüfen.

In der Bibliothek befand sich eine Theke mit Schreibtisch und Computer, über der ein Schild mit der Aufschrift »Auskunft« hing. Hinter dem Schreibtisch stand eine junge Frau Anfang zwanzig, die schüchtern lächelte, als er an die Theke trat. Ihre braune Brille passte zu ihrem kurzen braunen Haar; sie trug einen engen grünen Pullover und einen karierten Rock.

Ganz langsam legte sie einen Stapel Bücher auf einen anderen Tisch; dann wandte sie sich ihm zu. »Wie kann ich Ihnen helfen?«

Er räusperte sich. »Ich brauche Informationen über ein Haus hier in der Stadt.«

»Da haben Sie Glück.« Sie setzte sich an den Computer. Dabei stieg ihm ihr intensives Parfum in die Nase. »Solche Nachforschungen sind mein Spezialgebiet. Was genau möchten Sie wissen?«

»Ich möchte alles lesen, was Sie über Crescent Hill haben.«

Sie blickte zu ihm auf, die braunen Augen weit aufgerissen. »Ich liebe dieses Haus!«

Er stützte die Ellbogen auf die Theke. »Was genau lieben Sie daran?«

»Na ja, lieben ist vielleicht nicht ganz das richtige Wort.« Sie faltete die Hände in ihrem Schoß. »Ich bin eher fasziniert davon. Finden Sie nicht, dass es geheimnisvoll ist … und ein bisschen gruselig?«

Er zuckte die Achseln. »Ich war noch nie drin.«

»Ich auch nicht, aber ich kenne viele Leute, die dort oben Geister gesehen haben.«

Er unterdrückte ein Lachen. »Ich glaube kaum, dass man Geister sehen kann.«

»Sie haben die Lichter im Obergeschoss gesehen.«

Plötzlich stand ihm das im Schatten liegende Gesicht vor Augen, das hinter dem Fenster erschienen war, als er Sarah letzte Woche besuchen wollte. Er schüttelte den Gedanken ab. »Ich glaube nicht an Geister.«

»Das heißt aber nicht, dass sie nicht existieren.« Sie wandte sich wieder dem Computer zu und fing an, etwas einzutippen. »Angeblich spukt ein kleiner Junge dort herum. Es heißt, er sucht da oben nach etwas.«

Er legte seine Aktenmappe auf die Theke. »Vielleicht findet er ja bald, was er sucht, und hört auf, die Bristows zu belästigen.«

»Ich heiße Bethany«, sagte sie, kritzelte eine Telefonnummer auf eine Karte und schob sie zu ihm hinüber. Ihre Fingernägel passten zu dem Meergrün ihres Pullovers. »Wir haben eine kurze Abhandlung, die irgendjemand im Jahr 1968 über das Haus verfasst hat.«

Er nahm die Karte. »Ist das alles?«

»Das ist die neueste Eintragung.« Sie stand auf und glättete ihren Rock. »Aber wir haben auch die Etherton News auf Mikrofiche bis zurück ins Jahr 1842, wenn Sie sie lesen möchten.«

»Ich möchte.« Er nahm seine Mappe. In der Bibliothek zu sitzen und alte Zeitungsartikel durchzusehen, stand zwar nicht ganz oben auf der Liste der Dinge, die er heute tun wollte, doch er war neugierig auf die Vergangenheit von Crescent Hill. Und er war neugierig auf die Bristows.

Bethany kam hinter dem Schreibtisch hervor und führte ihn zum Mikrofiche-Lesegerät. Als sie den Arm über seine Schulter ausstreckte, streifte sie ihn am Rücken. Er erschrak und fuhr zusammen.

Während sie ihm zeigte, wie man den Film vor- und zurücklaufen ließ, beugte sie sich noch dichter zu ihm herunter. »Wenn Sie noch etwas brauchen, fragen Sie einfach.«

»Danke«, murmelte er und dann war sie Gott sei Dank fort.

Er bewegte den Knopf und überflog Anzeigen für Stiefel, Kamine und Kinderwagen. Die Schlagzeilen verwiesen auf den Aufstand in Rhode Island und den Versuch, Präsident Tyler wegen Amtsvergehen anzuklagen. Dann entdeckte er eine Ankündigung von 1846: Joseph Bristow, einer der Gründerväter der Stadt und Eisenlieferant für Mansfield, hatte Sarah Reese geheiratet, die Pfarrerstochter aus Mansfield.

Er überflog die Artikel bis zu den Vierzigerjahren des 19. Jahrhunderts. Hin und wieder wurde die Familie Bristow erwähnt, meistens im Zusammenhang mit Geschäften. Als er in die Fünfzigerjahre kam, enthielt fast jede Ausgabe der wöchentlich erscheinenden Zeitschrift einen Artikel zu einem neuen Gesetz über flüchtige Sklaven, das jedem Einwohner Ohios bis hinauf in den Norden, der einem Sklaven zur Flucht verhalf, Strafe androhte und all denen, die zur Ergreifung eines entlaufenen Sklaven beitrugen, eine Belohnung verhieß.

Er konnte sich gut vorstellen, was ein solches Gesetz unter Familien und Nachbarn bewirkt hatte. Wenn es um Geld ging, kam es unweigerlich zum Streit darüber, was richtig und was lukrativ war – ein Streit, an dem schon mehr als eine Familie zerbrochen war.

Er scrollte durch die Seiten und hielt inne, als ihm eine Schlagzeile vom August 1851 ins Auge fiel: »Joseph Bristow kurz vor Fertigstellung des Herrenhauses.«

Man sah eine Skizze des halb fertigen Anwesens auf dem Hügel. Darunter stand, dass Joseph nach der Geburt seines und Sarahs ersten Sohnes im Jahr 1845 ein etwa achtzehn Hektar großes Grundstück außerhalb von Etherton erworben und nach der besonderen natürlichen Form des Hügels benannt hatte. In dem Artikel selbst wurde genau beschrieben, wie erlesen das Haus möbliert war, und darauf hingewiesen, dass viele der überaus eleganten Möbel aus Europa importiert waren.

Alex rieb sich die Augen und betrachtete noch einmal das Bild. Für Sarah war es natürlich wichtig, das Erbe ihrer Familie zu bewahren, doch er wusste immer noch nicht, inwiefern sich die Bristows von all den anderen wohlhabenden Familien im neunzehnten Jahrhundert unterschieden oder auch von einer heute lebenden reichen Familie, die ihre Zeit und ihr Geld darauf verwandte, das Beste zu erwerben, was man für Geld bekommen konnte. Das hieß natürlich nicht, dass die Bristows keine guten Menschen waren – sie kamen ihm nur nicht besonders bedeutend vor, zumindest nicht so bedeutend, wie sie Sarahs Ansicht nach waren.

Er las den Artikel zu Ende und erfuhr, dass der Bau im Frühjahr 1852 bezugsfertig werden sollte. Dann wollten die Bristows von ihrem Haus in der Pleasant Street in ihr neues Heim übersiedeln.

In den folgenden Artikeln war häufig von Joseph Bristows geschäftlichen Unternehmungen die Rede, doch das Haus wurde nicht mehr erwähnt – bis zu der Schlagzeile vom 3. Juli 1858: »Bristow-Sohn von Crescent Hill verschwunden.«

Damals war Josephs und Sarahs dreizehnjähriger Sohn Matthew verschwunden. Die Bristows glaubten, er sei nachts weggelaufen, doch man konnte ihn nirgends aufspüren. In panischer Angst durchsuchten die Familie und die Nachbarn das Haus und die Umgebung, doch er blieb spurlos verschwunden.

Alex' Puls beschleunigte sich, während er hastig die Ausgaben der nächsten Wochen überflog und erfuhr, dass das Kind nicht aufgefunden worden war. Der Zeitungsreporter deutete eine Entführung an, doch es gab keine Lösegeldforderungen. Die Bristows waren verzweifelt und baten die Öffentlichkeit um Informationen über ihren Sohn.

Alex stiegen die Tränen in die Augen. Er konnte den Schmerz, den sie empfunden hatten, so gut nachempfinden. Die Bristows mochten ihr Kind vor über einem Jahrhundert verloren haben, doch es spielte keine Rolle, wie lange es her war – es tat immer entsetzlich weh, einen Menschen zu verlieren, den man liebte. Es war einfach nicht richtig, dass jemand so etwas erleben musste – dass ein geliebter Mensch verschwand und man nicht wusste, was ihm zugestoßen war.

Er fuhr sich mit dem Handrücken über die Augen und las weiter, bis er die nächste Geschichte über die Bristows fand, einen kurzen Artikel, der meldete, dass Matthews Leiche entdeckt worden war. Einzelheiten wurden nicht berichtet, nur die Tatsache, dass die Familie unten am Crescent Hill ein Mausoleum für den toten Jungen baute.

Alex war enttäuscht, weil man so gar nichts über die Umstände seines Todes erfuhr. Er wollte wissen, was dem Sohn der Bristows zugestoßen war.

Er hörte nicht, dass Bethany neben ihn trat, doch als er den Kopf wandte, sah er, dass sie ihn überrascht anstarrte. »Geht es Ihnen gut?«

»Tut mir leid.« Er räusperte sich und stellte das Gerät ab. »Meine Allergien sind dieses Frühjahr besonders schlimm.«

Sie streckte die Hand aus und berührte seinen Arm. »Allergien sind das Schlimmste.«

»Ja, das Schlimmste.« Er zog seinen Arm weg und griff unter dem Tisch nach seiner Aktenmappe. »Ich muss wieder an die Arbeit.«

Sie reichte ihm einen blauen Ordner. »Ich habe das hier für Sie gefunden.«

Die Geschichte von Crescent Hill.

Er nahm den Ordner, schlug ihn auf und sah einen Stapel sauber getippter und abgehefteter Seiten. Er überflog den Text rasch, um festzustellen, wovon darin die Rede war. Die Darstellung schien äußerst gründlich zu sein. Sie enthielt unter anderem eine Auflistung des Inventars des Hauses. Außerdem wurde – er musste blinzeln, als er es las – die Existenz eines Tunnels erwähnt.

Es gab einen Tunnel auf Crescent Hill?

Er las die erste Seite des Berichts und gratulierte Mrs Dorothy Sherman im Stillen zu ihrer gründlichen Arbeit. Vielleicht konnte sie ihm ein paar seiner Fragen beantworten. Mit einem Haus, dem ein solches Manuskript gewidmet war, musste es auf jeden Fall eine besondere Bewandtnis haben.

Sein Handy vibrierte und er sah nach, wer der Anrufer war. Es war Louise – und er wusste auch, was sie wollte. Er kam zu spät zur Finanzsitzung.

Er gab Bethany den Ordner zurück. »Ich komme wieder und schaue mir das mal an.«

»Wissen Sie was?« Statt den Ordner zu nehmen, lächelte sie ihn an. »Am Donnerstag arbeite ich wieder. Warum bringen Sie ihn mir nicht einfach dann zurück?«

Seine Brauen hoben sich. »Sie können mir solche Unterlagen einfach mitgeben?«

Sie trat dicht an ihn heran und flüsterte: »Sie wären überrascht, was ich alles kann.«

Er klemmte sich den Ordner unter den Arm und ergriff die Flucht.

25

Sarah riss das Papier ab, das an der Haustür klebte: »Abrissverfügung.«

In leuchtend roter Schrift, damit sie es nur ja nicht übersah. Die Stadt hätte jemanden vorbeischicken können, der ihr die Gründe für diese Verfügung darlegte, aber nein, sie hatten ihre Probleme an ihre Vordertür genagelt, wo jeder Besucher sie lesen konnte. So auffällig, wie die Nachricht aussah, konnten sie wahrscheinlich sogar die Autofahrer lesen, die unten auf der Straße vorbeifuhren.

Mit den Fingernägeln kratzte sie das Klebeband ab, mit dem sie das Schreiben an der Tür befestigt hatten. Als wollten sie nicht, dass sie es entfernen konnte.

Dabei brauchte sie im Moment wahrlich keine weiteren Probleme. Liza focht das Testament an. Der Kreditrahmen auf ihrer Karte schmolz beängstigend schnell dahin. Und jetzt wollte die Stadt auch noch das Haus abreißen. Sie hatte eigentlich erwartet, dass Alex mit dem Angebot für den Hauskauf vorbeikommen würde, doch er hatte nur angerufen und gesagt, dass er noch daran arbeite. Jetzt wusste sie, warum. Natürlich würde die Stadt kein Haus kaufen, das ohnehin abgerissen werden sollte.

Sie hatte dieses Drama wahrhaftig nicht gewollt. Sie hatte einfach nur ihre Großmutter besuchen und sich an einen ruhigen, sicheren Ort flüchten wollen, wo sie wohnen konnte, während sie sich ihre nächsten Schritte überlegte. Stattdessen war sie sofort nach ihrer Ankunft in Etherton in ein totales Chaos geraten.

Hinter der Tür lag ein ganzer Berg von Papieren, die jemand durch den Briefkastenschlitz gestopft hatte. Die Stadt gab ihr dreißig Tage, die Auflagen zu erfüllen, oder sie nahmen ihr das Haus weg. Sie zerriss das Schreiben und ließ die Fetzen auf den Fußboden flattern.

Das Dach reparieren. Das Fensterglas ersetzen. Den eingestürzten Schornstein reparieren. Genauso gut hätten sie von ihr verlangen können, in ihrem Miata zum Mond zu fliegen. Sie hatte kein Geld dafür, für keine einzige der geforderten Maßnahmen. Selbst wenn sie jedes einzelne Möbelstück und Kunstwerk, das sich im Haus befand, verkaufte, würde es nicht reichen, um alle Auflagen zu erfüllen.

Sarah versetzte den Papieren einen Fußtritt, dass sie aufflogen. Dann holte sie ihr Handy heraus und rief im Rathaus an. Die Vorgehensweise der Stadt konnte einfach nicht legal sein. Dieses Anwesen gehörte ihr. Es war ihr Zuhause.

»Alex Yates, bitte«, verlangte sie, während sie in die Küche ging.

»Am Apparat«, antwortete er in geschäftsmäßigem Ton.

War er den Hügel hinaufgeschlichen und hatte die Benachrichtigung an ihrer Haustür angebracht? Wenn ja, konnte sie ihm nie wieder vertrauen.

»Sie sagten, die Stadt sei interessiert daran, das Anwesen zu kaufen.«

Er schwieg. »Sarah?«

»Sie sagten, Sie würden mir ein Angebot machen.«

»Ich arbeite noch an den Einzelheiten.«

Sie schleuderte ihre Jacke auf den Küchentisch. »In dieser Verfügung heißt es, wenn ich in den nächsten dreißig Tagen nicht eine Million Reparaturen vornehme, nimmt die Stadt mir das Haus weg.«

»Welche Verfügung?«

»Die Abrissverfügung, die Sie an meine Tür geklebt haben.«

»Ich habe nirgendwo etwas hingeklebt…«

»Dann hat es jemand aus Ihrem Büro getan.«

»Davon wusste ich nichts.«

Das Handy zwischen Ohr und Schulter geklemmt, ging sie in die Bibliothek.

»Ich kann das alles unmöglich in einem Monat bewerkstelligen.«

»Ich werde Ihnen eine Verlängerung beschaffen.«

Eine Verlängerung. Was würde er herausschlagen? Sechzig Tage? Neunzig? Und wenn die Stadt ihr ein ganzes Jahr gab – das würde auch nichts ändern.

Es würde Hunderttausende Dollar kosten, das Haus wieder herzurichten, wahrscheinlich eine glatte Million. Nicht mal jemand wie

Jake Paxton würde ein Grundstück mit einem Gebäude kaufen, das abgerissen werden sollte. Wenn er und seine Verlobte die Auflagen nicht erfüllten, würde die Stadt es auch ihnen wegnehmen.

Ihr Blick fiel auf die Wendeltreppe. Sie beschloss, zur Galerie hinaufzugehen, wo sie sich hinsetzen und in Ruhe nachdenken konnte. Es war drei Uhr nachmittags, um diese Zeit würde sie bestimmt kein Eindringling stören.

»Sind Sie noch dran?«, fragte Alex.

»Ich denke nach.«

»Ich kann zu Ihnen hinauskommen«, sagte Alex. »Dann können wir darüber reden.«

»Ich weiß nicht ...« Sie stieg die Treppe hinauf. Ihr Kopf schob sich über den Rand der Galerie – und plötzlich schnappte sie nach Luft.

Vor ihr stand ein Mädchen, sechzehn oder siebzehn Jahre alt, die dunkelbraunen Augen in Panik aufgerissen. Ihr Haar steckte unter der Kapuze eines braunen Sweatshirts, doch ihr runder, hervorstehender Bauch ließ sich nicht verbergen.

Sarah ließ die Hand mit dem Telefon sinken. »Wer sind Sie?«

Statt zu antworten, drehte das Mädchen sich um und rannte weg.

»He!«, schrie Sarah und hastete die letzten Stufen hinauf.

Das Mädchen rannte über die Galerie. Sarah folgte ihr und hoffte, sie könnte sie schnappen, bevor sie die nächste Tür erreichte.

Doch da verschwand sie schon am Ende der Galerie und flitzte die nächste Treppe hoch. Sarah blieb stehen. Sie war zu weit hinter ihr, um sie aufzuhalten, doch sie würde den einzigen Aufgang zum dritten Stock nicht mehr unbewacht lassen. Diesmal würde der Eindringling ihr nicht entkommen.

»Ist alles in Ordnung?«, fragte Alex. Beim gedämpften Klang seiner Stimme fuhr sie zusammen. Sie hob das Handy wieder ans Ohr.

»Sie ist nicht stehen geblieben ...«, fing sie an, doch dann musste sie erst einmal tief Luft holen. Der kurze Sprint und der Schock hatten ihr den Atem genommen.

»Ist jemand in Ihrem Haus?«, wollte er wissen.

Eine junge Frau war auf ihrem Dachboden und sie wusste weder, warum noch wie sie hier hereingekommen war. Sie sah nicht gefährlich aus, doch das konnte täuschen. Vielleicht waren noch mehr Leute hier. Vielleicht gehörte das Mädchen ja zu einer Gang.

»Sind Sie noch da, Sarah?«

»Ich muss Schluss machen.«

Stephanie legte eine Karte von Ohio auf den Küchentisch und las die Städtenamen und die Namen der Überlandstraßen. Sie hatte schon versucht, Crescent Hill im Internet zu finden, doch ohne Erfolg – es wurde keine einzige Stadt, keine Straße, nicht einmal ein Meilenstein erwähnt, der diesen Namen trug. Crescent Hill mochte eine bekannte Station der Underground Railroad gewesen sein, doch das Wissen darum war im Laufe der Zeit verloren gegangen. Im Internet war nichts über den Ort vorhanden, nicht einmal in einem Blog tauchte er auf.

Vielleicht war der Ort ja ebenso untergegangen wie die Plantage ihrer Familie, mit Ausnahme des Kudzus. Falls überhaupt noch ein Haus auf dem Crescent Hill stand – und nicht längst abgerissen worden war –, konnte nicht mehr viel davon übrig sein. Dieses Geheimnis war einfach zu alt; sie würde es nicht mehr lösen können.

In Ohio gab es Hunderte kleiner Städte. In welchen von ihnen wurde einst entflohenen Sklaven Zuflucht gewährt? Wo war William auf seiner Flucht in den Norden aufgenommen worden?

Am liebsten hätte Stephanie sich sofort ins Auto gesetzt und wäre nach Ohio gefahren. Sie konnte sich die Route, die William genommen hatte, gut vorstellen. Vielleicht würde sie, während sie durch North Carolina und die Berge in West Virginia fuhr, Wege kreuzen, auf denen er gegangen war, und Orte passieren, an denen er sich versteckt hatte.

Sie ritzte mit dem Daumennagel eine lange Linie in die Karte. Gut möglich, dass sie ein paar der Orte sah, die auch William gesehen hatte, doch eine Fahrt in ihrem komfortablen Auto mit Klimaanlage war auf jeden Fall etwas völlig anderes als seine Flucht. Er hatte sich in feuchten Sümpfen, in klammen Höhlen verstecken müssen. Seine Füße hatten geblutet und er hatte Todesangst ausgestanden.

Hatte er es nach Kanada geschafft oder hatte man ihn vorher aufgegriffen? Wenn er es geschafft hatte, hatten die neu gewonnene Freiheit und der Reichtum dann alles ausgelöscht, was hinter ihm lag? Oder war ihm etwas zugestoßen, bevor er seine Familie hatte freikaufen können?

Nachdenklich ließ sie sich auf einen Stuhl fallen. Die Fahrt nach Ohio würde ihr wahrscheinlich nicht helfen, Williams Flucht nachzuempfinden, aber sie konnte ihr helfen, ihre Gedanken zu klären. Und wer wusste schon, was sie sonst noch herausfinden mochte? Sie konnte ihren Professor bitten, ihr den Rest der Woche freizugeben, und morgen nach dem Seminar losfahren. Unterwegs würde sie dann ihre Eltern anrufen und ihnen sagen, dass sie eine Forschungsreise unternahm. Ihre Mutter würde sich zwar Sorgen machen, aber sie würde es verstehen.

Diese Sache entwickelte sich allmählich zu weit mehr als einer Semesterarbeit … sie wurde zu einer ganz persönlichen Angelegenheit. Vielleicht hatte Tante Debra ja genau das bezweckt. Stephanie wusste nicht, warum ihr so viel daran lag herauszufinden, was aus William geworden war, doch sie hatte das Gefühl, dass sie gar nicht anders konnte, um ihrer selbst und um Rachels Familie willen. Und zwar nicht nur, weil sie eine Arbeit über das Geheimnis schreiben, sondern weil sie die Wahrheit über das Schicksal von Howards Urgroßvater herausfinden wollte.

Mit einem Rotstift kreiste sie das Gebiet um Cleveland ein. Dann malte sie noch einen Kreis, einen etwas größeren. Howard hatte gesagt, Crescent Hill läge etwa eine Tagesreise von der Stadt entfernt; allerdings hatte sie keine Ahnung, was für eine Strecke ein entflohener Sklave an einem Tag zu Fuß zurücklegen konnte. Fünfzehn Kilometer? Fünfundzwanzig? Sie suchte die Karte abermals nach Städten namens Crescent Hill ab, doch ohne Ergebnis. Es gab zwar Unmengen von Orten, in deren Namen irgendwie das Wort »Hill« enthalten war – Highland Hills, Sagemore Hills, Seven Hills. Nur kein Crescent Hill.

Ihre Nachforschungen hatten ergeben, dass die Underground Railroad keine feststehende Route durch Ohio hatte, sondern ein Netz von Stationen. Sie begannen an den Ufern des Ohio River und zogen sich dann im Zickzack bis hinauf nach Cleveland. Manche dieser Stationen existierten nur wenige Wochen oder Monate, andere standen den Sklaven jahrelang zur Verfügung. Sie hatte zwar nicht die Möglichkeit, Williams genaue Route nachzuverfolgen, doch sie würde sich mit Kartenmaterial bewaffnen und all die Informationen über bekannte Stationen der Underground Railroad auf dem Weg nach Kanada mitnehmen, die sie ausgedruckt hatte. Sie wollte wenigstens versuchen, so dicht wie möglich an Williams damaliger Route zu bleiben.

Falls Crescent Hill umbenannt worden war, erinnerte man sich vielleicht in einer der anderen Stationen noch daran und konnte ihr mehr über das Haus sagen.

Ihre Zimmergenossin schlenderte in die Küche, öffnete die Kühlschranktür und nahm sich einen Erdbeerjoghurt heraus. Tricia schob sich einen Löffel voll in den Mund und deutete auf die Karte. »Gehst du auf Reisen?«

»Ich fahre nach Ohio.«

Sie nahm noch einen Löffel voll. »Was gibt's denn in Ohio?«

Stephanie hielt inne und blickte ihrerseits auf die Karte. »Antworten.«

26

Alex fuhr hinter einem weißen Lieferwagen den Crescent Hill hinauf. Riesige Buchstaben an der Seite des Lasters verkündeten: »Ausgesperrt? Hol Vern.«

Sarah hatte einfach aufgelegt, als er sie gefragt hatte, ob alles in Ordnung war. Er hatte fest angenommen, dass sie die Polizei rief, falls wirklich ein ungebetener Gast in ihrem Haus war, doch stattdessen kam nun Vern.

Vern sprang aus seinem Van und ging mit Alex zusammen zur Veranda hinauf.

Die beiden Männer betraten das Haus durch die unverschlossene Tür, fanden die Bibliothek und stiegen die Stufen zur Galerie hoch. Sarah saß oben, den Rücken gegen die Tür gelehnt. Als sie sie sah, sprang sie auf, um sie zu begrüßen.

»Was geht hier vor?«, fragte Alex.

Sie sah ihn nur an, dann fragte sie Vern: »Nehmen Sie auch Kreditkarten?«

»Ja, Ma'am.«

»Gut, ich brauche nämlich Ihre Hilfe.«

Vern sah an ihr vorbei. »Ist das die verschlossene Tür?«

»Nein, die ist da oben.« Sie zögerte. »Und es könnte sein, dass jemand in dem Zimmer ist.«

Alex hob den Kopf. Glaubte sie jetzt etwa auch an die Gespenstergeschichten?

»Was haben Sie gesehen, Sarah?«, fragte er.

»Es war ein Mädchen. Ein schwangeres Mädchen.«

Er sah zu Vern hinüber; das rotwangige Gesicht des Mannes war blass geworden.

Sarah schien seine Bedrücktheit nicht aufzufallen. »Die Kapuze des Sweatshirts hat ihr Gesicht fast ganz verborgen.«

Alex griff nach dem Handy an seinem Gürtel. »Wir sollten die Polizei rufen.«

»Nein«, beharrte sie. »Das möchte ich nicht.«

»Aber wenn das Mädchen gefährlich ist?«

»Das ist sie nicht«, sagte Sarah, doch ihre Stimme klang unsicher.

Alex rang die Hände. Sie konnten nicht wissen, ob diese Person eine Bedrohung darstellte oder nicht. »Ich glaube wirklich …«, setzte er wieder an.

»Sie brauchen nicht hierzubleiben, Alex.«

»Es könnte aber gefährlich werden.«

Sie sah ihm in die Augen. »Ich habe Sie nicht gebeten zu kommen.«

Nein, das hatte sie in der Tat nicht, doch er hatte einfach kommen müssen.

Ob es eine Eingebung des Heiligen Geistes war oder die Dringlichkeit, die er aus ihrer Stimme herausgehört hatte, oder vielleicht beides – er hatte kommen müssen. Sie hatte ihn nicht darum gebeten, aber sie hatte es ihm auch nicht verboten. Und jetzt würde er bleiben, bis sie wussten, wer in ihrem Haus herumspukte … oder bis sie ihn rauswarf.

Vern blickte wieder zu der Tür hinüber. »Vielleicht sollten Sie mich lieber im Voraus bezahlen.«

»Kein Problem«, sagte Sarah und gab ihm ihre Kreditkarte.

Vern holte ein Klemmbrett aus seinem Rucksack und schrieb ein paar Informationen von der Karte ab; dann unterzeichnete sie das Formular.

»Das ist völlig verrückt«, murmelte Alex, während er hinter Vern die schmale Treppe hinaufstieg. Nach dem nervösen Blick zu schließen, den der Schlosser ihm zuwarf, schien er ganz seiner Meinung zu sein.

Auch wenn Alex ganz und gar nicht mit Sarahs Vorhaben einverstanden war, würde er sie doch bestimmt nicht allein mit diesem Mann dort hochgehen lassen. Wenn irgendetwas passierte, war Vern garantiert der Erste, der davonlief, aber Alex würde Sarah niemals schutzlos zurücklassen, nicht, wenn sich wirklich jemand bei ihr im Haus versteckte.

Vor zwei Jahren hatte seine Schwester gesagt, er solle gehen, und er hatte gehorcht. Wenn er damals getan hätte, was man eigentlich von ihm erwarten durfte – wenn er Angela beschützt hätte, als sie völlig hilflos war –, dann würde sie heute noch leben. Er hatte gewusst, dass er hätte bleiben sollen, und war trotzdem gegangen. Und deshalb hatte er seine Schwester verloren.

Sarah mochte protestieren, so viel sie wollte, er würde nicht riskieren, sie ebenfalls zu verlieren.

Während Vern die Tür aufbrach, schlug Sarahs Herz so laut, dass sie dachte, die beiden Männer müssten es hören. Sie versuchte mit aller Kraft, die Angst zu unterdrücken, die in ihr schrillte wie ein Wecker und ihr riet wegzulaufen. Sie kannte das; es war der gleiche Wecker, der immer losging, wenn sie sich in einer Situation befand, die sie nicht unter Kontrolle hatte.

Nur dass es diesmal keinen Grund gab wegzulaufen. Hinter dieser Tür befand sich nur ein Mädchen … und Sarah wollte lediglich ein paar Antworten von ihr.

Und wenn das Mädchen nicht hinter dieser Tür war? Dann wäre sie verlegen, aber auch erleichtert, dass das Zimmer leer war, und stünde von Neuem vor dem Rätsel, wer da nun schon zweimal über die Galerie gelaufen war. Sie hatte den Eindruck, als könnte das Mädchen ihr Haus nach Belieben betreten und wieder verlassen.

Alex schlug erneut vor, die Polizei zu rufen, doch sie hörte nicht auf ihn. In der Zentrale würden sie vermutlich Bryce Kelley alarmieren und sie wollte nicht, dass der Sergeant ein weiteres Mal erfolglos das Haus durchsuchte. Sie wollte einfach nur noch, dass das Ganze ein Ende hatte und sie wieder ohne Angst in ihrem Haus schlafen konnte.

Vern war fertig und trat beiseite, damit sie die Tür öffnen konnte. Sie holte tief Luft. Alex stand neben ihr. Sie griff nach dem Türknauf. Die Schritte, die sie hinter sich hörte, ließen darauf schließen, dass

Vern sich aus dem weiteren Geschehen zurückzog. Sie war beinahe froh, dass er nicht blieb, um zu erfahren, was sich auf der andern Seite der Tür befand.

Sarah stieß die Tür auf und streckte die Hand aus, bis sie einen Schalter fand. Die Lampe erhellte den kleinen Abstellraum. Alex, der hinter ihr stand, zog scharf die Luft ein.

In einer Zimmerecke kauerte ein Mädchen im Teenageralter auf einer Pritsche. Ihr langes dunkles Haar war fettig, ihre blassen Lippen rissig. Auf dem Fußboden neben ihr lagen eine Bibel und der Schwangerschaftsratgeber, den Sarah schon gesehen hatte, und neben der Pritsche, säuberlich zusammengelegt, T-Shirts und eine Jeans.

Das Mädchen zog eine Decke bis zum Kinn hoch, ihre Augen waren schreckgeweitet. »Werden Sie die Polizei rufen?«

Sarah trat ins Zimmer; dann warf sie Alex einen Blick zu. Er hielt sein Handy in der Hand, wählte aber nicht.

Sie war so sicher gewesen, als sie den Schlosser gerufen und hier heraufgeführt hatte, aber jetzt wusste sie plötzlich nicht mehr, was sie tun sollte. »Sollte ich denn die Polizei rufen?«, fragte sie ruhig.

Das Mädchen schüttelte den Kopf.

»Gut.« Sie stieß die Tür weit auf. »Möchten Sie nicht herauskommen und mit uns reden?«

Das Mädchen griff nach ihrem braunen Sweatshirt und streifte es über.

Schweigend verließen die drei das Zimmer und gingen hinunter in die Galerie. Beim Hinuntergehen schaute Sarah zu Alex hinüber und er blinzelte ihr zu.

Sie setzten sich in die großen Ledersessel in einer der Nischen, doch als das Mädchen Alex anschaute, war die Angst in ihren Augen unverkennbar. Alex musste sie ebenfalls gesehen haben, denn er sprang wieder auf.

Er fing Sarahs Blick auf. »Ich schaue mich mal ein bisschen um.«

Sie nickte ihm zu und konzentrierte sich wieder auf die junge Frau vor ihr. Das Mädchen wirkte wie eine zitternde, verletzte Katze – sicher nicht wie eine, die ihr gleich die Krallen zeigen würde.

War es illegal, jemanden bei sich aufzunehmen, der irgendwo weggelaufen war? Sie hatte keine Ahnung, was in dieser Situation richtig oder falsch war. Oder wen sie danach fragen könnte.

»Wie heißt du?«, fragte sie, als Alex in der Nische nebenan verschwunden war.

Die Augen des Mädchens wanderten zum Fenster neben Sarah, dann zu dem Stuhl, der neben ihr stand.

»Mariah«, flüsterte sie.

Sarah holte tief Luft. »Wo ist deine Familie, Mariah?«

Mariahs Blick, der bisher nur Angst gezeigt hatte, wurde hart. »Mansfield.«

Ende des Gesprächs. Noch eine Frage nach ihrer Familie und sie würde wieder die Treppe hinaufrennen.

»Okay.« Sie verschränkte die Finger und legte die Hände um ihr Knie. »Wie bist du in mein Haus gekommen?«

Das Mädchen zog eine Halskette aus ihrem Sweatshirt und hob den Schlüssel hoch, der an der Kette hing. »Rosalie hat ihn mir gegeben.«

Sarah ließ sich gegen die Lehne sinken. »Das verstehe ich nicht.«

»Damit ich reinkommen kann …« Das Mädchen zupfte nervös an den Ärmeln ihres Sweatshirts. »Sind Sie Sarah?«

Sarah zögerte, dann nickte sie. Mariah kannte Rosalie und sie wusste auch Sarahs Namen, doch Sarah hatte keine Ahnung, wer Mariah war.

Praktisch jeder konnte in der Zeitung gelesen haben, dass ihre Großmutter gestorben war, und in der Todesanzeige stand vermutlich auch Sarahs Name – jedenfalls ging sie davon aus, dass man sie als Hinterbliebene genannt hatte.

Aber auch wenn ihr Name wirklich in der Todesanzeige gestanden hatte, war das noch keine Erklärung für den Schlüssel. »Wie hast du meine Großmutter kennengelernt?«

Das Mädchen zupfte wieder an ihrem Sweatshirt und versuchte, es über ihren gewölbten Leib zu ziehen. »Rosalie ließ mich hier wohnen.«

»Okay …« Sarahs Stimme verlor sich, sie wusste nicht so recht, was sie noch sagen sollte. Wusste vielleicht noch irgendjemand, dass das Mädchen hier wohnte? Liza oder Jenny? Sie schaute in die Nische nebenan zu Alex hinüber. Er hatte sich irgendetwas zum Lesen genommen und schien völlig in seine Lektüre vertieft zu sein. »Wie alt bist du?«

»Zweiundzwanzig.«

Mariahs Nase zuckte, als sie das sagte. Ganz eindeutig eine Lüge, doch Sarah ließ es erst einmal auf sich beruhen. Sie konnte nicht älter sein als siebzehn, doch ihr Alter war im Moment wirklich nicht wichtig. Die Wahrheit würde später schon noch ans Licht kommen. »Wann ist der Geburtstermin, Mariah?«

Das Mädchen schlug die Augen nieder. »Ich weiß nicht.«

Sarah war keine Expertin in Schwangerschaftsfragen, doch nach dem Bauchumfang des Mädchens zu schließen, war sie im fünften oder sechsten Monat. »Warum wohnst du hier?«

Statt zu antworten, presste Mariah plötzlich beide Hände auf ihren Leib und schloss die Augen. Sarah beugte sich vor; sie hoffte, dass das keine Wehen waren. »Fehlt dir was?«

Mariah antwortete nicht sofort, öffnete jedoch langsam wieder die Augen und schob den rechten Ärmel ihres Sweatshirts hoch. Die blasse Haut wies ein Labyrinth verblasster Blutergüsse auf. »Mein Freund …«, begann sie.

Sarah spürte, wie Zorn in ihr aufstieg wegen der blauen Flecken und der Gewalt, die dahintersteckte. »Er hat dich geschlagen?«

Mariah betrachtete die Blutergüsse. »Er wollte, dass ich das Kind abtreibe.«

»Ist es sein Kind?«

Das Mädchen nickte. Sie sah traurig aus. »Aber er will nicht, dass ich es behalte.«

Sarah drehte sich der Magen um. Welcher Mann zwang seine Freundin zu einer Abtreibung? Löschte rücksichtslos ein Menschenleben aus und verprügelte die Frau, die versuchte, das Leben des Babys zu schützen?

»Deshalb hat Rosalie dich aufgenommen?«

Mariah blickte zum Fenster und hielt ihr Gesicht ins Sonnenlicht. »Ja.«

»Wie lange haust du schon in der Abstellkammer?«

»Ein paar Tage, glaube ich.«

»Und davor?«

»Ich habe in Ihrem Zimmer gewohnt.«

Sarah zog ihre Füße hoch und überkreuzte sie. »An dem Nachmittag, an dem ich in den dritten Stock hochgegangen bin, ist in einem der Abstellräume eine Vase zu Bruch gegangen.«

Mariah schlug wieder die Augen nieder. »Ich wollte zurück in den abschließbaren Raum, ohne dass Sie es hörten, aber Sie sind auf den Flur gekommen. Deshalb musste ich mich in einem der anderen Räume verstecken und warten, bis Sie wieder weg sind.«

»Aber dann habe ich gerufen.«

Mariah nickte. »Und ich habe aus Versehen die Vase heruntergestoßen.«

Sarah schlang die Arme um ihre Knie. War Mariah damals in der ersten Nacht in ihr Zimmer geschlichen, als sie geschlafen hatte? Hatte sie ihre Tasche gestohlen? Ihre Schultern versteiften sich. Dass sie von der Vase wusste, hieß nicht, dass sie keine bösen Absichten verfolgte.

»Es gibt noch eine wichtige Frage, die ich dir stellen muss.«

Mariah sah sie fest an, als wollte sie sich jeder Herausforderung stellen.

»Schießen Sie los.«

»In meiner ersten Nacht hier im Haus ist jemand in mein Schlafzimmer gekommen und hat meine Handtasche gestohlen. Ich will wissen, wer sie genommen hat.« Das darauffolgende Schweigen stand wie eine Wand zwischen ihnen. Weder sie noch Mariah sagten ein Wort.

»Sie glauben, ich hätte sie genommen?«, fragte Mariah schließlich argwöhnisch.

»Ich möchte die Wahrheit wissen.«

Mariah blickte wieder auf den Boden. »Ich … ich habe mir etwas zu essen genommen, aber er hat gesagt, ich könnte nehmen, was ich wollte. Ich musste es tun, nachdem Rosalie tot war.«

»Wer hat dir gesagt, dass du Nahrungsmittel nehmen kannst?«

Mariah schüttelte den Kopf, nicht bereit, einen Namen zu nennen. Sprach sie von ihrem Freund? Nein, das war unwahrscheinlich. Ihr Freund wusste sicher gar nicht, dass sie hier war. Vielleicht versuchte sie nur, von der Handtasche abzulenken. Sarah beobachtete sie genau und überlegte, ob sie log.

»Rosalie hat mir geholfen«, beharrte Mariah. »Ich würde ihr oder Ihnen nie etwas stehlen.«

Sarah sah sie an. Sie war ein hübsches Mädchen, trotz der dunklen Schatten unter ihren Augen. Auf ihren Reisen hatte sie viele verzweifelte Menschen gesehen, die verzweifelte Dinge taten wie zum Beispiel stehlen, wenn sie hungrig waren. »Wie hast du Rosalie kennengelernt?«

Mariahs Blick blieb gesenkt. »Das kann ich nicht sagen.«

»Wo ist dein Freund?«

Mariah schüttelte den Kopf. »Das kann ich auch nicht sagen.«

Sarah holte tief Luft, um sich zu beruhigen. Sie würde die Wahrheit schon noch herausfinden. »Weiß er, wo du bist?«

»Nein.«

»Sicher?«

»Ganz sicher.«

Das war doch wenigstens etwas. Sie war erleichtert.

Sie stand auf und begegnete Alex' besorgtem Blick. Er hielt ein aufgeschlagenes Buch in der Hand, aber er las nicht darin. Im Moment war sie jedenfalls dankbar, dass sie nicht allein war.

Sie wandte sich wieder dem Mädchen zu. »Ich weiß nicht, was ich tun soll.«

»Aber Rosalie hat gesagt …«

Sarah sah ihr in die Augen. »Was hat meine Großmutter gesagt?«

Mariah biss sich auf die Lippen. »Sie hat gesagt, Sie würden für mich sorgen.«

27

Alex schob die Hände in die Taschen und ging auf der Veranda des Gemeindehauses der Community Bible Church auf und ab. Die Abendluft war kühl. Eine nach der anderen gingen die automatischen Lampen an und schufen helle Lichtinseln in der Dunkelheit. Doch obwohl es dunkel und empfindlich kalt geworden war, ging er nicht ins Haus.

Je kälter es war, desto klarer konnte er denken, und heute Abend musste er nachdenken. Früher hatte er versucht, seine Erinnerungen mit ein paar Flaschen Bier in den Griff zu bekommen, doch er hatte auf die harte Tour lernen müssen, dass er den Schmerz damit höchstens eine Zeit lang betäuben konnte, dass er jedoch unweigerlich zurückkehrte – oft schlimmer als zuvor.

Irgendjemand hatte das Mädchen, das in Sarahs Haus wohnte, schlimm misshandelt, so wie Trent Ellison seiner Schwester Gewalt angetan hatte. Er hatte die Fragen in Sarahs Augen gesehen, hatte gesehen, wie sie überlegte, ob das Mädchen nicht doch ihre Tasche gestohlen hatte. Dabei spielte es überhaupt keine Rolle, ob sie nur Nahrungsmittel stahl oder vielleicht auch eine Geldbörse. Wichtig war einzig und allein, dass sie in Sicherheit war … und dass sie um Hilfe bat.

Er blinzelte. Einen Augenblick lang sah er seine Schwester vor sich, wie sie auf dem Küchenboden lag. Angelas Stirn wies einen tiefen Schnitt auf, ihre Arme waren übersät von blauen Flecken. Sie war bei Bewusstsein, aber das Licht in ihren Augen war erloschen, herausgeprügelt.

Doch es hatte den Anschein, als sei ihr alles egal.

Im Nebenzimmer wimmerte sein Neffe in seiner Wiege. Alex hatte keine Ahnung, wie lange er dort schon vor sich hin weinte. Er bereitete ein Fläschchen, nahm Ethan aus dem Bettchen, fütterte ihn und trug ihn herum, bis er einschlief.

Und dann beging er den größten Fehler seines Lebens. Er griff nach seinem Handy und wollte die Polizei rufen, doch Angela fiel ihm in den Arm. Sie sagte, wenn Trents Kumpel bei der Polizei erführen, was geschehen war, würde er sie umbringen. Alex erklärte sich einverstanden, sie nicht zu rufen, unter der Bedingung, dass sie mit ihm kam, jetzt gleich, bevor Trent von der Arbeit nach Hause kam.

Er hatte seine Hausaufgaben gemacht und ein sicheres Haus gefunden, in Atlanta. Dort konnten Angela und Ethan sich verstecken, bis sie entschieden hatte, was sie tun wollte.

Er selbst hatte an diesem Abend einen Termin bei einem Klienten wegen eines Brandings – als ob die Papierhandtücher, die sein Klient produzierte, irgendwie von Bedeutung wären. Die Handtücher saugten Flüssigkeiten auf, genau wie die anderen Papierhandtücher in den überfüllten Supermarktregalen, doch sein Klient wünschte eine Werbekampagne, die bewies, dass seine Handtücher denen seiner Konkurrenten haushoch überlegen waren. Der Klient war gar nicht glücklich gewesen mit dem Slogan, den Alex und sein Team entwickelt hatten, und hatte eine Krisensitzung verlangt.

Damals hatte er noch gedacht, ein solches Meeting sei lebenswichtig – wichtig genug, um seine Schwester und ihren Neffen eine Stunde lang allein zu lassen, damit er die Wünsche des Papierhandtuch-Typen erfüllen konnte. Das Geschäftsessen dehnte sich auf zweieinhalb Stunden aus, dann entschuldigte er sich, weil wusste, dass er zu Angela zurückkehren musste, bevor Trent nach Hause kam.

Alex ließ sich an die Hauswand sinken. Sein Herz raste.

Als er zurückgekommen war, war es zu spät gewesen. Trent war schon da gewesen und er …

Die Tür ging auf; Shawn Lambert streckte den Kopf heraus. »Du erfrierst doch hier draußen, Alex.«

Er blickte zu dem Pfarrer hinüber, mit dem er schon bald nach seiner Ankunft in Etherton Freundschaft geschlossen und der ihn zu Jesus geführt hatte. »Mir ist nicht kalt«, sagte er, doch seine klappernden Zähne straften ihn Lügen.

»Komm rein, Junge.«

Alex schauderte wieder zusammen vor Kälte. »Gleich.«

Als Shawn wieder verschwunden war, steckte er die Hände unter die Achseln, um sie zu wärmen.

Mit Angelas Tod hatte sich eine Last auf ihn gelegt, auf die er nicht vorbereitet war. Ein Jahr vor dem Mord hatte sie eine Lebensversicherung über eine bedeutende Summe abgeschlossen und ihn als Begünstigten eingesetzt, damit er für ihren Sohn sorgen konnte, falls ihr etwas passierte. Da Ethan jedoch ebenfalls ermordet worden war, war das Vermögen ihm allein zugefallen.

Das Erbe war Blutgeld. Er konnte die Vorstellung, es für irgendwelche Luxusgüter oder vergängliche Vergnügungen auszugeben, nicht ertragen. Deshalb legte er es, bevor er nach Etherton zog, fest an. Seine Angehörigen waren wütend, dass er das Geld bekommen hatte. Der Mord und das darauf folgende Erbe hatten zu einem tiefen Zerwürfnis innerhalb seiner Familie geführt.

Als Alex endlich hineinging, empfing Shawn ihn mit einem Becher heißen Kaffee und stellte die Heizung höher. Die beißende Kälte in seinem Gesicht begann nachzulassen und mit ihr die schmerzenden Erinnerungen. Doch es gelang ihm nie, sie ganz abzuschütteln. Shawn hatte ihm einmal gesagt, seine Schuld sei durch das Blut Christi abgewaschen, doch es hatte fast den Anschein, als triebe der Teufel nach wie vor seine Spielchen mit ihm. Er hatte die folgenschwerste Entscheidung seines Lebens getroffen und Angela war die Leidtragende gewesen.

Alex berichtete Shawn, was auf Crescent Hill vorgefallen war, ohne ihm jedoch Mariahs Namen zu sagen.

»Du musst die Polizei rufen«, riet ihm Shawn.

»Sarah möchte das nicht.«

»Kennst du Bryce Kelley?«

Alex nickte. Er hatte den Mann in der Kirche kennengelernt und ein paarmal Basketball gegen ihn gespielt. Und jedes Mal verloren.

Shawn nahm sein Handy und suchte nach der Nummer. »Warum erzählst du es ihm nicht? Nur um zu hören, wie er das Ganze sieht?«

»Kann ich ihm vertrauen?«

Shawn hörte auf zu wählen und sah ihn an. »Absolut«, sagte er mit fester Stimme.

»Sarah wäre ganz und gar nicht glücklich darüber«, meinte Alex, doch noch während er es sagte, wurde ihm klar, dass es ihm völlig egal war, wie Sarah darüber dachte. Es ging hier einzig und allein darum, dass sie und Mariah in Sicherheit waren.

Die Türklingel ertönte und Sarah stand auf. Mariah hatte sich vor einer Stunde im Badezimmer eingeschlossen – anscheinend war es über eine Woche her, dass sie das letzte Mal geduscht hatte. Sarah klopfte an die Badezimmertür. Mariah öffnete sie einen Spalt weit.

»Es ist jemand an der Tür«, sagte Sarah zu ihr. »Kannst du hier im Schlafzimmer bleiben?«

»Ich rühre mich hier nicht raus.«

»Aus dem Bad kannst du schon rauskommen …«, fing Sarah an, doch Mariah hatte die Tür bereits wieder zugemacht und von innen abgeschlossen.

Sarah seufzte. Sie verließ das Schlafzimmer und ging zur Haupttreppe. Vern würde wahrscheinlich noch den einen oder anderen Anruf von ihr erhalten, bevor dies alles vorüber war – falls er sich überhaupt jemals wieder in ihr Haus traute. Vielleicht sollte sie das nächste Mal einen anderen Schlosser rufen, einen, der keine Angst vor verschlossenen Türen hatte.

Die Türklingel ertönte wieder.

»Ich komme ja schon«, rief sie, obwohl sie bezweifelte, dass die Person auf der anderen Seite der Haustür sie hören konnte.

In den letzten vier Stunden war so viel passiert, dass sich ihr immer noch der Kopf drehte. Alex hatte sie gebeten, Mariah diese Nacht noch einmal hier schlafen zu lassen. Sarah hätte das Mädchen auch ohne seine Bitte nicht hinausgeworfen, aber sie hätte vermutlich jemanden vom Sozialamt oder einer anderen staatlichen Stelle angerufen, der ihr half, das Problem zu lösen.

Wenn ihre Großmutter gewollt hatte, dass sie sich um dieses Mädchen kümmerte, hatte sie das doch sicherlich in ihrem Brief erwähnt. Doch so, wie die Dinge lagen, konnte sie nur Spekulationen darüber anstellen, was Rosalie von ihr erwartet hatte. Vielleicht hatte sie ihr Crescent Hill ja überhaupt aus diesem Grund vermacht – weil sie erwartete, dass sie für Mariah sorgte.

Doch das war irgendwie nicht logisch. Ihre Großmutter musste gewusst haben, dass Sarah nicht genug Geld hatte, um das Haus zu unterhalten.

Sarah ging durch die Eingangshalle zur Tür. Als sie diesmal aus dem Seitenfenster spähte, sah sie keinen Fremden, sondern Bryce Kelley.

Auf gar keinen Fall durfte sie ihn ins Haus lassen. Eigentlich hätte er ihr helfen müssen, dazu war die Polizei schließlich da – um zu helfen und zu schützen und für Recht und Ordnung zu sorgen, wozu auch gehörte, Einbrecher davon abzuhalten, in die Häuser anderer Leute einzubrechen.

Aber mit Bryce Kelley stimmte etwas nicht; eigentlich hätte sie das gleich beim ersten Mal, als er in ihr Haus gekommen war, merken müssen.

Sie wollte gerade die Treppe wieder hochgehen, als ihr Handy klingelte. Sie holte es heraus und sah auf die Nummer. Es war Bryce Kelley.

Sie ignorierte den Anruf. Es gab kein Gesetz, das ihr vorschrieb, ihm die Tür zu öffnen, nicht ohne Durchsuchungsbefehl – das glaubte sie jedenfalls. Das Klingeln verstummte, setzte jedoch sofort wieder ein.

Sie konnte auch feststellen, was er von ihr wollte, ohne ihm die Tür zu öffnen.

»Hallo?«, meldete sie sich, als hätte sie keine Ahnung, wer der Anrufer war.

»Hier ist Bryce Kelley«, sagte er. »Würden Sie mich bitte hereinlassen?«

Sie zögerte.

»Ich habe Sie durch das Fenster gesehen, Sarah. Ich weiß, dass Sie da sind.«

Sie blieb mitten auf der Treppe stehen. »Was wollen Sie, Sergeant Kelley?«

»Ich muss mit Ihnen über Mariah sprechen.«

Ihr Mund war plötzlich ganz trocken. Konnte Bryce Mariahs Freund sein?

Sie hatte von Polizisten gelesen, die ihre Freundinnen verprügelten, aber Bryce Kelley trug einen Ehering. *Ein Ehering bedeutet heutzutage nicht mehr viel,* dachte sie. Wie sonst sollte Bryce von Mariah wissen?

Sie drehte sich um und sah zur Tür. »Über wen?«

Er seufzte. »Das Mädchen, das bei Ihnen wohnt, Sarah.«

»Woher wissen Sie …?«

»Ich habe sie hierhergebracht.«

»Sie haben sie hergebracht?«

»Damit Rosalie sie beschützen konnte.«

Sie spürte, wie ihr Widerstand bröckelte. Wenn Bryce wusste, dass Mariah hier im Haus war … das würde ein paar Dinge erklären, zum Beispiel, warum er sich keine Mühe gegeben hatte, den Einbrecher zu suchen.

Langsam steckte sie das Telefon wieder ein und öffnete die Tür.

Jake ballte die Hand zur Faust. »Du darfst Sarahs Krempel nicht kaufen. Noch nicht.«

Edward wirkte nicht im Geringsten eingeschüchtert von seinem Wutanfall oder der Faust. »Ich kann verdammt noch mal tun, was ich will.«

»Wenn du ihr Geld gibst, wird sie mir das Haus nicht verkaufen.«

Edward verdrehte die Augen. »So viel Geld gebe ich ihr natürlich nicht.«

»Warte noch einen oder zwei Tage«, beschwor er den Alten. »Nur so lange, bis sie auf mein Angebot zurückkommt, damit ich sie dazu bringen kann, mir alles zu zeigen.«

»Sie wird das Anwesen nicht verkaufen, Jakey.«

»Natürlich wird sie.«

»Ich glaube, die kleine Bristow will das Haus behalten.«

Er ballte die Faust noch fester. »Das kannst du gar nicht wissen.«

»Sie rückt vielleicht ein paar Antiquitäten raus, aber nicht das Haus.« Er schwieg kurz. »Nicht ohne konkreten Anreiz.«

»Ich werde ihr schon einen Anreiz geben.«

»Nein, das wirst du nicht.«

»Du hilfst mir kein bisschen!« Jake spie die Worte fast aus.

Edward warf ihm einen verächtlichen Blick zu. »Warum sollte ich dir helfen?«

»Wir wollten dieses Geld zusammen suchen.«

Die Falten um Edwards Mund verzogen sich zu einem gespenstischen Grinsen. »Wer hat was von Geld gesagt?«

Jake starrte seinen Großvater an. War der jetzt verrückt geworden? Sie suchten doch nach einem Schatz – Bargeld oder Gold oder etwas Ähnlichem.

»Ich habe Schatz gesagt, Jakey.« Edwards Stimme war zu einem Flüstern herabgesunken. »Nicht Geld.«

Jake stolperte einen Schritt zurück und hieb die Faust gegen die Wand. »Ich habe nach Bargeld gesucht.«

»Du hast nach einem Versteck gesucht.«

Jake schüttelte den Kopf. »Du spinnst.«

Edward klopfte sich mit dem Zeigefinger an die Schläfe. »Im Gegenteil, ich bin derjenige von uns beiden, der den Durchblick hat.«

»Ich will jetzt wissen, wonach genau ich suchen soll.«

Edward blickte auf das Exemplar von Reader's Digest, das auf dem Tisch lag. »Wenn es so weit ist, Jakey, wirst du es erfahren, und dann wirst du froh sein, dass du darauf gewartet hast.«

Jake bekam einen Krampf in den Fingern und löste ganz langsam die Faust.

Er würde erst glücklich sein, wenn Edward Paxton im Grab lag.

28

Alex nahm noch einen Schluck entkoffeinierten Kaffee und lockerte seine Krawatte. Der Coffee Shop war ziemlich voll für einen Dienstagabend, aber er fand das Stimmengewirr irgendwie beruhigend. Es tat gut, Menschen um sich zu haben, Geräusche, ja sogar Lärm. Er blickte aus dem Fenster und sah zu, wie eine unablässige Folge von Scheinwerfern am Marktplatz vorüberglitt.

Bryce hatte gesagt, er müsse Sarah allein sprechen, und sein Pfarrer hatte ihm versichert, er könne Bryce trauen. Dennoch wäre er am liebsten ins Auto gesprungen und den Hügel hinaufgerast. Sein Bedürfnis, die Frauen in seinem Leben zu beschützen, war Segen und Fluch zugleich.

Dabei gehörte Sarah gar nicht zu seinem Leben und Mariah auch nicht. Aber er hatte irgendwie das Gefühl, dass Gott ihm die beiden über den Weg geführt hatte.

Doch wenn er ihnen helfen sollte, hatte er bislang noch keine Ahnung, wie. Im Moment konnte er nur abwarten und es war besser, in dem überfüllten Coffee Shop zu warten und zu lesen, als nervös in seiner Wohnung auf und ab zu tigern.

Er nippte abermals an seinem Kaffee und überflog die erste Seite der Geschichte von Crescent Hill. Dann blätterte er um. Bevor Bristow das Haus gebaut hatte, schrieb Dorothy Sherman, hatte die Familie in einem sehr viel kleineren Haus in der Pleasant Street 249 gewohnt. Joseph Bristow hatte bei der Geburt seines ersten Sohnes ein Stück Land in der Nähe der Pleasant Street gekauft, zu dem der Hügel, ein Waldstück, der Zugang zum Fluss und etwas Ackerland gehörte.

In dem Zeitungsartikel hatte gestanden, dass das Haus in dem damals beliebten viktorianischen Stil einer italienischen Villa errichtet und 1852 fertiggestellt worden war. Sechs Jahre, nachdem die Bristows in ihr neues Haus gezogen waren, hatten sie ihren Sohn Matthew verloren. Damals war unten am Crescent Hill zum Gedenken an ihn das Mausoleum errichtet worden.

An dieser Stelle unterbrach die Autorin ihre Ausführungen über die Familie und begann, das Haus in allen Einzelheiten zu beschreiben. Breite Regenrinnen. Erkerfenster. Ein Kuppeldach. Das Innere des Hauses war ebenso großzügig wie das Äußere: Stuckdecken, reich verzierte Kamine und Marmorfußböden. Auf den folgenden Seiten sah man Schwarz-Weiß-Fotografien jedes einzelnen Raums. Alex betrachtete sie genau. Vor einigen Jahren noch mussten die Bristows sehr reich gewesen sein. Er fragte sich, was wohl aus ihrem Geld geworden war.

Es war geradezu tragisch, dieses wunderschöne Haus, das Joseph und Sarah Bristow gebaut hatten, abzureißen. Zu schade, dass keiner in der Familie die Mittel hatte, es zu restaurieren.

Er blätterte um und erwartete, ein weiteres Foto zu finden. Stattdessen sah er eine von Hand gezeichnete Karte mit Linien, die das Bristow-Herrenhaus mit dem ersten Haus der Bristows in der Pleasant Street verbanden. In diesem Zusammenhang erwähnte Mrs Sherman die Legende von einem Geheimgang zwischen den beiden Häusern, einem Tunnel, in dem entflohene Sklaven vor ihren Häschern versteckt wurden.

Joseph Bristow hat nie jemandem gesagt, wo sich der Eingang zu diesem Tunnel befindet, doch es geht das Gerücht, dass …

Alex blätterte rasch weiter, um zu sehen, was das Gerücht sagte, doch auf der nächsten Seite ging es um die rauschenden Feste, die nach dem Bürgerkrieg in dem Haus gegeben wurden. Er blickte auf die Seitenzahl – 32 – und blätterte zurück zur vorherigen Seite – 27.

Rasch blätterte er die restlichen Seiten durch, doch es gab keine Seiten 28, 29, 30 und 31. Vier Seiten des Buches fehlten.

Er ließ sich an die Rückwand seiner Nische sinken. Hatte jemand die Seiten aus dem Ordner entfernt? Immerhin merkwürdig, dass nur die Seiten über den Tunnel fehlten.

Ob es den Tunnel noch gab? Und wenn ja, wer versuchte dann, diese Information unter Verschluss zu halten?

»Kommen Sie.« Sarah führte Bryce Kelley in die Küche. Sie setzten sich an den Küchentisch, genauso wie letztes Mal, als er wegen des Schattens gekommen war, den sie auf der Galerie gesehen hatte. Er hatte schon beim ersten Mal genau gewusst, dass nicht der Wind die Vase zerbrochen hatte, und er wusste auch, wer auf ihrem Dachboden wohnte.

»Warum haben Sie Mariah hierhergebracht …« Ihre Stimme erstarb, während sie versuchte, sich einen Reim auf das Ganze zu machen.

Er strich mit der Hand glättend über seine Uniformhose. »Weil ich wusste, dass sie hier in Sicherheit ist.«

»Sicherheit«, wiederholte sie langsam. »Gibt es denn nicht genügend Häuser für misshandelte Frauen?«

»Nicht in Etherton«, sagte er. »In Columbus und auch in Mansfield, aber wenn sie belegt sind, muss ich die Frauen vorübergehend irgendwo anders unterbringen.«

»Also haben Sie sie zu Rosalie gebracht.«

Er nickte.

»Wie viele Frauen?«

Er schlug die Augen nieder und murmelte etwas. Es klang, als betete er.

Eine Minute verstrich, dann noch eine, während sie wartete, dass er weitersprach. »Ich habe etwa zweihundert Frauen und Kinder zu Rosalie gebracht, aus der ganzen Umgebung. Sie hat nie jemanden abgewiesen, der in Not war.«

Während sie zu begreifen versuchte, was er da gesagt hatte, lief ihr ein Schauer über den Rücken. »Zweihundert Menschen?«

»Schätzungsweise.«

»Und meine Großmutter wollte, dass ich …«

Er schüttelte den Kopf. »Sie würde niemals wollen, dass Sie ihr Werk weiterführen, wenn Gott nicht den Wunsch danach in Ihr Herz legt.«

»Sie haben Mariah hierhergebracht, obwohl meine Großmutter so krank war.«

»Mariah brauchte einen sicheren Ort zum Schlafen und ich wusste, dass sie den hier finden würde. Rosalie wäre außer sich gewesen, wenn ich sie draußen auf der Straße gelassen hätte.«

»Wer weiß sonst noch, dass Mariah hier ist?«

»Die letzte Pflegeschwester wusste, dass jemand bei Rosalie wohnte, aber sie kannte keine Einzelheiten. Ihre Großmutter hat diesen Frauen schon sehr lange geholfen.«

Sie beugte sich vor, begierig, mehr zu erfahren. »Wie lange?«

Bryce lehnte sich auf seinem Stuhl zurück. »1998 kam eine Freundin zu Rosalie und fragte sie, ob ihre Tochter und ihre Enkelin bei ihr wohnen könnten, bis sie in eine andere Stadt gezogen war und sie dort zu sich nehmen konnte. Die junge Frau wurde von ihrem Freund misshandelt und Rosalies Freundin fürchtete um das Leben ihrer Tochter.«

»Rosalie hat sie aufgenommen?«

»Ja, und nachdem sie dem Mädchen geholfen hatte, von Etherton wegzuziehen, nahm sie mich eines Sonntags in der Kirche beiseite und sagte, sie würde gern mehr Kindern und Frauen helfen, die einen sicheren Ort brauchten. So fing ich an, die Frauen heimlich hierherzubringen, bis wir ein neues Zuhause für sie gefunden hatten.«

»Aber manche der Frauen haben ihren Peinigern doch sicher von Crescent Hill erzählt.«

»Rosalie wusste, dass es gefährlich war, was sie tat, aber sie hat es so gewollt«, sagte er. »Soweit ich weiß, ist es – durch Gottes Gnade – noch immer ein Geheimnis.«

»Die Männer hätten auch Ihnen gefährlich werden können.«

Bryce legte seine großen Hände auf den Tisch. »Ich habe drei Töchter, Sarah, und wenn eine von ihnen in Not geriete, wäre ich froh, wenn ihr jemand hilft.«

Sarahs Blick wanderte über die weiße Spüle und die rissige Arbeitsplatte. Vor vielen Jahren hatten Menschen, die aus der Sklaverei entflohen waren, in diesem Haus Zuflucht gefunden und jetzt erzählte Bryce ihr, dass ihre Großmutter das Haus benutzt hatte, um Frauen und Kindern von heute, die ebenfalls auf der Flucht waren, zu helfen – um sie vor ihren Männern oder Freunden oder Vätern zu verstecken, die sie misshandelten. Es war beinahe, als sei es die Bestimmung dieses Hauses, ein Zufluchtsort zu sein.

»Warum haben Sie mir nicht gleich am Anfang von Mariah erzählt, als ich kam?«

Er faltete die Hände auf dem Tisch. »Ich wusste nicht, ob ich Ihnen vertrauen konnte.«

»Also ließen Sie zu, dass sie Hausfriedensbruch beging.«

»Ich hätte sie weggebracht, wenn ich gekonnt hätte.«

Sie massierte den Knoten in ihrem Nacken. »Und jetzt vertrauen Sie mir?«

Er wandte den Blick ab. »Ich habe keine andere Wahl.«

Wenigstens war er ehrlich.

»Und Sie wollen wirklich Ihre Karriere dafür aufs Spiel setzen?«

Er schwieg einen Moment, dann antwortete er: »Ja.«

»Sie sind ein guter Mensch, Bryce Kelley.«

Er schüttelte leicht den Kopf und stand auf. »Kann sie bei Ihnen bleiben? Nur, bis ich einen Platz in Columbus für sie finde?«

Sie schloss die Augen. Sie wollte Frauen wie Mariah helfen, doch sie war nicht sicher, ob sie Mariah trauen konnte. Was, wenn sie sie bestahl? Oder wenn sie ihren Freund mitbrachte? Oder etwas dergleichen?

»Sie kann heute Nacht bleiben.«

»Und dann?«

Sie rieb sich wieder den Nacken. »Das weiß ich noch nicht.«

Schon wieder ein Polizeiauto auf dem Hügel. Als hätte Sarah mit der gesamten Polizei Freundschaft geschlossen. Vielleicht lud sie alle regelmäßig auf ein Bier oder so ein. Aber vielleicht war ja auch einer von ihnen scharf auf sie und schaute öfter mal vorbei.

Oder vielleicht war noch irgendjemand anders in ihr Haus eingebrochen.

Der Gedanke ließ Jake nicht mehr los. Möglicherweise war sein Großvater nicht der Einzige, der von dem Schatz wusste – worin der auch bestehen mochte. Vielleicht schlich ja noch jemand im Haus herum und suchte danach. Er war seit letzter Woche nicht mehr da gewesen, also suchten sie nicht nach ihm, es sei denn, sie fanden einen Hinweis, der sie zu ihm führte.

Hatte er vielleicht einen Handschuh im Haus vergessen? Oder war er mit der Jacke irgendwo hängen geblieben und hatte sie zerrissen? Sie würden ja wohl kaum den Boden nach einem Haar oder einem Hautfetzen oder Ähnlichem absuchen; schließlich war niemand ermordet oder verletzt worden. Doch die Tatsache blieb bestehen, dass die Polizei großes Interesse an dem Haus zeigte, seit er zum ersten Mal dort eingedrungen war.

Er entfernte sich von den Bäumen und ging den ausgetretenen Weg den Hügel hinunter. Edward war nirgends zu sehen, jedenfalls nicht im Erdgeschoss; wahrscheinlich war er oben in seinem Zimmer und verfasste eine Liste von Sarahs Krempel. Obwohl der Alte unbedingt haben wollte, was immer in Sarahs Haus versteckt war, half er ihm nicht die Spur bei seinem Vorhaben, ein Angebot für das Haus zu machen.

Er setzte sich an seinen PC, um ein bisschen Warcraft zu spielen. Dabei fiel sein Blick auf einen Stapel neben dem Sofa. Ganz oben lag Sarahs Handtasche, die roten Trageriemen leuchteten hell wie Himbeergelee. Er hob sie auf. Es war zwar nicht zu erwarten, dass ein Cop ihr Haus durchsuchte, aber es war trotzdem dumm, so was einfach rumliegen zu lassen. Er ging zur Hintertür, um die Handtasche in den Mülleimer zu werfen.

Plötzlich blieb er stehen.

Es könnte ganz nett sein, Sarah einen Streich zu spielen und sie ein bisschen nervös zu machen. Sie sollte Zweifel bekommen, ob wirklich jemand in ihrem Haus gewesen war oder ob sie ganz einfach verrückt wurde.

Lächelnd öffnete er die Tür des Abstellraums, duckte sich unter der niedrigen Decke, schob den Teppich beiseite, packte den Metallgriff im Boden und zog die Luke auf.

Heute Nacht würde er ihr noch mal einen Besuch abstatten, doch diesmal würde er nicht nach dem Schatz suchen. Heute würde er sie nur ein bisschen durcheinanderbringen.

29

Die Scheibenwischer wischten den Regen von der Windschutzscheibe von Alex' Auto. Der Rhythmus war so gleichmäßig, dass ihm beinahe die Augen zufielen. Er griff nach dem metallenen Kaffeebecher, der in der dafür vorgesehenen Halterung stand, und nahm einen großen Schluck, während er die Pleasant Street entlangfuhr. Vielleicht sollte er die Nacht im Auto verbringen, vor den einschläfernden Scheibenwischern, statt nach Hause in seine Wohnung zu fahren. Das rhythmische Geräusch würde ihn sicherlich vor vier Uhr früh einschlafen lassen. Seine Gedanken hatten sich die ganze Nacht im Kreis gedreht.

Zuerst waren die Erinnerungen an seine Schwester gekommen, dann dachte er an Sarah und Mariah und fragte sich, ob sie in Sicherheit waren, so ganz allein in dem Haus. Und dann überlegte er, warum ihm niemand von der Legende über den Tunnel unter dem Crescent Hill erzählt hatte.

Vielleicht hielt Louise die Legende für unwichtig, was den Kauf des Hauses betraf. Oder das Gerücht hatte sich schon vor langer Zeit als falsch erwiesen. Trotzdem – irgendwie ließ die Geschichte ihm keine Ruhe. Wenn nun jemand auf jeden Fall verhindern wollte, dass er davon erfuhr?

Im trüben Licht des aufdämmernden Morgens fuhr Alex die Pleasant Street hinauf und hinunter, doch die Hausnummer 249 gab es nicht. Die drei Blocks am Crescent Hill begannen bei 554 und endeten bei 672.

Er seufzte und wendete. Selbst wenn er das Haus fand, war es schwer vorstellbar, dass jemand Mitte des neunzehnten Jahrhunderts einen so langen Tunnel gegraben hatte. Andererseits hatte er von den legendären Tunnels in Europa gehört – Geheimgänge, die Schlösser und Kirchen und Häuser verbanden, Jahrhunderte bevor der Bristow-Tunnel entstand. Vielleicht hatten die Bristows in den Vereinigten Staaten einen solchen Tunnel nachbauen wollen. Vielleicht …

In Europa hatte Joseph Bristow wahrscheinlich von diesen Geheimgängen gehört, doch wie hatte die Familie so etwas nachbauen können, ohne dass die ganze Stadt es mitbekam?

Oder war er vielleicht der Einzige in Etherton, der nichts von dem Tunnel wusste?

Alex wendete erneut und fuhr ein letztes Mal die Straße hinunter, doch sämtliche Hausnummern bewegten sich zwischen fünf- und sechshundert. Es gab keine einzige Zweihunderternummer. Er überlegte, ob die Autorin der Geschichte von Crescent Hill Tatsachen berichtete oder ob sie ein wenig Fiktion in ihren Bericht verwoben hatte. Und dann fragte er sich, ob Dorothy Sherman vielleicht noch lebte.

Die Bibliothek öffnete erst in ein paar Stunden, aber er wählte trotzdem die Telefonnummer, um zu sehen, ob vielleicht so früh schon jemand dort war. Ein Mann meldete sich. Alex erklärte ihm, dass er die Frau suche, die in den Sechzigerjahren des letzten Jahrhunderts Nachforschungen über die Familie Bristow angestellt hatte. Der Mann schwieg kurz, dann fragte er, wozu er diese Information brauche.

Alex nannte ihm seinen Namen und sagte, dass er für die Stadt arbeite. Nach ein wenig Small Talk erklärte ihm der Bibliothekar, dass Dorothy Sherman noch lebe und in Beaverdale wohne, einem Seniorenheim am Stadtrand von Etherton.

Alex dankte dem Mann, wendete und fuhr nach Osten, auf die andere Seite der Stadt. Er hatte den Wegweiser nach Beaverdale schon von der Straße aus gesehen, war aber noch nie dort gewesen. Vielleicht konnte er Dorothy Sherman ausfindig machen und vielleicht war sie ja bereit, mit ihm über das Bristow-Haus zu reden.

Von der Straße aus war die Einrichtung durch Bäume verdeckt. Alex fuhr ein paar Minuten durch den Wald und parkte dann neben einer weitläufigen, aus mehreren Häusern bestehenden Anlage, die wie zufällig in das dichte Grün hineingesetzt schienen. Vor dem Haupteingang stand ein Springbrunnen. Die automatische Tür glitt auf und er betrat die Eingangshalle.

Die Dame an der Rezeption fragte, ob Mrs Sherman ihn erwarte. Er erklärte ihr, dass er etwas gelesen habe, was sie geschrieben hatte, und dass er ihr ein paar Fragen dazu stellen wolle.

Es dauerte noch einmal zehn Minuten, bis Mrs Sherman sich bereit erklärte, ihn zu empfangen. Man zeigte ihm eine Seitentür und sagte, er müsse an der Cafeteria vorbeigehen bis zu einem Aufenthaltsraum; dort warte Mrs Sherman bereits auf ihn.

Während Alex den Flur hinunterging, betete er im Stillen, dass die Frau bereit sein möge, mit ihm über die Bristows zu sprechen. Er wollte die ganze Geschichte von Crescent Hill hören, nicht wieder nur ein paar Brocken wie die, die Louise und Sarah ihm hingeworfen hatten.

Sie saß in einem Rollstuhl. Ihr schütteres Haar war gelockt und mit Haarspray fixiert und sie trug ein pfirsichfarbenes Kostüm mit Perlenknöpfen. Ihre elfenbeinfarbene Haut war voller schwarzer und blauer Flecken und ihre Schultern gebeugt, doch es war noch immer deutlich zu sehen, dass sie zur gehobenen Gesellschaft gehört hatte.

Er streckte ihr die Hand entgegen. »Mrs Sherman?«

Sie setzte sich in ihrem Rollstuhl auf. Die Falten um ihre Augen vertieften sich, während sie ihn taxierte. »Meine Freunde nennen mich Dotty.« Sie beugte sich vor. »Aber ich weiß nicht, ob Sie ein Freund sind.«

Er lachte leise, doch sie lachte nicht mit. Die Augen fest auf sein Gesicht gerichtet, sah sie ihn nach wie vor prüfend an.

»Ich bin ganz bestimmt kein Feind«, antwortete er, setzte sich ihr gegenüber auf einen steiflehnigen Stuhl und stellte sich vor.

»Sind Sie der Junge von Lucy Maddock?«

»Nein, Ma'am. Ich heiße Alex Yates.«

»Sie sehen Lucy sehr ähnlich.« Sie beugte sich noch näher zu ihm. »Ich kenne fast jeden in Etherton, aber Sie habe ich noch nie gesehen.«

»Ich bin neu in der Stadt.«

»Und da haben Sie beschlossen, eine alte Dame in einem Altenheim zu besuchen?«

»Ich habe eine Abhandlung gelesen, die Sie geschrieben haben, und wollte Sie fragen, ob Sie mir ein paar Fragen dazu beantworten.«

Sie legte den Kopf schräg. »Ich habe nur eine einzige Sache geschrieben, die etwas taugt.«

»Die Geschichte von Crescent Hill?«

Sie schwieg und schaute auf die gefalteten Hände in ihrem Schoß. »Das ist mein eigener ganz persönlicher Beitrag zu Ethertons Geschichte.«

»Waren Sie oft in Crescent Hill?«

Sie lächelte. »Als ich ein Kind war, haben sie dort die großartigsten Partys gegeben.«

Er lehnte sich in seinem Stuhl zurück. Am liebsten hätte er sie sofort nach den fehlenden Seiten gefragt, aber es war wohl besser, sich ihrem Tempo anzupassen. »Wie waren sie denn, die Partys?«

»Beeindruckend.« Sie schloss einen Moment die Augen und schlug sie dann wieder auf. »Die Erwachsenen tanzten oben im Theater unter herrlich funkelnden Lichtern. Manchmal habe ich auch getanzt, aber oft bin ich nur durch das wunderschöne Haus gewandert und habe es erkundet. Einmal fand Philip Bristow mich in der Bibliothek und hat mich dann überall herumgeführt.«

»Wer war Philip Bristow?«

Sie schwieg. »Wo kommen Sie noch mal her?«

»Aus South Carolina.«

»Oh ...«

Er bemühte sich, ihr Vertrauen wiederzugewinnen. »Aber jetzt lebe ich in Etherton.«

»Ich bin in Etherton geboren«, begann sie und sprach dann weiter, als hätte sie beschlossen, ihm trotz der unglücklichen Wahl seines Geburtsorts zu vertrauen. »Ich habe Artikel für die Stadtzeitung geschrieben, meist über die Geschichte der Stadt. Unbedeutendes Zeug, aber die Leute mochten es. Über Crescent Hill habe ich auch ein paar Artikel geschrieben. Eine Freundin aus der Bibliothek hat mich angerufen und gefragt, ob ich die Geschichte des Anwesens aufschreiben könnte, für ihr Archiv. Ich war schrecklich aufgeregt. Ich wandte mich an Philip und er war einverstanden, dass ich Fotos machte.«

»Ihre Arbeit ist sehr detailgetreu.«

»Mit Schmeicheleien erreichen Sie bei mir gar nichts, Mr Yates.« Ihre faltigen Wangen verzogen sich zu einem Lächeln. »Das soll aber nicht heißen, dass ich sie nicht zu würdigen weiß.«

Er musste ebenfalls lächeln. Dotty Sherman hatte die Männerwelt früher sicherlich verzaubert. Als sie jung war, hatte sie bestimmt immer bekommen, was sie wollte – und heute bekam sie es wahrscheinlich auch noch.

»Sie haben etwas von einem Tunnel unter dem Haus geschrieben.«

»Ach was«, winkte sie ab. »Das ist nur ein altes Gerücht.«

Alex beobachtete sie genau. »Aber Sie glauben, dass es ihn gibt.«

»Ich habe ihn nie gesehen.«

»Aber Sie haben davon gehört.«

Sie zuckte die Achseln.

Ihm war klar, dass er nichts erfahren würde, wenn er nicht direkt fragte.

»Sie haben auch von einem Haus in der Pleasant Street gesprochen«, sagte er.

»Ich erinnere mich vage …«

Er würde seinen Kopf verwetten, dass sie ein ausgezeichnetes Gedächtnis hatte. »Ich habe das Haus, das durch den Tunnel mit Crescent Hill verbunden sein soll, gesucht, aber es gab keine Hausnummer 249.«

»Natürlich nicht«, fing sie an, doch plötzlich fiel ihr Blick über seine Schulter und sie flüsterte: »Pssssst!«

Jemand trat neben ihn. Als er aufblickte, sah er Edward Paxton. Das dunkelblaue Jackett des Mannes hing wie eine lose Decke von seinen Schultern. Mit der linken Hand hielt er den Knauf seines Stocks umklammert.

»Hallo Edward«, sagte sie mit gezwungener Höflichkeit. »Ich unterhalte mich gerade mit einem Freund meiner Enkeltochter. Alex, das ist mein Cousin Edward.«

Edward ignorierte die Vorstellung und sah Alex mit argwöhnischen Augen an. »Alex Yates. Woher kennen Sie Natalie?«

»Wir sind alte Freunde.«

»Sie haben sie also an der Ohio University kennengelernt?«

Er wollte schon nicken, doch da legte Dotty ihm die Hand auf den Arm. »Edward, du weißt sehr gut, dass Natalie auf die Ohio State University gegangen ist.«

»Ich wollte mich nur vergewissern, dass ich alles richtig in Erinnerung habe.« Edward sah ihn an. »Möchten Sie mit uns frühstücken?«

»Liebend gern, aber ich muss ins Büro.« Er stand auf und winkte ihr zu. »War mir ein Vergnügen, Dotty.«

Sie lächelte ihn an. »Bitte, besuchen Sie mich mal wieder.«

Er nahm ihre zarte Hand. »Das tue ich ganz bestimmt.«

Der Wind rüttelte an den Fensterläden und weckte Sarah auf. Gleich darauf klingelte ihr Handy. Sie nahm es und starrte auf das Display; dann wurde ihr die Nummer bewusst. Ein Anruf aus New York.

Sie setzte sich im Bett auf und nahm den Anruf mit so viel Professionalität an, wie sie im Moment aufbringen konnte.

»Hey, Sarah. Hier ist Grant Haussen.«

Sie schnappte unwillkürlich nach Luft.

»Ich weiß, ich weiß. Es ist lange her. Nach dem Fiasko bei Fount habe ich mit keinem mehr gesprochen.«

»Es tat mir leid, das von dem Konkurs zu hören«, sagte sie und nahm sich zusammen, um ihn nicht gleich zu fragen, was mit dem Geld war, das sie ihr noch schuldeten.

»Habe ich dich aufgeweckt?«

Sie sah auf die Uhr, es war schon halb zehn. »Ich war gerade dabei, in die Gänge zu kommen.«

»Gut, gut. Ich habe so lange gewartet, wie ich konnte, aber ich muss dich unbedingt sprechen. Länger konnte ich einfach nicht warten.«

Sie konnte auch nicht mehr warten. »Wann kriege ich das Geld für Indonesien?«

»Ach, das«, sagte er resigniert. »Ich wünschte, ich könnte dich bezahlen, Sarah, aber das Geld dafür ist längst futsch. Es wird dich kaum trösten, aber ich habe meinen letzten Gehaltsscheck auch nicht gekriegt.«

»Nein, das tröstet mich nicht«, murmelte sie und rief sich in Erinnerung, wie oft Grant früher Partei für sie ergriffen hatte.

»Ich habe aber trotzdem etwas, das ganz bestimmt ein Lächeln auf dein Gesicht zaubert.«

»Ein Lächeln könnte ich wirklich gebrauchen.«

»Ich habe einen Auftrag von einer anderen Zeitschrift. Wir machen einen vierseitigen Beitrag über die Buschbrände in Kalifornien.«

Buschbrände? Sie hatte seit über einer Woche keine Nachrichten mehr gehört.

»Sie wollen die besten Bilder für diese Story«, sagte er. »Ich habe gesagt, ich wüsste, wen ich fragen muss.«

Ein Fotoauftrag? Sie würde sich sofort an die Arbeit machen. »Wann geht's los?«

»Gestern«, sagte er. »Aber mit heute Nachmittag könnte ich gerade noch leben.«

Sie schaute aus dem Fenster, an dessen Glas die Regentropfen herabliefen. Die Äste der Bäume draußen schwankten im Wind. Konnte sie wirklich einfach losfahren? Sie musste die Sache mit der Stadt klären. Mit Dan über das Testament reden. Für Mariah sorgen.

Ihr Leben war plötzlich voller Verpflichtungen.

»Du kannst also für mich nach Kalifornien fliegen?«

Sie glitt aus dem Bett und trat ans Fenster. »Ich weiß nicht, Grant.«

Er schwieg, offensichtlich schockiert. Sie hatte ihn noch nie hängen lassen. »Wenn es ums Geld geht – ich übernehme alles. Flug. Hotel. Auto. Die Zeitschrift bezahlt, du brauchst es nicht mal auszulegen.«

Dann sagte er ihr, wie viel sie ihr für den Ausflug in den Westen bezahlen wollten. Beinahe hätte sie wieder nach Luft geschnappt.

Damit könnte sie Dan Sprague engagieren und hätte immer noch einen ziemlichen Batzen übrig.

»Wie lange brauchst du mich?«

»Drei oder vier Tage, vielleicht länger, wenn das Feuer nicht gelöscht wird.«

Sie wandte sich vom Fenster ab. »Kann ich dich zurückrufen?«

Schweigen. Sie fing an, im Zimmer auf und ab zu gehen. Noch nie hatte sie bei einem Anruf von Grant um Bedenkzeit gebeten, doch eine oder zwei Stunden schienen ihr keine unbillige Forderung, vor allem, da sie zwei Monate nichts von ihm gehört hatte.

»Ich muss in einer Stunde Bescheid wissen, Sarah, sonst muss ich mich um jemand anders kümmern.«

Sie ging weiter auf und ab. Grant wartete auf ihre Antwort.

Vielleicht sollte sie ihm gleich zusagen. Niemand hinderte sie, ein Flugzeug zu besteigen und nach Kalifornien zu fliegen. Sollte Etherton doch das Haus haben. Bryce konnte Mariah an einen anderen sicheren Ort bringen. Grants Auftrag würde viele Folgeaufträge nach sich ziehen. Sie konnte nach Kalifornien fliegen und dann zurück nach New York und ihr altes Leben wieder aufnehmen. Hier hielt sie nichts.

Sie stand vor der Wand und drehte sich um. Plötzlich blinzelte sie. Der rote Trageriemen einer Handtasche blitzte unter dem Bett hervor. Sie griff nach unten und zog die Tasche heraus. Ihre Tasche.

Sie öffnete sie, doch die Tasche war leer.

»Brauchst du mehr Zeit?«, fragte Grant.

»Gib mir zwei Stunden«, sagte sie, legte auf und schloss die Schlafzimmertür auf.

30

»Wo ist der Brief?«, herrschte Sarah Mariah an und schwenkte die leere Handtasche vor dem Gesicht des Mädchens.

Sie versuchte zwar, ruhig zu bleiben, doch, aufgewühlt von Zorn und Enttäuschung, war es ihr unmöglich. Sie hatte dem Mädchen vertrauen, hatte ihr eine Chance geben wollen, aber Mariah hatte sie bestohlen. Wie sollte sie ihr denn vertrauen, wenn sie ihr nicht die Wahrheit sagte?

Sie wiederholte ihre Frage, doch Mariah schwieg.

»Es macht nichts, wenn du sie genommen hast«, sagte Sarah und bemühte sich wieder um Selbstbeherrschung. »Ich will nur meinen Brief zurück.«

»Ich weiß nicht, was Sie meinen.« Mariahs Unterlippe zitterte. Vielleicht ärgerte sie sich, dass Sarah ihr auf die Schliche gekommen war.

In Indonesien hatte sie ihr Recht nicht bekommen, doch Mariah war hier. Sie stand direkt vor ihr, war Gast in ihrem Haus und schuldete ihr eine Antwort.

Sarah warf die Tasche auf das Bett, in dem Mariah geschlafen hatte. »Ich brauche das andere Zeug nicht, das in meiner Tasche war, aber mir liegt sehr viel an dem Brief, den meine Großmutter mir hinterlassen hat.«

Mariah zog sich langsam zur Tür zurück. »Ich habe sie nicht genommen.«

Sarah seufzte und ließ sich auf das ungemachte Bett fallen. Sie hätte dem Mädchen gern geglaubt, doch das konnte sie nicht. In der Nacht, in der die Handtasche verschwunden war, war außer ihr und Mariah niemand im Haus gewesen … und Mariah hatte sich hier oben versteckt.

Wahrscheinlich hatte sie in Sarahs Zimmer nach Geld gesucht – doch daraus wollte Sarah ihr noch nicht einmal einen Vorwurf machen. Der Brief jedoch bedeutete ihr sehr viel. Mariah brauchte ihr nur die Wahrheit zu sagen und ihr den Brief zurückzugeben. Dann konnten sie zusammen überlegen, was sie als Nächstes tun würden.

Dem Mädchen rann eine Träne über die Wange, doch sie bot ihr den Brief nicht an. Und sie gestand auch nicht, was sie getan hatte.

Sarah stand auf und öffnete eine Kommode neben dem Bett. Die Enttäuschung tobte in ihrem Innern wie der Wind draußen vor dem Fenster.

Woher wollte Bryce wissen, dass Mariah wirklich die war, die sie zu sein behauptete? Woher sollte Sarah die Wahrheit wissen? Die Tränen konnten auch nur geheuchelt sein – das hatte sie oft genug gesehen, überall auf der Welt. Das in Lumpen gehüllte »Waisenkind«, das um Geld für seine Eltern bettelte. Das Mädchen, das vorgab, schwanger zu sein, damit es als Erste essen durfte. Wenn die Menschen verzweifelt waren, spielten sie einem oft etwas vor.

Rosalie war eine alte Dame mit einem Haus voller wertvoller Bücher und Antiquitäten gewesen – eine Goldgrube für eine Betrügerin. Mariah hätte nicht einmal zu wissen brauchen, dass hier misshandelte Frauen Unterschlupf fanden; sie konnte sich einfach bei ihr eingeschmeichelt haben, um sie dann zu berauben.

Sarah drehte sich zu dem Mädchen um und blickte auf die langen Ärmel des Sweatshirts, die bis zu Mariahs Handgelenken reichten und die Flecken auf ihren Armen verdeckten. Die Flecken wirkten echt, aber sie konnte sich auch auf andere Weise verletzt haben; es musste nicht unbedingt ihr Freund gewesen sein, der sie geschlagen hatte.

Wer weiß, vielleicht hieß sie gar nicht Mariah.

Sie öffnete die nächste Schublade und wühlte zwischen Hemden und Unterwäsche.

»Was machen Sie da?«, fragte Mariah zaghaft.

»Ich suche meinen Brief.«

»Ich schwöre Ihnen, ich weiß nicht, wo er ist.«

Sarah drehte sich um. »Ich würde dir wirklich gerne glauben, Mariah. Aber wer hat dann die Sachen aus meiner Handtasche genommen und die Tasche danach wieder unter meinem Bett versteckt?«

»Ich war es nicht.«

Sie schüttelte den Kopf. »Ich glaube dir nicht.«

Mariah öffnete den Mund, schloss ihn jedoch wieder, ohne etwas zu sagen. Sie drehte sich auf dem Absatz um und ging zur Tür.

Die Lasche der Bierdose, die er in der Hand hielt, brach ab und Jake fluchte. Er hatte Durst und wollte trinken, und zwar sofort. Er nahm eine Gabel aus der Spüle und bohrte die Zinken in die Dose. Schaum spritzte auf und lief ihm über Gesicht und Hände.

Er fluchte erneut und trocknete sich das Gesicht mit einem Handtuch ab. Er würde sich keine Angst einjagen lassen. Er würde ruhig bleiben. Gelassen. Und seinen neuen Plan durchziehen.

Es gab keinen Schatz, das war ihm klar geworden, als er vor ein paar Stunden durch den Tunnel zurückgegangen war. Edward musste einen anderen Grund haben, warum er in dieses Haus wollte, und diesen Grund musste Jake herausfinden.

Doch letztlich war es egal. Seit er letzte Nacht das Schloss von Sarahs Zimmer aufgebrochen hatte, begann ein neuer Plan in seinem Kopf Gestalt anzunehmen. Er tat zwar weiterhin so, als sei er auf der Suche nach Edwards angeblichem Schatz, doch in Wirklichkeit verfolgte er jetzt eigene Ziele.

Er prüfte noch einmal seine Taschen. Beide Bücher waren noch da. Bücher, die online wahrscheinlich ein paar Hundert Dollar bringen würden.

Und diese Bücher waren erst der Anfang.

Seine Hände zitterten, während er das Handtuch auswrang. Dann begann er die Flüssigkeit vom Boden aufzuwischen.

Er konnte das allein durchziehen. Null Problem. Solange er immer nur wenige Sachen aus dem Haus mitnahm, waren seine Möglichkeiten schier unbegrenzt. Er konnte genügend Geld verdienen, um sich eine eigene Wohnung zu nehmen. Er brauchte nicht mehr mit Edward zusammenzuleben. Wenn er Mariah fand, würden sie irgendwo anders hinziehen, weit weg von hier, und sich ein eigenes Haus kaufen. An einem Ort, wo die Cops ihn nicht finden würden, falls Edward beschloss, ihn zu verraten.

Die Vordertür ging auf. Er hörte seinen Großvater ins Haus humpeln.

Edward hielt sich nicht mit Höflichkeiten auf. »Was machst du da?«

Jake wischte noch immer das Bier auf. »Hab mir was zu trinken geholt.«

»Sieht eher aus, als hättest du dich geduscht.«

Jake fuhr herum. »Was willst du?«

»Ich will wissen, wo du letzte Nacht warst.«

Er knallte die Dose auf den Tisch. »Seit wann muss ich dir das sagen?«

»Dein Laster war in der Einfahrt, also bist du nicht weggefahren.«

»Vielleicht bin ich ja zu Fuß gegangen.«

»Die Kammertür war offen.«

»Also …«

»Leg dich nicht mit mir an, Jakey. Ich weiß, dass du wieder drüben warst.«

»Und wenn schon.«

»Den Schatz werde ich finden, nicht du.« Edward zielte wieder mal mit dem Stock auf ihn. »Du gehst mir nicht mehr in dieses Haus, ohne mir zu sagen, was du dort vorhast.«

Jake kümmerte sich nicht um den Stock, der auf sein Gesicht zeigte. Er konnte ihn jederzeit mühelos zerbrechen. »Ich war nicht dort, um nach deinem dummen Schatz zu suchen.«

Edward ließ den Stock ein paar Zentimeter sinken. »Er ist nicht dumm.«

»Du hast nicht den geringsten Beweis, dass es überhaupt einen Schatz gibt.«

»Und ob ich den Beweis habe.«

Seine Brauen gingen hoch. »Das glaube ich nicht.«

»Ich habe den Beweis, aber ich werde ihn dir nicht zeigen.« Edwards Augen verengten sich. »Was hast du letzte Nacht gefunden?«

»Absolut nichts.« Jake stieß den Stock weg und beugte sich zu Edward vor. »Aber ich habe etwas sehr Interessantes gefunden, als ich letzte Woche in dem Haus war.«

Der Stock zitterte. »Du hast etwas vor mir versteckt?«

»Da kannst du drauf wetten.« Jake lachte. »So wie du auch Sachen vor mir versteckst.«

»Ich verstecke sie zu deinem eigenen Besten.«

»Ich verstecke das, was ich gefunden habe, ebenfalls zu meinem Besten.«

Edward wurde puterrot. »Was hast du gefunden?«

»Einen Brief«, sagte Jake. Er genoss die Aufregung des alten Mannes. Es gefiel ihm, im Besitz eines Geheimnisses zu sein. »Von Rosalie Bristow.«

»Was steht da drin?«

»Alles Mögliche. Und auch wenn du mich für verrückt hältst, das Interessanteste war die Sache über die Geburt ihres Sohnes.«

»Was hat sie geschrieben?«, wollte Edward wissen.

»Es hat den Anschein, als wollte sie klar Schiff machen. Eine Last loswerden, die ihr auf der Seele lag. Der Brief war wirklich süß. Sie wollte, dass ihre Enkelin die Wahrheit erfährt.«

Ein leises Klopfen hinter ihnen ließ das Gespräch verstummen. Es klang mehr wie ein Kratzen als wie ein Klopfen.

Edward nickte ihm zu und Jake zog den Vorhang zurück, um aus dem Fenster zu schauen. Als er sah, wer draußen stand, rang er mit aller Macht um Selbstbeherrschung. Er war maßlos wütend, aber gleichzeitig unendlich erleichtert. Er hatte so lange gewartet und jetzt war Mariah endlich zu ihm zurückgekommen.

Er wollte die Tür aufreißen, hielt aber noch einmal inne. Gott wusste, wie sehr er sich gewünscht hatte, dass sie zurückkam, aber das durfte er sich auf keinen Fall anmerken lassen. In den letzten fünf Monaten hatte sie ihn als eine Selbstverständlichkeit betrachtet; nun musste sie schätzen lernen, was sie besaß.

Er öffnete langsam die Tür und starrte auf ihr nasses Haar, das ihr ins Gesicht fiel. Ihre Kleidung war völlig durchnässt, ihr Gesicht hager, fast ausgemergelt und ihr Bauch wölbte sich wie der eines Schweins; er war wesentlich dicker als noch vor drei Wochen, als sie weggelaufen war. Den Bauch loszuwerden, würde nicht schwer sein, aber hoffentlich würde ihr Gesicht wieder in Ordnung kommen.

Er streckte die Hand aus, um sie hereinzuziehen, doch sie schreckte zurück.

Edward lachte und Jake hätte sie beinahe ins Gesicht geschlagen, um sie daran zu erinnern, dass sie ihm gehörte, aber Edward mochte es nicht, wenn er gewalttätig wurde. Die Menschen könnten die Verletzungen sehen, pflegte er zu sagen, vor allem im Gesicht. Dann würden sie Fragen stellen und Edward hasste Fragen. Er zog subtilere Methoden des Zwangs vor.

Aber Mariah würde ihm ohnehin noch sagen, wo sie gewesen war.

Er hatte ihr so viel gegeben und sie nur um eine winzige Kleinigkeit gebeten. Eine einzige winzige Kleinigkeit. Eine Abtreibung war ganz einfach – eine Sache von einer Stunde. Tausende von Frauen ließen täglich eine Abtreibung vornehmen, aber sie hatte sich geweigert. Und dann war sie weggelaufen.

Sie konnte nicht für ein Baby sorgen und er würde ihr Balg ganz bestimmt nicht aufziehen. Die Schwangerschaft hatte sie völlig verändert. Plötzlich hatte sie angefangen, in die Kirche zu gehen. Die Kirchenleute hatten sie dann noch weiter verändert und ihr eingeredet, es sei Mord oder so was, wenn sie das einzig Richtige tat. Aber die fragten natürlich nicht danach, was das Beste für sie war.

Sollten sie doch denken, was sie wollten. Er wusste, was das Beste für sie war – und für ihn.

Er legte ihr die Hand auf den Bauch. »Wir kümmern uns so schnell wie möglich darum und dann fangen wir ganz neu an.«

Ihre Augen wurden ganz klein. »Ich lasse es nicht abtreiben.«

Er gab ihr einen Stoß. »Doch, das tust du.«

»Halt«, sagte Edward und stieß ihm seinen Stock in die Seite. »Wo bist du gewesen, Mariah?«

Sie zuckte die Achseln. »Herumgezogen.«

»Wo herumgezogen?«

Bevor sie antworten konnte, klingelte es an der Vordertür und Jake blickte ins Wohnzimmer hinüber. Er konnte nicht sehen, wer vor der Tür stand, aber er sah das Polizeiauto, das draußen parkte. War sie etwa in Schwierigkeiten?

Er lächelte. Wenn sie in Schwierigkeiten war, war sie bei ihm richtig. Er würde ihr helfen und dann konnte sie sich dankbar erweisen.

Er führte sie durchs Wohnzimmer in die kleine Kammer. Dann öffnete er die Tür. Draußen stand Bryce Kelley.

»Stimmt was nicht?«, fragte er und blickte die Straße hinauf und hinunter.

Bryce achtete nicht auf das, was er sagte. »Ist sie hier?«

»Von wem sprechen Sie?«

Der Sergeant starrte ihn an. Beinahe hätte Jake ihn einfach ausgelacht. »Ist Mariah hierher zurückgekommen?«

»Ich habe sie überall gesucht«, sagte Jake mit bekümmerter Miene. »Wissen Sie, wo sie ist?«

Bryce hob die Stimme, als wüsste er, dass Mariah hier war. »Es hat ein Missverständnis gegeben.«

Jake trat zu ihm hinaus und schloss die Tür hinter sich. »Was für ein Missverständnis?«

»Ich will nur wissen, ob Sie sie gesehen haben.«

Er schüttelte den Kopf. »Schon seit Wochen nicht mehr.«

»Wenn Sie ihr etwas tun …«

Er trat einen Schritt zurück. »Ich würde ihr niemals etwas tun.«

»Manche Menschen in dieser Stadt mögen sich vielleicht vor Ihnen und Ihrer Familie fürchten, Jake, aber mir können Sie keine Angst einjagen.«

Jake lächelte. »Dann sind Sie vielleicht nicht ganz so clever, wie Sie wirken.«

Jake stand auf der Veranda und winkte, als Bryce wegfuhr. Mariah war freiwillig zurückgekommen – die Polizei konnte nichts tun, wenn sie sie in seinem Haus fanden.

Und außerdem ging es Bryce Kelley nichts an, ob Mariah hier war. Immerhin war sie seine Freundin.

31

Die Kissen auf der Sitzbank vor dem Kuppelfenster waren vom Regen durchnässt, doch die Wolken begannen sich bereits aufzulösen, und ein warmes Licht legte sich über die Feuchtigkeit. Dieses Licht hier oben in der Kuppel hatte Sarah schon immer geliebt. Hier hatte sie mit ihrer Staffelei gesessen und Blatt um Blatt mit Licht und Farbe gefüllt.

Damals war das Leben so einfach gewesen. Sie hatte keine schwierigen Entscheidungen treffen müssen.

Draußen vor dem Fenster tanzten die Zweige an den Bäumen und durch das zerbrochene Fensterglas fuhr der Wind ins Zimmer. Sie rieb sich die Arme.

Sie hatte überall nach Mariah gesucht, doch das Mädchen blieb verschwunden. Die Vordertür war nicht verschlossen; sie nahm an, dass sie nach draußen gelaufen war, in den Regen hinaus. Sie hatte in der Garage nachgeschaut, aber dort war Mariah auch nicht.

Als sie Bryce angerufen und ihm zu erklären versucht hatte, warum Mariah weggelaufen war, hatte er versprochen, sie zu suchen. Sie sagte ihm, dass sie die verschwundene Handtasche unter ihrem Bett gefunden hatte. Er glaubte nicht, dass Mariah sie genommen hatte, und sie verstand ihn. Sie wollte ja selbst nicht glauben, dass das Mädchen ihre Handtasche oder den Brief gestohlen hatte. Aber es gab keine andere Erklärung. Die Sachen waren schließlich nicht von allein verschwunden.

Vertrauen war etwas sehr Zerbrechliches. Auch ihre Großmutter hatte gewusst, wie wichtig Vertrauen war, und hatte sich sehr vorgesehen. Nur Bryce kannte das Geheimnis ihres Hauses und natürlich die Frauen, die Rosalie im Laufe der Jahre hier hatte wohnen lassen.

Hätte ihre Großmutter Mariah vertraut? Auch wenn sie sicher gewesen wäre, dass Mariah sie bestohlen hatte? Rosalie hatte so gut wie jedem beigestanden, der irgendwie in Not war, aber sie hatte ein untrügliches Gespür dafür, was richtig und was falsch war. Und was Mariah getan hatte, war auf jeden Fall falsch gewesen.

Und dennoch … hatte sie das Recht, sie zu verurteilen? Was würde sie selbst tun, wenn sie keinen Cent mehr auf ihrer Kreditkarte hatte und nicht wusste, wo sie bleiben sollte? Wenn sie ganz ehrlich war … sie würde wahrscheinlich auch stehlen.

Sie blickte aus dem Fenster und sah hinter den Wolken das erste Blau auftauchen.

Sie konnte den Diebstahl nachvollziehen, aber das Lügen verstand sie nicht, vor allem, da sie Mariah doch die Möglichkeit gegeben hatte, die Wahrheit zu gestehen.

Wie sollte sie das richtige Gleichgewicht zwischen Vertrauen und Mitgefühl finden?

Wie konnte sie Mariah gern haben, obwohl sie gleichzeitig dachte, dass sie von ihr belogen wurde? Sie wollte sie nicht in ihrem Unrecht ermutigen, aber sie wollte sie auch nicht zu einem gewalttätigen Freund zurückschicken, wenn sie doch bereit war, ihr Leben zu ändern.

Was hätte Rosalie getan?

Plötzlich wusste sie ganz genau, was ihre Großmutter getan hätte. Nicht nur in Bezug auf Mariah, in jeder Situation hätte Rosalie Gott um Rat gefragt.

Sarah neigte den Kopf und betete leise. *Bitte hilf mir herauszufinden, was ich mit Mariah und dem Fotoauftrag und diesem Haus machen soll.*

Sie war nicht Rosalie und würde es auch niemals sein, doch sie musste sich entscheiden, ob sie diesem Mädchen vergeben und es beschützen würde, wie ihre Großmutter es getan hätte. Sie hatte noch nie zuvor für irgendjemanden ihr Leben riskiert. Sie war schon oft in gefährliche Situationen geraten, aber noch nie, weil sie jemand anderen beschützen wollte.

Vielleicht war es Zeit, dass sie für eine Weile damit aufhörte, Fotos von leidenden Menschen zu machen, und anfing, ihnen zu helfen.

Die Worte aus dem Brief ihrer Großmutter fielen ihr wieder ein. »Beschütze sie. Liebe sie. Kämpfe für sie. Und gib sie Gott zurück.«

Sie nahm ihr Handy und wählte noch einmal die Nummer von Bryce. »Bitte bringen Sie Mariah zu mir zurück«, sagte sie.

Er zögerte. »Ich habe sie noch nicht gefunden, Sarah.«

»Aber ihr Freund …«

»Ich war bei ihm, aber er behauptet, er hätte sie nicht gesehen.«

Sarah seufzte. »Sie wollte mir nicht sagen, wer ihr Freund ist.«

»Das wollen Sie auch gar nicht wissen.«

Sie hätte es gern gewusst, aber vielleicht war es sicherer, wenn sie es nicht wusste. »Lügt ihr Freund?«

»Wahrscheinlich.«

»Können Sie ihn denn nicht einsperren, bis er die Wahrheit sagt?«

»Nicht, wenn sie keine Anklage erhebt.«

Sie schloss die Augen. »Also können wir einfach nur abwarten …«

»Ich werde weiter die Augen nach ihr offen halten.«

Das Mittwochmorgen-Meeting hatte schon vor drei Minuten begonnen, aber sie warteten noch immer auf die Bürgermeisterin. Alex begrüßte die acht anderen Angestellten, die die Dinge in Etherton am Laufen hielten, und setzte sich an den Konferenztisch.

»Ich habe gehört, die Sache mit der Truman-Farm wurde abgeschmettert«, flüsterte eine der Frauen ihm zu.

»Sie haben sie nicht einmal in Erwägung gezogen.«

»Schade«, sagte sie, während sie auf die Tasten ihres Blackberrys drückte. »Wir hätten die Einnahmen gebrauchen können.«

»Ich weiß …«, murmelte er. Er hatte sie und alle anderen, die hier anwesend waren, enttäuscht. Wenn die Sache mit Crescent Hill nicht klappte, würden sich die meisten einen neuen Job suchen müssen.

Er klappte seinen Laptop auf, stellte ihn auf den Tisch und hörte nebenbei zu, wie die anderen sich darüber unterhielten, woher sie das Geld nehmen sollten, um nächste Woche die Gehälter zu bezahlen. Statt in ihr Gejammer einzustimmen, holte er Dotty Shermans Ordner aus der Tasche und blätterte ihn zum tausendsten Mal durch. Er konnte diese Frau förmlich als Kind vor sich sehen, wie sie staunend die vielen Räume im Bristow-Haus erkundete und ihre Fantasie Purzelbäume schlug.

»Guten Morgen!« Louise strahlte, als sie das Zimmer betrat und um den Tisch herum zu ihm kam.

Sie nahm ihm den Ordner aus der Hand. »Was haben Sie denn da, Alex?«

Ihm rutschte das Herz in die Hose. Er hätte Dottys Informationen nicht mit auf das Meeting nehmen dürfen. »Das ist die Geschichte von Crescent Hill.«

»Ach, wirklich?« Louise blätterte die Seiten durch. »Woher denn das plötzliche Interesse für Geschichte?«

»Die Vergangenheit hat mich schon immer fasziniert«, antwortete er. »Aber das hier sind Hausaufgaben.«

Sie setzte sich neben ihn und betrachtete die Fotos. Er spürte, wie aller Augen sich auf Louise und ihn richteten. »Und was haben Sie über Crescent Hill herausgefunden?«

»In dem Bericht geht es hauptsächlich um die Familie Bristow.« Er schwieg kurz und beschloss dann, ein riskantes Spiel zu wagen. »Ein Kapitel handelt allerdings von einem Tunnel unter dem Haus.«

Ihre Schultern strafften sich kaum wahrnehmbar. »Ein Tunnel. Tatsächlich?«

»Irgendjemand hat die Seiten, auf denen von dem Tunnel die Rede ist, entfernt, aber ich dachte, Sie wissen vielleicht davon.«

Sie schlug den Ordner zu. »Ein solcher Tunnel wurde nie gefunden.«

»Aber wenn man ihn fände …«

»Die Menschen reden von diesem Tunnel genauso wie von dem Geist, der angeblich im dritten Stock spukt.« Sie strich glättend über ihre Halskette. »Glauben Sie an Geister?«

»Natürlich nicht.«

Sie schob ihm den Ordner hinüber und stand auf. »Es gibt keinen Tunnel unter Crescent Hill, aber das können Sie gern selbst überprüfen, wenn wir das Anwesen übernommen haben.«

»Sarah wird sich das nicht gefallen lassen.«

»Sie kann vor Gericht gehen, so viel sie will, bevor das Haus nicht instand gesetzt ist, kann sie nichts tun.«

»Und wenn sie beschließt, es restaurieren zu lassen?«

Louise sah ihre Leute an. »Dann feiern wir die Wiederherstellung eines der schönsten Häuser der Stadt.«

Alex drehte sich der Magen um angesichts dieser Lüge. Die Bürgermeisterin konnte noch so sehr vorgeben, dass sie sich freuen würde, wenn Sarah die Auflagen der Stadt erfüllen konnte – er wusste es besser.

Louise nahm ihren Platz an der Stirnseite des Tisches ein und zog eine bunte Postkarte aus einer Mappe. Sie hielt sie hoch, damit alle ihr lächelndes Gesicht über dem neuen Slogan erkennen konnten: »Vergangenheit bewahren. Zukunft schaffen.«

»Was meinen Sie dazu?«

»Das geht ins Ohr«, sagte Becky, doch ihre Stimme klang angespannt. Sie fragte sich wahrscheinlich – genau wie Alex –, woher Louise das Geld hatte, fünftausend Postkarten und dazu noch die Plakate, die einen an jeder Straßenecke ansprangen, drucken zu lassen. Die Bürgermeisterin war gut darin, Geld aufzutreiben, wenn sie welches brauchte, doch es gab nur wenige Leute in Etherton, die die finanziellen Mittel für eine solche Kampagne hatten. Alle wussten, dass Louise an der Bewahrung der Vergangenheit wie an der Zukunft ihrer Stadt gelegen war; dennoch wurde in den Leitartikeln der Zeitungen immer öfter die Frage laut, ob sie wirklich weiterhin das höchste Amt in der Stadt innehaben sollte.

Als Louise von ihrem Werbefeldzug auf das Budget zu sprechen kam, vibrierte Alex' Telefon. Er schaute auf das Display und las die SMS, die Sarah ihm geschickt hatte.

»M. ist verschwunden.«

Er steckte das Handy wieder ein und trommelte mit den Fingern auf den Tisch.

»Wir müssen vier zusätzliche Polizeibeamte einstellen«, sagte Becky gerade.

Louise deutete auf einen Bericht in ihrer Hand. »Dafür haben wir kein Geld.«

»Wenn es einen größeren Zwischenfall gäbe …«

»Wir sind hier in Etherton«, antwortete Louise und rollte mit den Augen. »Wir brauchen Polizisten, die Babysitter für die jüngeren Schüler spielen und den älteren Kids, die freitagabends über die Hauptstraße brettern, Strafzettel ausstellen.«

Alex versuchte, sich auf die Diskussion zu konzentrieren, doch es gelang ihm nicht.

Sein Handy vibrierte abermals.

»Bitte helfen Sie mir.«

Alex schloss seinen Laptop und steckte ihn ein. »Tut mir leid«, sagte er und schob seinen Stuhl zurück. »Ein Notfall.«

»Ich wollte ihr keine Angst einjagen«, versuchte Sarah sich zu rechtfertigen, während sie mit Alex zusammen die andere Seite des Hügels hinunterging und dabei Ausschau nach Mariah hielt. Er war offenbar böse auf sie, weil sie Mariah vorgeworfen hatte, ihr den Brief gestohlen zu haben.

»Warum mussten Sie sie dann beschuldigen?«

»Weil sie es getan hat!«

»Im Ernst, Sarah.« Er blieb stehen, drehte sich zu ihr um und sah ihr ins Gesicht. »Warum sollte sie den Brief Ihrer Großmutter stehlen?«

Sie wandte den Blick ab. »Ich glaube nicht, dass sie den Brief wollte. Ich glaube, sie hat nach Geld gesucht.«

Sie gingen weiter. Alex rief in kurzen Abständen Mariahs Namen. »Warum sind Sie so sicher, dass sie Geld wollte?«

»Das liegt doch auf der Hand.«

»Für mich nicht«, antwortete er. »Und wenn sie es wirklich genommen hat, warum hat sie den Brief dann nicht zusammen mit der Tasche in Ihr Zimmer zurückgelegt?«

»Das weiß ich auch nicht.« Sie zuckte die Achseln. »Vielleicht hatte sie ein schlechtes Gewissen.«

»Oder sie hat die Tasche nicht gestohlen.«

»Aber es war doch sonst niemand im Haus!«

»Die Dinge sind nicht immer so, wie sie scheinen, Sarah.«

Sie spähte zum Wald hinüber. Wenn Bryce Mariah nicht finden konnte, konnte sie es wahrscheinlich erst recht nicht. Das Mädchen war wohl kaum in den Wald hinausgelaufen und wartete jetzt darauf, dass sie sie fanden. Inzwischen war sie sicher schon weit weg. Bei ihrem Freund, wie Bryce vermutete, oder bei ihrer Familie in Mansfield.

Sie blickte auf die Uhr. Grant erwartete, dass sie sich innerhalb von zwei Stunden bei ihm meldete – das hieß, sie hatte noch fünfzehn Minuten Zeit. Danach würde er einen anderen freiberuflichen Fotografen anrufen. Und hinzu kam – wenn sie diesen Auftrag ablehnte, würde er sich ganz bestimmt nie mehr an sie wenden.

»Müssen Sie irgendwohin?«

Sie blickte auf und sah ihm in die Augen.

»Ich fliege heute Nachmittag nach Kalifornien.«

Er blieb stehen. »Urlaub?«

»Nein … ein Auftrag.«

»Sie können nicht gehen, solange wir Mariah nicht gefunden haben.«

Sie nestelte an ihrem Uhrarmband herum. Warum sollte sie warten, bis Mariah gefunden war? Sie brauchte die Arbeit und vor allem brauchte sie das Geld. Ihre Großmutter hatte die Verantwortung für Mariah übernommen, nicht sie. Und schließlich hatte sie sie nicht hinausgeworfen, sondern Mariah war weggelaufen, als sie sie nach dem Brief ihrer Großmutter gefragt hatte.

»Mariah hat sich entschieden.«

»Sie leidet, Sarah. Sie weiß nicht, was sie will.«

Sie hasste es, wenn ein Mann vorgab zu wissen, was eine Frau wollte. »Woher wollen Sie das wissen?«

»Ich weiß nicht genau, was sie gedacht hat.«

Sie schnaubte. »Natürlich nicht.«

»Aber ich weiß mehr, als mir lieb ist.«

Sarah war gerade im Begriff, um einen großen Felsbrocken herumzugehen, doch jetzt blieb sie stehen. »Was meinen Sie damit?«

Er lehnte sich gegen einen Baum, die Augen auf den Wald vor ihm gerichtet. »Meine Schwester war Mariah sehr ähnlich.«

»Ihre Schwester?«

»Sie hieß Angela. Als Kind wurde sie von allen geliebt, weil sie die Menschen liebte.« Er stieß sich von dem Baum ab und trat zu ihr. »Ich habe sie beschützt, so gut ich konnte, als wir noch klein waren, aber es war schwer. Sie war ein sehr liebevoller Mensch und half immer jedem, der in Not war. Sie gab ihnen Liebe und alles Geld, das sie in ihrem Sparschwein hatte.«

»Und jetzt?«, fragte sie.

»Jetzt ...«, setzte er an, doch seine Stimme erstarb. »Auf der Schwesternschule hat sie einen jungen Polizisten kennengelernt, in den sie sich verliebte. Er war ein seltsamer Mensch – im einen Moment war er gut zu ihr, im nächsten ... war er gar nicht mehr gut. Sie glaubte, seine immer wieder ausbrechende Wut mit ihrer Liebe besänftigen zu können.«

»Ein sicherer Weg in die Katastrophe.«

»Es war eine Katastrophe. Trent hat einen Wutanfall bekommen und sie erschlagen ... und ihren Sohn auch.«

Sarah schnappte nach Luft und setzte sich auf den Felsen. Was sollte sie dazu sagen?

Kein Wunder, dass er ausflippte, als er erfuhr, dass Mariah weggelaufen war. Er hatte seine Schwester durch einen Mann verloren, der genauso war wie Mariahs Freund.

»Und der Polizist?«, fragte sie.

»Zuchthaus. Lebenslang.«

»Deshalb wissen Sie also, was Mariah denkt ...«

»Angela hat mir immer wieder versichert, dass alles in Ordnung sei. Dass sie meine Hilfe nicht brauche. Für ein Mädchen wie Mariah ist es ein Riesenschritt, dass sie überhaupt um Hilfe gebeten hat.«

Ihr wurde übel. »Und dann habe ich ihr Angst gemacht, und sie ist weggelaufen.«

»In ihrer Lage braucht es nicht viel, um ihr Angst zu machen.«

Sie stützte beide Hände auf den kalten Felsen und stand auf. Alex hatte recht. Sie hätte nicht wütend werden dürfen. Wenn sie freundlich geblieben wäre, hätte sie wahrscheinlich mehr erreicht. Aber sie hatte die Fassung verloren, und nun war das Mädchen weggelaufen und hatte sich versteckt.

»Ich muss sie finden.«

Sie drehte sich um, und Alex kam an ihre Seite. »Ich helfe Ihnen suchen.«

32

Sarah knipste ihre Nachttischlampe an und schlug die frisch gewaschene Bettdecke zurück. Draußen war es dunkel, doch die Lampe tauchte das Zimmer in ein warmes Licht und beleuchtete die Quilts, die am Fußende ihres Bettes hingen.

Ein Teil von ihr wünschte sich, sie wäre in einem Zelt in Kalifornien, in rauchgeschwängerter Luft, mitten im Krisengebiet, zusammen mit freiwilligen Helfern und Feuerwehrmännern, die den Brand bekämpften, im Basislager. Doch sie hatte sich entschieden, in Crescent Hill zu bleiben, statt nach Kalifornien zu fliegen. Und sie war allein.

Sie boxte ihr Kopfkissen zurecht in dem Versuch, es sich im Bett ein wenig bequemer zu machen.

Heute war der schlimmste Tag ihres Lebens gewesen. Grant war völlig außer sich gewesen, als sie den Auftrag ablehnte – die einzige Arbeit, die man ihr seit zwei Monaten angeboten hatte. Sie und Alex hatten Mariah nicht gefunden und nach dem, was Alex über seine Schwester erzählt hatte, dachte sie lieber gar nicht darüber nach, dass Mariah vielleicht zu dem Mann zurückgegangen war, der sie geschlagen hatte.

Der Fußboden im Stockwerk über ihr knarrte und sie erstarrte unter ihrer Decke. Doch dann zwang sie sich weiterzuatmen. Inzwischen wusste sie ja, wer in ihrem Haus herumgeschlichen war, und sie wusste auch, dass es keinen Grund gab, sich zu fürchten. Ihre Großmutter hatte jahrzehntelang allein in diesem Haus geschlafen und Sarah hatte ganze Sommer lang die Nächte in diesem Bett verbracht, ohne von Gespenstern heimgesucht zu werden. In den letzten sieben Jahren hatte sie an sehr viel gefährlicheren Orten genächtigt, zum Beispiel in den Krisengebieten im Mittleren Osten und in Lagern dicht bei tobenden Waldbränden.

Sie drehte sich um und betrachtete die verschlossene Schlafzimmertür.

Im Haus war es fast zu still, aber immerhin hatte sie mehr Ruhe als bei Dan und Jenny. Und es war billiger als im Hotel. Sie würde einfach so tun, als sei sie wieder zehn Jahre alt und zu Besuch bei ihrer Großmutter, die in ihrem Zimmer ein wenig weiter hinten schlief.

Es knarrte erneut. Sie setzte sich auf und zog ihre Nachttischschublade auf, um die Bibel herauszunehmen, die sie in der Bibliothek gefunden hatte – die, aus der ihre Großmutter ihr vorgelesen hatte, damit sie gut schlafen konnte. Nicht, dass sie heute Nacht Angst hatte, aber vielleicht würden die Worte von damals ihr auch heute helfen, gut zu schlafen.

Die Seiten raschelten beim Blättern unter ihren Fingern.

Der Herr ist mein Licht und mein Heil; vor wem sollte ich mich fürchten? Der Herr ist meines Lebens Kraft; vor wem sollte mir grauen?

Sarah blickte zu den Quilts auf. Sie war immer unabhängig gewesen. Stark. Sie brauchte niemanden, der für sie sorgte, wie ihre Mutter, die ohne Mann an ihrer Seite nicht leben konnte.

Doch wenn sie ehrlich war, heute Nacht hatte sie Angst. Weniger vor dem Knarren im Haus als davor, ihre Unabhängigkeit zu verlieren. Und davor, allein zu sein.

Das Lied in der Gemeinde hatte davon gehandelt, dass die Christen in der Gegenwart Gottes lebten und dass seine Nähe ihnen ihre Ängste nahm. Wenn sie dieses Licht spüren könnte, von dem in dem Psalmvers die Rede war, hätte sie vielleicht weniger Angst.

Hilf mir, dein Licht zu spüren.

Wieder blickte sie zu dem Quilt an ihrem Bett hinüber, den eine ihrer Vorfahrinnen genäht hatte, die stolz auf ihre Arbeit und auf ihre Familie war. Die Formen in einem der Quadrate sahen aus wie kleine Steine im Schatten und das blaue Band wirkte wie ein Fluss.

Sie wollte in diesem Haus bleiben. Sie wollte das Erbe ihrer Familie retten. Eine starke Familie bedeutete Sicherheit. Obwohl sie ihre Kindheit fast ausschließlich bei ihrer Mutter verbracht hatte, wusste sie doch alles über die Familie Bristow. Das Vermächtnis dieser Familie – ihre Stärke und ihr Mitgefühl – hatten ihre Füße ihr ganzes, unstetes

Leben lang nicht ausgleiten lassen. Dieses Vermächtnis war ihr Fundament gewesen. Der feste Grund inmitten aller Ungewissheit.

Sie wollte das Haus nicht verkaufen, doch wenn die Stadt es abreißen wollte, hatte sie keine Wahl. Jake Paxton schien es wenigstens zu würdigen. Vielleicht würde er es wirklich instand setzen und mit seiner Familie seine Schönheit genießen.

Eines Tages würde sie vielleicht mit ihren eigenen Kindern nach Crescent Hill zurückkehren und ihnen das schöne alte Herrenhaus zeigen, in dem ihre Vorfahren gelebt hatten. Wenn sie es an Jake verkaufte, würde es dann wahrscheinlich noch stehen, in seine frühere Pracht zurückversetzt. Das war weit besser, als ihre Kinder zu einer weitläufigen Fabrikanlage zu führen und ihnen zu beschreiben, wie es hier einst ausgesehen hatte.

Sie würde die letzte Bristow sein, der das Haus gehört hatte, aber wenigstens würde sie verantwortungsvoll damit umgehen. Sie konnte es einer Familie übereignen, die es schätzte und sich eigene Erinnerungen in seinen Mauern schuf.

Ihre Lider wurden schwer und während sie einschlief, sah sie vor ihrem geistigen Auge die Dreiecke und Kreise und Quadrate auf den Quilts an der Wand.

Neben ihr fiel der Berg jäh in eine finstere Schlucht ab, sodass Stephanies Auto der weißen Begrenzungslinie am Straßenrand immer wieder gefährlich nahe kam. Am Nachthimmel über ihr funkelten Tausende von Sternen wie weiße Weihnachtskerzen am Tannenbaum, doch sie konzentrierte sich auf die kleinen Lichtinseln der Scheinwerfer. Der Blue Ridge Parkway war kaum befahren, die meiste Zeit war sie allein mit der Dunkelheit und den Bäumen, mit denen der Berg bewachsen war.

Sie konnte sich nicht vorstellen, wie es war, ein entlaufener Sklave zu sein, ganz allein hier draußen in der Wildnis. Wenn die Nächte sternenklar waren, konnten sie wahrscheinlich genügend sehen, um im Licht der Sterne ihren Weg durch den Wald zu finden, doch sie mussten große Angst vor Berglöwen und Bären und Schlangen gehabt haben. Aber vielleicht war ihre Angst vor den Sklavenjägern, die sie verfolgten und in Ketten zurückbringen wollten, noch größer gewesen.

Der Techno-Klingelton ihres Handys schreckte sie aus ihrer Träumerei. Sie nestelte sich den Knopf ihres Headsets ins Ohr. Im Moment mochte sie hier draußen in der Wildnis ganz auf sich gestellt sein, aber sie war nicht wirklich allein und dafür war sie dankbar.

»Deine Mutter hat mir gesagt, dass du auf dem Weg nach Ohio bist«, sagte Tante Debra, als Stephanie sich meldete.

»Sehr zu ihrem Leidwesen.«

Ihre Tante lachte. »Sie ist stolz auf dich, Steph. Besorgt, aber sehr stolz.«

»Sie braucht sich keine Sorgen zu machen.«

»Das tun Eltern immer.«

Sie nahm eine weitere enge Kurve. »Ich will doch nur die Wahrheit herausfinden.«

»Diese Semesterarbeit bedeutet dir sehr viel.«

»Es geht um mehr als um die Semesterarbeit und das weißt du genau.«

»Ich habe es gehofft.«

Der Straßenverlauf veränderte sich unvermittelt – er führte nun einige Hundert Meter gerade zwischen zwei Baumreihen hindurch. Sie lockerte den Griff, mit dem sie das Lenkrad umklammert hielt. »Hast du dich nie gefragt, was aus William Ellison geworden ist?«

»Doch, aber ich habe ihn nicht gefunden.«

»Warst du in Ohio?«

»Nein, aber ich habe in den Zeitungen von Cleveland und Kanada Mitte des neunzehnten Jahrhunderts nachgeforscht in der Hoffnung, dass er irgendwo erwähnt wird. Wenn er den Schmuck verkauft hätte, wäre er ein höchst angesehener Schwarzer gewesen.«

»Howard Walters hat mir von einem Ort erzählt, an den William seiner Ansicht nach geflohen sein könnte.«

»Hat er …«

»Er sagte, der Ort hieß Crescent Hill.«

»Crescent Hill?« Tante Debra schwieg. Dann sagte sie: »Warte mal eine Sekunde.«

Stephanie war inzwischen auf der Bergkuppe angelangt und sah unten die Lichter einer kleinen Stadt blinken. Vielleicht fand sie dort ein Hotel, in dem sie übernachten konnte.

»Ich habe vor Kurzem einen Artikel über Crescent Hill gelesen.«

Stephanie schluckte. »Wo?«

»In einer kleinen Zeitung, der *Etherton Daily News*.«

Die Zeitung, die sie als Fächer benutzt hatte. »Warum hast du die Zeitung gelesen?«

»Ich möchte mich auf dem Laufenden halten …« Debra zögerte.

»Womit?«

»Nach dem …« Sie schwieg erneut und Stephanie merkte plötzlich, dass sie weinte. »Nach dem Zwischenfall ist Angelas Bruder nach Etherton gezogen.«

»Du verfolgst die Nachrichten über Alex Yates?«

»Er hat letztes Jahr einen Job bei der Stadtverwaltung angenommen und ich wollte nur wissen …«

»Ist schon gut, Tante Debra.« Wenn es ihrer Tante half, die *Etherton Daily News* zu lesen, sollte sie sie ihretwegen ihr Leben lang abonnieren.

»Ich bete jeden Tag für Alex«, sagte Debra. »Ich bete, dass Gott ihm gnädig ist und dass es ihm gut geht.«

33

Schwerer Dunst legte sich über das Haus. Sarah robbte auf Händen und Knien voran, tastete im Nebel nach der Tür. Vor ihr war Holz, abgesplitterte Stücke, die unter ihrer Berührung hinunterfielen, sodass sie ins Haus hineinsehen konnte.

Drinnen war es warm, und es roch nach Truthahnbraten und Cranberrysoße. Sie hörte Musik, eine Symphonie mit Trompeten und Flöten und einem Tamburin.

Und alles war voller Kinder. Es waren Dutzende. Sie rutschten das breite Treppengeländer herunter, machten Bockspringen und versteckten sich in den Schränken.

Es war ein Traum – das war ihr sogar im Schlaf bewusst, aber vielleicht war es auch eine Vision von der Zukunft. Vielleicht waren ein paar dieser Kinder ihre eigenen und sangen und spielten miteinander. Bei dem Gedanken musste sie lächeln.

Dann drehte sich eines der Kinder zu ihr um und ihr Magen verkrampfte sich. Sie kannte den Jungen nicht. Sie sah sich im Zimmer um und merkte, dass sie keines der Kinder kannte. Sie waren Fremde. Oder vielleicht war sie die Fremde – eine Fremde im Heim ihrer Familie.

Aus den Augenwinkeln sah sie einen Ball. Ein glänzendes silbriges Spielzeug, das der Junge springen ließ. Auf und nieder. Plötzlich begann der Ball zu wachsen und schwoll an, bis er sich in eine monströse Abrissbirne verwandelte. Die Abrissbirne schwang durch ihren Kopf und sie schrie, während ihr Zuhause in sich zusammenfiel.

Sarah riss die Augen auf. Ihr Herz raste. Sie griff nach dem Kopfkissen und drückte es an ihre Brust. Es gab keine Kinder. Und keine Abrissbirne. Es war nur ein Traum.

Das Sonnenlicht eines neuen Tages wärmte ihr Gesicht und holte sie langsam in die Realität zurück.

Sie erinnerte sich nicht an die Gesichter in ihrem Traum, doch das Gefühl, das sie empfunden hatte, war noch immer ganz stark. Sie war einsam gewesen. Sie wollte das, was diese Menschen hatten – eine Familie, die man liebte und über die man sich freute. Menschen, die ihre Liebe erwiderten.

Die Abrissbirne hatte einen Krater auf Crescent Hill hinterlassen. Und ein riesiges Loch in ihrem Herzen.

In diesem Moment wusste sie es plötzlich. Sie konnte das Haus nicht verkaufen. Nicht an die Stadt und auch nicht an jemanden wie Jake Paxton, der versprach, es instand zu setzen.

Familienbande hatten in ihrem Leben nie eine große Rolle gespielt. Auch als ihr Vater noch lebte, hatte er kaum je Zeit für sie gehabt. Ihre Mutter lebte noch, doch sie hatte zu viel damit zu tun, die Stücke ihres eigenen zerbrochenen Lebens zusammenzuhalten, als dass sie Interesse für Sarah hätte aufbringen können.

Ihre Großmutter war ihre einzige wirkliche Bezugsperson gewesen. Dieses Haus war Sarahs Zuhause gewesen. Und Rosalie hatte nicht nur sie stets liebevoll aufgenommen, sie hatte hier auch zahllose andere Menschen willkommen geheißen. Hunderte hatten hier Schutz gefunden. Und Liebe.

Sie schwang die Füße aus dem Bett. Sie selbst hatte kein Geld, um das Haus zu retten, aber sie würde trotzdem darum kämpfen. Alex war auf ihrer Seite und die Spragues auch. Sie würde kämpfen und es so lange behalten, wie sie konnte, oder bis – sie schauderte bei dem Gedanken – die Stadt eine Abrissbirne hier heraufbringen und es einreißen ließ.

Als Alex am Donnerstagmorgen aufwachte, sah er als Erstes den blauen Himmel und wünschte sich, er könnte eine lange Fahrradtour machen, statt den Tag im Büro zu verbringen. Sein Rad schien ihn zu rufen, heute nach Mansfield zu fahren … doch der Ruf, noch einmal nach Beaverdale zu gehen und mit Dotty zu reden, war stärker. Er kannte zwar ihre Enkeltochter nicht, aber Dotty hatte ihn immerhin eingeladen wiederzukommen. Heute würde er herausfinden, was es mit dem Haus in der Pleasant Street auf sich hatte, und Dotty fragen, ob sie glaubte, dass der Tunnel je existiert hatte. Und ob es ihn noch immer gab.

Als er an der Rezeption nach Mrs Sherman fragte, beschrieb die Angestellte ihm den Weg durch die Flure und Hallen zu Dottys Apartment.

»Aaaaah, Natalies bester Freund«, sagte Dotty, als sie die Tür öffnete, und bat ihn herein.

Das Apartment war größer, als er erwartet hatte. Eine voll ausgestattete Küche ging über in ein Wohnzimmer. Davor lag eine Veranda, vor der eine Reihe Bäume und ein Springbrunnen mit drei Putten standen. Dotty nahm die Fernbedienung des Fernsehers, der in einer Zimmerecke stand, und brachte Dr. Phil zum Schweigen.

»Die Leute zerbrechen sich schon den Kopf über meinen gut aussehenden Besucher von gestern.«

»Ich hoffe, das macht Ihnen nichts aus.«

»Natürlich nicht. Sie müssen nur ein wenig vorsichtig sein mit dem, was Sie hier sagen. Sie wissen schon, hier haben die Wände Ohren …«

»Besucht Ihr Cousin Sie öfter?«, fragte er.

»Dem Gesetz nach bin ich Edwards Betreuerin, wenn ihm etwas passiert.« Sie lachte. »Als ob ich für ihn sorgen könnte.«

»Er kommt also, um nach dem Rechten zu sehen?«

Sie nickte. »Er möchte sichergehen, dass ich später mal nett zu ihm bin.«

Er beugte sich vor. »Was war das gestern, als er kam?«

»Edward sollte nicht wissen, dass Sie nach dem Haus gefragt haben.«

»Warum nicht?«

Sie schwieg, dann sagte sie: »Wo stammen Sie noch mal her?«

»Columbia, South Carolina.«

Sie zupfte an der Häkeldecke, die auf ihrem Schoß lag. »Das Nette an großen Städten ist, dass einen kaum jemand kennt. In einer kleinen Stadt mischen sich alle in dein Leben ein.«

»Das habe ich gemerkt.«

Sie sah sich in ihrem Apartment um. »Aber wenn man dann an einen Ort wie diesen zieht, vergessen einen die meisten Menschen sehr schnell.«

»Wollten Sie denn hierherziehen?«

»Mein Sohn hat vor einigen Jahren einen Job in Japan angenommen und meine Tochter lebt in Florida.« Sie schüttelte traurig den Kopf. »Mir blieb nichts anderes übrig.«

Alex dachte nicht mehr an den Berg Arbeit, der im Büro auf ihn wartete, und auch nicht daran, wie er Sarah überreden sollte, ihr Haus zu verkaufen. Vor ihm saß eine Frau, die nach dem Leben draußen hungerte.

Er stand auf. »Möchten Sie vielleicht eine kleine Spazierfahrt mit mir machen?«

Ihr Gesicht leuchtete auf. »Dann könnten wir uns ungestört unterhalten.«

»Und ob.« Er holte den Autoschlüssel aus der Tasche, blieb aber noch einmal stehen, bevor er zur Tür ging. »Dürfen Sie denn rausgehen?«

Sie stemmte ihre knochigen Hände in die Hüften und schnalzte mit der Zunge. »Das ist doch kein Gefängnis!«

Er lachte. Bei ihrem Schwung und Esprit würde er die Fahrt wahrscheinlich mehr genießen als sie. »Ich weiß aber nicht, wie das hier läuft.«

Sie erklärte ihm genau, wie sie hier herauskamen.

Er ging mit ihr zum Aufzug, sie trugen sich an der Rezeption aus und er half Mrs Dotty Sherman in sein Auto.

Als sie das Grundstück verließen, kicherte sie fröhlich wie ein Schulmädchen.

Sie fuhren langsam durch die Stadt. Sie zeigte ihm, wo sie als Kind zur Schule gegangen war; allerdings stand an der Stelle nun keine Schule mehr, sondern ein Supermarkt. Auf dem Farmland, wo sie Erdbeeren gepflückt und frische Eier gekauft hatte, befanden sich inzwischen eine Tankstelle und ein Einkaufszentrum und der Eckladen war vor zwanzig Jahren abgerissen worden, wie sie sagte; er hatte einem Parkplatz weichen müssen.

»Es ist einfach schade, dass sie all die alten Gebäude abreißen.« Sie seufzte. »Als ob sie nicht mehr wichtig wären.«

»Für die meisten Menschen ist die Vergangenheit sehr wichtig.«

Sie lachte, doch es war kein freudiges Lachen. »Sie schätzen sie aber nur, wenn sie ihnen Geld bringt.«

Er warf einen Blick zu ihr hinüber. Sie schaute aus dem Fenster. Wahrscheinlich sah sie Dinge vor ihrem geistigen Auge, die er nicht sehen konnte. Längst verschwundene Orte. »Was ist denn für Sie wertvoll?«

»Mein Glaube an Gott und meine Familie.« Plötzlich standen ihr Tränen in den Augen. »Und meine Freunde natürlich, auch wenn die meisten nicht mehr leben.«

»Das tut mir leid.«

Sie tippte mit den Fingern ans Autodach. »Sie warten dort oben auf mich.«

Sie fuhren die gepflasterte Straße hinauf in Richtung Crescent Hill. Als Dotty das Bristow-Haus sah, bat sie ihn anzuhalten.

»Kannten Sie Rosalie?«, fragte er, den Blick fest auf das Haus gerichtet.

Sie nickte. »Als Kinder waren wir Freundinnen.«

»Und als Erwachsene?«

Sie schüttelte den Kopf. »Wir wollten beide denselben Mann heiraten.«

»Philip Bristow?«

Dotty strich über das Seitenfenster, sie war ganz in die Vergangenheit versunken. »Philip war reich und gut aussehend und das Beste war, ihm schien an beidem nicht das Geringste zu liegen. Er wäre ein erfolgreicher Geschäftsmann oder Politiker geworden, aber er wollte einfach nur ein guter Arzt sein.«

»Und Rosalie?«

»Sie war eine Künstlerin, die die Menschen leidenschaftlich liebte.«

»Wie viele Kinder hatten sie?«

Dotty rang die Hände. »Das ist eine schwierige Frage …«

»Also mindestens eins …«, soufflierte er.

Als sie nicht antwortete, schaute er rasch zu ihr hinüber, weil er dachte, sie entgleite ihm womöglich. »Sarah Bristows Vater …«, drängte er.

Sie schüttelte den Kopf. »Rosalie hatte einen anderen, bevor sie Philip heiratete. Einen Mann, der sie betrogen hat.«

Plötzlich hatte er das Gefühl, zudringlich zu sein. Das ging allein Sarah etwas an, nicht ihn. »Sind Sie und Rosalie je wieder Freundinnen geworden?«

»Natürlich.« Dotty kam in die Gegenwart zurück. »Ich begegnete meinem Charles und heiratete ihn und wir hatten drei Kinder. Rosalie war diejenige, die gelitten hat.«

»Und doch haben Sie die Geschichte von Crescent Hill geschrieben?«

»Philip und Rosalie haben mir haufenweise Informationen über das Anwesen gegeben, obwohl keiner von beiden so sehr an dem Ort interessiert war wie ich.« Sie lachte. »Ich hätte Philip geheiratet, nur um hier leben zu können.«

Als sie den Hügel langsam wieder hinunterfuhren, taten sie es in entspanntem Schweigen. Sie passierten die Baumgruppen und er hielt an der Stelle, an der sich die Pleasant Street und die Bristow Avenue kreuzten.

»Die Pleasant Street wurde um 1970 verlängert und die Hausnummern wurden geändert«, sagte sie.

Er blickte zu ihr hinüber, drängte sie aber nicht.

Sie deutete auf das große grün abgesetzte Haus neben ihnen. Edward Paxtons Haus. »In der guten alten Zeit war das die Pleasant Street 249.«

Sarah duschte rasch und zog sich an, dann ging sie den Hügel hinunter. Sie wollte zu Jake Paxton. Er schien so fest entschlossen zu sein, das Haus zu kaufen, doch das änderte sich sicher, wenn er erfuhr, dass es abgerissen werden sollte.

Das Haus instand zu setzen, würde eine Riesensumme erfordern, doch es war der perfekte Ort für Menschen, die eine Zuflucht brauchten. Kein Wunder, dass ihre Großmutter es so lange behalten hatte. Anscheinend war niemand auf die Idee gekommen, dass sie Schutzsuchende bei sich versteckte.

Ein paar Kinder fuhren auf Fahrrädern am Paxton-Haus vorbei. Sie lachten, während sie versuchten, den Lenker loszulassen und freihändig zu fahren. Sie winkte ihnen zu, bevor sie das weiße Tor öffnete, Jakes kleinen Vorgarten betrat und die Stufen zur Veranda hinaufging.

Sie hatte keine Ahnung, wo sie das Geld zur Instandsetzung des Hauses hernehmen sollte. Sie wusste nur eines: Sie wollte Crescent Hill nicht verlassen.

Wenn sie die Antiquitäten und alles andere bewegliche Inventar, das von einigem Wert war, verkaufen konnte, konnte sie vielleicht ein paar der wichtigsten Reparaturen durchführen lassen und ein kleines Studio einrichten, in dem sie Fotos von Familien und Babys machen konnte. Vielleicht konnte sie dann sogar ein paar Frauen und Kindern helfen, so wie Rosalie es getan hatte. Es wäre zwar keine große Sache, aber sie konnte doch das Vermächtnis der Familie Bristow fortführen. Jetzt wollte sie Edward erst einmal fragen, wie weit er mit der Schätzung ihrer Antiquitäten war.

Jake öffnete die Tür, noch bevor sie geklopft hatte, und trat zu ihr auf die Veranda heraus. Sie hatte den Eindruck, dass er die Tür so rasch wie möglich hinter sich schloss.

»Hi, Sarah.« Er wies auf einen der Stühle auf der Veranda und setzte sich dann neben sie. »Ich hoffe, Sie sind hier, um mit mir über mein Angebot zu sprechen.«

»Die Stadt will das Haus abreißen lassen.«

Seine Augen verengten sich. »Das können sie nicht tun.«

»Ich werde mich wehren, aber ich glaube nicht, dass es ein guter Zeitpunkt ist, um das Haus zu verkaufen.«

»Und ob es ein guter Zeitpunkt ist«, sagte er lächelnd. »Ich kann es instand setzen lassen.«

»Man braucht wahrscheinlich annähernd eine Million, um es so instand zu setzen, dass es den Vorschriften genügt.«

»Vielleicht könnten Sie mir mit dem Preis entgegenkommen?«

»Tut mir leid«, sagte sie. »Ich habe beschlossen, es nicht zu verkaufen, jedenfalls vorläufig nicht.«

Sein Lächeln verschwand. »Warum nicht?«

»Es klingt vielleicht dumm …«

Er beugte sich vor. »Sagen Sie es mir ruhig.«

»Ich … ich bin gerade dabei, mich hier in Etherton irgendwie selbst zu entdecken, und das Haus ist ein Teil von mir.«

»Weil es zur Bristow-Familie gehört?«

»Ich wollte schon mein Leben lang zu einer …«, setzte sie an, doch dann schwieg sie. Sie würde ihm keine derartig persönlichen Informationen geben.

»Ihr Großvater war der letzte Bristow.«

»Nein, mein Vater …«

Er stand auf. »Ich bin gleich zurück.«

Er ging ins Haus.

Sie wollte sich gemütlich zurücklehnen, doch irgendetwas fühlte sich falsch an. Sie konnte verstehen, dass er enttäuscht war, weil sie das Haus nicht verkaufen wollte, ja vielleicht sogar ein wenig ärgerlich über die Wendung, die das Ganze genommen hatte, doch diese Reaktion empfand sie als ein wenig seltsam. Vielleicht sollte sie lieber gehen …

Sie wollte gerade aufstehen, doch da stand er schon wieder in der Tür – ein Papier in der Hand. Er streckte es ihr hin.

Sie überflog es rasch – es war eine Geburtsurkunde von Timothy Lawrence Paxton.

»Woher haben Sie …«, wollte sie sagen, doch ihre Stimme erstarb, während sie den letzten Namen ihres Vaters zum zweiten Mal las.

Paxton.

Die Geburtsurkunde bestätigte, dass ihr Vater der Sohn von Edward Paxton und Rosalie Stull war … doch das stimmte nicht. Ihr Vater war der Sohn von Philip und Rosalie Bristow.

Rosalie Stull?

Ihre Finger erstarrten, als ihr Rosalies Mädchenname bewusst wurde. Das Datum stimmte. Der 8. März 1957. Aber der Name. Der Name stimmte nicht.

»Sie wären vielleicht gern eine Bristow«, flüsterte Jake. »Aber Ihr Vater war kein Bristow und deshalb sind Sie es auch nicht.«

»Doch, das bin ich«, sagte sie, aber ihre Stimme zitterte. Ihr Leben lang war sie eine Bristow gewesen. Es war das Einzige gewesen, dessen sie immer sicher gewesen war. »Aber mein Vater …«

Er beendete ihren Satz. »Philip hat Ihren Vater adoptiert.«

»Adoptiert?«, flüsterte sie. Es war einfach zu viel, es ging alles zu schnell. Sie war eine Bristow. Ihr Vater war ein Bristow.

Jake log.

»Mein Vater hätte mir gesagt …«

Jake warf ihr einen seltsamen Blick zu. »Wirklich?«

In ihrem Kopf drehte sich alles. Sie und ihr Vater hatten nie viel miteinander gesprochen und schon gar nicht über ihre Familiengeschichte. Vielleicht hatte er ihr nichts sagen wollen. Oder vielleicht hatte er es selbst nicht gewusst.

»Die ganze Stadt hätte die Wahrheit gewusst.«

»Niemand wusste, mit wem Rosalie schlief.« Jake lachte. »Sie wussten nur, dass sie schwanger war.«

Ihr Körper versteifte sich. Wie konnte er es wagen, die Frau schlechtzumachen, die so vielen Menschen die Liebe Gottes gezeigt hatte?

»Anscheinend hat sie bald nach der Geburt Ihres Vaters geheiratet«, sagte er. »Aber nicht Timothys Vater.«

»Aber …«

»Rosalie schämte sich, es den Leuten zu sagen. Sie wollte es geheim halten.«

»Und warum erzählen Sie es mir dann?«

»Ihr richtiger Name lautet Sarah Paxton und nicht Sarah Bristow.«

Ihr Magen revoltierte, als er sich zu ihr vorbeugte. »Aber wenn Sie mir das Anwesen verkaufen«, flüsterte er, »verspreche ich, das Haus und den Namen der Bristows zu schützen.«

34

Jake hatte die Tür noch nicht ganz geschlossen, als Edward ihm auch schon die Geburtsurkunde aus der Hand riss. »Wo hast du das her?«

Jake schob den Riegel vor und baute sich vor seinem Großvater auf. Er genoss es, auch einmal Macht über ihn zu haben. »Ich habe sie gefunden.«

Edward ließ die Urkunde fallen und gab Jake eine Ohrfeige.

Jake fuhr sich mit der Hand ans Gesicht. Zorn wallte in ihm auf. »Fass mich nie wieder an.«

»Hast du es ihr gezeigt?«

Er rollte die Schultern. »Es war nur eine kleine Absicherung.«

Sein Großvater hob wieder die Hand, doch Jake fing sie in der Luft ab. »Nie wieder, hab ich gesagt.«

Edward ließ die Hand sinken. »Du Idiot!«, murmelte er. »Jetzt hast du ihr unsere beste Karte aufgedeckt.«

Er stieß mit dem Stock nach Jakes Bein, doch Jake riss ihn ihm aus der Hand. Sein Großvater stolperte zurück und fiel aufs Sofa. »Ich wollte ihr nur einen kleinen Schubs in die richtige Richtung geben«, sagte Jake.

»Hat es funktioniert?«

Er schwang den Stock. »Sie wird das Haus verkaufen.«

»Gib mir den Stock, Jake.«

Jake schien über Edwards Bitte nachzudenken.

Edward schob sich an die Sofakante vor. »Du bist ein Idiot.«

»Ich bin kein Idiot«, sagte er und warf Edward den Stock hin. »Warum hast du mir nicht gesagt, dass du ihr Großvater bist?«

»Das liegt doch auf der Hand, oder? Weil du nicht mit der Information umgehen kannst.«

»Aber ihr Vater war dein Sohn.«

»Nein, war er nicht.« Edward betonte jedes einzelne Wort mit einem Stoß mit seinem Stock auf den Hartholzfußboden.

»Aber die Urkunde …«

»Ich habe zu Rosalie gesagt, wenn sie das Kind behalten will, ist es ganz allein ihres.«

»Und dann hat Philip Bristow ihn adoptiert.«

»Rosalie hätte die Urkunde eigentlich vernichten sollen, damit sie niemand fand.«

Jake straffte die Schultern. »Ich habe genau den richtigen Moment abgewartet, um Sarah davon zu erzählen.«

»Das war nicht der richtige Moment.« Edward starrte ihn an. »Wem hast du sonst noch von der Urkunde erzählt?«

»Nur jemandem, der auf unserer Seite steht.«

»Es steht niemand auf unserer Seite.«

»Doch, Liza Bristow.«

Edward stach schon wieder mit dem Stock nach Jake. »Was hast du ihr gesagt?«

Jake ging langsam voraus ins Arbeitszimmer, Edward folgte ihm auf dem Fuß. Er klopfte an die Wand der Abstellkammer, in der Mariah sich versteckt hatte, als Sarah gekommen war, und wartete, dass sie herauskam und sich auf den Stuhl hinter ihm setzte. Sein Großvater mochte ihn einen Idioten schimpfen, doch er war ihm einen riesigen Schritt voraus.

Und als Sieger wollte er, dass seine Frau den Moment mit ihm gemeinsam genoss.

Er straffte die Schultern. »Ich habe Liza gesagt, das Sarah keine Bristow ist.«

Es dauerte ein paar Sekunden, bis Edward die Information verdaut hatte. »Warum hast du das getan?«

»Damit sie das Testament anfechten kann.« Als Edward der Kiefer herunterfiel, fuhr Jake fort: »Wenn Sarah keine echte Bristow ist, kann Liza Crescent Hill erben.«

Edwards Gesicht wurde puterrot. »Und warum willst du, dass sie Crescent Hill erbt?«

Das war er. Der Moment seines Sieges. Jetzt würde er beweisen, dass er genauso smart und hinterhältig war wie jedes andere Mitglied der Familie Paxton. »Das ist alles eine Sache des richtigen Zeitpunkts, Pops.«

»Liza wird das Haus an die Stadt verkaufen.«

»Nicht, wenn ich ihr ein höheres Angebot mache.«

Edward schäumte vor Wut. »Wie meinst du das?«

»Damit verschaffe ich uns Zeit, den Schatz zu suchen.« Und weitere Gegenstände zu stehlen, die er online verkaufen konnte.

»Und in deinem so brillanten Plan ...«, sagte Edward, »... ist dir da je der Gedanke gekommen, dass Liza in diesem Fall auch keine Bristow ist?«

Jake wollte protestieren, doch plötzlich hielt er inne. Edward liebte es, ihn zu verwirren, doch diesmal würde er das Spiel nicht mitspielen. »Du weißt ja nicht, was du sagst.«

»Wer war Sarahs Vater?«

»Timothy Bristow.«

»Und wer war Lizas Vater?«

»Das ist mir völlig egal.«

»Es war Timothy Bristow, du Genie.«

Er blinzelte. »Aber Liza lebt in Columbus.«

»Sie sind Halbschwestern, du Idiot!«

Er stolperte zurück. Sein großartiger Plan war zunichte. Dabei hatte er sich alles so schön ausgedacht. Wenn Sarah keine echte Bristow war, konnte Liza das Testament anfechten. Liza würde anbieten, ihm das Haus zu verkaufen, und er würde sich dort genauestens umsehen und entscheiden, was er holen wollte, ja vielleicht sogar den Schatz finden. Dann würde er durch den Tunnel so viele wertvolle Gegenstände wie möglich aus dem Haus schaffen. Von dem Erlös würde er nicht Crescent Hill kaufen, sondern ein kleines Haus für Mariah und sich. Weit weg von Edward Paxton und Ethertons Arm des Gesetzes.

Er hatte Liza die Geburtsurkunde nicht gezeigt, aber sie hatte ihm aufmerksam zugehört, ja sie war sogar richtig aufgeregt gewesen. Der Plan schien narrensicher zu sein.

Mariah brach das Schweigen als Erste. »Von wem redet ihr überhaupt?«

»Halt's Maul«, knurrte Jake.

Sein Handy klingelte. Es war Liza. Sie wollte den Beweis, dass Sarah nicht blutsverwandt war mit Timothy Bristow, um ihn ihrem Anwalt zu geben. Er hatte ihn ihr versprochen und jetzt musste er sie enttäuschen.

»Hey«, sagte er und drehte sich zur Hintertür. Dann lachte er. »Ich muss dir etwas Lustiges erzählen.«

Er warf einen Blick über die Schulter und lachte wieder, doch weder Edward noch Mariah stimmten in sein Lachen ein.

Sarah stopfte ihre Kleider in eine Tasche und lief aus dem Haus. Sie gehörte nicht hierher, nach Etherton. Es war alles eine Lüge gewesen. Sie hatte ihre ganze Kindheit mit dem Erbe und der Geschichte der Bristows verbracht und nun war sie nicht einmal eine Bristow.

Sie war eine Paxton. Sarah Adelle Paxton. Sie schauderte. Ihre Eltern hatten sie nach einer Vorfahrin benannt, die gar nicht zu ihr gehörte. Den Paxtons konnte man nicht trauen, und nun war sie die Enkelin eines Paxton.

Sie stieg ins Auto und fuhr den Hügel hinunter. Wie hatte ihre Großmutter sie so hinters Licht führen können? Rosalie hatte die ganze Zeit die Wahrheit gewusst und Jake Paxtons Familie ebenfalls.

Kein Wunder, dass ihr Vater so selten nach Etherton zurückgekehrt war. Vielleicht kannte er die Wahrheit ebenfalls.

Vor einer roten Ampel musste sie halten. Sie holte ihr Handy heraus und wählte Grant Haussens Nummer. Wenn er sie noch brauchen konnte, würde sie noch heute Morgen nach Kalifornien fliegen und Bilder von dem Feuer machen.

»Grant hier.«

»Hey«, sagte sie und versuchte, beiläufig zu klingen. »Kannst du mich noch in Kalifornien brauchen?«

»Sarah?«

»Ja.«

»Tut mir leid, aber …« Sie hörte Stimmen im Hintergrund. »Ich hab keine Zeit, Sarah.«

Hoffnungslosigkeit packte sie. Wo sollte sie jetzt hingehen? »Wenn du mich brauchst, ich bin bereit.«

Sie wartete auf seine Antwort, doch er hatte schon aufgelegt.

Sie wiegte das Handy in der Hand und überlegte, ob sie Jenny anrufen sollte, doch Jenny hatte ein Haus voller Kinder und selbst genügend Sorgen. Sie brauchte nicht auch noch Sarah, die sich an ihrer Schulter ausweinte.

Tränen liefen ihr über die Wangen. Tränen der Angst, des Zorns und der Trauer.

Sollte Jake doch der ganzen Welt erzählen, dass sie keine Bristow war. Es kümmerte sie nicht mehr.

Alex hätte nie gedacht, dass er einmal etwas aus einem Altenheim herausschmuggeln würde, doch unter seinem Mantel befand sich ein Exemplar der Geschichte von Crescent Hill – mit sämtlichen Seiten. Dotty hatte ihm den Ordner gegeben. Sie hatte ihn unter dem Bett versteckt gehabt.

Er hatte das Manuskript gleich in Beaverdale kopiert und ein Gummiband um die losen Seiten geschlungen.

Jetzt musste er nur noch entscheiden, was er damit anfing. Auf jeden Fall würde er zu Louise gehen und sie bitten, mit dem Abriss des Hauses noch zu warten. Doch zuvor brauchte er zusätzliche Beweise dafür, dass Dottys Arbeit hieb- und stichfest war. Die Autorin war eindeutig voreingenommen für Philip und Rosalie, aber das musste ja nicht bedeuten, dass ihre Angaben falsch waren. Trotzdem musste er die Geschichte überprüfen, bevor er mit der Bürgermeisterin sprach.

Er hielt an einer Kreuzung und wollte gerade weiterfahren, als er nach links schaute und einen blauen Miata den Hügel hinunterbrettern sah, direkt auf ihn zu. Daraufhin bremste er erneut, diesmal mit aller Kraft, und sah zu, wie das Auto über die Kreuzung rauschte, ohne das Stoppschild zu beachten.

Er erhaschte einen Blick auf Sarah, die in ihr Handy sprach und überhaupt nicht merkte, dass sie soeben beinahe in ihn hineingefahren wäre.

Hinter Sarah raste ein BMW die Straße hinunter. Liza Bristow sah ihn, winkte ihm jedoch nicht einmal zu. Sie lächelte auch nicht. Sie bog einfach auf die Straße nach Columbus ab. Vielleicht fuhr sie ja endlich nach Hause.

Es war ihm egal, wo Liza hinfuhr, doch mit Sarah stimmte etwas nicht. Er wendete und folgte ihr den Hügel hinauf, Richtung Norden. Sie nahm eine Kurve und holperte über ein Gleis. Als sie endlich das Tempo drosselte, hupte er und winkte ihr und sie bog auf einen Parkplatz neben einer Scheune ab.

Er warf seine Autotür zu, lief zu ihrem Auto und klopfte ans Fenster. Sie kurbelte es herunter, sah ihn aber nicht an.

»Sie hätten mich vorhin beinahe gerammt.«

Sie lehnte ihren Kopf gegen die Kopfstütze. »Ich habe keine Kraft mehr zu kämpfen, Alex.«

Wenn er mit allem gerechnet hätte – damit nicht. »Ich, äh, ich wollte nicht mit Ihnen kämpfen. Ich wollte nur …«

»Ich meine das Haus«, sagte sie mit tonloser Stimme. »Sie können es haben.«

»Was?«

»Sie und Louise können Ihr Sanatorium auf Crescent Hill bauen. Oder einen Parkplatz. Oder eine Mülldeponie, wenn Sie wollen.«

»Warten Sie. Eine Sekunde.« Er dachte an Dottys Papiere, die in seinem Auto lagen, und die Geheimnisse, die sie bargen. Sarah durfte einfach noch nicht aufgeben.

»Ich will nach Hause, Alex.«

»Nach New York?«

Ihre Augen füllten sich mit Tränen. »Ich weiß nicht.«

Sie starrte auf das Lenkrad, ihre Arme hingen kraftlos herab. Die kämpferische Sarah gefiel ihm sehr viel besser als die willenlose Person, die da vor ihm saß. Er musste sie aufrütteln, er musste sie aus diesem Zustand herausholen. Er brauchte ihre Hilfe, um die Wahrheit herauszufinden.

Er schaute zur Seite und sah einen kleinen Teich neben der Scheune. Er machte ihre Autotür auf. »Kommen Sie, wir müssen miteinander reden.«

Sie kroch hinter ihm her unter dem Holzzaun hindurch. Dann setzten sie sich auf eine Bank an dem stillen Teich.

»Was stimmt denn nicht?«, fragte er.

Sie stöhnte. »Es stimmt einfach überhaupt nichts mehr.«

Er beugte sich vor, hob einen Stein auf und warf ihn ins Wasser. Die Wellen breiteten sich langsam über die Oberfläche aus. Louise würde ihn entlassen, wenn er seine Informationen an Sarah weitergab, aber Crescent Hill war ihr Zuhause. Sie verdiente es, die Wahrheit zu wissen.

»Möchten Sie mir erzählen, was passiert ist?«, fragte er.

Als sie den Kopf schüttelte, drängte er sie nicht.

»In Beaverdale lebt eine alte Dame, die die Geschichte der Bristows und ihres Hauses aufgeschrieben hat«, sagte er.

Sie stöhnte wieder. »Ich will nicht über Crescent Hill sprechen.«

Er schwieg und nickte zu seinem Auto hinüber. »Ich bin sicher, da kann ich Sie umstimmen.«

Der Barkeeper wischte die Theke im Underground Café ab. Außer ihr und Alex waren im Moment keine Gäste da. Sie hatte nicht nach Etherton zurückkehren wollen, aber es gab keinen Ort, an den sie sonst hätte gehen können. Selbst wenn sie nach New York zurückfuhr oder nach Kalifornien – was sollte sie dort tun? Sie hatte noch einen Kreditrahmen von zweihundert Dollar und hatte soeben den einzigen Auftrag abgelehnt, den sie seit Monaten erhalten hatte. Sie hatte keine Arbeit. Keinen Notfallplan. Nur ein Haus, das ihr nicht wirklich gehörte.

»Was ist passiert?«, fragte Alex noch einmal. Diesmal war seine Stimme sehr viel ruhiger, als hätte er Angst, dass sie davonlief, so wie Mariah.

»Ich bin gar keine Bristow.«

Seine Stimme wurde lauter. »Wer hat Ihnen das gesagt?«

»Jake Paxton.« Sie faltete die Hände im Schoß. »Er hat mir die Geburtsurkunde meines Vaters gezeigt.«

»Und wie hat er die in die Finger bekommen?«

»Ich weiß nicht – vielleicht war sie im Familienbesitz.«

»Sie ist zu einem ausnehmend günstigen Zeitpunkt aufgetaucht.«

»Wahrscheinlich hat er sie absichtlich zurückgehalten und wollte sie mir nur zeigen, falls ich ihm das Haus nicht verkaufen wollte.«

»Wirklich ein netter Typ«, witzelte er. »Und deshalb sind Sie weggelaufen?«

Sie zuckte die Achseln. »Ich wusste nicht, was ich sonst tun sollte.«

Er blickte sie mitfühlend, ja fast beschwörend an. »Weglaufen hilft auch nicht.«

Sie stützte die Ellbogen auf den Tisch und legte das Kinn auf die Hände. Sie war ihr Leben lang zornig auf ihre Mutter gewesen, weil sie jedes Mal weglief, wenn es schwierig wurde, und jetzt tat sie genau das Gleiche.

Dazubleiben, sich den Problemen zu stellen – das lag ihr nicht im Blut. Und sie wusste nicht, ob sie es überhaupt lernen wollte. Es war so viel leichter wegzulaufen und irgendwo, wo die Leute sie und ihre Familiengeschichte nicht kannten, neu anzufangen.

»Eine Geburtsurkunde ist nicht alles«, sagte Alex. »Manche Bindungen sind stärker als Blutsverwandtschaft.«

»Ich weiß nicht …«

»Sie sind immer noch Rosalie Bristows Enkelin und Erbin der Bristow-Familie. Sie sind die Einzige, die übrig geblieben ist, um für das Haus zu kämpfen.«

»Seit wann wollen Sie denn, dass ich um Crescent Hill kämpfe?«

Er zögerte. »Ich möchte, dass Sie das Richtige tun.«

Sie wusste im Moment einfach nicht, was das Richtige war. Sie hatte sich wohlgefühlt in dieser Stadt, hatte sich vorstellen können, hier zu Hause zu sein. Aber das hieß natürlich nicht, dass sie hierbleiben musste.

»Ich glaube nicht, dass Jake Ihr Haus will«, sagte Alex.

»Doch, das will er.«

»Er sagt vielleicht, dass er es kaufen will, aber ich glaube, in Wirklichkeit will er nur den Tunnel.«

Sie seufzte. »Welchen Tunnel?«

Er legte einen großen Stapel Papiere auf den Tisch, der durch ein Gummiband zusammengehalten wurde, und schob ihn zu ihr hinüber.

»Das ist eine ausführliche Darstellung der Geschichte Ihres Hauses auf Crescent Hill.«

Sie hob die oberste Seite an und spähte darunter. Sie hatte viele Geschichten gehört, aber noch nie etwas Schriftliches über die Vergangenheit von Crescent Hill in die Hände bekommen. »Wo haben Sie das her?«

»Dotty Sherman, eine Freundin Ihrer Großeltern, hat es verfasst.« Er langte hinüber und ließ die Seiten durch die Finger gleiten. »Laut Dotty Sherman besitzt Ihr Haus einen Tunnel, der als Zuflucht für entlaufene Sklaven diente.«

»Die Geschichte ist doch ein alter Hut, Alex. Daran glaubt doch kein Mensch.«

Er schien sie gar nicht zu hören.

»Der Tunnel wurde allerdings nicht nur als Station der Underground Railroad genutzt.« Er schob ihr ein Blatt hin und sie sah die Bleistiftzeichnung eines Tunnels. »Er war auch der geheime Treffpunkt der Männer aus ganz Mittel-Ohio, die eine solche Station zur Verfügung stellten. Sie betraten ihn durch verschiedene Eingänge und trafen sich unter dem Haus.«

»Unter dem Haus?«

Er nickte. »Diese Männer planten unterschiedliche Routen, um entlaufene Sklaven durch Nord-Ohio und über die streng bewachte Grenze um den Eriesee zu schleusen.«

Sie rieb sich die Stirn. Sie hatte oft schon gehört, dass das Haus eine Rolle für die Underground Railroad gespielt hatte. Von ihrer Großmutter und von den Nachbarskindern, die alle möglichen Geschichten über einen Tunnel und einen versteckten Schatz erfunden hatten.

Aber was hatte das mit ihr, mit heute zu tun? Oder mit Crescent Hill? Selbst wenn es einen Tunnel gab – und Jake es auf diesen Tunnel abgesehen hatte – warum war das wichtig?

»Ich bin froh, dass die Bristows entlaufenen Sklaven halfen, aber das hilft mir auch nicht.«

»Vielleicht doch«, sagte er und beugte sich vor. »Dotty hat gesagt, der Tunnel führt zum Paxton-Haus.«

Ihr Herzschlag beschleunigte sich. »Jake Paxton?«

»Genau. Jakes und Edwards Haus. Die anderen Eingänge zum Tunnel wurden nie gefunden.«

Hatte Jake Paxton Zugang zu ihrem Haus? Bei dem Gedanken wurde ihr übel.

»Sie wollen also den Tunnel suchen?«, fragte sie.

»Wenn wir ihn finden könnten, würde die Stadt nie zulassen, dass das Haus abgerissen wird.«

Sie schüttelte den Kopf. »Ich habe das Haus von oben bis unten durchsucht und habe keinen Eingang zu einem Tunnel gefunden.«

»Dotty hat gesagt, es gäbe einen Eingang im Obergeschoss des Hauses.«

»Da ist kein Eingang.«

»Dottys Großvater hat davon gesprochen, aber sie war zu klein, um sich Einzelheiten zu merken.«

Er strich über den Stapel Papiere. »Er hat auch gesagt, es gäbe eine Karte zu einem dritten Eingang, durch den die Hausbesitzer die Sklaven führen konnten, damit sie nicht durch die Tür mussten.«

»Also wirklich, Alex – ich weiß nicht!«

Er beugte sich dichter zu ihr und flüsterte: »Der Legende nach wurde die Karte auf einen Quilt genäht.«

Sie blickte auf die Papiere in seinen Händen. Margaret Nixons Worte fielen ihr ein. Jeder Quilt hat eine Geschichte.

Konnte das wirklich wahr sein? Sie erinnerte sich nicht, dass Rosalie je über die Quilts gesprochen hatte, aber vielleicht hatte ihre Großmutter es ja nicht gewusst.

Und wenn sie nun den Eingang zum Tunnel fanden und dadurch das Haus retten konnten?

Sie mochte keine echte Bristow sein, aber Alex hatte recht. Sie war die Einzige, die für das Haus … und das Vermächtnis der Bristows kämpfen konnte.

35

Er war nur kurz auf ein oder zwei Bier in die Billardhalle gegangen und es wäre ihm nie eingefallen, seine Jacke mitzunehmen. Doch als er nach fünf oder sechs Bier zurückkam und die Bücher in Edwards Händen sah …

Er hätte niemals die blöde Jacke hierlassen dürfen.

Zuerst dachte er, Edward würde ihm die Bücher an den Kopf werfen, doch sein Großvater brachte es nicht fertig, etwas Wertvolles zu beschädigen, nicht einmal, wenn er außer sich vor Zorn war. Stattdessen legte er die Bücher mit zitternden Händen auf den Kaffeetisch.

Jake trat vor. »Wo ist Mariah?«

»Oben. Hat sich in ihrem Zimmer eingeschlossen.«

Jake nickte zu den Büchern hinüber. »Du hast wieder angefangen zu lesen?«

Edward starrte ihn an. »Willst du unbedingt wieder ins Gefängnis?«

»Natürlich nicht. Ich dachte nur, ich bringe einen kleinen Schatz für mich selbst auf die Seite, während ich nach deinem Goldpott suche.«

Edward deutete mit dem Stock auf ihn. »Du setzt alles aufs Spiel für ein paar Hundert Dollar?«

»Ein paar Hundert Dollar klingt in meinen Ohren nicht schlecht.«

»Du hast ja keine Ahnung …«, sagte Edward und humpelte ans Bücherregal.

»Ich stelle es clever an, Pops. Ich nehme immer nur ein paar Sachen auf einmal, aus verschiedenen Zimmern. Sarah wird gar nicht merken, dass etwas fehlt.«

»Sie werden dich schnappen.«

»Keine Chance«, lallte er. »Und ich werde sehr viel mehr als ein paar Hundert Dollar an diesen Büchern verdient haben, wenn ich fertig bin. Ich werde mehr, sehr viel mehr damit verdienen als du jemals mit deinem dämlichen Schatz!«

Edward nahm ein Fotoalbum aus dem Regal und schlug es auf. »Ich werde dir mal was zeigen.«

Auf der ersten Seite war ein Schwarz-Weiß-Foto von einem Mann mit buschigem Schnurrbart und Locken. Keine Spur eines Lächelns auf den Lippen oder in den Augen.

Jake musste lachen. »Ein grimmiger alter Mann!«

Edward lachte nicht mit. »Das war mein Urgroßvater. Arthur Paxton.«

»Dann war er also mein ...« Er hatte keine Ahnung, wie viele »Urs« das waren.

»Zerbrich dir nicht den Kopf«, sagte Edward, während er hinter den Plastikschutz griff.

»Und was wusste dein Urgroßvater über den Schatz?«

»Eine Menge.« Edward zog ein Blatt Papier hinter dem Foto hervor. »Er hat diese Information an seinen Sohn weitergegeben und dieser an mich.«

Jake blickte auf das Papier. Jetzt war er doch neugierig. Und wenn es wirklich einen Schatz gab? Der wäre dann wahrscheinlich mehr wert als alle Bücher und Kunstgegenstände im ganzen Haus. Und wenn sie ihn fanden, war es bedeutend weniger Arbeit, einen Schatz durch den Tunnel zu schaffen als das ganze andere Zeug, das er holen wollte.

»Woher wusste Arthur davon?«

Edward zögerte. »Sagen wir einfach, er hat ihn mit eigenen Augen gesehen.«

Sein Großvater gab ihm das Blatt und er faltete es auf. Es war eine flüssige Schrift, verblasst, aber noch gut lesbar. Sah aus wie eine Art Liste. Halsketten. Armbänder. Ringe.

»Es ist ein Juwelenschatz ...«, platzte er heraus.

Edward lächelte. »Sehr teure Juwelen und ich habe genügend Käufer an der Hand, die sie dir aus den Händen reißen würden.«

»Weiß dieser Arthur, wo die Juwelen geblieben sind?«

»In dem Haus, Jake. Er wusste nur nicht genau, wo.«

»Ich habe überall gesucht.«

»Nicht überall.«

Er zögerte. »Du glaubst, er ist in dieser Abstellkammer?«

»Es ist der einzige Raum, der verschlossen ist.«

Jake nahm die Bücher und steckte sie sich unter den Arm. »Du bist wirklich einer vom alten Schlag, Pops.«

»Wie meinst du das?«

»Dein Urgroßvater hat Schmuck gestohlen und jetzt willst du ihn wieder stehlen.«

»Ich habe nicht gesagt, dass er ihn gestohlen hat …«

Jake trat zurück. »Wie hast du das über den Tunnel herausgefunden?«

»Mein Vater hat mir davon erzählt.« Er lächelte wieder. »Aber ich habe ihn dann gefunden.«

»Wann warst du das letzte Mal dort unten?«

Edward setzte sich auf das Sofa neben dem Bücherregal. »Vor zwanzig Jahren. Ich musste ein Loch durch die Steine graben.«

»Ich dachte, das Dach wäre eingebrochen.«

»Oh nein, das ist nicht eingebrochen. Die Bristows haben es versperrt.«

»Warum hätten sie das tun sollen?«

Edward senkte die Stimme. »Weil sie Arthur nicht in ihrem Haus haben wollten.«

Alex hielt Sarah die Tür auf, als sie das Café verließen. Hinter ihrer Niedergeschlagenheit konnte er einen Hauch Erregung darüber spüren, was sie vielleicht finden mochten. Er war froh, dass ihre Lebensgeister langsam zurückkehrten nach der Bombe, die Jake gezündet hatte.

Jakes Timing war ausgezeichnet gewesen. Er hatte ihr die Nachricht über ihre Herkunft mitgeteilt, nachdem Rosalie gestorben war. Der Mann war hinter irgendetwas im oder vielleicht unter dem Haus her, aber Alex würde herausfinden, was das war. Wenn sie den Beweis für das Vorhandensein eines Tunnels fanden, würde er Louise dazu bringen, die Abrissverfügung aufzuheben. Die Stadt konnte das Haus nicht abreißen, bevor man nicht herausgefunden hatte, was sich darunter befand.

»Hallo ihr beiden.« Alex drehte sich um und sah seine Chefin auf sich zukommen. Sie winkte und lächelte. Er stellte sie Sarah vor.

»Gut, dass Sie beide wieder miteinander reden«, sagte Louise.

Alex nickte Sarah zu. »Wir versuchen zusammenzuarbeiten.«

»Das ist die beste Nachricht des Tages.« Louise rieb sich die Hände. »Wir sind ein Team.«

Er holte tief Luft. »Wir sind da an etwas dran.«

»Tatsächlich?« Sie senkte die Stimme. »Wovon reden Sie?«

Er winkte sie fort von der Tür des Cafés und sie gingen auf einen leeren Parkplatz. »Wir glauben, dass wir den Tunnel unter dem Bristow-Haus finden können.«

Die Bürgermeisterin schüttelte den Kopf, doch er redete weiter. »Wenn wir ihn finden, könnten wir ein Museum eröffnen und ich könnte mit ein paar Leuten reden, dass sie ein Hotel und ein oder zwei neue Restaurants dort hinstellen, für die vielen Touristen, die kommen werden.«

»Das wäre nicht genug«, antwortete Louise.

»Doch, das wäre es«, beharrte er. »Die Menschen würden von überall her kommen, um den Tunnel zu sehen.«

»Ein Museum würde nicht annähernd so viel einbringen wie ein Einkaufszentrum.«

»Aber es würde die Geschichte der Stadt und die Gefühle ihrer Einwohner respektieren und alle Erlöse würden direkt an die Stadt gehen.«

»Aber nur, wenn Sie und Sarah diesen Tunnel finden …«

»Kannten Sie meine Großmutter?«, fragte Sarah.

»Oh ja, meine Liebe. Sie war eine gute Freundin von mir.«

»Hat sie Ihnen je von einem Tunnel erzählt?«

Bevor Louise die Frage beantworten konnte, klingelte Sarahs Handy. Sie trat einen Schritt zurück und entschuldigte sich.

Alex sah, wie Sarah zu einer Bank ging. Sie hatte in der letzten Woche einiges durchgemacht und bewegte sich doch immer noch voller Anmut. Grazie. Einen Augenblick lang wünschte er, Jenny hätte sie miteinander bekannt gemacht, bevor dieses Chaos über sie hereinbrach. Vielleicht hätte etwas daraus werden können …

»Sie sind verknallt«, sagte Louise.

Er fuhr zu ihr herum. Sie lächelte nicht. »Das ist lächerlich.«

»Ein Einkaufszentrum wird der Stadt mehr einbringen als ein Museum.«

»Nicht unbedingt …«

»Sie arbeiten für mich, Alex.«

»Ich arbeite für die Verbesserung der wirtschaftlichen Lage der Stadt und genau das versuche ich zu erreichen.«

Louise blickte zu der Bank hinüber. »Ich glaube, Rosalies Enkeltochter ist auch ein bisschen verknallt.«

Sein Gesicht wurde heiß. »Hier geht es nicht um Sarah und mich.«

»Ich werde meine Verfügung über den Abriss nicht zurücknehmen.«

»Wir brauchen nur ein wenig mehr Zeit.«

»Sie haben noch drei Wochen, Alex«, sagte sie und ging.

Er blickte zu Sarah hinüber und sah dann der Bürgermeisterin nach, die gerade um die Ecke bog. Louise war normalerweise die Erste, die sich für die Erhaltung der Stadt und ihrer Substanz einsetzte, und er hatte ihr soeben den perfekten Plan für den Erhalt eines historischen Bauwerks und die Aussicht auf sichere Einnahmen geliefert.

Hier lief noch irgendetwas anderes.

36

Das ist ein einfaches 9-Patch-Schema, aber die Nähte sind ein Meisterwerk«, sagte Margaret. »Schnurgerade, alle Stiche genau gleich lang.«

»Aber was ist mit den Mustern auf den Quadraten?«, fragte Jenny ihre Mutter.

»Darauf komme ich gleich.«

Sarah blickte zu Alex hinüber, er zwinkerte ihr zu. Sie hatte ihn zu diesem Treffen mit Jennys Mutter eingeladen und er hatte zugesagt, noch bevor sie die Einladung ganz ausgesprochen hatte. Bisher hatte Margaret nicht viel Nützliches gesagt, obwohl sie ununterbrochen redete und immer wieder betonte, was für ein Kunstwerk der Quilt sei.

Daran zweifelte Sarah nicht, doch obwohl Dotty Shermans Legende ihr noch im Kopf herumspukte, konnte sie nicht recht glauben, dass diese Quadrate eine Karte oder Botschaft enthielten.

Aber selbst wenn sie die Karte nicht fanden, fühlte sie sich heute Nachmittag doch besser als seit Tagen. Dan Sprague hatte ihr Gespräch mit Louise unterbrochen und sie war froh, dass sie den Anruf angenommen hatte. Anscheinend hatte Lizas Anwalt ihn heute Morgen kontaktiert und Dan hatte ihn auf eine Klausel in dem Testament hingewiesen, die besagte, dass jeder, der das Testament anfocht und gewann, fünf Jahre warten musste, bis er das Haus verkaufen konnte.

Eine Stunde später hatte Liza ihren Plan fallen gelassen.

Jenny deutete auf das erste Quadrat auf dem Quilt. »Das sieht aus wie ein grüner Hügel mit Blumen.«

Margaret schob Jennys Hand weg. »Hetz mich nicht, Liebling.«

Jenny trat von der Wand zurück und verschränkte die Arme vor der Brust. »Immer noch genauso herrschsüchtig wie früher«, murmelte sie und Sarah verbiss sich ein Lachen.

Margaret schnalzte mit der Zunge und betrachtete jedes einzelne Quadrat ganz genau. Sarah setzte sich aufs Bett und wartete. Sie hätte sich gern ebenso faszinieren lassen wie die anderen, doch stattdessen war sie einfach restlos erschöpft und im Moment war es ihr völlig egal, ob es einen Tunnel unter dem Haus gab oder dieser Quilt eine Art Vorkriegslandkarte war. Oder ob das Haus wirklich entlaufene Sklaven beherbergt hatte. Sie wollte einfach nur wissen, was sie mit dem Haus machen sollte und wie sie Mariah finden konnte.

Margaret klatschte in die Hände. »Ich hab die ersten sechs Quadrate.«

Sarah stand langsam auf und trat zu den anderen, während Margaret auf das erste Quadrat deutete. »Dieser grüne Halbkreis ist ein Hügel.«

»Hab ich doch gesagt«, murmelte Jenny.

Margaret ignorierte sie. »Vielleicht Crescent Hill.« Sie deutete auf das nächste Quadrat. »Dieses Dreiecksmuster zeigt eine Richtung an.«

Alex betrachtete das Muster. »Sieht aus wie Gänse, die nach Süden fliegen.«

Margaret nickte und deutete auf das große Dreieck rechts. »Nur die hier fliegen nach Osten.«

Auf diese Weise kommentierte sie langsam jedes Quadrat und sagte, was es ihrer Ansicht nach bedeutete. Bäume. Ein Flecken mit Blumen. Ein Fluss. Als sie zu den letzten drei Quadraten kam, piepste ihre Armbanduhr und sie schaute nach, wie spät es war. »Deine Schwester erwartet uns in zehn Minuten.«

Jenny zuckte die Achseln. »Sie kann ruhig ein bisschen warten.«

»Wer weiß, was deine Kinder mit ihrem Haus angerichtet haben.«

Jenny stöhnte und als Sarah ihre Freundin ansah, merkte sie, wie enttäuscht sie war. »Können wir morgen weitermachen?«, fragte Jenny.

Sarah dachte einen Moment nach und überlegte, ob sie morgen überhaupt noch hier wäre. »Wie wäre es mit gleich morgen früh?«

Margaret sah wieder auf ihre Uhr und klopfte Sarah auf die Schulter. »Vielleicht können wir heute Abend weitermachen, wenn die Kinder im Bett sind.«

»Dann schlafe ich auch«, sagte Jenny.

»Komm schon«, Margaret scheuchte sie zur Tür. »Wir dürfen nicht zu spät kommen.«

Sarah brachte die beiden hinaus. Als sie zurückkam, stand Alex noch immer vor dem Quilt und betrachtete ihn. Sie trat neben ihn und blickte auf die drei letzten Quadrate.

Das erste Quadrat in der Reihe zeigte drei graue Ovale, das nächste ein großes burgunderrotes Viereck mit einem Kreuz in der Mitte. Und im letzten sah man einen großen schwarzen Kreis.

Eine Minute verstrich, dann zwei.

Alex tippte auf das Quadrat mit den drei Ovalen. »Sie sehen aus wie Steine … Steine am Fluss?«

»Steine?« Sarah trat näher und strich mit einem Finger über den Stoff. Auf dem zweiten Quadrat hielt sie inne. »Ich frage mich …«

»Was?«

»Vielleicht sollen es Grabsteine sein.«

Stephanie fuhr zu dem imposanten Herrenhaus auf dem Hügel hinauf. Das Dach war eingestürzt und eine der Dachrinnen hing herunter wie ein gebrochener Arm. Wahrscheinlich würde das Haus nicht mehr lange stehen, doch im Moment trugen die schiefen Fensterläden und das zerbrochene Glas eher noch zum Charme von Crescent Hill bei. Das ganze Anwesen atmete vornehme Herkunft und Geschichte.

Der Geisterzug fährt in Finsternis.
Halt den Atem an, Kind. Sei ganz still.
Geh über den Fluss. Lauf immer weiter
bis du nach Crescent Hill kommst.

Sie konnte sich wahrscheinlich kaum eine Vorstellung davon machen, wie es sich angefühlt hatte, den ganzen Weg von South Carolina bis hierher zu Fuß zurückzulegen, um diesen Ort zu suchen. Egal, wie müde, egal, wie hungrig sie gewesen waren, sie mussten ein Hochgefühl empfunden haben, wenn sie es so weit geschafft hatten. An einen Ort, wie Howard gesagt hatte, der gleichsam die Garantie für den Schritt in die Freiheit war.

War William Ellison bis nach Crescent Hill gekommen? Und wenn ja, wohin war er von hier aus gegangen?

Man hatte nicht den Eindruck, dass, wer auch immer heute hier lebte – falls überhaupt jemand hier lebte – noch irgendeine Verbindung zur Vergangenheit hatte. Aber vielleicht konnte man ihr hier jemanden nennen, der noch etwas über das Haus wusste oder sogar jemand, dessen Vorfahren hier gelebt hatten. Vielleicht gab es ja noch irgendwelche historischen Zeugnisse mit den Namen von Sklaven, die sich hierher geflüchtet hatten, oder sogar eine Karte, auf der eingezeichnet war, wohin sich die Flüchtlinge von hier aus gewandt hatten.

Dann könnte sie dem Weg nach Norden folgen, bis sie herausfand, was aus William geworden war.

Hinter ihr ging bereits die Sonne unter, doch es war noch nicht zu spät, um an die Tür zu klopfen. Sie stieg die baufälligen Stufen hinauf und betätigte die Türklingel, deren lauter Ton durch die dicke Holztür drang. Das Klingeln war drinnen auf gar keinen Fall zu überhören. Entweder wollten sie nicht aufmachen oder es war keiner zu Hause.

Langsam ging sie zurück zum Auto. Vielleicht war es dumm gewesen, nur wegen einer alten Familiengeschichte den weiten Weg auf sich zu nehmen. Doch hier ging es um mehr als um gestohlene Juwelen. Es ging um eine Familie, die Unrecht begangen hatte. Um einen Mann, der mit der bewundernswerten Absicht geflohen war, seiner Familie zur Freiheit zu verhelfen.

Natürlich mochte das, was er danach getan hatte, weniger bewundernswert gewesen sein. Wenn sie herausfand, dass William den Schmuck verkauft und den Erlös für sich selbst verwendet hatte, würde sie das Howard Walters auf keinen Fall erzählen.

Sie ließ den Wagen an und fuhr langsam den Hügel wieder hinunter. Vielleicht konnte ein Nachbar ihr ja etwas über Crescent Hill erzählen.

Edward knallte den Telefonhörer auf und fluchte. Und fluchte noch einmal.

»Was hast du denn?«, murmelte Jake, ohne den Blick vom Computerbildschirm zu wenden.

»Sie hat es herausgefunden.«

Jake wandte langsam den Kopf, die Finger noch auf der Maus, bereit, seinen Grund und Boden zu verteidigen. »Wer hat was herausgefunden?«

Edward blickte zum Sofa hinüber. Da lag Mariah, die Augen geschlossen, ihre Hände ruhten auf dem hoch gewölbten Leib.

»Du meinst, Sarah hat den…«

»Halt's Maul«, zischte Edward und sah erneut zu Mariah hinüber. »Du weißt genau, was ich meine.«

Es geschah dem Alten recht, dass er nervös war, nach allem, was er in der letzten Woche von Jake verlangt hatte. Er war wie ein geistesgestörter Maulwurf in dem verdammten dunklen Tunnel herumgekrochen.

Nur als er Sarahs Tasche unter ihr Bett geschoben hatte, hatte er ein bisschen Spaß gehabt. Schade, dass er ihr Gesicht nicht sehen konnte, als sie sie fand.

»War sie drin?«, fragte er.

»Woher soll ich das wissen?«

»Du grübelst zu viel«, sagte Jake und wandte sich wieder seinem Spiel zu. Noch eine Runde, dann würde er Mariah zum Essen ausführen. Sie würden die unverhofften tausend Dollar feiern, die er heute Nachmittag mit dem Verkauf der Bristow-Bücher erzielt hatte. Und morgen, wenn er Mariah ein bisschen Honig ums Maul geschmiert hatte, würde er sie in die Klinik in Mansfield fahren und dort würde man sich um ihr Problem kümmern.

Es klingelte und Jake fuhr herum. »Wer ist denn das schon wieder?«

Edward war schon fast an der Tür, als Jake ihn einholte. Er schaute durch den Spion und drehte sich um: »Keine Ahnung.«

Es klingelte wieder.

»Brauchst du mich?«

»Ich werde schon mit ihr fertig«, sagte Edward. »Mach' du dich auf die Socken und such' Sarah.«

»Sarah suchen?«

»Ja. Geh und such' sie.«

»Was soll ich tun? An ihre Tür klopfen?«

»Es ist mir egal, was du tust. Suche sie und entschuldige dich oder so und dann versuch' herauszufinden, wie viel sie weiß.«

Jake griff schnaubend nach seiner Jacke. Er würde sich bestimmt nicht entschuldigen, aber er konnte ja mal nachfragen, ob sie ihre Meinung über den Verkauf des Hauses geändert hatte. Ihr Gesicht, als er ihr heute Morgen die Wahrheit über ihre Familie gesagt hatte, war unbezahlbar gewesen. Er hatte eigentlich warten wollen, bis sie zu ihm gekrochen kam, um wenigstens noch ein bisschen was aus dem Haus herauszuschlagen, bevor die Stadt es ihr wegnahm, aber nun würde er eben gleich hingehen. Sie mochte noch so fest davon überzeugt sein, dass sie das Haus um ihrer Familie willen behalten wollte – am Ende drehte sich doch immer alles um Geld.

Wenn er sie fand, konnte er ihr die Pille ja ein bisschen versüßen. Ihr mehr Geld bieten oder so was. Und dann würde er den Tunnel erwähnen, nur um zu sehen, wie viel sie wusste.

Er ging zur Küche, um das Haus durch die Hintertür zu verlassen. Mariah kam ihm nach.

»Bleib hier«, befahl er. Sarah würde wollen, dass er sie vorstellte, aber er hatte keine Lust, Mariah oder ihren Bauch zu erklären. Außerdem vertraute er nicht einmal Mariah. Sie konnte versuchen, wieder wegzulaufen, in den Wald. Er würde sie natürlich fangen, doch sie könnte sich dabei verletzen und dann würden die Leute in der Klinik morgen Fragen stellen.

»Nimm Mariah mit«, rief Edward.

»Aber …«

»Nimm sie mit«, bellte er wieder.

»Komm.« Er winkte ihr und sie folgte ihm aus der Tür.

Die Luft war frostig, als Sarah und Alex den Crescent Hill hinabgingen. Sarah stellte sich vor, wie sie auf einem Teppich vor dem großen Kamin im Wohnzimmer saß, in dem meist ein Feuer brannte, mit einem Becher heißer Schokolade, einer Decke und einem Buch.

Alex hielt einen Zweig für sie hoch und sie duckte sich darunter durch. »Vielleicht sollten wir lieber bis zum Morgen warten.«

Sie blieb stehen und sah ihn an. »Sie möchten nicht warten.«

In dem verbliebenen Licht sah sie, wie er grinste. »Sie doch auch nicht.«

Sie drehte sich um und ging weiter den Weg entlang. Er hatte recht; sie wollte nicht bis zum Morgen warten. Auch wenn sie die Bedeutung der letzten Quadrate noch nicht sicher wussten, war der Friedhof doch eine nicht von der Hand zu weisende Möglichkeit. Sie würden noch heute Abend herausfinden, ob sie richtig lagen.

Es wurde langsam dunkel. Sarah schaltete die Taschenlampe ein, die sie in der linken Hand hielt, und richtete den Lichtstrahl auf den Weg vor ihnen. Es war seltsam, mit Alex Yates zusammen auf den Familienfriedhof zu gehen. Seltsam, doch irgendwie fühlte sie sich geborgen. Als gehörte er in diesem Moment an ihre Seite.

War es wirklich erst eine Woche her, dass sie so wütend auf Alex gewesen war? Er war der Feind gewesen, der ihrer Familie das Haus nehmen wollte. Und jetzt half er ihr, es zu retten. Oder zumindest half er ihr, das alles zu verstehen. Und dann konnten sie darüber reden, wie sie es vor dem Stadtrat retten könnten.

Sie gingen zwischen den Bäumen hindurch, so wie es auf der Karte eingezeichnet war. Neben dem Fluss. Das Licht fiel auf das hohe Gras, in zwei leuchtende Augen, die sie anstarrten. Sie schnappte nach Luft und lachte dann, als ein Waschbär im Gebüsch verschwand. Alex stimmte ein.

»Sind Sie nervös?«, fragte er.

»Eigentlich nicht, dachte ich jedenfalls.«

»Lassen Sie sich nicht von einem Waschbär ins Bockshorn jagen.«

»Nein«, antwortete sie, doch es klang zuversichtlicher, als sie sich fühlte.

»Wie weit ist es noch bis zum Friedhof?«

Sie ließ den Strahl der Taschenlampe nach oben wandern und da lag er vor ihnen. Die siebzehn Gräber waren graue Schatten in der Nacht. Bristow-Tanten, Onkel, Cousins und Cousinen und Großeltern, die sie nicht gekannt hatte. Es war ein kurzer Stammbaum, aber ein starker.

Die Blumen auf dem Grab ihrer Großmutter waren verwelkt – sie würde morgen einen frischen Strauß herbringen. Während Alex hinter ihr wartete, glitten ihre Finger über die Gravur in dem kalten Stein, die die Lebensdaten ihrer Großmutter wiedergab.

Alex blickte auf die Steine. »Wo gehen wir jetzt hin?«

Sie ließ die Hand noch einmal über den Grabstein ihrer Großmutter gleiten und richtete das Licht dann auf das steinerne Bauwerk neben den Gräbern. Das zweitletzte Quadrat auf dem Quilt war rot gewesen. Das Quadrat vor dem schwarzen Kreis.

Das Schwarz sagte ihr nichts, aber vielleicht stand das Rot für das Mausoleum.

37

Stephanie trat von der Veranda herunter. Im Haus brannte Licht, doch wer immer sich darin aufhielt, kam nicht zur Tür – vielleicht hielten sie sie für eine Hausiererin. Sie konnte ihnen keinen Vorwurf daraus machen. Oder sie hatten Kinder und brachten sie gerade ins Bett.

Sie schaute auf dem Handy nach, wie spät es war. Ihre Eltern machten es sich sicherlich gerade für den Abend gemütlich und guckten Nachrichten, während sie das Geschirr spülten. Wenn sie die Häuser hier abgeklappert hatte, würde sie sie anrufen. Ihre Mutter hatte ihr vor einer halben Stunde eine Nachricht hinterlassen und würde sich Sorgen machen, wenn sie sich nicht bald meldete.

Sie drehte sich um und schaute die Straße hinunter. Das Haus, vor dem sie gerade stand, war Crescent Hill am nächsten, doch es gab noch mehr Häuser in der Nähe. Sie würde heute Abend noch an ein oder zwei Türen klopfen und ihre Suche dann erst einmal bis morgen früh verschieben.

Die Straßenlampe vor ihr summte, doch plötzlich hörte sie, wie sich hinter ihr ein Schlüssel im Schloss drehte. Licht fiel durch die Haustür. Sie stieg die Stufen wieder hinauf und wartete, bis die Tür ganz aufging.

Ein älterer Mann stand vor ihr, auf einen Stock gestützt.

»Wie kann ich Ihnen helfen?«, fragte er in weichem Dialekt.

Sie stellte sich vor. »Ich bin auf der Suche nach Informationen über Crescent Hill.«

Er betrachtete sie forschend. »Was für Informationen?«

»Wissen Sie, wer dort oben lebt?«

»Es gehört einer Familie namens Bristow.«

»Bristow«, wiederholte sie. »Leben sie schon lange dort?«

Sein Lachen klang wie ein Gackern. »Hundertsechzig Jahre.«

Ihr Herzschlag beschleunigte sich. War es möglich, dass die Nachkommen der Leute, die die Underground Railroad betrieben hatten, noch immer hier lebten? Nach all der Zeit? Vielleicht bestand ja doch noch Hoffnung herauszufinden, was aus William und den Juwelen geworden war.

»Ich heiße Edward.« Der Mann streckte ihr die Hand hin. »Edward Paxton.«

Sie schüttelte sie vorsichtig, voller Angst, die Knochen, die unter der Haut hervorstachen, zu zerquetschen, wenn sie zu fest zudrückte.

Er nahm den Knauf seines Stocks in beide Hände. »Möchten Sie nicht hereinkommen?«

Vielleicht erfuhr sie Interessantes, wenn sie sich mit ihm zusammensetzte, doch sie hatte das gleiche ungute Gefühl wie bei dem Besuch bei Howard Walters – ja dieser Mann jagte ihr sogar einen Schauder über den Rücken. »Nein danke. Ich wollte nur ein paar Fragen stellen.«

»Sind Sie Reporterin?«

Sie lachte. »Oh nein. Ich schreibe eine Semesterarbeit fürs College.«

»Wirklich?« Seine Augen leuchteten auf. »Worüber?«

»Über eines der vielen ungelösten Geheimnisse der Geschichte.«

Er trat auf die Veranda heraus und stützte sich auf seinen Stock. »Ich bin selbst ein Stück Geschichte.«

Sie lächelte ihn an und schalt sich selbst, dass sie Angst vor ihm gehabt hatte. Er war nur ein einsamer alter Mann, der ein wenig Gesellschaft suchte. Wie Howard Walters.

»Welches Geheimnis versuchen Sie denn zu lösen?«

Sie zuckte die Achseln. »Eigentlich ist es ein Familiengeheimnis.«

»Das sind die besten«, sagte er nickend. »Woher kommen Sie?«

»Aus South Carolina.«

»Das ist ein langer Weg.«

Sie nickte.

»Es gibt viele Geschichten über Crescent Hill«, meinte er. »Früher war das Haus mal eine Station der Underground Railroad, wissen Sie.«

Ihr Herz raste. »Dann bin ich hier richtig.«

»Was suchen Sie denn?«

Sie schluckte. »Vielleicht sollte ich zuerst mit den Bristows sprechen.«

»Die Frau, die jetzt dort lebt, weiß nicht viel über die Geschichte ihrer Familie, aber meine Familie lebt ebenfalls seit hundertsechzig Jahren hier im gleichen Haus. Meine Vorfahren haben den Bristows bei der Underground Railroad geholfen.«

»Wirklich?«

»Bevor die Bristows das Herrenhaus bauten, war die Station hier unten, in diesem Haus.«

Er hatte die Tür hinter sich ein Stückchen offen gelassen und sie versuchte, einen Blick hineinzuwerfen, konnte jedoch außer einem Kamin nichts ausmachen. »Wo haben sie die flüchtigen Sklaven versteckt?«

Er lächelte sie an. »Das erzähle ich Ihnen gern, aber wir sollten zuerst über Ihre Familie sprechen.«

Sie zögerte. Es war unwahrscheinlich, dass die Juwelen noch immer irgendwo hier versteckt waren, also konnte es doch wohl nichts schaden, ihm alles zu erzählen? Wenn seine Familie den Bristows geholfen hatte, hatten sie vielleicht auch mit ihnen über die entlaufenen Sklaven gesprochen, die sie in ihrem Haus versteckten.

»Vor dem Bürgerkrieg … ist ein Teil unserer Familienjuwelen verschwunden.«

Seine Augen weiteten sich. »Verschwunden?«

»Es sieht so aus, als hätte ein Sklave sie gestohlen und sei damit in den Norden geflohen. Mit dem Erlös aus dem Verkauf wollte er seine Frau und seine Kinder freikaufen.«

»Und jetzt wollen Sie sie zurück.« Seine Stimme war so kalt wie die Nachtluft.

»Oh nein«, lachte sie. »Ich bin sicher, die Juwelen sind längst weg. Ich möchte nur herausfinden, was aus dem Mann geworden ist, der sie mitgenommen hat.«

Er trat näher auf sie zu. »Und warum kommen Sie dazu nach Crescent Hill?«

»Den Gerüchten zufolge hat William sich hierhergeflüchtet.«

»Gerüchte?«

»Es gibt ein Gedicht, das von diesem Ort erzählt. Ein Gedicht, das William oft im Munde führte. Darin heißt es, man dürfe nicht aufhören zu laufen, bis man Crescent Hill erreicht.«

Der Mann antwortete nicht, sondern blickte stattdessen auf die Straße hinunter, wo ein Paar im Licht der Straßenlaterne vorüberging.

Sie rieb sich unbehaglich die Hände. »Halten Sie mich für töricht?«

»O nein«, sagte er langsam. »Ich glaube nur, dass die Frau, die jetzt auf Crescent Hill lebt, sehr viel weniger Interesse an dieser Geschichte hat als wir anderen alle.«

»Wie heißt sie denn?«

Er hustete. »Sarah.«

»Und Sie glauben nicht, dass sie mir helfen wird?«

»Ich bezweifle es.«

Ihre Schultern fielen herab, doch sie behielt den Kopf oben. »Nun, ich denke, ein Versuch kann nicht schaden.«

Edward stieß die Tür mit seinem Stock weit auf und sie sah einen Armsessel und ein schwarzes Sofa.

»Möchten Sie nicht sehen, wo meine Familie die Sklaven versteckt hat?«

»Wo denn?«

Er drückte die Tür noch weiter auf. »Das ist leichter zu zeigen als zu erzählen.«

Alex hob das Metalltor an, das den Eingang zu dem kleinen Mausoleum versperrte, und lehnte es gegen die Ziegelmauer. Auf der einen Seite hing ein Vorhängeschloss, das jedoch nicht mehr viel nützte, weil die Angeln des Tores durchgerostet waren.

Das Bauwerk selbst besaß keine Fenster, doch es sah so aus, als hätte es einst eine Tür gegeben. Jetzt stand der Eingang weit offen.

Ein plötzlicher Adrenalinschub packte ihn. Stand nicht eine Strafe darauf, ein Grab zu öffnen? Galt diese Strafe auch für ein Mausoleum? Es könnte schwierig werden, einen Polizisten – oder ein Gericht – davon zu überzeugen, dass die Quadrate eines Quilts sie hierher geführt hatten. Selbst wenn sie Bryce Kelley ins Haus brachten und ihm den Quilt zeigten, würde er ihnen wahrscheinlich nicht glauben.

Sein einziger Trost war, dass sie sich auf Privatgrund befanden und er in Gesellschaft der Eigentümerin des Anwesens war. Vielleicht war es ja in Ordnung, mit der Frau, der der Friedhof gehörte, nach Einbruch der Dunkelheit in ein Mausoleum einzubrechen.

Wie auch immer, er würde jetzt nicht aufhören. Er und Sarah standen kurz davor herauszufinden, was die Bristows fast zwei Jahrhunderte lang geheim gehalten hatten – ein Geheimnis, das möglicherweise helfen konnte, ihr Erbe zu retten.

Louise mochte zwar nicht begeistert gewesen sein von seiner Idee, Crescent Hill zu einer Touristenattraktion zu machen, doch vielleicht konnte er den Stadtrat für seinen Plan gewinnen. Eigentlich müsste er genau nach ihrem Herzen sein. Er würde Touristen in die Stadt ziehen. Neue Geschäfte anlocken. Die Steuereinnahmen erhöhen. Und sie hätten gleichzeitig die Gelegenheit, ein Wahrzeichen von Etherton zu erhalten. Er trat in den dunklen Raum, der sich vor ihm auftat.

»Können Sie etwas erkennen?«, fragte ihn Sarah.

Er blickte zurück. Der Strahl ihrer Taschenlampe fiel auf das Grab neben ihr. »Es wäre gut, wenn ich ein bisschen Licht hätte.«

»Tut mir leid.« Sie reichte ihm die Taschenlampe, als überließe sie ihm damit ihre einzige Waffe.

»Ich werde gut auf sie aufpassen.«

»Das hoffe ich.«

Er wusste nicht genau, was er erwartete, als er das Mausoleum ableuchtete – vielleicht ein Reihe von Gruften entlang der Wand oder auf dem Fußboden. Doch da war nur eine einzige Zementplatte, teilweise bedeckt mit vermoderten Blättern. Der ganze Bau war nur zur Erinnerung an ein einziges Leben errichtet worden.

Er kniete sich hin und wischte die Blätter beiseite.

Zur Erinnerung an unseren Sohn
Matthew Joseph Bristow
1845–1858
Ein Junge, der die ganze Schöpfung Gottes liebte.

Das war der Junge, über den er in dem Zeitungsartikel gelesen hatte. Das verschwundene Kind, dessen Leichnam auf dem Crescent Hill gefunden worden war.

Er spürte, wie Sarah neben ihm niederkniete. Der Raum maß etwa drei Meter mal zwei Meter fünfzig und war zweifellos eine würdige Gedenkstätte für dieses junge Leben, doch außer Matthews Grab befand sich nichts darin.

Enttäuscht drehte Alex sich zu Sarah um. »Vielleicht führt der Quilt an einen anderen Ort.«

Sie seufzte. »Oder vielleicht ist er überhaupt keine Karte.«

Er hatte auf eine weitere Tür gehofft oder auch auf eine Leiter, die in den Tunnel führte. Er blickte auf die Wände. Nichts.

»Kann es hier drin sein?«

»Hier ist gar nichts«, antwortete er und schob die Blätter mit dem Fuß erst in die Ecken und dann in die Mitte des Raums, in der Hoffnung, noch eine weitere Gruft zu finden. Plötzlich stieß sein Fuß gegen den Zementblock. Er sprang zurück und griff nach seinem Fuß; dann blickte er auf die Gruft hinunter. Die Platte, die Matthews Grab bedeckt hatte, war zwei oder drei Zentimeter verrutscht.

Er beugte sich vor und untersuchte das Grab. Sarah kniete neben ihm nieder und schob die Blätter um den Grabstein beiseite. Dabei stieß sie ebenfalls an die Platte, die daraufhin noch weiter verrutschte.

»Sie ist gar nicht schwer.«

»Glauben Sie …«

Sie stand auf. »Ich weiß nicht, was ich glauben soll.«

»Wahrscheinlich ist darunter einfach nur sein Sarg.«

»Oder auch nur seine Gebeine.«

»Ich glaube schon, dass sie seinen Leichnam in einen Sarg gelegt haben«, sagte er, obwohl er keine Ahnung hatte, wie die Menschen

Mitte des neunzehnten Jahrhunderts begraben wurden. Es gab viele Orte auf der Welt, an denen man keine Särge benutzte; allerdings waren die Bristows sicherlich reich genug, um sich einen leisten zu können. Und ganz bestimmt hatten sie ihren Sohn auf diese Weise ehren wollen.

Es sei denn …

»Wir müssen die Gruft öffnen.«

Sarah schauderte. »Ist das unbedingt nötig?«

Statt zu antworten, reichte er ihr die Taschenlampe und schob die Platte zur Seite.

Kühle Luft drang herauf; seine Hände und Arme wurden kalt. Sarah richtete den Lichtstrahl auf die Öffnung. »Ist das vielleicht der Tunnel?«

»Keine Ahnung.«

Das Licht der Lampe verlor sich in der Schwärze.

»Kriege ich die Lampe noch mal?«, fragte er und Sarah reichte sie ihm. Er beugte sich ein Stückchen in die Öffnung hinein. Links von ihm verlor sich sein Blick im Dunkeln. Der Boden befand sich nur etwa zwei Meter unter ihnen. Rechts war eine Mauer, auf dem Boden lag eine Leiter.

Er stieß einen Pfiff aus. »Ich glaube, wir haben unseren Tunnel gefunden.«

Sie schüttelte den Kopf und wich zurück. »Aber es ist doch nur eine Legende …«

»Nicht mehr«, sagte er. Dann drückte er sich durch die schmale Öffnung und ließ sich auf den schmutzigen Boden fallen.

»Bleib hier«, flüsterte Jake Mariah zu. Sie setzte sich auf einen Baumstumpf am Rand des Friedhofs, während er näher an die Grabsteine heranschlich. Er hätte es eigentlich gar nicht zu sagen brauchen, sie war ohnehin viel zu müde, um sich zu rühren, doch es war nur fair, sie zu warnen.

Sie waren Alex Yates und Sarah den ganzen Weg den Hügel herunter bis zum Friedhof gefolgt. Vor fünfzehn Minuten waren die beiden in das winzige Bauwerk gegangen und seither nicht wieder herausgekommen. Zuerst dachte er, dass sie es miteinander treiben wollten, doch dafür dauerte es schon zu lange. Man konnte doch annehmen, dass sie es tun würden und wieder herauskämen, bevor sie noch ein paar Tote aufweckten.

Dann fiel ihm ein, dass sie das Mausoleum schon wieder verlassen haben könnten, vielleicht befand sich ja auf der Rückscite eine Tür. Er war den ganzen Weg über sehr vorsichtig gewesen und hatte jedes Geräusch vermieden, sodass sie bestimmt nicht gemerkt hatten, dass sie verfolgt wurden. Doch dann hatte Mariah auf halbem Weg gemeint, ihr Rücken bringe sie um. Er hatte ihr sofort befohlen, den Mund zu halten, aber vielleicht hatten Alex oder Sarah doch etwas gehört und versteckten sich nun vor ihnen.

Edward würde ihn umbringen, wenn er Sarah aus den Augen verlor, während sie den Tunnel suchte. Die Frau war hinter etwas her, auch wenn er noch nicht wusste, was das war. Vielleicht hatte sie ja nicht nur die Sache mit dem Tunnel herausgefunden, sondern wusste auch, wo der Schatz versteckt war.

Der Mond stand heute Nacht zur Hälfte am Himmel, sodass er genug Licht hatte, um zwischen den Grabstellen herumschleichen zu können, ohne sich die Schienbeine zu stoßen. Allerdings reichte es nicht aus, um die Gespenster abzuschrecken. Deshalb war er ganz froh, dass Mariah bei ihm war. Geister schienen sich fernzuhalten, wenn mehr als ein Mensch in Sicht war – zumindest glaubte er das.

Langsam tastete er sich zu dem Gebäude vor, bereit, sofort wegzulaufen, wenn Alex und Sarah herauskamen. Doch er hörte keine Stimmen. Er hörte überhaupt kein Geräusch. Der Friedhof war so still, wie er in der Dunkelheit sein sollte; sämtliche Geister schliefen in ihren Gräbern.

Schließlich stand er neben dem Mausoleum und lauschte, doch er hörte immer noch nichts. Mit klopfendem Herzen trat er in den Eingang und schaute hinein.

Es war keiner da.

Er fluchte. Er hatte die ganze Zeit auf den Eingang geachtet und jetzt war es, als hätte das Gebäude Sarah und Alex verschluckt.

Es schüttelte ihn zwar bei dem Gedanken, doch Edward würde ihn umbringen, wenn er nicht hineinging und sie suchte. So leise er konnte, betrat er den stockfinsteren Bau.

Welcher Idiot hatte es versäumt, hier ein oder zwei Fenster einzubauen? Trotz des Mondlichts hinter ihm konnte er so gut wie nichts erkennen. Hier drin war nichts außer einer Zementplatte und … er bückte sich. Da war ein dunkles Rechteck im Boden.

Ein offenes Grab.

Sein Herz raste, als er blindlings zurückstolperte. Das Grab hatte sich geöffnet und die beiden verschluckt.

Auf halbem Weg zurück zu Mariah hatte er sich wieder einigermaßen gefasst. Plötzlich fiel ihm etwas ein. Und wenn sie nun gar nicht verschlungen worden waren? Wenn sie dort unten den Schatz gefunden hatten und jetzt in dem Grab steckten und in Säcke stopften, was eigentlich der Familie Paxton gehörte?

»Mariah«, knurrte er in der Dunkelheit.

»Was?«

»Bleib hier«, befahl er wieder. Dann wandte er sich zum Fluss.

Alex und Sarah mochten vielleicht den Schatz entdecken, doch sie würden nicht mit ihm entkommen. Er würde sie aufhalten, bevor sie wieder aus dem Loch geklettert waren, und sie würden nie erfahren, was eigentlich geschehen war.

In ein oder zwei Wochen konnte er dann allein zum Friedhof zurückkehren. Er brauchte Edward überhaupt nichts davon zu sagen. Er würde einfach in den Tunnel klettern und genügend von dem Zeug beiseiteschaffen, dass Mariah und er sich ein eigenes Leben aufbauen konnten, weit weg von hier. In West Palm Beach oder San Diego oder Maui. Oder an allen drei Orten. Er würde die Juwelen im Internet verkaufen, so wie Edward den größten Teil seines Zeugs loswurde. Keiner – nicht mal Edward – würde etwas von dem Schmuck ahnen oder davon, wohin er und Mariah verschwunden waren.

Am Flussufer fand er einen schweren Stein. Er hob ihn auf, schleppte ihn zum Mausoleum, setzte sich auf den Boden und schob die Platte über das Grab. Dann legte er den schweren Stein auf die Platte.

Danach schlich er im Licht des Mondes zwischen den Gräbern herum, fand vier weitere schwere Steine und legte sie ebenfalls auf die Platte. Keiner würde je erfahren, was Alex und Sarah zugestoßen war. Sie würden einfach verschwunden bleiben.

Er verließ das Mausoleum, wischte sich die Hände an seiner guten Hose ab und ging zurück zum Rand des Friedhofs, wo er Mariah zurückgelassen hatte.

Es war niemand mehr da.

»Mariah«, rief er in die Dunkelheit, doch er bekam keine Antwort.

38

Sarah kletterte hinter Alex die Holzleiter hinauf und half ihm, sich gegen die Platte über ihren Köpfen zu stemmen. Ihre Arme zitterten vor Anstrengung, doch der Stein bewegte sich keinen Zentimeter. Ihr Zittern wurde stärker. Sie waren hier unten gefangen, in einem lang vergessenen Tunnel, und keiner wusste, wo sie waren.

Der Tunnel führte etwa fünfzig Meter den Hang hinauf und mündete in einen Haufen aus Erde, Geröll und Backsteinen. Er konnte eingebrochen sein, doch eigentlich sah es aus, als hätte ihn jemand absichtlich zugeschüttet. Wahrscheinlich brauchte man einen Bulldozer, um sich durch die Trümmer zu graben; zudem wirkte die Decke alles andere als solide.

Vor ein paar Jahren hatte sie Fotos von einem Minenunglück in West Virginia gemacht. Die geretteten Minenarbeiter waren völlig verdreckt und so dehydriert, dass sie nicht mehr allein gehen konnten. Einer der Männer schrie, als sie ihn heraustrugen. Er hatte Wahnvorstellungen. Doch er gehörte noch zu den Glücklichen. Vier von ihnen hatten das Unglück nicht überlebt.

Sie sah zu der Taschenlampe hinunter, die auf dem Boden lag; der Lichtstrahl verlor sich in der Dunkelheit. Doch wenigstens hatten sie im Moment noch Licht.

»Noch ein Mal«, sagte Alex und beide drückten mit aller Kraft, doch es fühlte sich an, als läge ein Bleiklotz auf der Zementplatte.

War ihnen jemand auf den Friedhof gefolgt? Und wenn ja, warum wollte er sie hier einschließen? Liza war die Einzige, die im Moment zornig auf sie war, doch so etwas würde sie nie tun – oder? Sie würde ihnen nicht durch den Wald nachschleichen, das war viel zu primitiv. Allerdings konnte man nie wissen, ob sie nicht doch zu einer Kurzschlusshandlung fähig war, wenn sie dringend Geld brauchte.

Würde Dan Liza das Haus überlassen, wenn Sarah verschwunden war? Die Polizei würde sich sicher zuallererst Liza vornehmen, wenn sie Sarah nicht finden konnten, doch dann war es wahrscheinlich ohnehin zu spät.

Sarah stieg eine Sprosse hinunter, sprang von der Leiter und hob die Taschenlampe auf. Alex kletterte ebenfalls herunter. Er verschränkte die Arme. »Einer von uns hätte vielleicht draußen bleiben sollen.«

»Meinen Sie?«

Er deutete auf die Decke. »Haben Sie eine Ahnung, wer das getan hat?«

»Der einzige Mensch, der mir einfällt, ist Liza.« Sie trat neben die Leiter und griff in ihre Jackentasche, um ihr Handy herauszuholen. Alex hatte schon versucht, Hilfe zu rufen, doch sie hatten hier unten keinen Empfang. Trotzdem wählte sie noch einmal die Notrufnummer 9-1-1.

Der Anruf ging nicht durch.

Sie steckte das Handy wieder ein. »Wir müssen hier raus.«

»Jenny und Margaret wollen heute Abend kommen.«

»Sie wissen aber nicht, wo wir sind.«

»Vielleicht entziffern sie den Rest der Karte.«

»Oder sie denken, wir …«

Alex' Brauen hoben sich. »Was?«

»Nichts.«

Jenny würde entzückt sein bei dem Gedanken, dass Alex und Sarah eine Verabredung hatten, und würde sich frühestens am nächsten Morgen Sorgen machen. Dann würden sie und ihre Mutter vielleicht ins Haus gehen und versuchen, die Karte zu entziffern.

Sarah schauderte wieder. Sie würden mindestens zwölf Stunden hier unten festsitzen. Vielleicht war sie doch nicht so stark, wie sie gedacht hatte.

Sie kletterte wieder die Leiter hinauf.

Alex packte sie am Arm. »Sind Sie klaustrophobisch?«

»Nur, wenn ich unter der Erde gefangen bin.«

»Wir könnten einfach so tun, als wären wir nicht gefangen.«

»Das ist ein bisschen viel verlangt.« Sie drückte wieder gegen die Platte über ihrem Kopf. Sie hatte gelesen, dass Menschen unter einem

Adrenalinstoß ein Auto anheben konnten, dann würde sie doch gewiss eine Steinplatte bewegen können.

Er richtete den Strahl der Taschenlampe auf das andere Ende des Tunnels. »Wir könnten uns hier rausgraben.«

»Nein, das können wir nicht.«

Er trat zu ihr und sie sah, dass er sie bittend anschaute. »Ich muss es wenigstens versuchen.«

Noch ein Stoß gegen die Platte, doch sie rührte sich nicht. Ihre Hände sanken herab. Sie kletterte wieder nach unten.

»Der Herr ist mein Licht und mein Heil – vor wem sollte ich mich fürchten? Der Herr beschützt mich vor Gefahr – vor wem sollte ich erschrecken?«, hörte sie Rosalies Stimme.

Sie blickte in den dunklen Tunnel und seufzte. »Ich helfe Ihnen graben.«

Jake ging im Wohnzimmer auf und ab. Auf und ab. Auf und ab.

Edward saß in seinem Armsessel und zog an einer Zigarre, als hinge sein Leben davon ab, doch Jake bemerkte den Rauch kaum. Alles schien großartig zu laufen und im nächsten Moment ging es völlig den Bach hinunter.

Alex und Sarah waren eingeschlossen – das war das einzige Positive. Er würde Edward nichts von ihnen erzählen, doch er hatte ihm sagen müssen, dass Mariah verschwunden war.

Edward war wütend, dabei war es sein Fehler, dass sie weg war. Jake hatte ihm gesagt, dass er sie nicht mitnehmen wollte, aber er hatte darauf bestanden.

Mariah wusste nicht, was sie wollte, und sie war noch jung. Sie brauchte seine Hilfe, seine Anleitung, und jetzt war sie wieder da draußen unterwegs, ganz allein, und er hatte keine Ahnung, wo sie hingegangen war.

Sein Großvater verdarb einfach immer alles.

Er musste nur Mariah finden und sie von seinem Großvater und diesem Kuhdorf hier wegbringen. Dann würde es ihr gut gehen und sie wären aus allem heraus.

Edward blies einen weiteren Rauchkringel in die Luft. »Sie hat nach dem Schatz gesucht.«

Jake drehte sich um und ging in die andere Ecke des Zimmers. »Mariah weiß nichts von dem Schatz.«

»Nicht Mariah, du Idiot. Das Mädchen an der Tür.«

Er blieb stehen. »Was?«

»Sie heißt Stephanie. Die Juwelen haben ihrer Familie gehört.«

Er schluckte. »Ich wusste nicht, dass sie jemandem gehören.«

»Natürlich haben sie jemandem gehört.«

»Aber … wie hat sie davon erfahren?«

»Sie hatte irgendwas Schriftliches von einer Verwandten.« Edward zog an der Zigarre und blies den Rauch aus. »Die Frau schreibt, dass sie den Schatz im Bristow-Haus versteckt hätten.«

Jake rang die Hände.

Edward log – entweder, was den Brief oder was das Mädchen betraf, da war er nicht sicher. Wenn die Juwelen im Haus waren, was taten Alex und Sarah dann unten auf dem Friedhof, in dem Loch? Suchten sie vielleicht nach etwas ganz anderem?

Wie auch immer, jetzt brauchte er sich keine Gedanken mehr darüber zu machen, wie er Sarah überreden konnte, ihm das Haus zu zeigen.

Und sie konnte ihn nicht mehr erwischen, wenn er das Haus durchsuchte. Er würde heute Nacht auch ohne den Schatz eine ganze Menge wertvolles Zeug aus dem Haus schaffen.

Er konnte es im Tunnel lassen, da war genügend Platz. Die Cops würden nie erfahren, was passiert war. Wahrscheinlich merkten sie nicht einmal, dass etwas fehlte, und wenn doch, würden sie nie herausbekommen, wer es genommen hatte.

Edward beugte sich vor. »Wir müssen noch heute Nacht rübergehen, bevor diese Stephanie Sarah von dem Schatz erzählt.«

»Sarah ist weg. Ich habe gehört, wie sie Jenny gesagt hat, sie führe zurück nach New York.« Er konnte genauso gut lügen wie Edward.

Edward schnaubte, als glaubte er ihm nicht, doch das war Jake egal. Sarah war aus dem Weg, nur darauf kam es an. Trotzdem, vielleicht erzählte das Mädchen ja noch jemandem von dem Schatz.

Jake ballte eine Faust. »Wenn sie von dem Schatz weiß, warum hast du sie dann gehen lassen?« Wer war jetzt der Idiot?

»Ich habe sie hereingebeten, aber sie wollte nicht.«

»Du hättest eben ein bisschen nachhelfen sollen.«

»Das hättest du vielleicht getan, Jakey; ich für mein Teil ziehe es vor, die Dinge ein wenig langsamer angehen zu lassen.«

»Deshalb hast du deinen Schatz auch noch nicht gefunden.«

Stephanie saß im Auto; sie ließ sich gegen die Rückenlehne sinken. Sie war völlig erschöpft von der langen Fahrt, deshalb kurbelte sie das Fenster herunter; vielleicht würde die kalte Nachtluft sie ein wenig beleben.

Sie griff neben sich und fegte dabei versehentlich ihr Handy vom Beifahrersitz. Eigentlich war es jetzt das Dringendste für sie, sich einen Platz zum Übernachten zu suchen, aber wenn sie mit ihrem Anruf zu Hause noch länger wartete, würden ihre Eltern wahrscheinlich die Polizei in Etherton verständigen, und das war das Letzte, was sie in diesem Moment brauchen konnte.

Vor ihr lag Edward Paxtons Haus. Das Licht im Wohnzimmer brannte noch immer. Sie ärgerte sich, weil sie sein Angebot, ihr zu zeigen, wo seine Familie die geflohenen Sklaven versteckt hatte, nicht angenommen hatte, doch ihr Instinkt hatte sie vor ihm und dem Haus gewarnt. Eigentlich war sie froh, dass sie nicht mit ihm hineingegangen war.

Sie hatte sowieso genügend Informationen von ihm bekommen. Nach dem, was er ihr über die Bristows erzählt hatte, war sie noch einmal den Crescent Hill hinaufgegangen und hatte an die Tür des Herrenhauses geklopft, aber es hatte immer noch niemand aufgemacht.

Daraufhin war sie wieder zu ihrem Auto gegangen, hatte aber trotzdem noch ein Weilchen gewartet, in der Hoffnung, dass Sarah jeden Augenblick nach Hause käme.

Sie war so dicht an der Antwort dran oder doch wenigstens an einem wirklich entscheidenden Teil des Puzzles. Wenn einer der Bristows ein Tagebuch geführt hatte, so wie Miriam Ellison, würde Sarah es ihr vielleicht zu lesen geben.

Sie tippte die Nummer ihrer Eltern ein, doch bevor sie auf »Wählen« drücken konnte, hörte sie hinter sich eine Autotür zufallen. Im Seitenspiegel erblickte sie eine Frau mittleren Alters mit einer gigantischen Handtasche, die in beide Richtungen schaute, bevor sie die Straße überquerte.

Stephanie setzte sich auf und sah die Frau schnurstracks auf Edward Paxtons Veranda zugehen.

Plötzlich erklang Technomusik; Stephanie schreckte zusammen. Sie drückte einen Knopf, um ihr Handy zum Schweigen zu bringen. Erschrocken drehte die Frau draußen sich um und blickte zu ihr hinüber, eine Mischung aus Furcht und Enttäuschung im Gesicht. Dann lief sie die Treppe hinauf und betrat das Haus, ohne anzuklopfen.

Stephanie schaute auf ihr Handy hinunter und sah die Nummer ihrer Mutter. Diesmal nahm sie den Anruf an.

»Wir haben uns Sorgen um dich gemacht!«

»Ihr braucht euch keine Sorgen zu machen«, antwortete Stephanie. Sie blickte noch einmal zum Paxton-Haus hinüber und sah, wie die Jalousie sich bewegte, als die Frau zu ihr hinaussah.

39

Alex entfernte einen weiteren Backstein aus dem Geröllhaufen und reichte ihn Sarah. Sie warf ihn auf den viel kleineren Haufen an der Seite des Tunnels, während er weitergrub. Nun arbeiteten sie schon seit gut einer Stunde und er war völlig verschmutzt und dreckverkrustet. Sein Mund war ausgetrocknet, sein Rücken tat weh, doch er würde nicht aufhören, bevor er nicht ein Loch durch diesen Schutthaufen gegraben hatte.

Sie bewegten sich tunnelaufwärts. Er hoffte, dass dieser Weg in das Innere des Hauses mündete; sie mussten auf jeden Fall draußen sein, bevor die Batterie in ihrer Taschenlampe leer war.

Er hätte nie zulassen dürfen, dass Sarah mit ihm hier herunterkam. Sie hatte ihn zwar nicht um Erlaubnis gefragt, doch er hätte klüger sein müssen. In seiner Aufregung über die Entdeckung des Tunnels war er einfach durch die Öffnung gesprungen und hatte nicht mehr zurückgeschaut. Er hatte sie nicht beschützt.

Er hätte bis zum Morgen warten sollen, bis sie Dan oder Louise informieren konnten, damit die Hilfe rufen konnten, wenn sie nicht zurückkamen.

Es war seine Schuld, dass sie hier unten gefangen waren, aber er würde sie herausbringen. Und zwar noch heute Nacht.

Als er ihr den nächsten Stein gab, rieselte eine Ladung Erde auf seinen Kopf. Er hustete und wischte sich den Schmutz aus dem Gesicht.

»Sie brauchen eine Pause«, sagte Sarah hinter ihm. Sie klang erschöpft.

»Ich brauche keine Pause.«

Ein Klicken und das Licht ging aus. »Doch, das brauchen Sie.«

Er griff in der Dunkelheit nach ihr, fand sie jedoch nicht. »Machen Sie die Lampe wieder an, Sarah.«

»Nur zehn Minuten.«

Er seufzte und massierte sich das Genick. Eine Pause war vermutlich eine gute Idee, auch wenn er sich nicht vorstellen konnte, zehn Minuten lang einfach still zu sitzen. Nicht, solange der Tunnel noch blockiert und kein Ende in Sicht war.

Er trat einen Schritt vor. »Wo sind Sie?«

Das Licht ging an und er sah sie auf der Seite des Tunnels sitzen, gegen die Wand gelehnt. Ihr Haar war ebenfalls voller Erde und Staub, ihr Gesicht verschmiert. Und sie sah wunderschön aus.

Dann umgab ihn wieder Dunkelheit. Er ging vorsichtig zu ihr hinüber und setzte sich neben sie. Als er ihre Schultern berührte, spürte er ihre Wärme. Sie gab ihm Kraft.

Er hatte Angela im Stich gelassen, als sie ihn am dringendsten gebraucht hatte, aber Sarah würde er nicht im Stich lassen. Wenn nötig, würde er die ganze Nacht durcharbeiten. Er würde sie hier herausbringen.

Seine Stimme klang rau, als er sagte: »Es tut mir leid, Sarah.«

Sie rutschte dichter an ihn heran. »Was denn?«

»Dass ich uns in diese Situation gebracht habe.«

Sie streckte die Hand nach ihm aus und nahm seinen Arm. »Das ist doch nicht Ihre Schuld.«

»Doch.«

»Nein«, sagte sie und drückte seinen Arm. »Sie haben uns doch nicht hier unten eingesperrt.«

»Trotzdem ...«

Sie schwieg und er hörte, wie sie tief Luft holte. »Es geht nicht um uns, oder?«

Obwohl er sie nicht sehen konnte, drehte er sich zu ihr um. »Wovon reden Sie?«

»Alex ...« Sie legte ihm den Kopf auf die Schulter, ihr weiches Haar berührte seine Wange. »Es war nicht Ihre Schuld, dass Ihre Schwester gestorben ist.«

Er öffnete den Mund, um zu protestieren, doch die Worte kamen nicht. Natürlich war es seine Schuld. Er hätte Angela gleich mitnehmen oder früher zu ihr zurückgehen sollen. Er hätte dieses idiotische Meeting wegen der Papierhandtücher ausfallen lassen sollen.

»Sie wussten doch nicht, was Ihr Freund tun würde«, sagte Sarah.

»Nein«, seine Stimme verhärtete sich, »aber ich wusste, wozu er fähig war.«

Sie hob den Kopf und küsste ihn sanft auf die Wange. »Es war nicht Ihr Fehler«, wiederholte sie.

Er lauschte den Worten, während er ihre Hand nahm. »Danke.«

Das einzige Licht, das durch den Tunnel drang, war der trübe Schimmer ihrer Handydisplays, während sie da schweigend nebeneinander saßen und die Sekunden verstrichen.

Sie sprach als Erste. »Wenn das hier Matthews Grab ist … was meinen Sie, wo sie ihn hingelegt haben?«

Er ließ ihre Hand los und zwang sich, in die Gegenwart zurückzukehren. Wenn es noch Hoffnung für ihn und Sarah gab … Er wusste, was er in der Dunkelheit wollte, doch er würde warten und sein Herz prüfen, wenn sein Verstand wieder klar war. »Vielleicht liegt er in einem der Gräber draußen.«

Sie schauderte und er musste sich beherrschen, um sie nicht näher an sich zu ziehen. »Meine Großmutter hat mir Geschichten über Matthew erzählt.«

»Was für Geschichten?«

»Sie sagte, er sei von einem Sklavenjäger ermordet worden.«

Er dachte an die Artikel, die er in der Bibliothek gelesen hatte, an die Spekulationen über Matthew Bristows Verschwinden. »Wusste sie, was damals passiert ist?«

»Sie hat gesagt, er wäre ein Held gewesen. Er hätte versucht, den Sklavenjäger daran zu hindern, einen Sklaven zu erschießen.«

»Ist es ihm gelungen?«

»Ich weiß nicht …«

»Dieser Tunnel muss nach Matthews Tod gebaut worden sein.«

»Aber wie hätte das gehen sollen?«, überlegte sie. »Die Leute hier in der Gegend hätten das doch gemerkt.«

»Das einzige andere Haus, das um 1850 hier stand, war das Paxton-Haus. Dotty meinte, die Paxtons und die Bristows hätten damals zusammengearbeitet.«

Sie schwieg, während sie ihm über den Arm strich. Er nahm wieder ihre Hand und drückte sie. »Sind Sie okay?«

»Nicht wirklich.«

»Wir werden hier rauskommen«, sagte er. »Haben Sie etwas dagegen, wenn ich noch einmal bete?«

»Nein, bitte beten Sie.«

Er hatte gebetet, als sie festgestellt hatten, dass sie gefangen waren, und jetzt bat er Gott um Weisheit und Schutz und um Hilfe, wieder aus dem Tunnel herauszukommen.

»Meine Großmutter hat immer gebetet«, sagte sie, als er fertig war.

»Sie hat Gott geliebt.«

Sarah klammerte sich an seine Hand. »Als ich klein war, wollte ich immer werden wie sie.«

»Gott liebt Sie genauso, wie er Ihre Großmutter geliebt hat.«

»Dann kann er mich nicht sehr gut kennen.«

Er lachte. Nicht über sie, sondern mit ihr und über die menschliche Natur im Allgemeinen. Es war ein Wunder, dass ein vollkommener Gott ihn oder irgendeinen anderen Menschen liebte, mit all seinen Fehlern. Und dennoch war seine Liebe grenzenlos.

Sie schwieg einen Moment. Ihre Hand war so weich. So klein. »Ich bin mein Leben lang vor Beziehungen davongelaufen.«

»Weglaufen ist meist keine gute Art, ein Problem zu lösen.«

»Sprechen Sie schon wieder aus persönlicher Erfahrung?«

Er lehnte sich gegen die Wand und rieb sich mit der anderen Hand über sein Bein, um einen Muskelkrampf zu lösen.

Es war zwei Jahre her, seit er die Tür geöffnet und Angela gefunden hatte. Zwei Jahre, seit sein Leben außer Kontrolle geraten war. Damals war er im Begriff gewesen, unaufhaltsam die Karriereleiter emporzusteigen. Ein guter Job, eine erst kürzlich erfolgte Beförderung und eine Verlobte, mit der er sein Leben verbringen wollte.

Laura hatte ihre Verlobung etwa einen Monat nach Angelas Tod gelöst. Er war zu verstört gewesen über den Tod seiner Schwester, um verstehen zu können, warum er jetzt auch noch seine Verlobte verlor. Aber er machte Laura keinen Vorwurf, denn er konnte die

Hässlichkeit, den Zorn und die Schuldgefühle, die in ihm aufgebrochen waren, nachdem Trent seine Schwester umgebracht hatte, selbst nicht verstehen – da konnte er kaum von ihr erwarten, dass sie ihn verstand.

Vor einem Jahr hatte er Laura angerufen und um Verzeihung gebeten, weil er seinen Zorn einfach an ihr ausgelassen hatte. Sie hatte ihm vergeben, doch keiner von ihnen beiden hatte vorgeschlagen, ihre Beziehung wieder aufzunehmen. Wenn ihre Liebe diese Prüfung – den Verlust eines geliebten Menschen – nicht überstand, brauchte er sich keine Hoffnungen zu machen, dass sie für den Rest ihres Lebens halten würde. Dann waren die Gefühle, die sie füreinander empfanden, einfach nicht stark genug.

»Was ist passiert?«, fragte Sarah leise.

»Als meine Schwester und mein Neffe tot waren … bin ich davongelaufen.«

Sie hob ihren Kopf von seiner Schulter. »Sind Sie weit weg gelaufen?«

Er räusperte sich. »Ich habe die Stelle in Etherton angenommen, weil ich gehofft habe, eine neue Umgebung und viel Arbeit würden mir helfen zu vergessen. Als ich trotzdem nicht vergessen konnte, bin ich mit Dan zur Community Bible Church gegangen.«

»Also hat die Gemeinde Ihnen geholfen zu vergessen?«

»Das nicht, aber ich habe gelernt, dass es in diesem Leben nicht um mich geht oder um das, was ich vom Leben erwarte. In der Nachfolge Christi geht es um Hingabe und Glauben und darum, dass Gott durch mich wirkt – nicht darum, dass ich für ihn arbeite.«

»Rosalie wusste, was es heißt, sein Leben hinzugeben.« Sarah holte wieder tief Luft. »Und mein Großvater wusste es auch.«

»Dotty hat mir erzählt, dass er ein guter Mensch war.«

»Anscheinend hat sie ihn geheiratet, nachdem sie ein Kind bekommen hatte, und er gab ihr und ihrem Sohn einen achtbaren Namen und ein Zuhause.«

»Es ist, als hätte er Rosalie und Ihren Vater durch seine Liebe erlöst«, sagte Alex langsam. »Und dann bot Rosalie die gleiche Liebe so vielen anderen Frauen an, die einen Menschen brauchten, der sich um sie kümmerte.«

»So wie Jesus es mit uns tut.«

»Genau«, sagte er. »Wir werden in die Familie Gottes hineingerettet, so wie Sie und Ihr Vater in die Familie der Bristows gerettet wurden.«

»Das wünsche ich mir so sehr, Alex.« Ihre Stimme brach. »Zu einer Familie zu gehören.«

Er konnte sich nicht länger beherrschen. Er streckte die Arme aus und zog sie an sich.

»Los, beeil dich«, bellte Louise.

Beeil dich? Schließlich war er doch derjenige, der die ganze Arbeit machte. Er schleppte seinen Großvater praktisch auf seinem Rücken durch den Tunnel und wenn er ihn nicht trug, schob er ihn vor sich her. Die ehrenwerte Bürgermeisterin hatte sich nicht erboten, ihm zu helfen.

Er wollte das alles nur noch hinter sich bringen und diese Menschen nicht mehr sehen müssen. Sie würden das verschlossene Zimmer im dritten Stock aufbrechen und nach den Juwelen durchsuchen, und wenn sie nicht dort waren, dann war diese Sache für ihn gestorben. Sämtliche andere Zimmer im Haus hatte er bereits durchsucht.

Louise richtete ihre Taschenlampe auf ihn und leuchtete ihm direkt in die Augen. »Warum braucht ihr beiden so lange?«

»Warum hast du ihr davon erzählt?«, flüsterte er in Edwards Ohr, während er ihm über den Weg half, der mit zerborstenen Backsteinen übersät war.

»Weil ich sie gebraucht habe.«

»Sie wird reden.«

»Nein, das wird sie nicht. Sie kann den Mund halten.«

»Das sollte sie auch lieber.« Er schwieg, dann fragte er: »Wie hoch ist ihr Anteil?«

»Dreißig Prozent«, rief sie zurück. »Ist das ein Problem für Sie?«

»Und ob. Ich habe die ganze Arbeit getan.«

Sie lachte. »Träumen Sie ruhig weiter.«

»Und was genau haben Sie getan?«

»Das Haus sollte abgerissen werden, Jake. Damit hätten Sie und Ihr Großvater ungehinderten Zugang gehabt, aber Sie mussten ja hingehen und selbst ein Angebot machen. Sie haben alles vermasselt.«

Er befreite sich aus Edwards Klammergriff. »Mir hat niemand gesagt, dass es einen anderen Plan gab.«

»Es ist besser, wenn nicht jeder sämtliche Einzelheiten kennt, Jakey. So gerät man nicht so leicht in Schwierigkeiten.«

»Du meinst, so gerätst du nicht so leicht in Schwierigkeiten.«

Louise lachte wieder und er war froh, dass er nicht der Einzige war, der Edward durchschaute. Die Deals des Alten nützten immer in erster Linie ihm selbst.

»Halt den Mund«, schrie Edward Louise an. »Wenn du nicht die Abrissverfügung angeklebt hättest …«

»Du hast diese Sache in den Sand gesetzt, Edward. Es sollten doch keine Informationen über den Tunnel mehr zugänglich sein.«

»Mit Dotty werde ich mich später befassen.«

Jake wusste nicht, was Dotty mit der Sache zu tun hatte. »Ich dachte, wir würden halbe-halbe machen, Pops.«

»Du kriegst dreißig Prozent.«

Die Kopflampe, die in seine Stirn einschnitt, warf ein flackerndes Licht auf den Boden. »Und wie viel kriegst du?«

»Das spielt keine Rolle.«

Er versuchte, es im Kopf auszurechnen, doch irgendwie kam er nicht damit zurande.

40

Ein lautes Geräusch drang in Sarahs Schlaf. Jemand rief ihren Namen.

»Sarah«, sagte Alex leise und sie schmiegte sich enger an seine Brust. Hier gehörte sie hin. Zu ihm.

»Sarah!« Eine andere Stimme rief ihren Namen.

Langsam schlug sie in der Dunkelheit die Augen auf und dann erinnerte sie sich. Sie waren noch im Tunnel. Im Tunnel, aber …

Es war kein Traum. Irgendjemand rief wirklich ihren Namen.

Alex schaltete die Taschenlampe ein und sie blinzelte in dem hellen Licht.

»Sarah!« Der Ruf hallte von den Wänden wider.

Sie sprang auf und schrie zurück: »Wir sind hier unten!«

Alex lief den Gang hinunter und sie folgte ihm, bis er abrupt stehen blieb und den Arm ausstreckte. »Warte noch.«

»Nein, ich warte nicht.«

Er drehte sich zu ihr um und das Licht warf Schatten über seine besorgte Miene. Es war ein seltsames Gefühl, jemand zu haben, der sich um einen sorgte, aber sie konnte selbst auf sich aufpassen. Das hatte sie in den vergangenen achtundzwanzig Jahren hinlänglich bewiesen.

»Wir wissen nicht, wer da oben ist.«

Sie stemmte die Hände in die Hüften. »Du brauchst mich nicht zu beschützen!«

»Bitte, Sarah.«

Sie ließ die Hände sinken. Vielleicht war es wirklich nicht nötig, dass er sie beschützte, aber sie verstand, dass er es versuchen musste. »Okay.«

Er kam auf sie zu, den Blick fest auf sie gerichtet.

Einen Augenblick lang dachte sie, er würde sie küssen, doch dann erklang wieder der Ruf. Er drehte sich um und lief zum Eingang des Tunnels.

Drei Minuten vergingen. Sie betete. In dieser Situation brauchte sie Gott mehr denn je. Gott und seine Treue.

Von dem Augenblick an, an dem sie von zu Hause fortgegangen war, war sie nie mehr von jemandem abhängig gewesen und jetzt gab es auf einmal so viele Faktoren, die ihr Leben bestimmten. Das Erbe ihrer Großmutter. Alex. Und Gott.

Jetzt … wollte sie Gott in ihrem Leben haben, wollte ihn in ihr Herz aufnehmen. Doch wie sollte sie ohne das Haus seine verletzten Kinder lieben und für sie sorgen können?

Hab keine Angst zu lieben und den Menschen zu dienen, auch wenn es wehtut. Ich bete darum, dass du auch den Allergeringsten deine Arme öffnest.

Rosalie hatte getan, was sie für das Richtige gehalten hatte, sie war dem Auftrag treu gewesen, den Gott ihr gegeben hatte – für ihre eigenen Kinder und für die Kinder der vielen Frauen zu sorgen, die sie brauchten.

Sarah schloss die Augen und spürte die kühle Luft in ihrem Gesicht. Wie konnte sie es schaffen, Gott treu zu sein so wie ihre Großmutter? Was, wenn Gott einen Plan für sie hatte, mit dem sie nie gerechnet hätte? Wäre sie bereit, ihm genauso zu dienen, wie Rosalie Bristow es getan hatte?

Statt zu fragen, warum Mariah ihre Tasche gestohlen hatte, hatte sie sie zurückgewiesen.

Was, wenn Alex recht hatte und Mariah die Tasche gar nicht genommen hatte? Dann hatte sie ein unschuldiges Mädchen an den Ort zurückgeschickt, an dem sie immer wieder neuer Gewalt ausgesetzt sein würde.

Es war gar nicht so wichtig, dass sie den Tunnel gefunden hatte. Entscheidend war, dass sie Mariah fanden, und wenn sie sie gefunden hatten, würde sie sie wieder aufnehmen. Vielleicht nur vorübergehend, aber wenigstens so lange, wie Crescent Hill ihr gehörte, würde sie tun, was sie konnte, um es zu einem Zuhause für Frauen und Kinder zu machen, die misshandelt wurden, so wie Alex' Schwester und sein Neffe.

Alex rief nach ihr. »Sarah, es ist alles in Ordnung.«

Sie folgte der Lichtspur, die den Weg zurück bis zum Eingang erhellte, und kletterte die Leiter hinauf. Die Platte war zurückgeschoben, sodass sie in das Mausoleum blicken konnte. Vor ihr stand Mariah, mit schweißüberströmtem Gesicht. Das strähnige Haar fiel ihr über die Augen.

Sarah streckte die Arme aus und drückte sie an sich. »Es tut mir so leid«, sagte sie, bevor sie sie wieder losließ.

Das Mädchen hielt den Blick gesenkt. »Ich habe Ihre Tasche nicht gestohlen.«

»Ich glaube dir.«

Mariah nickte; sie sah maßlos erleichtert aus. »Und ich habe auch niemandem von dem Haus erzählt.«

Sarah umarmte sie wieder. »Woher wusstest du, dass wir hier waren?«

»Wir sind euch gefolgt«, sagte sie. »Er hat Steine auf die Grabplatte gelegt. Als ich sicher war, dass er weg ist, habe ich sie heruntergerollt.«

»Wer hat die Steine …«

Mariah unterbrach sie. »Jake.«

»Jake Paxton?«, flüsterte sie und blickte in dem trüben Licht zu Alex hinüber. Er wirkte nicht überrascht. »Aber warum sollte er …?«

»Ich weiß nicht, was er will, aber er sucht nach etwas, das sich in Ihrem Haus befindet.«

»Er hat gesagt, er wolle das Haus kaufen.«

Mariahs Lachen klang bitter. »Er hat nicht das Geld, um ein Haus zu kaufen.«

Ihr Magen verkrampfte sich. »Ist er dein Freund?«

»Er war mein Freund.«

»Du bist zurückgegangen …«

Mariah legte die Hände auf ihren Bauch. »Ich wusste nicht, wo ich hingehen sollte.«

Alex drückte ihren Arm. Er telefonierte bereits mit der Polizei. »Wir müssen los«, sagte er zu Sarah und dann sprach er in sein Handy: »Wir treffen Sie oben in Crescent Hill.«

Die Abstellkammer stand weit offen, als sie ins Haus kamen – Edward hätte nie geglaubt, dass sie verschlossen gewesen war, wenn er es nicht mit eigenen Augen gesehen hätte. Auf dem Boden stand eine Pritsche, die Regale waren mit Schachteln vollgestopft. Die drei wühlten sich durch die Regale, öffneten Dokumentenboxen und Hutschachteln und nahmen die Rahmen alter Familienfotos auseinander, doch sie fanden nichts.

Der Schatz war unten auf dem Friedhof, da war Jake fast sicher. Alex und Sarah und vielleicht auch diese Stephanie wussten, was sie taten, doch als er sah, wie sein Großvater eine weitere Schachtel zerriss, wurde ihm klar, dass Edward Paxton keine Ahnung hatte. Er war auf der Jagd nach einem Schatz, den die Bristows vor Menschen wie ihm versteckt hatten. Wahrscheinlich hatten sie ihn gar nicht in diesem Haus versteckt.

Er trat einen Schritt zurück in Richtung Tür. Warum sollte er sich mit dreißig Prozent zufriedengeben, wenn unten am Hügel hundert Prozent auf ihn warteten? Er brauchte nicht zu warten, bis Alex und Sarah verhungert waren. Edward besaß ein paar Schusswaffen, die er seiner Ansicht nach gut versteckt hatte, doch Jake wusste, wo sie waren. Er würde die Sache zu Ende bringen, Mariah suchen und abhauen, bevor die Cops mitbekamen, was geschehen war. Morgen früh wäre er schon halb in Florida – mit dem Schatz.

Er trat noch einen Schritt zurück und drehte sich dann zur Tür um.

»Wo willst du hin?«, fragte Edward.

»Raus«, warf Jake über die Schulter zurück.

»Das glaube ich aber kaum.«

Zuerst dachte er, das Klicken hinter ihm komme von einer Taschenlampe. Er fuhr herum, doch Edward hielt keine Taschenlampe in der Hand, sondern eine Waffe. »Du wirst uns helfen, den Schatz zu suchen.«

»Er ist nicht hier, Pops.«

Die Waffe zitterte. »Hör auf, mich so zu nennen.«

Jake beäugte die Waffe und überdachte seine Möglichkeiten. »Er ist nicht hier … aber ich weiß, wo er ist.«

Edward ließ den Arm ein paar Zentimeter sinken. »Leg dich nicht mit mir an.«

»Ich habe heute Abend einen anderen Eingang in den Tunnel gefunden. Die Juwelen müssen dort sein.«

»Und das hast du mir nicht gesagt?«

»Ich wollte dich nicht aufregen.«

»Du meinst, du wolltest nicht teilen.« Edward hob die Waffe wieder. »Von jetzt an wird hier ehrlich gespielt.«

Louise trat neben Edward. »Wo ist der Eingang?«

»Ich bringe euch hin.«

»Aber sofort«, sagte Edward.

Louise ächzte. »Sei doch nicht dumm.«

Jetzt richtete Edward die Waffe auf sie. »Ich habe hier das Sagen.«

Sie hob die Hände. »Dann los.«

Die Waffe schwenkte wieder zu Jake herum. »Sag mir, wo er ist.«

»Ich will fünfzig Prozent.«

Edward lachte. »Du kannst zufrieden sein, wenn du zwanzig kriegst.«

»Du selbstsüchtiger alter …«

Die Waffe knallte. Jake stürzte zu Boden, die Hände zum Kopf hochgerissen. Er würde sich nicht mehr bewegen, bis Edward aufhörte zu schießen.

Doch es kam kein Schuss mehr. Stattdessen hörte Jake Louises Stimme und spürte, wie sie ihm mit der Fußspitze in die Seite stieß. »Steh auf.«

Jake hob den Kopf und blickte auf. Sie stand über ihm, eine Waffe in der Hand. Er blickte zu seinem Großvater hinüber. Der stand noch an derselben Stelle, vor Schmerz vornübergebeugt. Aber es war kein Blut zu sehen. Wahrscheinlich hatte Louise ihn ans Schienbein getreten oder so etwas. Aber ordentlich.

Gut, Louise! Edward verdiente jedes Quäntchen Schmerz.

Er stemmte sich hoch und sah Louise mit neuem Respekt an. »Danke!«

»Das habe ich nicht dir zuliebe getan.«

Dann hörten sie Schritte auf der Treppe am Ende des Ganges. Viele Schritte.

»Da kommt jemand«, sagte er und sprang vor. Er musste zum Eingang, bevor sie ihn fassten.

Louise folgte ihm in Richtung Theater.

»Wartet auf mich!«, rief Edward ihnen nach, doch Jake lachte nur, während er und Louise über den offenen Flur sprinteten.

Licht flutete über den Rasen des Bristow-Hauses. An langen Pfosten hingen Lampen. Feuerwehrautos, Rettungsfahrzeuge und Polizeiautos tauchten die Szene in Rot und Blau.

Sarah hockte auf dem Baumstumpf, auf dem sie niedergesunken war. Sie zitterte. Es musste weit nach Mitternacht sein, doch sie hatte das Gefühl, dass die halbe Stadt beim Haus ihrer Großmutter versammelt war.

Jenny und Margaret schleppten Thermoskannen mit Kaffee und Suppe herbei, die Jenny zubereitet hatte. Von dem Kaffee trank Sarah nicht, aber sie schlürfte fast eine ganze Kanne heiße Hühnersuppe und fragte sich, wann ihr wohl nicht mehr kalt sein würde. Sie sehnte sich danach, sich wieder warm und trocken zu fühlen, aber sie beschwerte sich nicht. Immerhin waren Alex und sie nicht mehr in dem Tunnel.

Jenny legte ihr noch eine Decke um. »Bist du sicher, dass du nicht hineingehen willst?«

Sarah schaute zum Haus hinüber. »Erst wenn sie sie gefunden haben.«

Pfarrer Lambert und seine Frau hatten Mariah mitgenommen, damit sie Jake nicht zu sehen brauchte, doch Sarah wollte ihn noch einmal sehen. Sie wollte ihm gern noch ein paar Sachen sagen.

»Wir haben uns solche Sorgen gemacht«, sagte Jenny zum x-ten Mal, während sie Sarah noch eine Tasse Suppe eingoss.

Statt die Suppe zu nehmen, brach Sarah, von Erschöpfung überwältigt, in Tränen aus. Sie wollte auf Jenny hören und mit dem Rest der Stadt draußen warten, bis die Cops wieder aus dem Haus kamen, aber sie war so furchtbar müde.

Sie zog die Decken fester um sich. Es war ein gutes Gefühl, dass so viele Menschen hier bei ihr am Haus waren, auch wenn die Hälfte von ihnen aus Neugier auf das Schauspiel gekommen war, das es auf dem Crescent Hill zu sehen gab. Die andere Hälfte bestand aus Mitgliedern der Kirchengemeinde; sie alle schienen Alex und ihre Großmutter zu kennen.

Alex bewachte die Vordertür, während die Polizei drinnen war, und scheuchte die Neugierigen von den Fenstern fort. Statt ihn zu erschöpfen, schienen die Stunden im Tunnel ihm Kraft gegeben zu haben.

Er war so liebevoll zu ihr gewesen, als sie dort unten festsaßen. So gütig.

Und er hatte sie beschützt. Er hatte sie weiter beschützt, als sie wieder aus dem Tunnel heraus waren, aber als sie dann zum Haus kamen, hatte er plötzlich in den Geschäftsmodus umgeschaltet. Da sich die meisten Polizisten von Etherton im Haus befanden, hielt er die Menge hier draußen in Schach. Sarah fand das ganz richtig.

»Sie kommen raus«, rief jemand.

Sie öffnete die Augen und rappelte sich hoch. Oberhalb der wartenden Menge konnte sie Bryce Kelley, einen weiteren Beamten und das Profil des Mannes ausmachen, dessen Name auf der Geburtsurkunde ihres Vaters stand. Edward Paxton war in ihrem Haus gewesen.

»Wo ist Jake?«, hörte sie Alex fragen.

»Wir suchen ihn noch«, antwortete Bryce mit einem Kopfschütteln. »Haben Sie Sarah gesehen?«

Sie gab Jenny die Decken und bahnte sich einen Weg durch die Menge.

Edward starrte sie mit hocherhobenem Haupt an, sagte jedoch nichts. Bryce übergab ihn einem anderen Beamten, dann zog er sie und Alex beiseite.

»Es sieht so aus, als seien Jake und Edward in Ihr Haus eingedrungen, ohne eine Tür oder ein Fenster zu benutzen.«

»Aber es gibt keinen anderen Eingang …«

Sie blickte zu Alex hinüber und sah, dass er die Brauen hochgezogen hatte. »Na ja, es gibt noch die Legende«, meinte sie dann.

»Was für eine Legende?«, flüsterte Bryce, damit die Umstehenden ihn nicht hören konnten.

»Im dritten Stock soll es einen Eingang zu einem Tunnel geben.«

»Haben Sie eine Ahnung, wo das sein könnte?«

Sie schüttelte den Kopf.

»Können Sie uns helfen, danach zu suchen?«

Sie konnte kaum noch die Augen offen halten und ihr tat alles weh, aber sie würde ihnen suchen helfen. Sie wollte Jake finden und herausbekommen, was er und Edward in ihrem Haus gemacht hatten.

Wenn es dort oben einen Eingang zum Tunnel gab, dann war das wahrlich ein Geniestreich. Erstens würde niemand einen Tunnel im Obergeschoss vermuten und zweitens konnten die flüchtigen Sklaven sich nach oben retten, wenn Sklavenjäger kamen und das Haus durchsuchen wollten, und mussten nicht auf dem Weg in den Keller an ihnen vorbei.

Flankiert von drei Polizeibeamten klopften sie und Alex die bemalte Täfelung rund um das Theater ab, doch es gab keine Geheimtür hinter einem der Bilder und auch nicht auf der Bühne oder sonst irgendwo im Raum.

Bryce' Funkgerät vibrierte und er wandte ihnen den Rücken zu. Sarah konnte nicht verstehen, was er sagte, doch ein paar Sekunden später bellte er auch schon Befehle.

»Jemand ist aus dem Paxton-Haus herausgerannt«, rief er. »Sofort alle raus und den Hügel runter.«

In wenigen Sekunden war der Raum leer und Sarah und Alex waren allein.

Sie setzte sich auf den Boden vor dem Kamin. »Das ist doch alles völlig verrückt.«

»Sie werden ihn kriegen.«

Sie drehte sich um und blickte in den Kamin. Hier hatten ihre Großmutter und sie gestanden, als jemand den Schnappschuss gemacht hatte, vor vielen Jahren. Damals war der Kamin mit brennenden Kerzen statt mit Holzscheiten gefüllt gewesen.

Sie beugte sich dichter zu der Kaminumrandung hin und betrachtete das Kamingitter – irgendetwas sah anders aus. Das eine Ende lag höher als das andere, vielleicht einen oder zwei Zentimeter.

Sie strich über die Auflagefläche und spürte eine Fuge.

»Alex!«, rief sie.

Er kam zu ihr hinüber, packte das Gitter mit beiden Händen und klappte es hoch.

41

Alex kletterte vorsichtig durch die Luke, die hölzerne Treppe hinunter in den Tunnel hinein. Die Taschenlampe wurde allmählich schwach, aber wenn sie ausging, wusste Sarah wenigstens, wo er war. Die Polizei versuchte, Jake am anderen Ende des Tunnels zu fassen, doch er würde jetzt herausfinden, wie dieser Durchgang mit dem Paxton-Haus verbunden war. Wenn Bryce und die anderen zum Haus zurückkämen, konnte Sarah sie ja ebenfalls hier herunterschicken.

Sie wollte mit ihm hinunterklettern, war aber leichenblass, als sie es anbot. Er hätte sie ohnehin niemals darum gebeten. Sie hatte heute Nacht schon viel zu viel durchgemacht und einer von ihnen musste sowieso draußen bleiben.

Aber er vermisste ihre Finger, die sich um seinen Arm klammerten … und ihren Kopf an seiner Schulter.

Alex nahm an, dass er etwa fünfzig Meter zurückgelegt hatte. Der Lehmboden war übersät mit geborstenen Backsteinen; er musste aufpassen, dass er nicht stürzte.

Im Gehen betete er wieder, doch diesmal bat er Gott nicht um Hilfe, sondern er dankte ihm, dass er sie beide gerettet und Sarah und Mariah vor Jake beschützt hatte.

Gott hatte sie alle beschützt.

Ein lautes Stöhnen ein paar Meter vor ihm erschreckte ihn fast zu Tode. Wie erstarrt blieb er stehen. Dann schaltete er die Taschenlampe aus.

»Helfen Sie mir«, stöhnte die Stimme.

»Wer ist da?«

»Ich wurde angeschossen.«

Alex knipste die Lampe wieder an und richtete sie dorthin, wo die Stimme herkam. Er trat ein paar Schritte vor und sah Jake auf dem Boden liegen. Aus seiner Brust drang Blut und lief an seinem linken Arm hinunter.

Alex zog sein Jackett aus, kniete neben Jake nieder und wickelte ihm das Jackett fest um die Brust. »Die Cops suchen Sie.«

»Das glaube ich gern.« Jakes Lachen klang hohl. »Haben sie Edward geschnappt?«

»Ja.«

»Das geschieht dem Alten recht.«

Alex leuchtete in den Tunnel hinein, doch er sah sonst niemand. »Wer hat das getan?«

»Sie hat …«, begann Jake, doch dann schloss er vor Schmerzen die Augen.

Alex schüttelte ihn sanft. »Wer ist sie?«

»Sie wollte den Schatz für sich.«

Alex versteifte sich. »Den Schatz?«

Als Jake nicht antwortete, fühlte Alex nach seinem Puls. Er war kaum noch zu spüren. Ein Teil von ihm wollte Jake einfach hier liegen lassen – er verdiente es zu sterben nach dem, was er Mariah angetan hatte. Aber Shawn Lambert hatte einmal zu ihm gesagt, sie alle verdienten es zu sterben.

»Ich hole Hilfe.«

Er stand auf, um zu gehen, doch Jake streckte die Hand aus und packte ihn am Ärmel. »Sagen Sie Mariah, dass ich sie liebe.«

»Ich hole einen Arzt«, erwiderte er und lief los.

Der Tunnel endete an einer viel kürzeren Treppe. Alex lief hinauf, ging durch die Tür am oberen Ende und stand im Paxton-Haus. In dem Augenblick, in dem er die Tür öffnete, rief ihm jemand zu: »Hände hoch!«

Er hob seine Hände hoch in die Luft und sah in das Gesicht eines jungen Beamten mit einer Plakette, auf der »Reeve« stand.

»Jake Paxton ist im Tunnel«, sagte Alex und trat vor.

»Keine Bewegung.«

»Er ist verletzt.«

»Ich sagte: keine Bewegung!«

»Gut.« Alex erstarrte. »Aber eine Frau hat auf ihn geschossen; sie muss da draußen irgendwo sein.«

Der Beamte griff nach seinem Funkgerät und rief den Sergeant. »Ich habe ihn. Er ist in dem kleinen Arbeitszimmer.«

Bryce' Stimme bellte durch den Lautsprecher. »Wir kommen.«

Ein halbes Dutzend Polizisten stürmten durch die Tür, die Waffen im Anschlag. Bryce sah ihn und pfiff sie zurück. »Lassen Sie ihn los, Reeve.«

»Aber ...«

»Sie haben den Falschen.«

»Das versuche ich ihm ja die ganze Zeit zu sagen.« Alex deutete auf den Eingang hinter sich. »Jake ist dort unten. Er wurde angeschossen.«

Bryce rief einen Sanitäter und winkte Alex dann, ihm zu seinem Streifenwagen zu folgen.

»Jake hat gesagt, eine Frau hätte ihn angeschossen.«

Bryce nickte, die Hand an der Autotür. »Wir haben sie geschnappt, als sie aus dem Haus gerannt kam.«

Bryce öffnete die Tür und Alex sah seine Chefin. Sie schaute aus dem Fenster auf der anderen Seite.

»Louise?«, fragte er. Was in aller Welt machte sie hier?

Da sie nicht antwortete, drehte er sich wieder zu Bryce um.

»Gehen Sie nach Hause«, meinte dieser und schlug die Tür zu. »Wir klären das morgen früh.«

Sarah rang die Hände, als Alex an die Tür von Dotty Shermans Apartment klopfte. Es war noch sehr früh, aber sie hatte letzte Nacht kaum geschlafen und Alex ebenso wenig. Er hatte sich noch vor dem Frühstück im Haus der Spragues mit ihr getroffen und gesagt, dass er sie gern jemand ganz Besonderem vorstellen würde.

Dotty öffnete ihnen die Tür. »Wen haben wir denn da?«, begrüßte sie die beiden aufgeräumt. Dann nahm sie Sarah in den Arm.

Die alte Dame klammerte sich förmlich an sie und Sarah entzog sich ihr nicht.

»Sie sind schön«, sagte Dotty leise.

»Danke.«

»Ich hoffe, Alex behandelt Sie gut.«

»Oh nein …«, begann sie. Dotty sollte sie nicht irrtümlich für ein Paar halten, doch dann begegnete sie Alex' Blick. Er lächelte sie an.

Dotty bat sie herein. »Ich habe gehört, dass es letzte Nacht auf dem Crescent Hill ein bisschen Aufregung gegeben hat.«

Alex' Lächeln verschwand. »Wir wollten mit Ihnen reden, bevor jemand anders kommt.«

»Gucken Sie doch nicht so traurig, Alex. Meine Nachbarin hat mir schon von Edward erzählt.«

»Er muss wahrscheinlich ins Gefängnis.«

»Ich hoffe, sie sperren ihn für den Rest seines Lebens ein.«

»Ich habe Jake im Tunnel gefunden. Er wurde in die Brust geschossen.«

»Hat er es überlebt?«

Als Alex den Kopf schüttelte, blickte Dotty auf ihre Hände hinunter. »Sein Tun ist nicht zu entschuldigen, aber er hat es nicht leicht gehabt im Leben.«

Sarah spürte, wie sich ihre Brust zusammenzog. Sie wollte nichts von Jakes schwerem Leben hören.

»Seine Mutter hat ihn im Stich gelassen, als er noch ein Baby war. Sie lief weg, um ihre Träume in Hollywood zu verwirklichen, und Edward war der Einzige, den der Junge noch hatte«, erklärte die Frau. »Jake war noch nie der Klügste, aber es hätte etwas aus ihm werden können, wenn er eine Chance gehabt hätte.«

»Wird Edward ihn vermissen?«, fragte Sarah.

»Wahrscheinlich nicht.«

Alex beugte sich vor. »Er hat Sie dafür bezahlt, dass Sie nichts von dem Tunnel sagen, oder?«

Sie blickte aus dem Fenster und schaute ihn dann wieder an. »Er hat meine Unterbringung hier bezahlt, aber ich betrachte das eigentlich nicht als Bestechung. Ich wusste nicht, dass der Tunnel so wichtig war.«

»Trotzdem haben Sie mir davon erzählt.«

»Ich war schon immer eine Verfechterin der Wahrheit.«

Er griff nach ihrer Hand. »Was werden Sie jetzt tun?«

»Es ist lieb von Ihnen, dass Sie sich Sorgen um mich machen«, sagte sie. »Aber das brauchen Sie nicht. Gott wird für mich sorgen.«

Ihre sanften blauen Augen wandten sich zu Sarah. »Sie sehen genau aus wie Ihr Großvater.«

»Edward Paxton ist mein Großvater.«

»Auf dem Papier vielleicht, aber Gott hat Ihnen Philip Bristows Lächeln geschenkt.«

Dotty ließ Alex los und griff nach Sarahs Hand. »Edward hat den Leib und die Seele Ihrer Großmutter verletzt.«

»Hat er sie vergewaltigt?«

Dotty schwieg einen Augenblick. Dann sagte sie: »Rosalie hat immer sich selbst die Schuld gegeben.«

Sarah fuhr sich mit der Hand über die Augen. Sie hatte immer geglaubt, das Leben ihrer Großmutter sei von Anfang an vollkommen gewesen, doch nun erfuhr sie, dass ihre Schönheit sich aus der Asche erhoben hatte. »Wie hat sie sich davon erholt?«

»Durch Gottes Gnade …«

Kein Wunder, dass sie den Mut und die Kraft besessen hatte, so vielen anderen Menschen zu helfen.

»Nicht alle Paxtons waren grausam«, warf Dotty ein. »Aber es gab ein paar sehr schlechte. Doch das alles ist lange her. Wissen Sie, warum Jake im Tunnel gefunden wurde?«

»Er sagte etwas von einem Schatz«, meinte Alex.

»Diese Seite meiner Familie sucht seit fast zweihundert Jahren nach dem Schatz.«

Sarah schluckte. »Ihrer Familie?«

Sie lehnte sich in ihrem Sessel zurück. »Vor langer Zeit haben mein Urgroßvater Charles und mein Großonkel Arthur mit den Bristows zusammengearbeitet, um mittels der Underground Railroad flüchtige Sklaven aus dem Land zu bringen. Bis mein Onkel auf etwas stieß, dem er nicht widerstehen konnte: Einer der Flüchtlinge hatte Juwelen bei sich, mit denen er seine Frau und seine Kinder von einer Plantage in South Carolina freikaufen wollte.«

Sarah beugte sich zu ihr vor. »Das hat der Sklave ihm gesagt?«

»Der Mann hat ihm vertraut. Er dachte, sein Geheimnis sei bei ihm sicher, aber Arthur hat ihn hintergangen. Er hat den Mann erschossen und mit ihm Matthew Bristow, weil der Junge sich ihm in den Weg gestellt hat.«

Alex rieb die Handflächen aneinander.

»In der Zeitung hieß es, die Bristows hätten nicht gewusst, wie Matthew starb.«

»Sie wussten es, aber sie wollten nicht, dass der Grund für seinen Tod bekannt wurde. Sie begruben ihn in einem anonymen Grab, versperrten den Tunneleingang zum Haus der Paxtons und erweiterten den Tunnel bis zu dem Mausoleum, das sie für ihren Sohn erbaut hatten.«

»Hat Arthur die Juwelen behalten?«, fragte Sarah.

»Oh nein«, flüsterte Dotty. »Mein Urgroßvater hat sie versteckt, aber er hat Arthur nicht gesagt, wo sie sind. Joseph Bristow hat gehofft, die Frau und die Kinder des Sklaven mithilfe eines Freundes im Süden freikaufen und dann freilassen zu können, doch der Besitzer wollte sie nicht verkaufen.

Joseph und Charles behielten die Juwelen in der Hoffnung, die Familie irgendwann doch noch befreien zu können, aber der Besitzer blieb bei seiner Weigerung. Dann kam der Bürgerkrieg, in dem beide Männer fielen.«

»Was ist aus dem Geld der Bristows geworden?«, fragte Alex.

»Die erste Sarah Bristow hat das meiste dafür verwandt, Witwen und Waisen nach dem Krieg zu helfen.«

»Und trotzdem haben sie nie jemandem gesagt, wo die Juwelen sind …«

Dotty lächelte. »Ich glaube nicht, dass die Bristows es jemandem gesagt haben, aber Charles hat es gesagt.«

»Wem hat er es erzählt?«, fragte Sarah.

»Seiner Frau Emily.«

Sarah spürte, wie ihr Herzschlag sich beschleunigte. »Und dann …«

»Emily hat es ihrem Sohn gesagt und dieser seiner Tochter. Meine Mutter hat die Geschichte dann mir erzählt.«

Sarah klatschte in die Hände. »Haben Sie die Juwelen gesehen?«

»Oh nein. Unsere Familie konnte sie nie in die Finger bekommen.«

»Aber Sie wissen, wo sie sind …«

»Ich kann es mir denken.«

Sarahs Herz raste, als Alex sie und Dotty nach Crescent Hill fuhr. Vielleicht hatte sie jetzt die Möglichkeit, das Heim der Bristows doch noch zu retten. Wenn Dotty wirklich wusste, wo die Juwelen waren, konnte sie sie an einen Sammler verkaufen und mit dem Erlös Crescent Hill sanieren. Dann konnte sie missbrauchte Frauen aufnehmen, so wie ihre Großmutter es getan hatte, und die Stadt dürfte das Haus nicht abreißen.

Alex fuhr in die Einfahrt des Herrenhauses und Dotty neben ihm lachte glücklich wie ein junges Mädchen, das darauf brannte, ein Geheimnis weiterzuerzählen.

»Die Juwelen sind nicht hier«, sagte sie.

Alex hielt an. »Wo sind sie dann?«

»Ein Stück den Hügel hinunter.«

42

Stephanie wartete, bis der Zeiger auf dem Armaturenbrett auf neun Uhr vorrückte, dann stieg sie aus, ging zum Haus von Edward Paxton und klingelte. Sie hatte es heute Morgen schon bei Sarah Bristow versucht, doch es hatte ihr niemand aufgemacht. Vielleicht konnte Edward ihr ja jemand anders nennen, mit dem sie über Crescent Hill sprechen konnte.

Doch auch hier kam niemand an die Tür. Sie seufzte. Nun stand sie so kurz vor dem Ziel, aber wenn sie in Etherton niemanden fand, der die Geschichte von Crescent Hill kannte, würde sie nie herausfinden, was William zugestoßen war.

Sie legte die Hand auf den Türknauf und drehte ihn vorsichtig. Die Tür öffnete sich mit einem Knarren. Sie schrak zusammen.

»Hallo!«, rief sie und hoffte, dass ihr jemand antwortete.

Ein silberner Pkw fuhr in die Einfahrt. Stephanie drehte sich um und sah einen gut aussehenden Mann Anfang dreißig und eine blonde Frau aus dem Auto steigen. Der Mann ging um den Wagen herum und half einer älteren Frau beim Aussteigen. Dann führte er sie die Einfahrt herauf.

Stephanie lief die Stufen hinunter, den dreien entgegen.

»Ich möchte Edward Paxton besuchen«, versuchte sie zu erklären. »Gehören Sie zur Familie?«

Die blonde Frau sah sie wachsam an. »Wer sind Sie?«

»Mein Name ist Stephanie. Stephanie Carter.«

Die Frau stellte sich als Sarah Bristow vor. Stephanie wäre ihr am liebsten um den Hals gefallen.

»Ich wollte ja eigentlich zu Ihnen«, fing sie an.

Und dann brach die ganze Geschichte von ihrer Familie, von Rachel und William und den verschwundenen Juwelen aus ihr heraus. Als sie fertig war, blieben die beiden Frauen und der Mann einen Augenblick schweigend stehen.

»Wie haben Sie das alles herausgefunden?«, fragte Sarah.

»Eine meiner Vorfahrinnen hat ein Tagebuch geführt«, erklärte sie. »Meine Tante hat es mir zu lesen gegeben und ein Nachkomme von William hat mir von Crescent Hill erzählt.«

Sarah nickte und nahm den Arm der älteren Frau, die neben ihr stand. »Ich glaube, Dotty hat uns allen etwas zu zeigen.«

Dotty führte sie durch die offene Tür ins Haus hinein. Vor der Haupttreppe blieb sie stehen und erklärte ihnen, dass das immer noch dieselbe Treppe sei, die die Bristows und die Paxtons schon seit zwei Jahrhunderten benutzten.

Eins, zwei, drei …

Stephanie hielt den Atem an, als Dotty langsam die Treppe hinaufstieg und dabei die Stufen zählte. Auf der siebten Stufe blieb sie stehen und lächelte. »Hier ist es.«

Der Mann beugte sich hinunter und versuchte, die Stufe zu lösen, doch sie bewegte sich nicht. »Ich suche einen Hammer«, bot Sarah an und kehrte nach ein paar Minuten mit einem Hammer in der Hand zurück.

Er hieb mit dem Griff des Hammers auf die Stufe ein, bis sie sich schließlich löste und er sie abnehmen konnte. Dotty griff hinunter und zog eine Leinentasche heraus. Sie öffnete sie mit zitternden Händen und hielt sie ihnen hin.

Stephanies Puls raste.

Voller Ehrfurcht blickte sie auf die leuchtend grünen, weißen und blauen Edelsteine in der Tasche. Sie griff hinein und zog ein goldenes Armband heraus, auf dessen einer Seite ein Stempel in Form eines gekrönten Löwen eingraviert war.

Ihre Stimme zitterte, als sie sprach. »Was ist aus dem Sklaven geworden, der die Juwelen bei sich hatte?«

Die ältere Frau ließ den Kopf sinken. »Mein Großonkel hat ihn umgebracht.«

Dotty blickte zu ihr auf und Stephanie sah Tränen in den Augen der Frau, als fühle sie sich selbst für Williams Tod verantwortlich. Was Arthur getan hatte, war nicht Dottys Schuld, genauso wenig, wie Stephanie dafür verantwortlich war, was ihre Vorfahren William angetan hatten … oder was ihr Cousin Angela und Ethan zugefügt hatte.

Stephanie nahm die Frau in die Arme und drückte sie fest. »Warum haben Sie nie jemandem von den Juwelen erzählt?«

Dotty setzte sich auf die Stufen. In der einen Hand hielt sie die Tasche mit dem Schmuck, mit der anderen strich sie über die verblasste Tapete. »Als mein Urgroßvater gefallen war, hat sein Bruder Arthur das Haus geerbt. Meine Urgroßmutter weigerte sich, die Juwelen anzurühren, weil sie immer noch hoffte, Williams Familie ausfindig machen zu können. Sie war der festen Überzeugung, dass die Juwelen Williams Angehörigen zustünden. Auch mein Großvater hat sie niemals angerührt, er wollte sie ebenfalls Williams Familie zurückgeben.«

»Und Ihre Mutter?«

»Sie hat die Geschichte zwar geglaubt, doch sie war nie in Edwards Haus und konnte nicht nachprüfen, ob sie stimmte.« Dotty hielt kurz inne. »Ich glaube, als sie es mir erzählte, hatte ich Angst davor, sie zu finden – Angst, dass ich sie verkaufen und das Geld für mich verwenden würde, statt sie dem rechtmäßigen Besitzer zurückzugeben.«

»Ich glaube, wir sollten das Ganze mit Bryce besprechen«, sagte der Mann.

»Es tut mir leid«, sagte Stephanie, »aber ich habe Ihren Namen nicht verstanden.«

»Alex … Alex Yates.«

Sie musste sich an die Wand lehnen. »Angelas Bruder?«

Er wurde blass. »Woher kennen Sie Angela?«

»Trent Ellison …« Ihre Stimme brach. »Mein Cousin …«

Alle schwiegen. Doch dann streckte Alex die Arme nach ihr aus. Die beiden anderen traten zu ihnen, Tränen in den Augen. Und dann fielen sie einander um den Hals und weinten miteinander.

Sechs Wochen später

Sarah schob die Fräse durch das Unkraut, das den Boden bedeckte. Es würde Monate dauern, das Haus und den Garten in Ordnung zu bringen, doch vorher konnte sie das Anwesen nicht verkaufen. Aber wenigstens würde die Stadt es vorläufig noch nicht abreißen lassen. Nicht, bis alles, was sich auf Crescent Hill ereignet hatte, geklärt war.

Anscheinend hatten die Bürgermeisterin und Edward Paxton schon lange gemeinsame Sache gemacht – Louise unterstützte Edwards Lieblingsprojekte und Edward finanzierte ihre Wahlkampagnen. Aus der Stadtkasse fehlten fünfzigtausend Dollar. Alex war überzeugt, dass Louise sie gestohlen hatte, aber höchstwahrscheinlich war Edward an der Unterschlagung beteiligt – ein gieriger Mensch will immer noch mehr Geld, ganz gleich, wie viel er schon hat.

Ohne die Vetternwirtschaft und die Unterschlagungen, glaubte Alex, müsste der neue Bürgermeister von Etherton in der Lage sein, etwas Produktives zustande zu bringen – zum Beispiel die Straßenbeläge zu reparieren und zusätzliche Polizisten einzustellen – etwas, dem Louise sich aus Gründen widersetzt hatte, die jeden Tag deutlicher wurden.

In den ersten Tagen nach Edwards und Louises Festnahme hatte Sarah wieder daran gedacht, Etherton zu verlassen und sich Arbeit zu suchen, doch als Jenny erfuhr, dass sie kein Geld mehr hatte, rief sie ein paar Freundinnen an und organisierte Fotoaufnahmen von Kindern und Haustieren.

Diese Jobs würden ihr zwar nie genug einbringen, um Crescent Hill zu behalten, doch es reichte, um Lebensmittel, Gas und Strom zu bezahlen.

Louise und Edward saßen im Stadtgefängnis und warteten auf ihren Prozess, der, wie Alex sicher annahm, zu einer Gefängnisstrafe führen würde. Und der Familienschmuck war schlicht eine Sensation – die Ellisons und Walters genossen internationale Beachtung für den Fund. Im Moment waren sie dabei, die Echtheit der Juwelen bestätigen zu lassen, um sie dann verkaufen zu können. Stephanie meinte allerdings, dass noch keine der beiden Familien wusste, was sie mit dem neu gewonnenen Reichtum anfangen sollte.

Sarah musste sich eingestehen, dass sie ein bisschen Neid empfand. Sie wünschte sich, sie hätte wenigstens einen Teil des Erlöses aus dem Verkauf der Juwelen für die Rettung von Crescent Hill verwenden können. Doch es hatte nicht sein sollen und so genoss sie einfach die Zeit, die ihr noch blieb … bis sie einen Käufer für das Anwesen fand. Sie hatte es keinem gesagt, doch sie hoffte, es würde möglichst lange dauern, bis sie ein Angebot bekam.

Mariah war sicher in einer Einrichtung in Columbus untergebracht. Sie hatten gehört, dass das Mädchen ein Ehepaar gefunden hatte, das ihren Jungen adoptieren wollte. Mariah selbst hatte sich für eine Ausbildung zur Altenpflegerin angemeldet.

Erst gestern hatte Bryce Sarah einen Brief gebracht, der in Jakes Besitztümern gefunden worden war. Es war der Brief ihrer Großmutter. An diesem Abend war sie lange aufgeblieben und hatte den Brief wieder und wieder gelesen.

Rosalie schrieb darin nicht ausdrücklich, dass sie in ihrem Haus schutzbedürftige Frauen aufnahm, doch sie sagte, dass Sarah Bryce Kelley vertrauen konnte. Und sie entschuldigte sich, weil sie das Geheimnis ihrer Geburt so lange für sich behalten hatte. Sie habe es, so schrieb sie, aus Respekt für Sarahs Vater getan, der nicht wollte, dass dieses schmerzliche Geheimnis aus seiner Vergangenheit bekannt wurde.

In den letzten sechs Wochen war so viel passiert, doch Gott war immer an ihrer Seite gewesen. Sie wusste zwar nicht, wo sie nun hingehen würde, doch sie war im Begriff zu lernen, dass sie sich auf seine Treue verlassen konnte.

Zurzeit träumte sie sogar manchmal davon, in Etherton zu bleiben. Wenn das Anwesen erst verkauft war, konnte sie eine kleine Wohnung in der Innenstadt mieten und dann würden sie und Alex vielleicht …

Sie warf die Fräse wieder hin. Sie durfte einfach nicht mehr an Alex denken. Seit Louise gestanden hatte, arbeitete er praktisch rund um die Uhr und versuchte, im Rathaus alles am Laufen zu halten. Sie sah ihn eigentlich nur sonntags in der Kirche, und ein paarmal waren sie abends zusammen essen gegangen.

Er war liebenswürdig, wirkte aber irgendwie abgelenkt – als hätte es die Stunden, die sie zusammen in der Dunkelheit verbracht hatten, nie gegeben. Beide kämpften immer noch darum, das Geschehene zu verarbeiten, doch in ihrem Herzen … in ihrem Herzen hoffte sie auf mehr.

Plötzlich hörte sie das Geräusch eines nahenden Autos. Jennys Minivan flog die Einfahrt herauf. Sarah lehnte die Fräse gegen einen Baum und trat zurück, um sich den Staub aus dem Gesicht zu wischen.

Sie war noch nicht fertig, als auf beiden Seiten des Minivans die Türen aufflogen und sämtliche Sprague-Kinder heraushüpften. Sie rannten auf Sarah zu und rissen sie beinahe zu Boden mit ihren Umarmungen. Dann liefen sie in den Wald zum Spielen.

Jenny schlug die Tür zu und fuchtelte Sarah mit einem Umschlag vor dem Gesicht herum. »Ich habe ein Angebot für das Haus.«

Sarah schrak vor dem Umschlag zurück, als sei er in Anthrax getaucht. »Wirklich?«

»Es ist von jemand, der es restaurieren möchte.«

Eine ihrer Augenbrauen hob sich. »Hast du das schriftlich?«

Jenny grinste. »Und ob.«

»Ich glaube es nämlich nicht.«

»Er sagte, er würde es restaurieren, hat jedoch eine Bedingung daran geknüpft.«

Sarah legte den Kopf schief. »Und die wäre?«

»Dass du mit ihm zusammen in dem Haus lebst.«

Ihr fiel die Kinnlade herunter. »Wovon redest du?«

Jenny grub in ihrer Tasche, zog ein kleines Samtschächtelchen heraus und gab es ihr.

»Was um alles …«, setzte Sarah an.

»Ich sage doch …«, Jenny schrie jetzt beinahe. »Er stellt eine Bedingung.«

Sarah blickte noch immer auf das schwarze Samtschächtelchen.

»Verflixt!« Jenny holte ihr Handy heraus und fing an zu wählen. »Wo bleibt er nur?«

Dann sah Sarah ihn. Er kam durch die Bäume auf sie zugelaufen, die Sprague-Kinder im Schlepptau. Hailey löste sich aus der Gruppe, lief voraus und stürzte sich in Sarahs Arme.

»Alex sagt, er will dich heiraten«, verkündete sie.

Sarahs Herz setzte einen Schlag aus. »Sagt er das?«

Alex lächelte sie an und sie lächelte zurück.

»Er hat meiner Mommy gesagt, dass er für immer mit dir zusammen sein will.«

Jetzt stand Alex neben ihr und nahm ihre Hand. Das Chaos um sie herum schien ganz weit fortzurücken, während ihre Blicke sich ineinander verloren.

»Für immer ist eine lange Zeit«, sagte sie.

Hailey sprang aus ihren Armen und Alex zog sie an sich. »Bei Weitem nicht lang genug«, flüsterte er.

Dann hob er ihre Hand und streifte ihr den Ring über. Sie presste ihre Hand an ihre Brust.

Sie konnten sich neue, gemeinsame Erinnerungen auf Crescent Hill schaffen. Und sie brauchte nie mehr fortzugehen.

Epilog

Ein Jahr später

»Guten Morgen, Herr Bürgermeister«, sagte Sarah, während sie die Treppe aus dem ersten Stock herunterlief. Alex hatte die Wahl letztes Jahr mit einem geradezu erdrutschartigen Sieg gewonnen, doch sie pflegte ihn immer noch mit seinem neuen Titel zu necken.

Alex begrüßte seine Frau mit einem Kuss und richtete seine Krawatte. »Das ist unser großer Tag heute.«

Ihr Gesicht war warm geworden durch seinen Kuss. »Bist du bereit?«

»Wenn wir uns der Sache gemeinsam stellen, ja.«

Er nahm ihre Hand und sie schritten zusammen durch die Eingangshalle, die in einem neuen Anstrich leuchtete. Die frisch geschrubbten Fliesen schimmerten. An der Tür erwartete sie Dotty Sherman. Sie trug ein lavendelfarbenes, mit winzigen Blüten übersätes Frühjahrskostüm.

Dotty lebte bei ihnen, seit Sarah und Alex letztes Jahr im August geheiratet hatten, und hütete ihre Geheimnisse, wie sie ihr Leben lang das Geheimnis der Juwelen gehütet hatte.

Nicht, dass sie die Yates gebraucht hätte – die Ellisons und die Walters hatten ihr eine beträchtliche Summe geschenkt, nachdem sie den Schmuck an eine englische Herzogin verkauft hatten. Doch sie hatte sich gewünscht, Sarah und Alex in ihrer Arbeit unterstützen zu dürfen.

Die drei gingen gemeinsam zur Vordertür hinaus und traten vor die Menge, die sie auf dem Rasen erwartete. Rund um das Haus erstreckten sich blühende Blumenmeere – sämtliche Lieblingsblumen ihrer Großmutter ihr zu Ehren dort angepflanzt, und dazu ein paar neue Sorten, die Sarahs und Alex' gemeinsames Leben als Familie Bristow-Yates begleiten sollten.

Sarah winkte Debra Ellison und Howard Walters und natürlich Stephanie zu.

Louise Danner und Edward Paxton saßen beide eine Gefängnisstrafe im Staatsgefängnis ab; Edward würde die Jahre, die ihm noch blieben, mit Sicherheit hinter Gittern verbringen.

Durch das Geld aus Angelas Lebensversicherung und eine großzügige Schenkung der Familien Ellison und Walters war der Traum ihrer Großmutter – der jetzt der ihre war – wahr geworden.

Im ersten Stock ihres restaurierten Hauses befand sich ein Gemeindezentrum für die Stadt. Es gab Räume für Kunst- und Schauspielunterricht und Versammlungsräume. Im Wohnzimmer trafen sich diejenigen, die das außerschulische Bildungsangebot der Community Bible Church wahrnahmen.

Im zweiten Stock lagen ihr Fotostudio, Dottys Zimmer sowie Alex' und Sarahs Privaträume; hier boten sich noch Möglichkeiten zur Expansion.

Und im dritten Stock war … nun, hier oben waren offiziell Vorrats- und Abstellräume, doch nach der Entdeckung des Tunnels schwirrte die Stadt förmlich von Gerüchten über Gespenster, die das Bristow-Haus heimsuchten, und weder sie noch Alex gaben sich besondere Mühe, diese Gerüchte einzudämmen.

Im Moment wohnte in dem renovierten Zimmer im dritten Stock eine Frau mit ihren zwei Kindern. Vielleicht hielten die Gespenstergeschichten die Leute ja davon ab, sich über die Lichter und Schatten zu wundern, die nachts in den Fenstern zu sehen waren.

Alex nahm Sarahs Hand und zog sie an seine Brust, während sie ihrem Vater im Himmel im Stillen für die Schönheit dankte, die er aus der Asche geschaffen hatte. Dann übergaben sie und ihr Mann Gott und ihrer Heimatstadt das Angela-und-Ethan-Yates-Gemeindezentrum.

Nachwort

Ich habe den größten Teil meiner Kindheit in einer Kleinstadt in Ohio verbracht. Dort steht auf einem baumbestandenen Hügel ein geheimnisumwittertes, baufälliges Herrenhaus. Es heißt, dieses alte Haus sei einst eine Station der Underground Railroad gewesen. Nach einer anderen Legende führt ein Tunnel unter diesem Haus zu einem etwa einen halben Kilometer entfernten unterirdischen Mausoleum der Familie, die einst dort gewohnt hat, doch kein Mensch hat je den Eingang zu diesem Tunnel gefunden oder bewiesen, dass das Haus tatsächlich ein Anlaufpunkt für entlaufene Sklaven war.

Diese Legenden, mit denen ich aufgewachsen bin, haben schon immer meine Fantasie beflügelt, und so begann mein Buch *Das Haus auf Crescent Hill* mit der einfachen Frage: »Was wäre, wenn?« Was wäre, wenn die Gerüchte stimmen und es tatsächlich einen Tunnel gibt, der zu einem Mausoleum führt? Was, wenn in diesem Tunnel einst flüchtige Sklaven Zuflucht fanden, wie in so vielen anderen Tunnels entlang der Underground Railroad? Und was, wenn ein solches Haus auf irgendeine Weise benutzt werden könnte, um auch den Menschen von heute als Zuflucht zu dienen?

All diese Fragen liegen meinem Buch zugrunde. In diesem Zusammenhang war es mir eine große Freude, meine Heimatstadt unter einem völlig neuen Blickwinkel zu erkunden und ein paar der alten Wunder aus meiner Kindheit wiederauferstehen zu lassen.

Dabei hat eine ganze Reihe wunderbarer Menschen mich bei der Sammlung der Fakten unterstützt. Sämtliche Fehler – und ich bin sicher, deren gibt es viele – gehen selbstverständlich auf mein Konto.

Ich danke meinen Eltern Jim und Lyn Beroth, die die nötigen Informationen über meine Lieblingsstadt in Ohio für mich herausgefunden haben. Tante Janet (Wacker) danke ich für das Aufspüren der historischen Tatsachen und der Legenden über mein altes Lieblingshaus, Tom Nelson für die ausführlichen Informationen über

Stadtplanung und Stadtentwicklung, Patricia Pursley für ihre Hilfe bei der Beantwortung meiner vielen Fragen über geschichtliche Einzelheiten aus dem neunzehnten Jahrhundert, Dobby Dobson und Gerry Nunn für ihre zu jeder möglichen und unmöglichen Zeit gern gewährte Hilfe, Tante Kathy (Bowers) für die Antworten auf meine Fragen über Quilts, Detective Kit Branch für ihre Erläuterungen zum Thema Internetbetrug und ihre Einführung in die allgemeine Polizeiarbeit und Onkel Ham, Tante Bev und Katy (Hamilton) dafür, dass sie mir erlaubt haben, als Kind voller Staunen ihr Haus zu erkunden.

Ich danke Michael H. für die Erlaubnis, sein wunderschönes Grundstück auszukundschaften, und Karen M. für ihre Führung – ich habe ihre Gesellschaft sehr genossen. Mein Dank gilt auch Leslie Gould, Sandra Bishop, Kimberley Felton, Christa Sterken und Kelly Chang, die die vielen Versionen des Manuskripts gelesen haben. Ich verdanke ihnen großartige Ideen und unermüdliche Ermutigung und Unterstützung.

Meinen Freunden bei SCC – Dorie, Mary und Luke – danke ich dafür, dass sie mich tagelang in ihrem wunderbaren Coffee Shop beherbergt haben, wo ich in Ruhe recherchieren und schreiben konnte.

Vennessa Ng – dass du mein Buch lektorierst, ist ein Gefühl, als hätte ich hinten Augen. Du siehst alles, was mir entgeht, und hebst meine Geschichte und Charaktere auf ein höheres Niveau. Du bist einfach wunderbar!

Ich danke den Mitarbeitern von Kregel Publications, einschließlich Dennis Hillman, Stephen Barcluft, Janyre Tromp, Dawn Anderson, Miranda Gardner und Cat Hoort für ihr bereitwilliges Engagement für mein Buch. Die Zusammenarbeit mit ihnen war mir eine Ehre.

Mein ganz großer Dank gebührt auch meinen treuen Freunden, die das Manuskript in seinen vielen unvollendeten Stadien lasen. Ich danke allen, die mir bei meiner Arbeit Mut gemacht und für mich gebetet haben – Christina Nunn, Michele Heath, Carolyn Dobson, Tosha Williams, Beth Guisinger, Patti Lacy, Carol Garborg, Jodi Stilp und Miralee Ferrell.

Karly und Kiki danke ich dafür, dass sie sich mit mir zusammen Geschichten ausgedacht haben und dafür sorgten, dass ich mich nicht zu weit von der Realität entfernt habe. Ihr beiden sorgt dafür, dass ich die Bodenhaftung nicht verliere, und dafür bin ich euch dankbar.

Ich danke auch meinem Ehemann Jon für seine Liebe und Hilfe und dafür, dass er mich ständig ermutigt, die Träume zu leben, die Gott in mein Herz gelegt hat.

In Jesaja 45,3 heißt es: »Ich gebe dir Schätze, die im Dunkeln verborgen sind – geheime Reichtümer. Das alles tue ich, damit du weißt, dass ich der Herr bin, der Gott Israels, der dich bei deinem Namen ruft.« Gott, unserem Herrn, schulde ich Dank, der alle Worte übersteigt, weil er jedes seiner Kinder beim Namen ruft und uns so viele Schätze gibt – nicht zuletzt das unvorstellbare Geschenk der Vergebung durch seinen Sohn.

Und nicht zuletzt danke ich auch Ihnen, meinen Lesern – danke, dass Sie mit mir träumen.

Melanie

PS: Wenn Sie gern ein paar Fotos von dem Haus sehen möchten, das mich zu diesem Buch inspiriert hat, gehen Sie bitte auf meine Website www.melaniedobson.com. Ich freue mich über jede Rückmeldung meiner Leser! Meine E-Mail-Adresse lautet comments@melaniedobson.com.

Kim Vogel Sawyer

Frischer Wind für Walnut Hill

Paperback, 13,5 x 20,5 cm, 352 S.
Nr. 395.358, ISBN 978-3-7751-5358-4

Im beschaulichen Städtchen Walnut Hill sind die Bewohner glücklich, wenn alles so bleibt, wie es ist. Da sorgt die junge Lehrerin Hanna Robin mit ihren neuen Ideen für viel Aufregung. Der attraktive Farmer Joel, findet die neue Lehrerin allerdings unwiderstehlich ...

Stephanie Rapp

Ungeschminkt in London

Paperback, 13,5 x 20,5 cm, 256 S.
Nr. 395.361, ISBN 978-3-7751-5361-4

Nach jahrelanger Berufspause findet Anna endlich eine Anstellung als Anwältin. Dumm nur, dass ihr erster Mandat das Jugendzentrum abreißen will, das für ihren behinderten Sohn die wichtigste Anlaufstelle ist. Und dann ist da der attraktive Leiter der Einrichtung ...

Bitte fragen Sie in Ihrer Buchhandlung nach diesen Büchern!
Oder schreiben Sie an: SCM Hänssler, D-71087 Holzgerlingen;
E-Mail: info@scm-haenssler.de; Internet: www.scm-haenssler.de